e uma garota deve fazer depois de cometer um erro por c
ebida? Correr? Eu pego as minhas roupas e fujo do supers
roso e irresistível, melhor sexo da minha vida, o mais r
onsigo. Seus lindos olhos verdes, seu corpo duro como ro
sorriso metido não têm espaço no meu mundo. A minha vid
olicada o suficiente.
se esqueceu de dizer isso a ele.
ersistente. Abrindo caminho até o meu co
nsaço, provando ser difer
o que pro

CORINNE MICHAELS

PELA ÚLTIMA VEZ

Traduzido por Daniella Parente Maccachero

1ª Edição

2021

Direção Editorial:	**Arte de Capa:**
Anastacia Cabo	Bianca Santana
Gerente Editorial:	**Preparação de texto e diagramação:**
Solange Arten	Carol Dias
Tradução:	**Revisão:**
Daniella Parente Maccachero	Equipe The Gift Box

Ícones de Diagramação: Smashicons/Flaticon

Copyright © One Last Time by Corinne Michaels, 2018
Copyright © The Gift Box, 2021

Todos os direitos reservados.
Nenhuma parte do conteúdo desse livro poderá ser reproduzida em qualquer meio ou forma – impresso, digital, áudio ou visual – sem a expressa autorização da editora sob penas criminais e ações civis.
Esta é uma obra de ficção. Nomes, personagens, lugares e acontecimentos descritos são produtos da imaginação da autora. Qualquer semelhança com nomes, datas ou acontecimentos reais é mera coincidência.

Este livro segue as regras da Nova Ortografia da Língua Portuguesa.

CIP-BRASIL. CATALOGAÇÃO NA PUBLICAÇÃO
SINDICATO NACIONAL DOS EDITORES DE LIVROS, RJ
Camila Donis Hartmann - Bibliotecária - CRB-7/6472

M569p

Michaels, Corinne
  Pela última vez / Corinne Michaels ; tradução Daniella Maccachero. - 1. ed. - Rio de Janeiro : The Gift Box, 2021.
  276 p. (A segunda chance ; 2)

  Tradução de: One last time
  ISBN 978-65-5636-078-2

  1. Ficção americana. I. Maccachero, Daniella. II. Título. III. Série.

21-70752   CDD: 813
                 CDU: 82-3(73)

Dedicatória

Para as mulheres que ficaram quando elas deveriam ir embora...

Vocês merecem ser amadas.

Vocês merecem ser felizes.

Vocês merecem ser livres.

Capítulo 1

KRISTIN

— VAI EMBORA ENTÃO! — grito com meu marido, enquanto ele me diz, mais uma vez, quão inútil eu sou. Eu já tive o suficiente. Fiquei anos ao lado dele, mas não vou mais fazer isso. Ninguém deve se sentir tão vazia e sem amor assim.

— Eu não vou sair desta casa, Kristin. Se você quer que isso acabe, então arrume suas merdas e caia fora da minha casa.

Encaro o homem que amei desde os meus vinte e dois anos. O pai dos meus filhos. A pessoa que eu pensava que envelheceria ao meu lado. O homem na minha frente é uma miragem daquele lá. Scott mudou tanto nos últimos catorze anos que está irreconhecível. Agora ele é apenas alguém que eu costumava amar.

O homem que eu conhecia nunca me jogaria fora tão facilmente. Ele teria feito de tudo para que isso funcionasse.

— Esta não é apenas a sua casa, Scott. Eu sou a sua esposa!

Ele sacode a cabeça com um sorriso debochado.

— Sou eu quem paga por isso. Como você vai pagar seu estilo de vida de designer sem um emprego?

Estilo de vida de designer? Não consigo me lembrar da última vez que comprei alguma coisa para mim. Principalmente porque prefiro não ouvir o quanto sou estúpida.

— Eu vou conseguir um emprego e fazer o que for preciso. Não vou sair de casa por causa disso.

Ele esfrega a ponte de seu nariz.

— Então, agora você vai trabalhar, mas não nos últimos dez anos?

— Você queria que eu ficasse em casa com Aubrey e Finn! Você me disse para me demitir do meu emprego. Agora não pode jogar isso de volta na minha cara! — Eu bato a mão na mesa.

É como o *Feitiço do Tempo*[1] com a gente. A mesma briga, de novo e de novo, sem que nunca se reconcilie nada. Tenho um mestrado em comunicação, e isso é a única coisa que nenhum de nós fazemos direito.

Scott exigiu que eu me demitisse do meu trabalho como repórter quando nós descobrimos que eu estava grávida de Finn. Eu ficava sempre viajando, cobrindo histórias de última hora, e ele sentiu que eu não seria capaz de dedicar tempo suficiente para ser mãe.

A princípio, isso fazia sentido. Eu sempre quis ser o tipo de mãe que assava biscoitos ou mandava as crianças para a escola com um beijo na bochecha e seus almoços preparados. Minha mãe era desse jeito, e tenho lembranças queridas por causa disso. Acho que ela pode ter sido parte alienígena porque, na maioria dos dias, tenho sorte se meus filhos usam roupas que combinam e têm dinheiro suficiente para o almoço.

Minha vida não é nada como eu pensava que ela seria. Em vez de assar, estou correndo por aí tentando manter a casa limpa para que ele não fique irritado. Gasto uma hora na academia, para que Scott não me diga como eu me descuidei. Entre tentar parecer como a esposa e a mãe perfeita e realmente ser uma, eu estou me afogando.

E Scott está afundando minha cabeça debaixo d'água enquanto eu ofego buscando ar.

Scott agarra a borda da mesa e me olha fixamente.

— Eu sou sempre o cara mau aqui. Eu te *fiz* deixar o seu trabalho. Eu *fiz* você ter filhos. Eu *fiz* você ser a mulher miserável que você é. Sou o único que te deixou fria e amarga, certo? Eu fiz isso tudo. Então vai embora, caralho!

Lágrimas brotam em meus olhos enquanto ele me corta o coração.

— Eu sou tão dispensável assim para você?

Os olhos de Scott se enchem de raiva.

— Você é quem quer ir embora, Kristin. É você que está parada aí, toda grande e poderosa, e dizendo para *eu* ir embora. Deus proíba que eu queira uma esposa que realmente goste de mim. Quando foi a última vez que você realmente quis ter sexo comigo? Quando você me deu o que eu precisava, hein?

Mais uma vez, nós passamos para a próxima parte da discussão.

— É difícil querer alguém que faz você se sentir como merda.

— E como eu faço isso, Kris? Te dizendo a verdade sobre os seus problemas?

Os meus problemas. São sempre os meus problemas, mesmo quando falamos dos dele. Sou eu quem causa as reações dele. Scott não tem responsabilidade por nada do que acontece em nossas vidas. É sempre rebatido para outra pessoa. Eu estou tão cansada de ser a razão de tudo de <u>errado na vida dele</u>, de me sentir inferior.

[1] Filme de 1993, em inglês conhecido como Groundhog Day.

— Claro, Scott. É isso aí.

Não vale a pena discutir. Eu tentei tantas vezes, e nada do que eu digo importa.

Nossos filhos estão com os meus pais, e este deveria ser um fim de semana para que pudéssemos nos reconectar. Minha mãe sabia que estávamos no ponto de ruptura, e eu queria tentar mais uma vez. Pensei que se pudéssemos passar algum tempo juntos, só nós dois, encontraríamos uma maneira.

Parece que eu fui uma boba mais uma vez.

— Estou tão cansado de ter que consertar tudo neste casamento — Scott diz, enquanto anda de um lado para o outro pela sala. — Você continua dizendo que quer me fazer feliz, mas depois você faz tudo errado. É exaustivo me repetir.

Aham, isso é exaustivo, com certeza.

Sinto-me começar a viajar para aquele lugar na minha cabeça para me proteger. Existe um limite que eu posso aguentar antes de que esteja completamente destroçada.

— Pare — imploro.

— Quando você vai aprender, Kristin? Se você fizesse um pouco mais de esforço, eu não ficaria tão desapontado.

Eu não faço nada certo. Nada. Não me visto da maneira como ele pensa que eu deveria, não crio as crianças da maneira que sua mãe criou, não me pareço da maneira como eu era quando ele se apaixonou por mim e, o Senhor sabe, eu não lhe agrado de forma alguma.

— Eu acho que nunca vou aprender — eu digo para pacificá-lo.

— Eu acho que não. — Ele cruza seus braços sobre o peito e me olha fixamente.

Meu marido já foi um bom homem uma vez. Ele me adorava e me dizia que eu era a mulher mais bonita que ele já tinha visto. Tudo entre nós parecia simplesmente se encaixar. Dois anos depois que nos casamos... isso mudou. Eu não era mais perfeita para ele. Ao invés disso, era difícil e carente. Uma bola de neve que continuava ficando maior a cada dia que passava. Pensei que poderia fazê-lo feliz, então me esforcei mais e falhei mais.

Ele queria um bebê. Se pudesse lhe dar uma criança, nós ficaríamos bem. Eu verdadeiramente acreditava nisso, mas a cada mês que ficava menstruada, ele me lembrava de como eu não podia nem mesmo lhe dar um bebê.

No dia em que descobri que estava grávida de Finn, as coisas mudaram. O homem que eu amo voltou para mim. Mas, depois de Aubrey, eu voltei a ser inútil.

Aquela bola de neve rolou por cima de mim e me deixou sem vida.

— Isso nunca muda. — Ele bufa, em um acesso de raiva. — Estou cansado de tentar!

Assim como eu. Estou cansada de estar cansada. Estou de saco cheio de ter o meu coração pisoteado por nada. Ele nunca vai me amar. Não tenho mais nada para dar.

— Como nós chegamos até aqui? — Minha voz falha quando a dor se instala. — Como isso se tornou a nossa vida? Eu costumava te amar tanto que doía para respirar, e agora? Agora, só dói. Não posso mais fazer isso. Não posso passar todas as noites com a gente na garganta um do outro. É muito difícil.

— Se você apenas tentasse fazer mais...

— Se eu apenas tentasse? Você está brincando comigo? Tudo o que eu faço é tentar! Tudo o que eu faço é te dar o que você quer, mas nunca é o suficiente! — Meu Deus. Como isso pode ser só tudo culpa minha? Eu não posso ser tão ruim assim. Eu tento, sim. Tento, tento e isso nunca muda.

Scott passa as mãos pelo seu rosto.

— Você costumava ser.

— Certo. — Uma lágrima cai. — Eu costumava ser um monte de coisas, e você também.

Meu coração se aperta e tudo dentro de mim dói. Eu olho para o Scott, querendo uma razão para lutar. Se eu conseguisse encontrar um vislumbre de esperança de que nós poderíamos dar um jeito, eu ganharia forças para continuar.

Os olhos dele se encontram com os meus e sei que não há mais nada pelo que lutar.

Não há mais esperança, e eu me quebro. Um som estrangulado escapa dos meus lábios com a perda que sinto profundamente nos meus ossos.

Ele se move rapidamente, pegando-me em seus braços, e eu soluço. Eu me agarro a ele, precisando me segurar porque me sinto tão sozinha.

— Não chore, baby. Odeio quando você chora. Isto não é o que eu quero para nós, Kris.

Talvez eu estivesse errada. Talvez ele realmente se importe.

— Eu não quero mais brigar.

Scott segura minha cabeça em suas mãos e seus olhos estão suaves.

— Então melhore.

Isto é o que ele faz comigo. Ele me quebra e depois faz alguma coisa doce para me fazer pensar que isso era coisa da minha cabeça. Eu estou tão fodida por causa disso.

Ele não me quer. Ele quer alguma versão desta mulher, e eu não posso ser isso. Estou cansada de tentar ser isso porque não é possível. A realidade é... ele não me ama mais e não vou viver desse jeito.

Eu me afasto, precisando de espaço porque vou cair de volta ao nosso padrão.

Odeio que duas pessoas que teriam feito qualquer coisa uma pela outra estejam tão distantes que não podem nem mais se ver. Nosso relacionamento é uma série de batalhas, todas as quais eu perdi.

— Isto não está certo. — Eu fungo. — A maneira como você me trata. As coisas que fala sobre mim... isso não está certo, Scott.

Os olhos dele se fecham, e uma lágrima escorre pela minha bochecha. Nós dois sabemos que este é o fim, mas não sei como dar o primeiro passo.

A raiva é fácil de ser agarrar. É a perda de toda a esperança que está me matando por dentro.

— Eu não vou pedir desculpas pela verdade. Acho que você deveria fazer as malas e ir embora.

Eu não quero perder meu marido, mas não vou ser mais esta mulher.

Dou um passo para trás, limpo a umidade da minha bochecha e aceno com a cabeça em concordância.

— Eu esperava... — Não tenho certeza do que eu esperava. Talvez fosse que ele me amasse o suficiente, mas ele nunca o fez.

Seus olhos castanhos me atravessam.

— Estou cansado de ser infeliz e negligenciado.

Mágoa e raiva inundam através de mim. Ele é tão babaca. *Ele* acha que é negligenciado? Surreal. Eu ergo as paredes ao redor do meu coração surrado para que nada mais que ele diga me machuque.

— Tudo bem, então. Sinto muito que você se sinta dessa maneira. Para onde nós vamos a partir daqui? — pergunto, com naturalidade.

— Eu quero o divórcio.

Quatro palavras.

Quatro palavras é tudo o que é preciso para destruir minha vida aparentemente perfeita.

— E o que nós dizemos às crianças? — Eu me engasgo com as palavras. Scott pode ser um marido de merda, mas sempre foi um ótimo pai.

Isto é o que machuca mais do que qualquer coisa que ele tenha feito comigo. O fato de perturbarmos a vida dos nossos filhos com isso é quase mais do que posso aguentar.

Aqueles dois anjinhos são o que têm nos mantido tentando por tanto tempo. No entanto, Finn e Aubrey não merecem a casa em que estão vivendo agora. As brigas constantes, as palavras furiosas, encontrar o pai deles no sofá noite após noite. Não é saudável nem justo para ninguém.

Aubrey é com quem eu me preocupo. Ela adora o pai, e isto a destruirá. O primeiro amor de toda menininha é seu pai, e odeio que ela vá saber o que é perdê-lo de alguma maneira.

Scott agarra a parte de trás de seu pescoço e deixa cair a cabeça.

— Eu não sei.

Quando seus olhos se levantam, vejo o brilho de lágrimas por derramar. Um pequeno vislumbre de retorno do homem que eu um dia conheci. Sei que ele está ali dentro, e gostaria que ele voltasse. Dou um passo à frente. Meu coração é puxado em tantas direções diferentes. Querendo salvá-lo, querendo amá-lo e querendo ir embora.

Então lembro que ele terminou. Ele disse as palavras que não pode jamais pegar de volta. Em todos os anos que nós temos lutado com isso, nunca dissemos a palavra com D. Eu pensei que se um de nós alguma vez fizesse isso, eu cairia em pedaços. Na minha cabeça, a cena era eu chorando e implorando para que ele me amasse, ele me assegurando que amava, e então nós encontraríamos um jeito. Eu não tinha percebido que, mesmo na tristeza, haveria uma onda de alívio. Estive no purgatório por tanto tempo. Estou pronta para viver minha vida novamente.

— Bem. —Puxo uma respiração. — Acho que a primeira coisa que nós fazemos é decidir quem vai embora, e depois nós deveríamos fazer um plano para conversar com as crianças.

Scott e eu nos sentamos na mesa e, pela primeira vez durante toda a noite, nós agimos como adultos. Não há gritos ou xingamentos. Nós trabalhamos para criar uma lista de coisas que precisam ser tratadas e quem irá lidar com cada tarefa. Não temos muitas dívidas, o que é graças à herança que meu avô me deixou, então isso é tratado rapidamente. Ambos concordamos em contar às crianças juntos e em tentar manter as coisas civilizadas. Os dois últimos itens são aqueles que vão ser onde, esperançosamente, todo este papel de adulto não se desmorone.

A casa e as crianças.

Ele vai ter que me matar antes de conseguir as crianças. Eu não vou desistir delas.

— Nós adiamos esses, mas devemos fazer as escolhas — Scott fala com suas mãos entrelaçadas.

— A casa. — Eu coloco a caneta sobre a mesa.

Esta é a única que estou disposta a conceder, se for preciso. Posso viver com os meus pais ou pedir para a minha melhor amiga, Heather, para ficar na casa dela, já que está vazia. Há opções para mim, mas não posso viver sem os meus bebês.

— Eu gostaria de ficar aqui. Você não pode pagar a hipoteca, e eu não posso bancar o aluguel e a hipoteca — pede Scott.

— E as crianças? — Eu troco o tópico porque, realmente, isso é tudo o que importa.

Ele suspira.

— Eu não vou fazer isso com você.

— Você não vai fazer o quê?

Eu rezo para que ele me diga que não vai tentar tomá-los. Eles são tudo o que eu tenho.

Ele passa os dedos pelo cabelo.

— Por mais que eu os queira, não posso fazer isso. Eu viajo bastante, e nós dois sabemos que o Finn nunca vai te deixar. Entretanto, eu os quero nos fins de semana e coisas desse tipo. Eu também os amo.

— Obrigada — digo, com gratidão.

Ambos concordamos que ele permanecerá na casa, mas vamos dividir algumas das mobílias para manter as crianças tão confortáveis quanto possível. Não tenho certeza de como isso vai funcionar, mas pelo menos estamos de acordo na maioria das partes.

Eu subo na cama e os lençóis frios me fazem tremer. Minha mão desliza para onde o meu marido deveria estar, mas está vazio. Scott não estará mais lá. Os acontecimentos do dia vêm desabando ao meu redor.

Realmente acabou. Meu marido e eu estamos nos divorciando.

Agarro o travesseiro e enterro o rosto, tentando abafar os sons do meu choro incontrolável. Nunca soube que um coração pudesse doer tanto assim, mas estou em agonia. Eu o amo, mas acabou. Nós não podíamos fazer as coisas funcionarem e eu falhei. Ofego em busca de ar, enquanto as lágrimas encharcam o travesseiro.

— Kristin? — A voz profunda dele preenche o quarto.

— Por favor, não — eu suplico. Não quero que ele me veja desta maneira.

Scott se move para frente de qualquer maneira, e depois se agacha ao meu lado. Mesmo no escuro, vejo a dor nos olhos dele.

— Não chore, baby.

Isso me quebra. Eu choro mais do que antes, e ele me puxa para os seus braços. Ele me segura em seu peito e eu luto para conseguir me controlar. Simplesmente não há como parar as lágrimas. Choro pelos anos que tivemos, pelos anos que perdemos, e pelos anos que nunca teremos. Eu teria ficado, se ele me dissesse que queria tentar. Sei que é estúpido, mas desistir dele parece uma derrota.

Depois de um tempo, começo a relaxar. Meu coração ainda dói, mas não estou soluçando. Scott esfrega as minhas costas, e eu fungo.

— Eu vou ficar bem.

Ele se inclina para trás e segura o meu rosto com as duas mãos.

— Você tem certeza?

— Só estou triste.

— Também não estou feliz com isso, Kris.

Essa é a pior parte. Nós dois nos amamos, mas não podemos consertar o que está quebrado.

— Eu sei.

A testa dele repousa na minha, e nós dois nos sentamos aqui. O polegar de Scott se move pela minha bochecha enquanto ele inclina a minha cabeça para cima.

— Eu te amava, Kristin. — A voz dele é rouca. — Você era a mulher mais bonita do mundo.

Meu coração dispara como se algo mudasse entre nós.

— Scott — eu sussurro. Não tenho certeza se estou pedindo para ele parar ou seguir em frente. Como você deixa de amar alguém? Como afasta o único homem que já amou?

Ele ainda é meu marido.

O ar no quarto está carregado, enquanto respiramos um ao outro. A outra mão de Scott escorrega até o meu pescoço antes de deslizar pelo meu peito. Meu corpo formiga conforme ele agarra meu seio.

— Diga-me para parar, e eu vou parar — ele murmura contra os meus lábios. — Mais uma vez, Kris. Eu preciso disto. Preciso sentir você.

O conflito se agita, mas estou tão crua que não consigo dizer as palavras, não importa o quanto que eu queira. Tenho estado solitária e quero ser amada pelo menos uma vez.

Assim que os nossos lábios se escovam, Scott mergulha para frente. Ele me guia para deitar de costas enquanto acolho seu peso em cima de mim. Sua boca se derrete contra a minha, e eu o beijo como se nenhum dos acontecimentos do dia tivessem acontecido. Ele geme na minha boca enquanto me agarro a ele. Preciso dele para me fazer sentir viva.

Já faz tanto tempo. Muito tempo para contar, desde que nós fizemos amor. Quantas noites eu rezei para que ele tivesse vindo até mim, me amasse, mas ele não veio.

Minhas mãos se emaranham em seus cabelos castanhos escuros, segurando seus lábios nos meus. Eu me forço a fingir que ainda estamos loucamente apaixonados e que a vida é perfeita.

Mas nós não somos perfeitos.

Esta é uma fantasia que vai acabar em tragédia se eu me perder na ilusão.

Aquelas quatro palavras soam na minha cabeça, lembrando-me do porquê eu estava chorando, para começar.

Não posso fazer isso comigo mesma.

Mais uma vez não vai fazer nada para impedir o que está por vir. Ele não me ama mais.

Eu o decepcionei.

Eu falhei com ele.

Eu não sou boa o suficiente.

— Eu não posso — eu digo, enquanto empurro seus ombros. — Eu não posso fazer isso, Scott.

Ele rola de mim e para suas costas e cobre o rosto.

— Você não pode?

— Se acabou, então temos que agir como tal. Você não pode querer se divorciar de mim, mas depois fazer amor comigo. É confuso demais. — Eu me sento e ajusto as roupas de volta.

Scott se levanta e caminha até a porta. Ele faz uma pausa e olha de volta para mim.

— Está tudo bem. De qualquer forma, não é como se fosse sempre tão bom assim.

Ele fecha a porta e eu me enrolo, segurando os joelhos junto ao peito enquanto choro o mais silenciosamente que posso.

Capítulo 2

KRISTIN

Seis meses depois...

— Finn, leve essa caixa para dentro do seu novo quarto — eu o instruo quando o encontro sentado no sofá com seus fones de ouvido conectados.

— Estou assistindo um vídeo — ele estala de volta.

— Não me importa. Você tem que ajudar — digo, enquanto Heather, Danielle e Nicole carregam caixas para dentro.

Heather coloca uma no chão e afaga a cabeça de Finn.

— Ei, você pode ajudar Eli com a mesa?

Ele olha para sua "tia" e sorri.

— Claro que sim.

Um dia, vou me lembrar por que eu queria ter filhos. Eu sorrio para a minha melhor amiga, que está parada no que costumava ser a casa dela. Não há um dia na minha vida em que eu não agradeça a Deus pelo meu tornozelo quebrado na sétima série, que forçou a Heather a entrar em minha vida. Ela está salvando a minha pele agora mesmo, dando às crianças e a mim um lugar para viver — com aluguel gratuito.

— Muito obrigada, Finn! Eu não vou tolerar essa sua atitude — eu grito para as costas dele.

Finn olha para mim com raiva e cruza seus braços.

— Eu não pedi para me mudar.

— Deixe-o em paz, querida. — Heather aperta minha mão. — Nós estamos aqui para ajudar.

Fecho os olhos e conto até cinco. Sei que isto tem sido difícil para as crianças, mas Finn tem sido insuportável. Aubrey não está sendo fácil, mas pelo menos ela está presa principalmente às lágrimas, o que pode ser confortado.

— Quem me dera que isto fosse mais fácil — eu divago.

— Tenho certeza, mas eles vão se adaptar. — Ela sorri tranquilizadoramente.

Se alguém sabe sobre se adaptar, é a Heather. Sua vida tem sido uma coisa atrás da outra, e ela ainda está de pé.

Nós duas entramos no meu quarto e começamos a descarregar as roupas.

— Scott ainda estava na sua versão adorável de sempre no telefone hoje mais cedo?

Ela pegou aquilo. Suponho que ser uma policial há tanto tempo quanto ela tem sido a torna a mais observadora de todas nós.

Meu marido — em breve ex-marido — tem feito da minha vida um inferno absoluto durante o último mês. Ele foi e voltou em tudo o que nós combinamos. Eu esperava que tivéssemos uma separação tranquila, e depois um divórcio amigável. Eu já deveria ter aprendido.

Nada com Scott nunca é fácil, mas quando você adiciona dinheiro nisso, esqueça.

Ele ameaçou todas as coisas possíveis para não ter que pagar por nada.

— Ele agora quer discutir mais sobre um acordo de custódia conjunta para que não tenha que pagar nenhuma pensão para as crianças. Ele diz que já pagou suas dívidas e que, se eu quiser pressioná-lo, ele vai pedir a custódia total.

— Que babaca filho da puta — ela resmunga, enquanto coloca as camisetas na cômoda.

— Aham.

— Então, ele está ameaçando você?

Eu suspiro e coloco o cabide sobre a prateleira.

— Não só ameaçando, mas também tornando isto difícil. Nós recebemos os papéis do divórcio, e eles são completamente ridículos. Nada do que tínhamos combinado está lá. Quero dizer, basicamente, ele quer que eu me afaste do casamento sem um centavo e que eu pague a ele.

Ele está malditamente fora de si se pensa que isso vai acontecer. Eu sofri com suas constantes besteiras e tentei tornar as coisas civilizadas. Se ele quer uma luta, então eu vou lutar.

— Eu realmente gostaria que você pudesse encontrar uma razão para eu atirar legalmente nele.

Eu rio, desejando que eu pudesse também.

— Ele não vale a pena.

Ela inclina seu quadril na cômoda.

— Não, ele não vale, mas você sim.

Eu valho? Eu não sinto que valho alguma porcaria neste momento. Acabei de conseguir um emprego, graças à Heather. Só tenho um teto sobre a minha cabeça, graças à Heather. O mínimo de móveis por aqui é por causa de Nicole ser uma decoradora de interiores — eu juro, ela pega coisas das casas que decora — e minha forma de cuidar das crianças é Danielle.

Realmente, o que eu valho?

Minhas amigas valem seus pesos em ouro, mas eu sou a ferrugem que precisa ser raspada.

— Eu não me sinto assim…

— Uma de vocês duas! — Nicole grita, com esforço.

— Merda — nós duas dizemos em uníssono e corremos para fora. Nic não é exatamente a mais graciosa de nós quatro, e ela certamente não realiza trabalhos manuais.

Quando nós entramos na sala de estar, eu me apresso e pego a caixa superior, que está na frente do rosto dela, e seguro a minha risada.

— Jesus Cristo, está mais quente que o traseiro de Satanás lá fora. — Nicole geme enquanto ela se atrapalha com a outra caixa na mão. — Por que nós vivemos em Tampa, mesmo?

— Você sabe como é o traseiro de Satanás? — Heather pergunta.

Nicole coloca a caixa para baixo, dá o dedo do meio para ela, e se atira em uma cadeira.

— Me refresque — exige.

— Eu vou tratar disso agora mesmo. — Rio.

Danielle sai da cozinha com um copo de água gelada.

— Eu organizei os armários.

Eu sorrio para as pessoas que nunca me deixaram cair. Estas meninas são a única razão pela qual estou funcionando bem agora. Todas as três apareceram na casa quando mandei uma mensagem para Danielle, no dia depois em que eu e Scott decidimos dar entrada no divórcio. Elas me abraçaram enquanto eu chorava, me fizeram rir e me forçaram a beber vinho até desmaiar.

Hoje, elas estão suando suas camisas e me ajudando a transportar caixas e móveis.

Nicole bufa.

— Tenho certeza de que Kris vai rearrumar todos eles. Nós sabemos que você não é exatamente conhecida por suas habilidades organizacionais.

Danielle bate na parte de trás da cabeça dela.

— Cale a boca. Você é a que está sentada descansando.

Aqui vamos nós novamente.

Heather e eu compartilhamos um olhar de conhecimento. Uma de nós tem que intervir antes que isso termine em uma briga de gatos.

Lanço o braço em torno de Danielle e aperto.

— Tenho certeza de que está perfeito.

— Mamãe. — Aubrey vem até nós. — Eu sinto falta do meu antigo quarto. Ele era roxo.

— Tenho certeza de que a tia Heather nos deixará pintá-lo. — Eu pego as mãos minúsculas dela nas minhas e me agacho para poder olhá-la nos olhos. — Você poderia escolher qualquer cor que quiser.

Eu nem sequer olho para Heather por aprovação, pois já a tenho. Desde a primeira conversa, ela tinha me dito que eu posso fazer qualquer coisa que quiser para tornar esta casa minha. Além disso, acho que ela está feliz por ter outra desculpa para não vender o lugar. Pelos últimos dois anos, ela tem vivido com seu namorado Eli, que por acaso é um cantor e ator superfamoso. A casa dele é o lugar mais ridículo que eu já vi na Harbour Island, mas ela sempre amou esta casa. Não que eu esteja reclamando — ela está salvando a minha pele de ter que voltar a morar com os meus pais.

É uma loucura como eles se conheceram e se tornaram um casal. Quem diria que uma noite de garotas, onde quatro amigas que foram homenagear sua *boyband* de infância favorita, a *Four Blocks Down*, resultaria em um amor como esse? Eu não, isso é certo pra caramba.

— Aposto que poderíamos conseguir que Eli nos ajudasse — Heather fala, em tom conspiratório. — Ele adora pintar!

— O que o Eli adora fazer? — A voz profunda dele preenche a sala, mas eu não consigo ver seu rosto além de todas as caixas que está carregando.

Aubrey guincha quando ouve a voz dele e corre de volta para o seu quarto.

Eu rio da visão desta superestrela carregando caixas para a melhor amiga de sua namorada. Às vezes, isso parece uma piada cósmica que o mundo está pregando em mim.

Heather se dirige para ele e retira algumas caixas de sua pilha.

— Baby, normalmente ajuda ver para onde você está indo — ela repreende.

Ele olha para o resto de nós todas sentadas ou paradas de pé, e sorri debochado.

— Eu vejo como é... os homens fazem todo o trabalho e vocês supervisionam?

Parece que isso está certo.

— Pelo menos você está aprendendo, grandalhão. — Nicole coloca a cabeça para trás e fecha os olhos.

— De novo, por que vocês gostam dela? — pergunta ele.

— Nós não temos certeza. — Eu encolho os ombros. — Tentamos nos livrar, mas ela é como um caso ruim de catapora. Para cada uma que você coçar, outra aparece e é ainda mais irritante. Finalmente paramos de coçar.

Nós somos as quatro amigas mais improváveis, mas funcionamos. Nosso grupo é único, na medida em que, embora estejamos todas próximas, também somos unidas de maneiras diferentes. Heather é quem eu chamo quando preciso de alguém para chorar. Ela é a pessoa mais compreensiva entre as três. Danielle é quem eu chamo para um conselho de relacionamento ou parental, e Nicole é quem eu chamo quando quero esquecer a noite anterior. Ela é uma maluca.

Sempre achei que a Danni era minha pessoa, mas quando contei sobre a separação, ela se afastou um pouco. No início, pensei que era porque nós duas iríamos nos lamentar dos nossos casamentos de merda e agora o dela está melhor, mas depois ela se ofereceu para cuidar das crianças por mim quando eu tivesse que trabalhar, então talvez eu esteja imaginando.

— Cuidado, Eli — adverte Nicole. — Você não é oficialmente um membro desta tribo. Nós ainda podemos votar para que sua bunda saia da ilha.

Eli sorri largo e puxa as costas de Heather para o seu peito. Seus braços envolvem o meio dela, e eu luto contra a pontada de ciúmes que aparece.

— É assim mesmo, querida?

Heather revira os olhos e olha por cima de seu ombro.

— Tenho quase certeza de que você vai ficar. Mas ainda está em debate.

— Você pode pelo menos esperar algumas semanas?

Ela dá de ombros

— Acho que sim.

Ele ri e a beija. Eu me viro, desejando que isso não machucasse.

Scott costumava olhar para mim daquela maneira. Nós éramos brincalhões, amorosos, e ele fazia meu coração perder o compasso. Ele era o meu cavaleiro de armadura brilhante, e eu era a princesa que ele resgatou, mas o conto de fadas acabou. Não há um felizes para sempre.

Nós acabamos descarregando tudo, e com tanta merda quanto jogo na Nicole, a garota está dando duro para conseguir que este lugar seja decorado. Agora entendo por que ela é uma das melhores decoradoras de interiores de Tampa. A casa realmente se parece com um lar.

Em poucas horas, somos capazes de conseguir que as áreas principais estejam praticamente finalizadas. Nicole direciona para onde os rapazes devem mover a mobília, e ela consegue combinar o que fui capaz de tirar da minha antiga casa com o que ela trouxe.

Scott se recusou a me deixar levar qualquer coisa, exceto os móveis do quarto. Ele disse que não queria ser lembrado do que um dia nós compartilhamos. Eu nem sei o que ele quer dizer, mas era menos uma coisa que eu tinha que comprar.

— Estou acabada — eu digo, enquanto me jogo no sofá. Nicole é a única que ainda está aqui.

— Eu também.

Descanso a mão na perna dela e espero para que olhe para mim.

— Obrigada. Eu não poderia ter feito isto sem você.
Nicole cobre minha mão com a dela.
— Isso é o que nós fazemos.
Realmente é. Sempre que ocorre um desastre em qualquer uma das nossas vidas, nós não hesitamos em pular para ajudar quem quer que esteja em apuros.
— Eu gostaria que não tivéssemos que fazer isso de novo — comento.
— Se todas vocês simplesmente ficassem solteiras como eu, não teriam que se preocupar com isso.
Eu só rio. Não existe muitas pessoas que eu conheço que são feitas como ela. Ela vive segundo o seu próprio conjunto de regras, o que é algo que eu sempre admirei. Não importa o que as pessoas pensem a seu respeito, ela faz o que quer. Eu sou o oposto.
Esperava-se que eu me casasse pelos vinte e cinco anos de idade, então eu fiz isso. Minha mãe acreditava que os três primeiros anos do casamento eram para construir uma base forte, então nós esperamos para ter filhos. Então, uma mãe fica em casa e cria seus bebês.
Alguém deixou de fora a parte sobre o que se espera que eu faça quando a fundação tiver rachaduras e acabar se desmoronando.
— Eu gostava de ser casada. Consigo me lembrar de esperar que ele voltasse para casa, porque sentia falta dele o dia todo — digo a ela.
Ela se desloca e apoia a cabeça na mão.
— Já faz anos que ele vem te maltratando, Kris. Eu mantive minha boca fechada, porque não achei que você fosse me ouvir de qualquer maneira, mas era desconfortável de assistir. Você e Heather são as melhores de nós quatro. Vocês têm esses corações gigantes, mas deixaram homens pisoteá-los.
— Scott não é como o Matt — eu defendo um pouco. Matt era um pedaço de merda pelo que fez com a Heather. Eles mal estavam casados por um ano antes de ele abandoná-la. Scott e eu estivemos juntos por quase dezessete anos, entre o namoro e agora. — Ele nem sempre foi ruim. Isso é o que torna tudo tão difícil.
Ela suspira.
— Não, mas ele também não era grande coisa. Você não pode me dizer que ele não era emocionalmente abusivo.
— Pare — peço. Não quero falar sobre isso ou ser lembrada do quanto eu me odeio por ter aceitado isso.
— Não estou julgando você. — Nicole agarra minha mão. — Eu realmente não estou. Eu entendo, ele era seu marido, mas assistir você à deriva era difícil. — Uma lágrima escorre pela minha bochecha e Nicole me puxa para os braços dela. — Não estou feliz que tenha sido assim que aconteceu.

Todas nós esperávamos que ele tirasse a cabeça do rabo e consertasse as merdas dele.

— Eu também esperava. — Eu me inclino para trás e concordo com a cabeça. Sei que ela não está me julgando, assim como nunca julgo minhas meninas pelas coisas que elas escolhem.

— Você vai superar isso — Nicole promete.

Sei que ela está certa. Ela tem que estar. Não há outra escolha. Tenho duas crianças que precisam de mim. A maternidade está recheada de fazer coisas pelo bem das crianças, mesmo que você não queira fazer isso. Eu adoraria me deitar na cama e não comer nada além de porcaria até que as minhas emoções estivessem satisfeitas, mas não posso. Além disso, não tenho certeza se estou triste por perdê-lo ou se estou triste por não ter sido capaz de ver além da esperança a qual me agarrei.

— Graças a vocês, meninas, eu vou. Ele é um babaca, e estou pronta para seguir em frente.

— É isso aí! — Nicole dá uma palmada na minha perna. — Que o cretino tenha ido embora.

Ela descansa a cabeça na parte de trás do sofá e boceja.

— Você parece acabada. Quer passar a noite aqui? — pergunto.

— Escuta. — Ela pega a taça de vinho. — Sei que vocês me acham pervertida, mas eu gosto de homens nos meus trios, não de vaginas. Eu até faria com você, mas... Eu precisaria de mais vinho.

Eu explodo em gargalhadas e lhe dou um tapinha no braço.

— Você é tão idiota.

— Eu te fiz rir.

— Isso você fez.

Nicole se cobre com o cobertor largado atrás dela e nós rimos como nos velhos tempos. Ela me conta tudo sobre os novos contratos nos quais está trabalhando. Obviamente, ela me conta também sobre o novo cara com quem está dormindo. Eu não sei como ela faz isso, mas bom para ela. Ela é feliz, mesmo que sua vida amorosa seja ridícula. Enquanto ela fala, eu me deixo esquecer que estou passando a primeira noite na minha nova casa solteira e sozinha.

Capítulo 3

KRISTIN

— Vamos lá! — grito para as crianças enquanto estou parada na porta.

— Não consigo encontrar os meus sapatos! — Aubrey grita de volta, e eu gemo.

É o meu primeiro dia de volta ao trabalho, e vou chegar atrasada. Finn finalmente sai com seus fones de ouvido conectados e o telefone colado na mão. Ele não reconhece a minha existência, mas desta vez eu não me importo. Ele está se movendo para o carro, o que é tudo o que importa.

Olho para o relógio e bato o pé.

— Aubrey! Vamos lá, querida! Apenas coloque qualquer coisa em seus pés! Não me importo se combinam.

Ela vem correndo, e seus cabelos loiros já estão caindo do rabo de cavalo, mas não tenho tempo para consertar isso.

— Desculpe, mamãe.

— Está tudo bem, bebê. A mamãe não pode se atrasar, então vamos andando, está bem? — Eu a guio para fora e tranco a porta atrás de mim.

Uma vez que todos estão em seus assentos e com os cintos colocados, partimos em direção à babá — também conhecida como tia Danielle. Eu não posso pagar a alguém, já que o meu salário inicial no *Celebaholic* não é ótimo, mas ter Eli fazendo uma ligação em meu nome definitivamente ajudou a conseguir um pouco mais do que eles ofereceram originalmente.

Não tenho certeza de quão confortável eu estou cobrindo Eli e os amigos dele, mas… É um trabalho.

Um que eu sei que vou ser uma porcaria. Não consigo me lembrar do último programa de televisão para adultos que assisti, e nunca vi *A Thin Blue Line*, que é uma coisa que Eli acha hilário, uma vez que ele era a estrela. Seguir celebridades era a última coisa com o que eu me importava com tudo o que estava acontecendo na minha vida. Nem tenho certeza de quem é popular agora... Eu me pergunto se as pessoas ainda gostam de Josh Hartnett[2]... Ele era o meu maior crush.

Enquanto amigas minhas como a Nicole estavam absorvendo as fofocas, eu estava concentrada na Associação de Pais e Professores, no clube do livro comunitário e nos eventos do trabalho de Scott. Mas, depois de passar os últimos dois meses procurando alguma coisa sem encontrar nada, eu não podia ser exigente. Se tivesse qualquer outra escolha para um trabalho, eu aceitaria, mas as horas são perfeitas para uma mãe solteira. Eu posso trabalhar de casa pelo menos três dias por semana, o que significa que ainda posso fazer as coisas que vim a gostar de fazer pelos meus filhos.

Minha advogada me disse que na verdade isso é perfeito para o caso de Scott mudar de tom e de repente querer a custódia. Eu estarei em casa com eles na maior parte do tempo, ganhando um salário, e tenho a flexibilidade com a qual nenhum juiz poderia discutir. Este trabalho atira pela janela qualquer reserva que ele tenha sobre mim. Eu tenho que ter sucesso.

Além disso, minha advogada basicamente disse que se eu quiser garantir que mantenha a custódia das crianças, preciso apresentar uma renda estável.

— Vamos para casa do papai neste fim de semana? — Finn pergunta, enquanto eu faço a viagem até a casa da Danni.

— Sim. — Eu olho para ele pelo espelho retrovisor.

Ele sacode a cabeça para os lados e volta a colocar seus fones de ouvido. Claramente, ele não está ficando melhor com a adaptação aos nossos novos arranjos de vida. Não tenho certeza do que dizer neste ponto, porque nada parece fazer diferença.

Aubrey me dá um sorriso doce e depois olha pela janela. É difícil acreditar como eles estão ficando mais velhos. Finn tem dez anos e Aubrey acabou de fazer seis, mas os dois são muito jovens para terem seus mundos virados de cabeça para baixo. Eles têm lidado bem com as coisas, no entanto. O último mês em que estivemos na antiga casa foi duro, mas agora que estamos em nosso novo lar, a normalidade virá.

Nós chegamos na casa de Danielle com um pouco de tempo de antecedência, mas ela já está nos esperando.

— Ei — eu digo, quando ela abre a porta.

Danni olha para mim e ri. Não posso culpá-la, minhas chaves estão nos dentes, a mochila que abriga os brinquedos de Aubrey está meio-aberta e tudo está caindo para fora dela, e minha camisa está apenas metade presa para dentro. Eu sou a definição de uma bagunça completa.

---

2   Ator e produtor americano. Era um dos protagonistas de Penny Dreadful (2014-2016), no papel de Ethan Chandler.

— Me passa a mochila, Kris.

Eu a entrego e tento me endireitar.

— Manhã ruim.

— É o seu primeiro dia de volta ao trabalho em um bom tempo. Você consegue.

Neste momento, não me sinto como se fosse conseguir nada. Não tenho certeza se tenho alguma coisa sob controle.

Eu abraço as duas crianças, Finn é mais um tapinha no ombro enquanto ele se afasta, e faço o meu melhor para consertar a camisa.

— O traje expressa divorciada de quarenta anos de idade com sua vida na merda ou repórter experiente preparada para enfrentar o mundo?

Danielle bate nos lábios.

— Eu vou com a segunda.

— Bom. Eu preciso chegar ao centro da cidade. Obrigada por isto. Sério. — Eu beijo a bochecha dela. — Eu te amo.

— Amo você também! — Danni grita, enquanto estou andando apressadamente pela passagem de pedestres dela em direção ao carro.

Tenho vinte minutos para chegar ao escritório. Acrescentei mais quinze, porque detesto chegar atrasada. É minha maior mania irritante, e é por isso que nós mentimos para Heather e lhe dizemos para nos encontrar meia hora antes do que realmente queremos dizer.

A viagem não é terrível, mas o trânsito está um pouco mais congestionado do que há meia hora. Graças ao meu planejamento, ainda estou adiantada. Estaciono o carro e verifico a maquiagem, que é leve e fresca. Meu cabelo está amarrado em um rabo de cavalo e eu realmente ainda tenho os meus dois brincos no lugar.

Quer eu esteja pronta para isto ou não, vou manter as aparências.

Meu telefone faz um *ping* com a chegada de uma mensagem de texto.

> Heather: Arrase hoje!

> Agradeça novamente ao Eli por mim.

> Heather: Ele ficou feliz em fazer isso. Além do mais, pelo menos nós sabemos que você não vai inventar uma merda maluca como eu estar grávida e é por esse motivo que ele está namorando comigo.

Oh, Deus. Eu espero nunca ter que escrever nada sobre o Eli. Mas ele é famoso, o que significa que talvez eu não tenha escolha.

Maldição.

> Eu já me arrependi disso.

> Heather: Não se arrependa. Você vai se sair muito bem.

> Eu cobria política antes! Como diabos vou escrever sobre fofocas agora?

Minha cabeça cai para trás contra o encosto de cabeça e fecho os olhos. Quem eu estou enganando? Eu vou ser demitida.

O telefone toca, e eu nem preciso olhar para saber que é ela.

— Não tente me animar — aviso, antes que Heather consiga dizer uma palavra.

— Bem, não seja tão pessimista! Você é a única que sempre teve arco-íris saindo pela bunda. Agora, está toda cheia de desgraça e melancolia.

Eu agarro o volante.

— Isso foi antes de o meu marido me servir com os papéis do divórcio há três meses.

— Bem-vinda ao clube, cadela.

— Eu nunca quis ser um membro — digo com uma pitada de hostilidade.

— Sei que você não pode ver isso agora, mas acredite em mim, você vai agradecer à sua estrela cadente mais tarde. Quando conhecer um homem que te ama apesar de toda essa merda, não vai parecer a pior coisa do mundo. Você só tem que passar por esta parte — Heather me diz com tanta esperança em sua voz que isso me atordoa.

O divórcio dela não foi fácil, eu entendo isso, mas nós temos duas crianças envolvidas. Existe uma casa cheia da vida que nós compartilhamos, de suporte aos filhos, pensão alimentícia, dívidas, e muito mais. Desde a mudança, ele está tentando ser cordial, mas os nossos advogados são os que estão se comunicando sobre as coisas feias.

É quase como se Scott vivesse para encontrar maneiras de tornar a minha vida um inferno desde que descobriu o quanto pagaria pelo suporte às crianças.

— Independentemente disso, eu ainda não cheguei lá. — Suspiro.

— Hoje você está começando sua nova vida, Kristin. Você pode ser quem quiser quando passar por aquela porta. Seja destemida.

— Eu não sei o que faria sem você. — Eu sorrio, sabendo que ela está certa.

Destemida é a última coisa que eu sou, mas posso fingir. Não posso? Heather ri.

— Você estaria perdida. Agora vá até lá e mostre a eles quem é que manda.

Eu saio do carro e vou em direção ao pequeno prédio de escritórios.

— Olá. — Eu sorrio para a mulher sentada na frente. — Eu sou Kristin McGee. Tenho uma reunião com a Erica.

Meus nervos estão nas alturas, mas faço o meu melhor para me manter composta. Erica e eu conversamos bastante pelo telefone, mas na verdade nós não nos encontramos pessoalmente antes de ela me oferecer o emprego. Tudo o que ela precisava era da garantia de Eli Walsh.

Ela acena com a cabeça concordando, olhando para sua tela.

— Sim, você é a nova garota. Eu sou a Pam.

Nós trocamos gentilezas enquanto ela me acompanha até uma mesa no canto de trás. Coloco as coisas sobre a mesa, e então ela me leva ao que deveria ser um escritório, mas acho que não posso chamá-lo assim. Existem duas divisórias, que eu acho que deveriam ser paredes, cartazes colados em lugares aleatórios, papéis por toda a mesa e roupas em todas as cadeiras.

Em que diabos eu me meti?

— Você deve ser a Kristin! — Uma mulher baixinha de pelo menos metade da minha idade salta para cima. — É um prazer conhecê-la.

— O prazer é meu. — Eu coloco um sorriso falso no rosto e aperto a mão dela.

— Desculpe a bagunça — diz ela, com um sorriso, enquanto olha ao redor envergonhada. — Nos mudamos para este escritório na semana passada, e tem sido uma transição, para dizer o mínimo.

Eu balanço a minha cabeça para os lados, descartando suas preocupações.

— Acabei de me mudar, eu entendo.

Erica prende os cabelos em um coque bagunçado e percebo o quanto estou bem-vestida demais. Ela está descalça e vestindo um par de shorts de ginástica e uma camiseta que diz: vocês todos precisam de Jesus.

Não tenho certeza se estou entusiasmada com o possível código de vestimenta ou assustada.

— Por favor, sente-se. — Ela aponta para a cadeira.

— Obrigada — eu digo, enquanto movo a camisa para a outra cadeira.

— Então, você é amiga de Eli Walsh *de verdade*?

Isto vai ser tão embaraçoso.

— Sim. Heather, a namorada dele, é uma das minhas melhores amigas.

Ela se inclina para trás com um sorriso.

— Isso é incrível. O futuro papai é definitivamente uma das histórias mais quentes de Tampa. Apesar de termos leitores por todo o país, nós começamos como um blog local, e Tampa ainda é nossa base. Eli e Randy são os garotos de ouro da região, por isso nós precisamos manter nossos seguidores alimentados.

Isso não me surpreende. Eu tinha visto em primeira mão como as pessoas ficam malucas com a banda. Eles têm estado por aqui desde que éramos crianças e não perderam seus fãs. Eli e seu irmão Randy cresceram em Tampa, o que deixa as pessoas daqui um pouco mais loucas sobre os irmãos Walsh. Não posso dizer nada, porque eu era uma delas até ter conhecido Eli. Agora, é um meio que triste o quanto da vida dele as pessoas acham que elas têm o direito de saber.

O pior é como tratam a Heather. Felizmente, ela não podia se importar menos.

— Quero deixar claro que não vou realmente escrever sobre Eli. Não vou fazer isso com ele ou com a minha amiga. — É a mesma coisa que eu disse a ela durante a nossa entrevista por telefone, mas não há mal em reiterar isso.

Erica se inclina para frente com seus braços sobre a mesa.

— Claro que não. Eu entendo isso completamente. No entanto, você de fato tem acesso às celebridades na vida dele, o que é uma das razões pelas quais Eli sugeriu que você se encaixaria bem aqui.

Perfeito. Eu não tenho que escrever sobre ele, mas seus amigos são um jogo justo.

Talvez eu não consiga fazer isso. Não me sinto confortável em ser aquela amiga à espreita sempre pensando em uma história.

Depois penso no que minha advogada disse sobre o Scott e as crianças. Não posso ir ao tribunal dizendo que aceitei um emprego e depois me demiti no primeiro dia. Isso definitivamente não vai ser um bom presságio para meu caráter, caso Scott vá realmente tentar lutar comigo por causa da custódia.

Foi Eli quem sugeriu isso, então ele deve estar de acordo.

Eu me mexo no lugar, endireitando as costas. Posso não querer fazer isso, mas vou. Farei a droga do melhor trabalho possível.

— Você tem alguma coisa com que gostaria que eu começasse?

— Na verdade... — O sorriso de Erica é malicioso. — Eu tenho uma dica que quero que você siga...

E assim começa.

Capítulo 4

KRISTIN

Sentada na mesa da minha sala de jantar, eu mordisco o interior da minha bochecha, perguntando-me como diabos eu abordo isso. Sei que se eu pedir, Heather não vai me dizer que não, mas estou começando a me sentir como uma amiga de merda.

Ela já fez tanto por mim, que não vou pedir mais favores. Só preciso ser criativa.

Relembro a época em que eu era uma repórter e não tinha conexões. Ser engenhosa era imprescindível. O arquivo que a Erica me deu, aquele cheio de informações sobre Noah Frazier, está em cima da minha mesa. Ele vai estar em Tampa na sexta-feira para visitar Eli durante o fim de semana, o que significa que eu deveria ter uma história para o blog na segunda.

Considerando que não sei nada sobre Noah, preciso me ocupar tentando encontrar uma entrada.

Abro o arquivo e leio as informações dispostas como um registro policial.

NOME: NOAH JOSEPH FRAZIER.
NASCIMENTO: 3 DE NOVEMBRO DE 1977 (ESCORPIÃO).

Eu sorrio quando percebo que nós compartilhamos a data de aniversário.

LOCALIZAÇÃO: ATUALMENTE MORA NA CIDADE DE NOVA YORK.
NASCIDO EM NEWTON, ILLINOIS.
MUDOU-SE PARA LOS ANGELES AOS 18 ANOS.
COR DOS OLHOS: VERDE.
CABELOS: CASTANHO-ESCURO.

ALTURA: 1,83M (EMBORA EU ACHE QUE ELE SEJA DOIS CENTÍMETROS MAIS BAIXO).
PESO: QUEM SE IMPORTA? ELE É GOSTOSO.

A próxima linha me faz rir. Quem diabos elabora esses formulários para perseguidores de celebridades?

STATUS DO RELACIONAMENTO: SOLTEIRO PRA CARALHO.
TIPO DE CORPO: ATLÉTICO. MANDÍBULA FORTE E TEM UMA BUNDA QUE É DE MATAR.

Quase cuspo o meu café. Ali literalmente diz "bunda que é de matar".
Há uma montanha de informações sobre a carreira dele, gostos para comida e praticamente qualquer coisa que eu poderia querer saber. Não é até eu virar a página que o meu queixo cai.
Puta merda.
Ele é assustadoramente gostoso. Tipo, *realmente* gostoso.
Talvez esse trabalho não vá ser tão ruim quanto eu pensei que seria.
Abro o laptop e clico no navegador para poder pesquisar imagens dele. Noah é fotografado com Eli diversas vezes, a maioria das fotos é deles no cenário de *A Thin Blue Line*, mas depois há algumas deles curtindo em vários bares. Ele fica bem demais com um uniforme policial. Descanso o queixo na mão enquanto passo as imagens. A próxima foto é de suas costas, e nela, ele está um pouco agachado e a arma dele está em punho... Agora eu entendo completamente o comentário de bunda de matar.
Minha pesquisa continua rolando através de deliciosas fotos de Noah, e eu suspiro.
Continuo clicando e depois paro quando eu chego a uma foto do *Emmy Awards*.
Santa Mãe de Deus.
Ele está vestido com um smoking preto que se encaixa perfeitamente. Mesmo com todo o material que está usando, posso ver os ângulos de seu corpo. Ombros largos, cintura fina e braços fortes que são visíveis na foto. Seus cabelos castanho-escuros estão repartidos para o lado e penteados para trás em um visual elegante e polido. O fotógrafo o capturou no meio de uma risada, e seus olhos verdes estão brilhantes e cheios de vida.
Eu poderia ficar olhando para isso o dia inteiro. Se meu trabalho é ficar olhando para ele, talvez eu nunca me demita.
Meu telefone toca, e eu pulo.
Merda. É o Scott.

— Oi. — Fecho o laptop, sentindo-me um *pouquinho* culpada por estar babando por outro homem enquanto estou legalmente casada com este aqui.

— Ei. — Meu coração dá um baque ao som da voz dele. Nós não conversamos desde que me mudei duas semanas atrás, e ouvi-lo agora machuca. — Eu estava vendo que as crianças vão ficar comigo neste fim de semana.

— Esse é o plano — digo, enquanto passo o dedo pela caneca. — Eu posso deixá-las aí depois do trabalho na sexta-feira.

Ele limpa sua garganta.

— Eu posso pegá-las.

— Tudo bem, eu estava oferecendo, já que estarei em West Chase. E pelo acordo temporário, ou eu os deixo ou eu os busco. Este parecia ser o compromisso perfeito. Tenho que ir ao escritório na sexta, o que significa que as crianças estarão na casa de Danielle. Tenho uma tonelada de papelada para preencher.

Scott fica quieto e um nó se forma no fundo do meu estômago.

— Eu preferiria que nós tivéssemos um ponto de encontro no meio do caminho. O advogado sugeriu ter um espaço neutro. Para as crianças… e para a gente. Dessa maneira, nós não nos metemos nos assuntos um do outro. Eu preferiria que você ficasse longe da minha casa.

Minha mão para de se mexer e eu agarro a caneca. A casa dele? Agora é a casa dele. Tinha que dizer desse jeito? Eu sabia que seria difícil, mas ninguém te adverte sobre a dor durante tudo isso. É sobre advogados, dinheiro e manter as coisas separadas. A civilidade é algo complicado quando se está lidando com um babaca egoísta.

Eu faço o meu melhor para segurar as lágrimas que ameaçam se formar. É muito mais fácil falar do que fazer. Ele ainda é o cara que eu sempre quis que me amasse.

— Isso realmente não é conveniente para mim, Scott. Eu não posso dirigir para lá no domingo.

Ele bufa.

— Não estou tentando ser um idiota, *Kris*.

Simplesmente é natural para ele.

— Nós concordamos que um de nós as deixaria e o outro as pegaria. Quando você enviou as suas solicitações no outro dia, foi isso que eu assinei. — Eu também posso ser uma cadela. Não vou deixá-lo passar por cima de mim.

Minha advogada me ligou na quarta-feira à noite para me avisar que nós temos a nossa data no tribunal e para rever os pedidos de Scott durante a separação. Eu concordei com alguns, sendo este um deles, mas ele perdeu seu maldito juízo se acha que vou levá-los e buscá-los para as visitas dele, muito menos se encontrar em algum lugar aleatório. Eles são seus filhos, também. Ele que se incomode sozinho, se quiser mudar a merda toda. Fui eu que tive que lidar com ele até as crianças saírem da escola, e depois tive que deixar meu lar com as crianças, porque ele queria ficar na casa, o que eu ainda acho que é totalmente ridículo. Por que diabos ele precisa de uma casa com quatro quartos?

— Meu advogado acredita que esta é a decisão certa.

Ele e seu advogado colocaram toda essa porcaria na carta, e agora ele está agindo como se nada disso funcionasse para ele. Só lamento. Não funcionava para mim me mudar, mas eu fiz isso. Está na hora de crescer, porra. Estou sendo gentil ao me oferecer para levá-los para a casa dele, para que ele não tenha que dirigir para Carrollwood quando trabalha no outro lado de Tampa.

Eu bufo.

— Estou feliz por você e pelo advogado, mas não concordei com estes termos. Você não pode decidir alguma coisa e apenas esperar que eu faça isso. Tenho sido mais do que complacente até agora. Estou me oferecendo para deixá-las na sexta-feira e então você poderá trazê-las de volta para mim no domingo na hora combinada, o que é exatamente o que você queria e exatamente o que eu concordei quando o seu advogado entregou os termos.

Dirigir para um local no meio do caminho não faz absolutamente nenhum sentido. Não vou fazer isso.

— Eu tenho que trabalhar na segunda-feira — ele reclama. — Você vai precisar se encontrar comigo no local neutro pela manhã, ao invés de à noite. Eu posso pedir para a Jillian que se encontre com você se o horário não funcionar.

Ele só pode estar brincando comigo. Ele ter perdido sua cabeça sempre amorosa se acha que vou deixar as crianças com a *assistente* dele. Especialmente considerando que eu nunca gostei da cadela. Ela sempre foi desagradável comigo e deu em cima dele.

— Eu não vou encontrar você, ou a sua maldita assistente. E, segundo o seu estúpido acordo, você as tem até às seis. Eu tenho planos para o domingo.

Perseguir Noah Frazier e conseguir minha postagem no blog, mas não digo a ele isso.

— Planos? — Ele gargalha. — Dá um tempo, você não tem uma vida. Eu tenho uma reunião importante. Por uma vez, não seja uma cadela.

Eu vou mostrar a ele a cadela.

— Sinto muito em ouvir isso. — Minhas palavras estão encharcadas de sarcasmo. Não sinto nem um pouco mal sobre nada. — No entanto, isso não é problema meu. Vou deixá-las na sua casa na sexta, e espero que as deixe na minha no domingo depois das seis. Isso foi o que combinamos *por escrito.*

— Quando você se tornou tão difícil, porra? Você pode fazer alguma coisa prestativa?

Tão babaca.

— Eu adoraria conversar sobre isso, Scott, mas agora estou ocupada. Se você tem algum problema com os arranjos, leve isso até a minha advogada. Vou deixar as crianças na sexta-feira depois do trabalho em sua casa. Obrigada por ligar. — Desconecto a chamada e minha cabeça cai para trás enquanto gemo.

Não me interessa fazer nada além de desmaiar. Esta coisa de ser mãe solteira é exaustiva. Eu me levanto e vou em direção aos quartos.

Cuidadosamente, abro a porta da Aubrey e me movo para sua cama. Ela parece tão pequena quando está dormindo. Afago seu cabelo para trás, beijo sua testa e me sento na beirada da cama dela. A noite passada foi dura. Ela chorou por Scott por quase uma hora e não consegui acalmá-la. Em meus braços, ela implorou para ir para casa e ficar com o papai. Não tenho certeza de quantas noites disso eu consigo passar antes que me quebre.

Ela se aninha no travesseiro, agarrando o cobertor com o qual ela dorme desde que era pequenininha.

— Durma bem, minha linda menina — eu sussurro e a beijo novamente.

Faço o meu caminho até o quarto de Finn e sorrio. Ele é o dorminhoco mais louco do mundo. Eu o encontro com a cabeça pendurada para fora da cama, um pé na parede e o outro no travesseiro. Nunca vou entender como ele se manobra nas posições que faz, mas não importa o que nós fazíamos, era a mesma coisa toda noite.

Meu pobre doce garoto está tão fora de controle. Eu sempre estive próxima a ele, mas, ultimamente, ele me detesta. Não sei se assume que a gente se mudar foi minha escolha ou se pensa que é outra coisa. Eu agarro suas pernas e o coloco de volta em uma posição normal.

— Mãe? — Ele esfrega os olhos, e eu escovo seus cabelos para trás.

— Volte a dormir, querido.

Finn se senta e envolve os braços em torno de mim.

— Me desculpe por estar sendo malvado.

— Você não precisa se desculpar — eu murmuro, enquanto o puxo para o meu peito. — Sei que você está apenas colocando os sentimentos para fora.

Ele chega para trás e as lágrimas enchem seus lindos olhos castanhos que espelham os de Scott.

— Por que o papai não nos ama?

Eu seguro seu queixo na mão.

— Ele ama muito vocês. Nunca questione isso.

— Se fosse assim, ele não nos obrigaria a ir embora.

Oh, Finn. Quem me dera que fosse assim tão fácil. Não tenho certeza de como explicar isso, mas ele é uma criança inteligente. Ele sempre teve esta capacidade inata de sentir quando alguém está mentindo, então eu balanço a cabeça para os lados, querendo escolher minhas palavras extremamente com cuidado.

— Algumas vezes, as mães e os pais não conseguem fazer as coisas funcionarem. — Uma lágrima escorre pela sua bochecha inchada e corta o meu coração em pedaços. — E aí não importa o quanto a gente tente, nós não conseguimos consertar isso. Não é por causa do amor, querido. Eu amo muito seu pai, e sei que ele se preocupa profundamente comigo. É só que...
— Eu suspiro. — É só que é melhor se nós não vivermos mais juntos.

Tudo isso é a verdade. Bem, tanto da verdade quanto o meu filho de dez anos de idade precisa. Nunca vou detonar o pai deles. Não importa o que aconteça, eu vou proteger os corações deles em relação a ele. Scott é o pai deles, e é um homem que eu amei por muito tempo, e quero que eles o amem.

— Pelo menos você não vai ficar mais triste — observa Finn, enquanto limpa o nariz com o braço.

Garotos.

— O que você quer dizer?

Ele se deita de costas no travesseiro e eu o cubro com os cobertores.

— Você ficava tão assustada de noite. O papai estava sempre gritando com você, e depois você chorava. — Finn solta um bocejo.

Meu peito se aperta enquanto agarro minha garganta. Pensei que nós estávamos fazendo um bom trabalho escondendo coisas. Scott e eu nunca dissemos nada na frente das crianças e trabalhei duro para esconder a minha dor. Parece que eu também não prestava para isso.

— Eu te amo, Finn. — Toco sua bochecha, mas ele já está apagado.

Agora vou chorar até dormir por mais uma noite na minha cama solitária.

Erica me ligou esta manhã para me informar que "o Arco atracou em Tampa". Estou presumindo que essa seja sua maneira não tão sutil de dizer que Noah está aqui, mas quem diabos sabe com aquela garota.

Ela é absolutamente, certificadamente louca.

De verdade.

Ela é maluquinha. Erica acredita que o governo está fazendo um experimento em humanos, e que nós estamos em algum tipo de *reality* como o dos *Jogos Vorazes*. Não tenho certeza em que distrito ela está, mas torço para que nós não estejamos no mesmo. Vamos todos morrer.

Ela também vive em casa com os pais, que ainda pagam suas contas enquanto ela trabalha para encontrar sua causa na vida. O que isso sequer significa? A causa dela? Isso não deveria ser um propósito?

Quem me dera estar inventando esta merda.

Envio uma mensagem de texto para Heather, rezando para que este meu plano estúpido funcione.

> Ei! Você está ocupada?

> Heather: Estou trabalhando agora, mas saio em uma hora. O que está acontecendo?

Ela nunca vai acreditar nisto, mas a minha capacidade de mentira está em zero, com a minha vida estando na merda.

> Eu estava pensando que todas nós poderíamos sair esta noite... Eu poderia realmente usar a distração. Estou deixando as crianças na casa de Scott daqui a pouquinho.

> Heather: Ah! É claro! O amigo de Eli de Nova York está na cidade, mas você é bem-vinda para aparecer se quiser! Nós podemos beber junto à piscina e fazer uma festa do pijama. Especialmente depois de estar perto do Cretino.

> Sim, o Cretino vai definitivamente prejudicar o meu humor. Eu poderia aproveitar algum tempo com você.

Eu me odeio. Eu sou a pior amiga de todos os tempos.

A culpa me atormenta por ter enganado minha amiga.

Ando de um lado para o outro pela sala de estar com o telefone na mão. Eu não serei esta pessoa. Heather não merece que eu seja desta maneira.

> Tudo bem, eu menti. Quero dizer, não totalmente, mas as minhas intenções não foram as melhores. Tenho que colocar uma postagem no blog na segunda-feira ou vou ser demitida pela minha chefe surtada. Ela me disse para escrever sobre o Noah. Não me odeie! Você pode me dizer para ir para o inferno agora. Não se preocupe, eu me odeio o suficiente por nós duas.

Meu telefone toca, e ele vai caindo ruidosamente pelo chão. Por que ela sempre liga ao invés de enviar mensagens de texto? Eu sou rápida para pegá-lo de volta e apertar o botão verde.

— Alô? — digo, com nervosismo.

— Você é tão idiota! Uma completa e total idiota! Se você precisava conhecer o Noah, eu teria o trazido embrulhado de presente para você. Bobona. — Heather gargalha, e eu ouço seu parceiro, Brody, em segundo plano. — Tudo o que você tinha que fazer era pedir.

Ela não entende a aversão que eu tenho por fazer isto.

— Não quero pedir a você! Eu deveria ser uma jornalista ou o que diabos que eles chamem esta merda. É o meu trabalho conseguir os babados dos malditos amigos de Eli.

Heather suspira.

— Eli sabe disso, e ele te conseguiu o emprego porque sabe que você é uma boa pessoa, Kris.

Não me sinto uma boa pessoa. Sinto-me como uma exploradora.

— Estou em dívida com esse homem. Você deveria dar a ele sexo como um agradecimento. — Eu sorrio.

— Ah, eu vou. Montes e montes de sexo quente e suado. Do tipo sobre o qual as pessoas escrevem.

Brody resmunga alto o suficiente para que eu possa escutar e depois faz um som de engasgo.

— Bom. Mas, por favor, não me conte sobre isso. Eu vou ficar sem sexo por um tempo. Já se passaram mais de onze meses. A última coisa que eu quero ouvir é sobre o seu sexo fantástico com um cara que estava na capa da revista *Men's Health* no mês passado. Ele poderia ter pelo menos um defeito?

— Nem me fala. Eu continuo esperando que apareçam pneuzinhos nele. Quando isso acontecer, eu vou cutucá-los diariamente.

Eu rio enquanto a imagino provocando Eli. Realmente não é justo. No entanto, ele trabalha duro. Nunca vi ninguém ser tão regrado com a dieta. Enquanto nos empanturramos de nachos com guacamole e queijo, Eli come frango e ovos bem cozidos.

Eu vou escolher os pneuzinhos, se isso significa que não tenho que abrir mão de guacamole.

— Obrigada por não estar zangada comigo. — Mordisco a unha do polegar.

Heather solta um suspiro profundo.

— Você vai ter que superar isto, Kristin. Apareça hoje à noite às oito, e nós vamos passar um tempo juntas, está bem?

— Ok. Merda! O que eu visto?

As únicas pessoas famosas com quem já estive por perto são os caras do *Four Blocks Down*. A primeira vez que encontramos todos eles, eu quase morri. Agora, Shaun, PJ, Eli, e Randy foram mais ou menos introduzidos em nosso pequeno grupo, por isso não é tão ruim assim.

Mesmo assim, minha pulsação estava ficando tão louca quando Shaun beijou minha mão que eu quase desmaiei.

Conhecer alguém por um motivo de trabalho... Não tenho certeza de qual é o protocolo. Eu me visto bem?

— Noah é realmente um doce, Kris. Nós vamos beber na piscina, portanto, seja apenas você.

— Eu sou...

O rádio ressoa alto, nos cortando.

— Tiros disparados. Eu tenho que ir. Amo você. — Heather desliga antes que eu possa responder.

Eu absolutamente odeio quando ela está em turno. Quando ela entrou para a polícia pela primeira vez, eu estava uma pilha de nervos. Ela era obrigada a me mandar uma mensagem todas as noites depois de ter chegado em casa com segurança. Não havia como eu dormir se ela não fizesse isso. Sei que sou estranha, mas era assustador pra caramba saber que ela poderia ser baleada.

Ela finalmente se cansou e me disse para tomar um comprimido para dormir ou procurar um terapeuta.

De vez em quando, eu sou lembrada de como o trabalho dela é perigoso.

Em vez de me desesperar — com a segurança da Heather ou com o meu encontro com o Noah —, pego as minhas coisas e saio do escritório.

Esta será a primeira vez que vejo Scott desde que me mudei. Estou em parte nauseada e em parte aterrorizada. A nossa última conversa pelo telefone não foi boa, e a mensagem de texto que recebi esta manhã me disse para encontrá-lo em casa.

Hora de descobrir se isso significava a casa ou o seu ponto neutro desconhecido em Tampa.

Capítulo 5

KRISTIN

— Mamãe! — Aubrey sai voando pela porta com um sorriso gigante. — Eu senti sua falta hoje!

— Eu também senti sua falta! — Agarro minha garotinha e balanço para frente e para trás.

A coisa que eu adoro no meu trabalho é o tempo que ainda tenho com as crianças. Eu fui capaz de trabalhar de casa dois dias nesta semana, e quanto mais aprendo sobre o funcionamento interno de *Celebaholic*, mais dias eu posso trabalhar remotamente. Minha posição atual pode não ser a que eu quero, mas as horas são meio que incríveis.

Eu empurro Aubrey para trás e sorrio.

— Você teve um bom-dia com a tia Danni?

Ela balança a cabeça concordando e depois sussurra no meu ouvido:

— Ela nos deu sorvete.

— Deu? — Finjo estar chocada.

— Ela disse para não contar a você.

Dou uma risadinha.

— Então é melhor a gente não dizer a ela que você contou.

— Você contou para a sua mãe sobre o nosso segredo? — Danielle pergunta, com um olhar de raiva falso no rosto.

As mãos de Aubrey se escondem atrás das costas dela, e ela dá de ombros.

— Talvez.

Danni faz um enorme barulho de alguém bufando e cruza os braços.

— Aubrey Nicole McGee, você vai me colocar em apuros.

— Devemos deixá-la se safar? — pergunto à Aubrey.

— Aham!

Danielle gargalha e a puxa para seus braços, beijando suas bochechas enquanto ela dá risadinhas. Danielle é a madrinha de Aubrey, e as duas juntas são um problema.

Finn sai com sua mochila nas costas e o telefone, que agora acho que se prendeu realmente à mão dele, em sua visão.

— E aí, mãe?

— E aí? — repito. — E aí você, cara?

Isso chama a atenção dele.

— Você não é nada maneira.

— Ah, eu sou a mãe mais maneira de todos os tempos. Eu sou tão maneira que você gostaria de poder ser meu amigo.

Finn sacode a cabeça e sorri. Não posso evitar de me alegrar um pouco. Ele tem estado tão deprimido que é bom ver um vislumbre do garoto que eu conheço.

— A tia Heather é maneira... Você não é — diz ele de brincadeira.

Não posso negar que o fato de Heather estar com uma estrela de televisão dá a ela pontos "legais" com as crianças, mas sinto falta dos dias em que eles achavam que eu era a melhor.

— Bem, ponha o seu traseiro no meu carro antes que esta mãe não--maneira comece a cantar e dançar com a tia Danni. — Levanto a sobrancelha, desafiando-o. Finn sabe que nós vamos fazer isso. Não tenho nenhum problema em envergonhá-lo.

Ele praticamente corre em direção à porta, e um pedaço do meu coração volta a se prender. As crianças terão seus desafios com tudo isso, mas eu poderia usar mais sorrisos.

Consigo afivelar Aubrey no banco e depois me encontro com Danielle na frente do carro.

— Você está indo bem?

— Estou sobrevivendo.

Ela segura meu braço e dá um sorriso tristonho.

— Quero que saiba que te amo e estou orgulhosa de você. Todas nós estamos.

As pessoas não têm ideia de quão sortuda eu sou por ter minhas meninas. Não existe maneira que eu poderia sobreviver sem elas. Sei que nós todas compartilhamos os mesmos sentimentos, o que torna tudo isso muito mais especial. Eu faria praticamente qualquer coisa por elas três.

— Orgulhosa? — pergunto.

— Sim, querida. Você o deixou quando Deus sabe que você deveria tê-lo deixado há anos. Estou orgulhosa de você por fazer o que tinha que fazer. Tem sido estranho, porque ele telefona para o Peter o tempo todo e... Eu só me senti muito no meio de tudo.

Peter é realmente o único amigo de Scott. Eu nem sequer tinha considerado que Danielle estaria ouvindo o outro lado da situação. Não é de se admirar que ela tenha estado um pouco estranha.

— Sinto muito.

Ela balança a cabeça rapidamente, em negação.

— Não. Você não tem nada do que se desculpar. Foi uma estupidez, e Peter sabe de tudo agora. Você não tem nada com o que se preocupar.

— Gostaria que fosse esse o caso. — Eu sorrio e depois olho de volta para o carro, mantendo a voz baixa. — Você-sabe-quem reclamou comigo sobre este fim de semana, e eu estou esperando...

Danielle segura seu pescoço e suspira profundamente.

— Ele vai fazer isso porque acha que pode. Ele te pressionou por tanto tempo que não sabe como lidar com esta nova mulher, durona e irritada. Não volte a ser um capacho nunca mais; nem com ele ou com qualquer outra pessoa.

— Eu não vou.

Não há como confundir a convicção no meu tom. Ele pode tentar, mas já estou farta disso. Este foi meu primeiro teste, e em vez de ceder a ele, eu me mantive firme. O nosso tempo naquela casa, enquanto esperávamos que as crianças terminassem a escola, foi bastante... revelador. Eu o vi pelo que ele é, e as lentes dos óculos cor-de-rosa se quebraram. Ele é um babaca gigante e não do tipo bom.

— Bom. Vejo você na segunda-feira? — pergunta.

— Bem cedinho. — Dou um abraço nela e prometo ligar se precisar de alguma coisa.

Agora, vamos para o meu encontro com o Diabo.

As crianças me informam sobre o dia delas, e Aubrey está indo a mil por hora. A viagem até minha casa — antiga casa — é de alguns quarteirões, mas dirijo extremamente devagar. Quero atrasar isso tanto quanto possível. Saber que vou ver a casa que um dia eu amei deixa o meu estômago dando cambalhotas.

Nós estacionamos na garagem e eu luto contra o meu desconforto. As crianças precisam me ver como um pilar de força.

Scott abre a porta vermelha e desce a passagem de pedestres. Ele está usando suas calças de terno preto que eu tinha passado no mês passado, a camisa azul que eu comprei, e seu sorriso é sem esforço. Eu poderia quase acreditar que ele está feliz em me ver.

Mas quando saio do carro, seu sorriso muda para um olhar de decepção. Percebo que ele ainda é a mesma pessoa miserável, mas eu mudei e não me importo mais se ele está feliz.

Caminho em direção a ele, querendo ser educada.

— Olá.

— Olá.

Silêncio.

Nós ficamos parados em frente à casa onde compartilhamos as nossas vidas e não podemos nem mesmo olhar um para o outro.

— As crianças estão prontas? — Scott pergunta.

Tudo bem, então.

— Sim, elas estão...

— Papai! — Aubrey grita, assim que o vê, interrompendo essa troca extremamente desconfortável. — Papai! Papai!

— Princesa! — Scott grita de volta e corre para o lado da porta em que ela está. Ele a pega nos braços imediatamente.

Ela o aperta e beija sua bochecha.

— Eu estava com tantas saudades de você, papai! Tantas!

Eu me movo para o porta-malas para poder pegar as mochilas deles.

— Senti mais saudades suas. Você ficou tão grande! Oi, Finn! Como você está, parceiro?

Finn não responde. Ele apenas coloca os fones de ouvido de volta sobre suas orelhas.

— Eu nunca quero deixar você, papai. — Aubrey dá uma risadinha e envolve seus bracinhos em torno dele novamente.

Meu coração se quebra, não deixando nada além de pequenos pedacinhos remanescentes. Desta vez, não consigo evitar as lágrimas. Eu me viro para dar as costas a eles e enxugar a umidade antes que alguém veja. Eu odeio tanto isso.

Puxo uma respiração profunda e estico os ombros para trás. Está na hora de ser uma pessoa madura novamente. Eu carrego as mochilas para a calçada antes de ir para o lado do Finn.

— Vamos lá, cara. Está na hora de ir ver o seu pai.

— Eu prefiro ficar com você. — Ele olha com raiva para o seu pai, e depois seus olhos se voltam para suplicar. — Por favor, mãe.

Por favor, Deus, ajude-me a passar por isso.

Eu toco o lado do rosto dele, reunindo cada pedaço de força restante que eu tenho.

— Você deveria passar algum tempo com o papai. Ele provavelmente sentiu a sua falta, e tenho certeza de que não foi capaz de chegar ao próximo nível em *Overwatch*.

Meus olhos encontram os de Scott, e eu vejo agradecimento pela primeira vez.

Scott limpa a garganta, chamando a atenção de Finn.

— Eu tenho tentado, mas você sabe que não consigo capturar o objetivo sem o meu ajudante.

O queixo de Finn cai, e ele desafivela o cinto de segurança.

— Tudo bem, não é tão difícil assim de qualquer maneira.

— Por que vocês dois não vão lá para dentro para que eu possa falar com a mãe de vocês? Peguei algumas coisas novas para seus quartos. — Scott gesticula para a porta da frente, mas antes que as crianças possam correr para dentro, eu as paro.

— Venham me dar abraços.

Cada uma das crianças envolve seus braços ao meu redor e eu as abraço apertado. Isto vai ser a coisa mais difícil que eu faço. Deixá-los ir a cada dois fins de semana nunca vai ser uma coisa que vou esperar ansiosamente. Eu amo essas crianças e as manteria comigo todos os dias.

— Tchau, mãe!

— Tchau, pessoal!

Eles correm para dentro, deixando-me com o Scott. Esperançosamente, desta vez ele poderá realmente dizer mais do que algumas palavras para mim.

Eu me balanço nos calcanhares e coloco as mãos no fundo dos bolsos.

— E então?

— Então, onde você quer se encontrar no domingo?

Ele não está seriamente me perguntando isso, está? Não depois de toda a discussão pelo telefone. Não há como ele acreditar que eu venha buscá-los. Não. Eu não acredito nisso.

— Desculpa? — Eu mantenho a voz calma.

— Eu acho que podemos nos encontrar no McDonald's entre as nossas casas. — Scott estala o pescoço.

Ele está falando sério, porra.

— Pela última vez, eu não vou encontrá-lo, Scott. Você trará o Finn e a Aubrey para a *minha* casa no horário em que nós concordamos através dos advogados.

Seus olhos ficam duros, e ele faz um baixo ruído de rosnar em sua garganta.

Bom. Que ele fique puto. Estou pouco me importando. Isto é absolutamente ridículo, considerando que era o acordo estúpido *dele*.

— Eu não vejo por que você não pode simplesmente me encontrar! — berra. — Porra! Inferno, é como se você nunca mudasse!

Não vou ficar parada aqui e permitir que ele grite comigo. É por isso que estou morando na casa da minha melhor amiga, para começar.

— Você está morando na casa porque pediu para ficar, mesmo que tenha sido mais um maldito tumulto para os nossos filhos, mas você não se importou. Eu nos mudei sem nenhuma ajuda sua. Você não quer mais uma esposa, então não vou agir como uma. — Escancaro a porta do carro e entro, meu peito se agitando com raiva, enquanto coloco a chave na ignição. A velha Kristin o teria encontrado porque ela queria que ele fosse feliz.

A nova Kristin não dá a mínima sobre como ele se sente.

Scott olha para mim incrédulo enquanto dou ré com o carro. Estou de saco cheio de fazer todos os outros felizes. Está na hora de aproveitar um pouco a vida.

Sigo de volta para a minha casa para tentar arrumar uma roupa para esta noite.

Quarenta minutos mais tarde, já escavei todas as caixas de roupas que ainda tenho que desempacotar e estou vestindo um simples traje de banho preto de duas peças por baixo do meu macaquinho de estampa floral fofa. Joguei meu cabelo castanho-escuro em um coque desarrumado e dei por encerrado.

Não tem como eu ficar fora até tarde esta noite, eu quero me afogar na minha própria pena. Mas, mais uma vez, devo fazer algo que não quero... trabalhar.

Se eu conseguir colocar na cabeça que isso pode realmente ser semi-agradável, vai ser maravilhoso para mim.

> Heather: Onde você está?

Ainda estou sentada na beirada da cama fazendo o pior discurso motivacional do mundo para mim mesma.

> Estou saindo de casa agora.

Ou assim que eu conseguir levantar minha bunda preguiçosa.

> Heather: Ok! Mal posso esperar para ver você. Estou fazendo margaritas! Olé!

Ai, caramba! Isto vai ser divertido. Heather é a melhor bêbada de todos os tempos. Ela não consegue segurar sua bebida e geralmente faz algo épico... tipo ir parar na cama com uma estrela do rock. Eu me forço a me levantar e ir.

Vinte minutos mais tarde, estou na casa de Heather e Eli.

Eu posso fazer isso. Posso ir lá, fazer o que preciso fazer, e ir para casa, onde posso encher a cara com comida porcaria e ver filmes que só me deprimem mais.

Bato na porta e Heather a abre com um sorriso gigante no rosto.

— Kristin! — Os braços dela se envolvem em torno do meu pescoço, e eu vou caindo para frente.

— Santa merda! Quanto você já bebeu? — Eu rio, enquanto nós duas nos estabilizamos.

Ela me libera com uma gargalhada.

— Eu só bebi uma, mas Noah faz *realmente* forte.

Se esta for ela depois de uma... Nós estamos em tantos problemas.

— Vá com calma, querida.

Heather revira os olhos e me puxa para dentro de casa.

— Comece a beber. Você precisa esquecer as suas preocupações, e eu tenho aqui meus amigos Jim, Jack e Johnny, todos prontos para você. Ou podemos curtir com o Jose.

Minhas sobrancelhas se levantam, e ela enfia um copo na minha mão.

— Quem é você, e o que você fez com a minha melhor amiga?

O olhar dela cai no chão e, quando ela olha para cima, uma lágrima se forma.

— Faz hoje dois anos... desde que eu a perdi.

Ela não precisa dizer outra palavra. Eu a puxo para os braços e esfrego as suas costas.

— Ah, Heather. Eu sinto muito.

É difícil acreditar que ela tenha perdido sua irmã há dois anos. Parece que já faz muito mais tempo. Não há nada a dizer para aliviar a sua dor, mas eu gostaria de poder. Stephanie era mais do que uma irmã para Heather. Ela era como uma filha.

— Eu estou bem — diz ela, enquanto se afasta.

— Hoje é um dia de merda para todo mundo. — Eu encolho os ombros.

— Scott?

— Aham. — Então, porque não há nada que ela possa fazer para melhorar, eu encolho os ombros novamente. — Você sabe como é ter um... ex.

— Sei muito bem, minha amiga. — Heather ri e toma um gole de sua bebida. — Agora, beba para que eu possa te trazer de volta lá para fora. Eli e Noah estão ambos na piscina. Sem camisa.

Talvez um pouco de álcool vá fazer com que eu não me torne tanto uma tartaruga constrangida. Sigo o conselho dela e tomo um gole, tremendo quando o álcool me atinge.

— Santo inferno!

Ela não estava brincando sobre as bebidas serem fortes. Não sei se consigo saborear a mistura. É basicamente tequila pura. Tomo outro gole e olho pela janela dos fundos.

A parede traseira da casa tem a melhor vista, entretanto. O sol está se pondo, dando ao céu uma tonalidade rosa e amarela, mas não é sobre isso que os meus olhos estão fixados.

Parado de pé na beira da piscina está o espécime masculino mais deslumbrante que eu já vi. A foto de Noah Frazier não é absolutamente nada em comparação com a versão viva. Ele é mais alto do que eu imaginava com um físico largo e uma pele bronzeada. O cabelo dele está molhado, parecendo quase preto, e pequenas gotas de água caem das pontas, deslizando por seu corpo perfeito. Eu assisto os riachos escorregarem pelo seu peito e depois descerem enquanto seguem as cristas de seu tanquinho sarado.

Eu seguro o balcão para não cair.

— Ai, meu Deus — eu digo, mal respirando as palavras.

A cabeça de Heather se vira e, quando ela olha para mim, seu sorriso é largo.

— Sim, Deus definitivamente os fez.

— Eu não posso ir lá fora — eu gaguejo. — Nunca serei capaz de falar.

Não há uma chance no inferno de eu não me fazer de uma idiota completa.

— Você tem que ir! — Heather agarra minha mão. — Ele está esperando uma amiga repórter para entrevistá-lo.

Meu estômago cai. Não, não, não, ela não fez isso.

— Você contou a ele? — grito a pergunta.

Ela dá uma gargalhada e esvazia seu copo.

— É claro que nós contamos. Acredite em mim, é melhor que ele saiba. Nós explicamos que você é uma das minhas melhores amigas e que queria conversar um pouco. Eli disse que ele estava mais do que feliz em fazer a entrevista para você.

Jesus. Eu vou matá-la.

Pego a bebida e viro-a de uma vez. Minha garganta queima, e eu tusso quando o calor começa a fluir através de minhas veias.

— Vai com calma! — avisa, enquanto me dá tapinhas nas costas.

— Isto vai ser tão embaraçoso — eu lamento.

Heather ri enquanto serve outra bebida.

— Aham. Sim, vai ser, mas também vai ser tão engraçado.

Talvez eu possa me esconder aqui embaixo e ninguém jamais saberá. Não há nada que diga que eu tenho que fazer isto. Minha chefe tem, tipo, uns doze anos, eu tenho certeza de que posso inventar alguma coisa plausível. As celebridades não são conhecidas por serem confiáveis.

Argh.

Mas eu preciso deste trabalho.

Antes que eu possa fazer um movimento, de qualquer maneira, a porta de vidro se abre e Noah caminha através da soleira.

Minhas pernas começam a tremer quando os olhos dele se encontram com os meus. Tudo o que posso pensar é em como eu gostaria de escalá-lo como uma árvore e sacudir seus cocos. Pensei que ele era gostoso na foto, então ele ficou melhor pela janela, mas, assim de perto, ele é de outro mundo.

— Olá. — A voz rouca de Noah flutua ao meu redor. — Você deve ser a Kristin.

Ao invés de falar, estou aqui parada com a boca aberta. Alguns pequenos sons que poderiam ser palavras escapam, mas eles não são coerentes.

Eu quero morrer.

— Noah, esta é minha melhor amiga, Kristin. Aquela de quem nós falamos com você. — Heather me dá uma cotovelada.

— Sim. Eu. Oi. Kristin. Eu. Você. Oi.

Tranquilo. Alguém deveria filmar isto, porque tenho certeza de que é altamente engraçado.

— Certo. — Noah mostra um sorriso ofuscante. — Ouvi dizer que você é repórter?

Certo, Kristin, você tem que falar em mais do que intervalos de uma palavra ou ruídos de grunhidos.

Pego o copo de Heather que ela acabou de reabastecer e espero que ele aja como um talismã.

— Sim, para um pequeno blog, mas eu sou isso. Uma repórter. Para um blog. Eu escrevo.

E uma idiota desajeitada.

Os olhos verdes de Noah estão cheios de humor. Ele se move para um pouco mais perto e coloca sua mão em cima da minha.

— Eli me contou um pouco. É um prazer ter vindo.

Tenho quase certeza de que acabei de ter prazer. Pelo menos todos nós tivemos.

— O prazer é meu.

Seus lábios se curvam para cima à medida que seus olhos percorrem o meu corpo.

— Vejo você lá fora. — Ele dá uma piscadinha e sai novamente.

Meus ovários se desintegraram oficialmente.

Eu me viro para a Heather, que explode em um ataque de risos.

— Ah, isso foi épico. Lembra que vocês todas disseram que eu estava deslumbrada quando conheci Eli? Você deveria ter visto isso! — Heather continua gargalhando às minhas custas. — Sim. Eu. Hum. Blog. Er — zomba.

— Cale a boca. — Eu rio, porque, de verdade, o que mais eu posso fazer? Bato no quadril dela antes de dar a volta no bar e pegar um copo.

— Agora, sirva-me uma dose antes que eu beba direto da garrafa.

Só há uma maneira de passar por esta noite.

Álcool.

Bastante Álcool.

Capítulo 6

NOAH

Tenho estado perto de pessoas bonitas por muito tempo, mas Eli se esqueceu de mencionar que Tampa parece cultivar sua própria raça de garotas gostosas. Foda-se, aquela mulher é maravilhosa.

Seus olhos azuis profundos são hipnotizantes, seu cabelo escuro é o mais belo tom de marrom-chocolate, e aqueles lábios carnudos deixaram as minhas bolas se apertando.

— Você conheceu a Kristin? — Eli pergunta, quando passo vindo de lá com as cervejas do bar molhado.

— Poderia ter me avisado que ela é gostosa pra caralho. — Eu rio, enquanto me sento.

Ele sorri.

— Todas as amigas da Heather são.

— É bom saber. Qual é o problema dela?

Espero que Eli leia nas entrelinhas do que estou perguntando. Se vou passar algum tempo em Tampa, seria legal talvez ter alguma companhia.

Eli me estuda e suspira.

— Eu não teria nenhuma ideia, Noah. Ela já passou por um mau bocado, e não tenho certeza se você teria a droga de uma chance. Além disso, Heather vai colocar suas bolas em um frasco se você fizer qualquer tipo de joguinho. Ela acabou de sair de um casamento bem fodido. Kristin não é uma garota que eu perseguiria se fosse você.

— Beleza. — Olho pela janela e pego um vislumbre do sorriso dela. A maneira como seu rosto inteiro parece mais brilhante antes que ela jogue a cabeça para trás e ria sem nenhuma reserva.

Eli limpa sua garganta.

— Não seja estúpido, Noah.

Eu lhe dou um olhar que o faz rir.

— Talvez o que ela está procurando seja algo casual.

— Estou te avisando. — Os olhos de Eli estão sérios. — Ela não é uma mulher com quem você fode por aí. Ela tem dois filhos, um marido de merda, que vai tornar a vida dela um inferno através do divórcio deles, e se você a machucar... Vou te dar uma surra antes que a Heather tenha a chance de fazer isso.

A ameaça não passa despercebida, mas não tenho certeza se vou ser capaz de ficar longe dela. Em vez de dizer isso a ele, tomo um gole da minha bebida e mantenho os olhos para frente. A última garota com quem eu tive esta força de atração foi a minha namorada do ensino médio. Eu amava Tanya com tudo o que eu era, e se ela ainda estivesse viva, estaríamos casados. Sei disso do fundo da minha alma. Ela foi levada muito cedo, deixando-me incapaz de seguir em frente.

— *Shots!* — Heather grita, enquanto ela e Kristin saltam para fora de casa, interrompendo a nossa conversa.

— Ah, pelo amor de Deus — resmunga Eli. — Baby, você sabe que não consegue aguentar sua bebida.

Heather ri e se enrola no colo dele.

— Kristin e eu já bebemos quatro!

Kristin se senta na espreguiçadeira ao meu lado e bebe um gole da sua margarita.

— Você é um peso tão leve, Heather.

— Tanto faz, Eli gosta do que acontece quando eu bebo. — Ela passa seu dedo dos lábios dele até o peito. — Não é mesmo, querido?

Ele ri e olha para mim.

— Esta vai ser uma noite muito interessante.

Olho para Kristin e não posso deixar de concordar.

— Parece que sim.

As garotas continuam a beber e a fazer *shots* pela hora seguinte, mas depois Eli leva a garrafa de volta para dentro de casa, cortando-as. Agora elas estão dançando — de forma desajeitada. Kristin tenta mover o corpo sedutoramente contra sua amiga, mas elas continuam dando risadinhas e quase caindo.

— Eu deveria parar com isso, mas estou tendo problemas para me forçar — Eli murmura, antes de tomar um gole.

— Se você parar isso, eu te mato — aviso.

— Essa é a minha futura noiva que você está assistindo.

— Não — respondo, mantendo meus olhos na morena. — Eu não estou.

Heather se move para trás da Kristin, dando-me uma visão clara do corpo da amiga. Suas mãos estão sobre seus quadris, balançando para frente e para trás.

Kristin puxa o lábio entre os dentes conforme vai descendo, enquanto me observa.

Foda-se.

Todos os músculos do meu corpo querem ir até ela, agarrar aqueles quadris, e fazer com que ela me toque. As palavras de Eli soam na minha cabeça, mantendo-me exatamente onde eu estou, apenas olhando para ela.

Vou precisar de um banho frio.

Elas dançam por alguns minutos, rindo e tropeçando, e eu e Eli balançamos as cabeças. As garotas são uma raça estranha pra caralho. Você nunca veria os caras fazendo essa porcaria, mas quando uma garota faz isso... é quente como o inferno. Os olhos de Kristin se levantam para mim e ela me dá um sorriso tímido.

Ela é realmente bonita pra caralho.

Os braços de Heather enrolam-se ao redor do pescoço de Kristin e elas balançam juntas. As duas dão risadinhas enquanto sussurram alguma coisa.

— Quer compartilhar com o grupo? — Eli pergunta.

— Não. Conversa de menina — responde Heather.

Kristin lhe empurra a língua para fora e a gira.

— Sim, as garotas estão falando. Nenhuma entrada de pênis é permitida.

Eli bufa.

— Vou estar entrando com alguma coisa mais tarde.

— Estou tão cansada — Heather se queixa, enquanto descansa os braços sobre o ombro de Kristin. — Preciso me deitar.

Eli fica de pé com um gemido.

— Vamos lá, baby. Vamos te levar para a cama.

— Ainda não estou cansada. — Kristin empurra seu lábio inferior para fora.

— Eu vou ficar de olho nela — digo, sem pensar duas vezes.

Eli suspira.

— Lembre-se do que eu disse.

— Você me conhece. Eu não sou *aquele* cara. — Eu não sou um canalha. Nunca foderia com uma garota que está bêbada desse jeito, mas, mais do que isso, eu não trairia a nossa amizade. Amigos e atores não andam de mãos dadas na maioria das vezes, então eu não faria uma maldita coisa para estragar a minha camaradagem com Eli.

Ele acena com a cabeça de acordo, agarra Heather e a carrega para dentro.

— Quer dançar? — Kristin pergunta, hesitantemente.

Muito, pra caralho, mas seria uma má ideia.

— Por que você não vem se sentar? — sugiro.

Ela sopra dramaticamente, o que me faz sorrir. Ela é tão adorável pra caramba.

— Tudo bem. Desmancha-prazeres.

— Você me chamou de desmancha-prazeres?

— Aham! Toda festa tem um desses, e é isso que você é.

Não tenho certeza se alguma vez já fui chamado assim. Eu me mudo para a área do sofá onde ela está parada.

— Você sabe, isto nem sequer é uma festa. São apenas duas pessoas.

Kristin coloca as mãos sobre os quadris e põe a língua para fora.

— Desmancha-prazeres.

Espero seriamente que ela se lembre disso pela manhã.

— O que me faria mais divertido então?

Ela bate em seus lábios e olha em volta antes que suas pernas pareçam ceder. Eu a pego nos braços, e suas mãos descansam sobre o meu peito nu. Aqueles olhos azuis olham para mim com desejo nadando neles. É bom saber que não sou o único sentindo isso. Meu pau reage e tento pensar em qualquer coisa, menos na sensação da pele dela. Nenhum de nós faz um movimento; eu a seguro e ela me deixa.

Os dedos de Kristin deslizam para frente e para trás no meu ombro.

— Você é tão bonito — ela fala, arrastado. — Eu gostaria de ser bonita como você.

— Você é de tirar o fôlego — eu respondo.

Talvez eu não queira que ela se lembre.

Talvez eu queira que ela esqueça todo esse negócio, porque eu não deveria tê-la ainda nos meus braços. Eu deveria tê-la deixado ir, mas meus braços não se movem.

Seus dedos macios se mexem sobre meu peitoral e estou fazendo tudo o que posso para impedir o meu pau de ficar duro, mas seu cheiro floral é demais.

— Kristin... — falo asperamente o nome dela.

Ela empurra seus quadris para frente, sentindo minha ereção, e seus olhos se arregalam.

— Eu-Eu... — Ela dá um passo para trás. — Nós deveríamos... Umm... fazer aquilo.

Agora é a minha vez de ficar chocado.

— Fazer aquilo? — Eu não tenho certeza se ela quer dizer o que eu quero dizer. Mesmo que quisesse, não há como eu tocá-la hoje à noite. Eu gostaria que ela se lembrasse de tudo quando eu a tiver.

— Sim. A entrevista — esclarece.

— Agora?

— Sou uma boa trabalhadora — Kristin fala e começa a andar, agarrando-se às cadeiras enquanto vai. — Profissional da cabeça aos pés.

— Por que nós não esperamos até que você esteja sóbria?

Ela se vira e ri.

— Eu não estou bêbada, você está.
— Tenho bastante certeza de que você está embriagada, querida.
— Por que você tem dois narizes? — A cabeça de Kristin se inclina para o lado enquanto um de seus olhos se fecha.

Esta é a maior diversão que já tive em muito tempo. Eu jogo junto. Quando ela retoma sua caminhada, eu a sigo, perguntando-me o que diabos ela está fazendo enquanto se move pelo quintal.

— Isso faz parte da entrevista?
— Que entrevista? — Kristin para de andar. — Ah! Sim. Você deveria se sentar.

Eu não discuto. Sento-me na cadeira, esperando que ela vá fazer o mesmo.

— Primeira pergunta, qual é o seu próximo trabalho?

Eu encolho os ombros.

— Ainda não tenho certeza. Estou decidindo o que fazer a seguir.

Desde que terminamos de filmar a série *A Thin Blue Line*, seis meses atrás, eu tenho muito tempo nas mãos. Tive algumas chamadas de testes para elenco, mas ainda não decidi se vou aceitar um novo trabalho agora mesmo.

Meu agente deseja que eu me mexa mais rápido, mas eu sou solteiro, rico e quero aproveitar minha vida um pouquinho.

Kristin sopra.

— Você se sente quente?
— Eu gostaria de pensar que sim. — Eu sorrio.

Seus olhos se arregalam, e suas bochechas ficam vermelhas.

— Eu não queria dizer desse jeito! Quero dizer tipo, calor, lá fora, quente. Eu estou tão quente.

— Eu concordo. — Eu sou quente, ela é quente... Eu gostaria que nós dois estivéssemos calorosamente suados juntos, mas vou ter que me contentar com insinuações bêbadas.

Ela ainda está de pé e dá um passo para trás.

— Você está flertando comigo?
— Talvez
— Você não deveria flertar comigo.

Eu sei disso, mas é muito divertido assistir sua reação.

— Tudo bem, eu vou parar.
— Ok, porque você é totalmente quente e eu realmente quero te beijar, mas isso seria ruim, certo? Eu não deveria querer te beijar. Você está bêbado, e eu estou bêbada, e isso seria errado. Eu não faço coisas erradas. Sou uma boa garota que segue as regras — ela divaga, quase como se tivesse se esquecido de que estou aqui. — Além disso, tenho que escrever

sobre como você é sexy, o que seria *toooooootalmente* constrangedor se nós nos beijássemos. No entanto, seus lábios são lambíveis. Eu os lamberia.

Seguro os apoios de braço para me levantar, e Kristin dá mais um passo atrás.

— Cuidado — eu aviso, quando ela se aproxima da beirada da piscina. — Venha se sentar.

— Meu marido... bem, futuro-ex-marido — ela suspira, enquanto balança a cabeça — diz que eu não beijo muito bem, de qualquer maneira. Não que eu tenha feito bem alguma coisa para ele. Eu era muito boa na cama na faculdade. Tive um cara que me disse que eu era a melhor transa de todos os tempos.

— Kristin — eu alerto, enquanto ela caminha ainda mais para trás enquanto divaga sobre coisas que eu gostaria de não pensar, já que acabei de ter o meu pau sob controle.

Ela revira os olhos e joga suas mãos no ar.

— Como você passa do melhor de todos os tempos para o nada? Tinha que ser ele, certo?

— Você vai cair na piscina. — Eu tento um aviso mais direto desta vez.

— Deve ser porque sou totalmente uma boa... — Seus olhos encontram os meus, e eu a vejo cair para trás com um guincho.

Maldição. Eu me apresso quando ela sobe para buscar ar.

— Merda, merda, merda!

— Me dê a sua mão. — Eu sorrio, enquanto ela resmunga.

— Estou toda molhada — observa Kristin.

— Isso é o que acontece quando você cai na piscina. — Estendo as duas mãos e ela nada até a beirada para agarrá-las.

— Minha roupa, também! Estou totalmente sendo despedida.

Kristin coloca os dedos na minha palma da mão e começo a puxá-la para cima. Entretanto, ela cai para trás, e eu perco meu apoio, fazendo com que eu vá de cabeça para a piscina com ela. Chego à superfície rapidamente, apenas para encontrá-la dando risadinhas incontroláveis.

— Você também caiu!

— Você me puxou para dentro — eu digo, enquanto eu jogo água nela.

Ela pula em meus braços, e meu coração se acelera.

— Sinto muito.

— Valeu a pena.

Ela envolve os braços ao redor do meu pescoço e as pernas ao redor do meu tronco. Não há maneira no inferno de eu detê-la desta vez. Não me importo uma merda com o certo e o errado ou com as amizades. Eu a quero. Quero beijá-la.

Os olhos de Kristin permanecem nos meus, sua respiração se acelera.

Minhas mãos estão espalmadas pelas costas dela e, em seguida, seus olhos se fecham. A vontade de fechar a distância entre nós e beijá-la é forte, mas não o faço. Ao invés disso, eu a deixo tomar a iniciativa. Se ela me beijar, não posso ser o culpado, certo?

Com certeza. Vamos com isso. Não é como se eu fosse a pessoa sóbria e tivesse mais juízo...

Os lábios dela se aproximam, se aproximam, até que sua cabeça reclina para o lado e cai no meu ombro.

Certo, isso foi inesperado.

— Ei — eu digo, suavemente, mas ela não responde. Posso dizer honestamente que esta é uma primeira vez.

Suas pernas ficam moles ao meu redor, e ela solta um ressonar alto contra a minha orelha.

— Tudo bem — digo, enquanto a levanto nos braços. — Você está dormindo. Na piscina. — Empurro os cabelos dela para trás, e ela suspira enquanto puxo suas pernas para cima em meus braços e a seguro contra o peito. Nós chegamos às escadas, onde ela se torna um peso morto quando saio da água. Seus braços e cabeça ficam pendurados para baixo, mas sei que ela está respirando graças ao som alto que escapa de sua boca.

Eu a carrego para a cadeira e a coloco lá.

E agora?

A casa de Eli é gigante pra caralho, não tem como eu carregá-la pelas malditas escadas sem cair. Não estou mais na casa dos vinte e poucos anos. Inferno, estou chegando aos quarenta.

Mesmo assim, não posso deixá-la aqui encharcada e desmaiada de bêbada.

Felizmente, está quente como o inferno em Tampa, por isso não preciso me preocupar com o seu congelamento até a morte. Não tenho muita certeza sobre qual é o protocolo aqui, mas não acho que ela deveria dormir com sua roupa. A ideia de despi-la também não me parece exatamente correta.

Eu sou um ator, um maldito bom ator, e posso me colocar em um papel. Beleza. Sou seu melhor amigo gay e não dou a mínima sobre encontrar o que quer que está por baixo destas roupas. Não me sinto minimamente atraído por ela. Esse é o meu papel.

Eu sou um maldito idiota.

Deslizando para baixo a alça da roupa dela, concentro-me em qualquer coisa, menos na forma como sua pele se sente contra os meus dedos. Não me concentro no ruído do zumbido que ela solta quando repito o movimento do outro lado. Inferno, eu não registro nem sequer o aumento da respiração dela quando roço a parte superior do seu peito para puxar qualquer-que-seja-o-inferno-do-nome desta roupa de peça única para baixo do corpo dela.

Meus olhos olham para a parede enquanto retiro a roupa de suas longas e tonificadas pernas, rezando a Deus para que ela tenha algo por baixo. Se ela estiver nua, eu estou fodido, acabado.

Quando olho para baixo de novo, fico grato por ela ter vestido um biquíni.

— Noah — ela geme.

— Estou apenas tirando você da roupa molhada. Está tudo bem.

— Ok. — Kristin rola enquanto arranco a roupa dos seus pés. — Você é tão quente.

Kristin está de volta ao ressonar e puxa suas pernas para cima. Pego duas toalhas da mesa para cobri-la com elas. Seus dedos minúsculos agarram a borda da toalha enquanto ela a enfia debaixo do queixo.

Afasto os cabelos do rosto dela e seus olhos se abrem um pouquinho.

— Vou ficar aqui fora com você — digo, sem ter certeza nem mesmo se ela está acordada.

— Acampar é divertido.

Meus lábios formam um sorriso enquanto esfrego o polegar contra a bochecha dela.

— Sim, acampar com certeza é.

Vou para dentro para trocar de roupa e pegar alguns cobertores. Não tenho ideia se faz frio durante a noite, mas prefiro não arriscar. Quando volto para fora, coloco um por cima dela e depois me estabeleço na cadeira ao seu lado.

Talvez eu tenha que ficar em Tampa um pouco mais do que imaginava.

Capítulo 7

KRISTIN

Quem diabos acendeu as luzes? Eu me viro, na esperança de bloquear a claridade insana que penetra em minhas pálpebras e grito quando eu chego ao chão duro.

Ai.

— Você está bem? — uma voz rouca e profunda pergunta, e meus olhos se abrem em um estalo, apenas para se fecharem novamente.

Merda. Onde eu estou, inferno?

Levanto uma pálpebra e olho ao redor. Por que estou do lado de fora? Meu olho encontra a fonte da voz, e eu salto. Noah está me encarando e tem um enorme sorriso em seus lábios. O cabelo dele está jogado para o lado, e ele está sentado na cadeira ao lado da minha com o joelho para cima, bebericando de uma xícara de café.

Como diabos o homem é tão perfeito *assim* pela manhã?

Pela manhã? Espere, está de manhã. E ontem à noite, eu estava...

Ah, querido Deus do céu, por favor, me diga que eu não fiz nada estúpido. Então eu me lembro dos *shots* de tequila. De dançar. Nadar... Talvez?

Outra memória, ou talvez um sonho, se apresenta. Seus olhos. Eu estava tão perto dele, pensando no quanto eu queria me perder nos olhos dele. Imaginando seus lábios contra os meus e me perguntando se ele achava que eu era especial. Meu corpo inteiro estava vivo pela primeira vez em uma eternidade. Quase consigo me lembrar da maneira como os seus dedos estavam cravados em minhas costas, mas não tem como isso ter sido real.

Noah limpa a garganta, e eu olho para cima.

— Como você está se sentindo?

— Ah, não tenho certeza se há palavras para descrever isso — digo e agarro minha cabeça.

— Aqui. — Ele se desloca para pegar outra caneca e depois a entrega para mim. — Você provavelmente precisa disso.

Levanto o braço e o cobertor escorrega, expondo minha pele nua. Como foi que eu perdi a minha roupa? Isto só continua ficando cada vez pior. Minhas mãos tremem quando verifico se tenho meu traje de banho vestido, e depois solto um suspiro de alívio. Pelo menos não estou nua.

É hora de conseguir algumas respostas sobre que inferno aconteceu ontem de noite.

— Eu me lembro de usar meu macaquinho ontem. Alguma ideia de quando isso saiu? — pergunto, enquanto pego a caneca.

Noah sorri, e meu coração pula uma batida. Ele é realmente, inacreditavelmente bonito.

— Eu o tirei.

Cuspo o café na cadeira.

— Você o quê? — grito.

Ele dá uma gargalhada enquanto limpo o líquido do queixo, coloco a caneca no chão e envolvo o cobertor ao meu redor. Acho que não poderia realmente me envergonhar mais neste momento.

— Você estava bêbada. — Ele move as pernas para o lado para poder se virar e me encarar. — Quero dizer, realmente bêbada.

— Então você tirou minha roupa? E pensou que isso estava certo? — Agora eu estou irritada. Entendo que o Sr. Hollywood provavelmente consegue o que quer, mas tirar minha maldita roupa não está certo. Sinto muito, mas eu claramente não estava no meu perfeito juízo. — Quem diabos você pensa que é?

Noah esfrega sua testa enquanto espero por uma resposta.

— Você caiu na piscina, Kristin. Estava desmaiada e ressonando enquanto eu a carregava para fora.

— Não — eu ofego. — Eu o quê?

A piscina. A maneira como eu queria beijá-lo, não era um sonho. Isso era real.

— Não pensei que você iria querer adormecer com a sua roupa completamente encharcada.

A percepção me dá uma bofetada na cabeça. Eu era uma idiota bêbada e ele ficou preso cuidando de mim. Puxo o cobertor por cima do rosto e me pergunto se consigo desaparecer aqui dentro.

— Eu sinto muito, *mesmo* — digo, sem mostrar a cara.

A gargalhada profunda de Noah se aproxima cada vez mais. Sinto seus dedos tocarem meu braço um segundo antes de ele puxar o cobertor para que possa me ver.

— Eu não me importei.

— Você não se importou? — pergunto.

Ninguém pode me convencer de que eu não era uma bagunça completa. Estou em meu traje de banho, no pátio, e tenho uma ressaca mortal. Todos os sinais apontam para uma noite muito mortificante. Uma que eu deveria estar trabalhando para aprender sobre Noah.

Quão estúpida eu posso ser?

Seus olhos verdes se suavizam, e ele mantém sua mão sobre a minha.

— Não. Eu realmente não me importei.

Meu pulso se acelera quando nós olhamos um para o outro. Isto não pode estar acontecendo comigo. Não há como as emoções que Noah está agitando em mim serem reais. Eu ainda estou casada. Acabei de deixar o meu marido e, mesmo assim, neste exato momento, estou pensando no quanto gostei de Noah me tocando. Estou me perguntando: se eu me inclinasse um pouquinho para cima, seria bom beijá-lo?

Tem que ser os resquícios do álcool. Não existe outra explicação.

Noah se desloca, quebrando a conexão.

— Obrigada por se certificar de que eu não me afogasse. — Tento rir, mas soa estranho.

A voz de Noah se torna brincalhona.

— Eu também gostei de acampar.

O quê? Eu não acampo. Quem diabos...

— Ai, Deus! — Fecho os olhos e tento formular alguma maneira de sair disto sem precisar de uma mudança de identidade. Não. Não tem outra opção. — Vou rastejar em um buraco e morrer agora — murmuro.

— Eu gostei, especialmente da entrevista — Noah acrescenta. — Eu diria, no entanto, que como uma repórter você não fez as perguntas importantes.

É por isso que não gosto de beber. Só posso imaginar as besteiras que saíram da minha boca. Já sei que grudei nele igual chiclete, por que não piorar as coisas?

— Por favor, faça isso parar. — Seguro os lados da minha cabeça, rezando para que ela exploda para aliviar a pressão.

A mão dele toca as minhas costas e as esfrega lentamente.

— Kristin?

— Sim? — Eu não olho para cima.

— Olhe para mim — Noah exige.

Levanto a cabeça, e ele se inclina mais para perto.

— Sei que você provavelmente se arrependeu de ontem à noite, mas não me arrependo. Nem um minuto. Isso também significa que nós teremos que passar o dia juntos, para que você possa realmente conseguir a sua história. Engraçado, quem tem sujeira sobre quem agora, não é?

Noah se levanta, sua estrutura alta bloqueando o sol por um segundo, antes que eu o veja caminhar para dentro.

Não sei o que pensar. Tudo dentro da minha cabeça está saltando ao redor, causando dores lancinantes à medida que ela se move. Pensar dói.

Beber é uma porcaria.

Heather está morta para mim.

Deito-me e começo a rir. Esta é a minha vida. Era eu quem tinha um trabalho a fazer, mas não conseguia falar ao redor dele porque ele é tão assustadoramente gostoso, e fiquei bêbada. No entanto, eu nem sequer fiz isso de qualquer jeito. Não, eu fui com tudo na parede e fiquei tão ferrada que caí dentro de uma piscina e desmaiei bem na frente do cara que eu deveria estar conseguindo informações privilegiadas.

Ah, como o artigo tinha mudado agora.

A única coisa que eu tinha notado em minha mente nebulosa foi que ele não olhou para mim como se eu fosse uma idiota bêbada quando acordei do que Deus sabe o que eu fiz ontem à noite. Na verdade, seu olhar estava cheio de ternura. Noah não fez graça de mim ou fez com que eu me sentisse estúpida, que é o que eu esperava. Teria sido como em qualquer outra ocasião em que eu tivesse cometido um erro e o tivesse jogado de volta na minha cara.

Não muda o fato de eu ter me feito de total imbecil.

A porta se abre, e eu espero ver Noah voltando com seu bronzeado brilhante e cabelo perfeito, mas é a Heather. Ela parece exatamente como eu me sinto. Listras pretas estão manchadas no rosto dela, seu cabelo está em um coque bagunçado, e ela está usando seus óculos escuros.

— Como você está? — pergunto, antes de me sentar, agarrar minha caneca e tomar o meu café.

— Cara, quanto nós bebemos? — Ela se atira para a cadeira que Noah desocupou e rola para o seu lado.

— Muito mais do que deveríamos.

Heather puxa os óculos para baixo e espreita por cima da borda.

— Que diabos aconteceu com você? Você está pelada?

Eu envolvo o cobertor um pouco mais apertado.

— Não, mas de acordo com o Noah, foi uma noite interessante.

— Você conseguiu a sua entrevista?

Fico olhando furiosa para ela.

— Não. Eu estava tão ferrada que caí na piscina... com minhas roupas vestidas. Acho que tentei beijá-lo, mas eu podia estar sonhando bêbada com essa parte. Sei que tentei uma entrevista e me lembro de dizer alguma coisa sobre... — Deixo a cabeça cair em minhas mãos.

Eu não fiz isso. Não, eu não poderia ter dito tudo isso.

— Sobre... — ela estimula, com um toque de diversão na voz.

— Ser uma boa transa — eu murmuro cada palavra tentativamente.

Heather explode em gargalhadas. Ela segura seu estômago enquanto continua e continua.

— Você não fez isso! Ai, Deus. Você faria, Kris. Eu te amo, mas você é tão sem noção.

— Eu teria sido profissional, se a minha melhor amiga não tivesse me deixado bêbada.

Então me lembro da maneira como eu não conseguia nem olhar para ele quando entrou na cozinha. Eu estava praticamente babando em mim mesma enquanto gaguejava respostas de uma só palavra. Isso foi o que me levou a tomar uma estúpida dose. Pensei que, se eu pudesse me controlar, conseguiria lidar com isso. Aparentemente, eu estava seriamente enganada.

— Eu não estava empurrando uma garrafa de bebida na sua goela. Você fez tudo isso sozinha. — Ela empurra seus óculos de volta para cima.

— Obrigada por me lembrar — eu resmungo. — Eu posso salvar isso.

Ela bufa e tira o café de mim.

— Como?

— Ainda não resolvi essa parte.

Existe uma vantagem nisto, eu sei um pouco mais sobre ele. Noah é um cara doce. Considerando que ele não me abandonou aqui fora, com frio e molhada a noite toda, eu poderia também acrescentar sobre ser um cuidador. Eu posso trabalhar com isso. Se ele fosse um babaca, teria me largado para eu me virar sozinha. As lembranças vêm em pequenas explosões aleatórias. O sorriso dele, sua gargalhada, a sensação de seu grande, duro... Eu ofego.

— O quê? — Heather pergunta, sentando-se e olhando ao redor.

— Está tudo bem. Acabo de me lembrar de uma coisa — eu digo rapidamente.

— Por favor, me diz que você não fez nada com ele. — Ela me dá um olhar aguçado.

Eu balanço a cabeça em negação.

— Não aconteceu nada.

— Não que isso seria uma coisa ruim — esclarece Heather. — Noah é um bom rapaz, e... você sabe como eu me sinto sobre o Scott. Além disso, o sexo casual é o melhor sexo.

Eu gemo, pegando o café de volta.

— Sim, eu sei como todas vocês se sentem pelo meu marido inútil.

Eu nunca tinha dito nada às minhas amigas, mas foi incrivelmente difícil saber o que elas pensavam dele. Elas estavam certas sobre bastante coisa, posso admitir isso, mas eu odiava. Ter que levá-lo aos lugares, onde ele não era verdadeiramente bem-vindo e ficar torcendo para que elas fossem simpáticas, era quase demais algumas vezes.

Quando as pessoas que você ama odeiam a pessoa que você escolhe é como ser dividida ao meio.

Scott se queixava constantemente das minhas amigas e tentava criar uma distância entre nós.

Felizmente, ele nunca foi capaz de romper o vínculo que compartilhamos.

— Você sabe que eu o teria aturado pelo resto da vida se ele fizesse você feliz, certo? — Heather diz, enquanto agarra a minha mão.

— Eu sei.

— Não há homem que jamais nos afaste.

Eu sorrio e suspiro.

— Quatro galinhas?

— Quatro galinhas que nunca conseguem escolher os pintos — Heather termina a piada.

Nós sempre brincávamos quando crianças que nenhum pinto se metia entre as galinhas. Eu diria que a piada ficou melhor do que nós jamais poderíamos imaginar. Amigas por mais de vinte anos, que ainda eram tão próximas como no ensino médio.

Eu rio enquanto uma bigorna esmaga contra o meu crânio.

— Eu deveria ir para casa — eu praticamente choro, enquanto pressiono minhas têmporas.

Quero dormir.

E beber dez galões de água para me livrar desta ressaca.

— Você vai se inscrever para a maratona hoje?

Minha cabeça cai para o lado e dou a ela um olhar em branco.

— Eu não vou correr uma maratona hoje. Não vou me mover desta cadeira se eu puder evitar.

— Kris, não é hoje — ela reclama. — É dentro de algumas semanas e você prometeu que isto seria o nosso negócio. Que nós correríamos em honra da Steph.

— O nosso negócio não pode ser um cochilo? — Acho que isso é uma coisa muito melhor de se ter. — Tenho certeza de que a Stephanie teria apoiado.

Na verdade, esse é o meu plano para hoje, desde que estou sem filhos pela primeira vez.

Heather revira seus olhos.

— Prometo não ligar para a Nicole, se isso ajudar a te persuadir. Deus sabe que se ela ouvir falar sobre você caindo na piscina e dormindo na cadeira do gramado, ela vai ter munição por um ano.

Ela não se atreveria.

— É melhor não contar para ela.

— É melhor você não furar comigo.

Eu balanço a cabeça em negação, lamentando instantaneamente. Preciso sair daqui antes que ela me convença a fazer alguma outra merda aleatória.

— Você era a minha preferida. Agora, nem tanto assim.

Ela gargalha.

— Viverei com a culpa.

— Vou lembrá-la com mais frequência.

— Estou ansiosa por isso — responde Heather, enquanto me levanto. Atiro a toalha úmida sobre ela enquanto eu passo, e ela ri.

— Eu te odeio — digo com sarcasmo.

— Eu também te amo. Diga adeus ao Noah!

Gemo internamente ao entrar na casa. Se houver um Deus, Ele vai me deixar sair desta casa sem que eu esbarre com o Noah. Meus pés batem no chão gelado de azulejos, e me lembro do quanto eu estou despida. No entanto, não vou voltar para o maldito macaquinho. Estamos Flórida, e os trajes de banho deveriam fazer parte do guarda-roupa diário aceitável pela sociedade.

A barra está limpa quando começo a me movimentar em direção à porta da frente. Chego até a maçaneta e estou prestes a virá-la quando as minhas esperanças de fugir sem ser detectada desaparecem.

— Você está fugindo, não é? — A voz rouca de Noah me detém.

Maldição. Eu claramente não tenho sorte.

Minha cabeça bate contra a porta e fecho meus olhos.

— Você me pegou.

Sua risada baixa ressoa através da sala de entrada.

— Eu queria marcar o nosso encontro.

Humm.

— Encontro?

— Você me deve — Noah fala, enquanto desce as escadas.

Minha cabeça cai um pouco para a esquerda, e minha mão encontra meu quadril.

— Ah, eu te devo agora?

— Eu realmente caí de cabeça por você... Em uma piscina.

Os lábios dele se levantam em um sorriso presunçoso, e não posso deixar de rir.

— Sim, você caiu.

— Acho que isso pelo menos me garante o jantar. — Os ombros de Noah se levantam e caem, e ele está tão perto que tenho que inclinar a cabeça para trás.

Eu estudo seus olhos, a maneira como o verde-escuro se entrelaça com verde-água no centro. Noah se aproxima um pouco mais, fazendo com que eu me incline para trás para que esteja pressionada contra a madeira fria.

Tenho essa vontade louca de tocá-lo novamente, para me lembrar da maneira como é a pele dele debaixo dos meus dedos, mas não farei isso.

— Então? — pergunta, inclinando-se para que não exista quase nenhum espaço entre nós.

Jantar com ele é uma má ideia.

Meus lábios se separam, e eu digo:

— Você me deve uma entrevista.

Isso não era o que eu ia dizer.

— Isso é um sim?

Há duas opções. Sou tão estúpida e sei exatamente qual delas eu vou escolher.

— Muito bem. Jantar, apenas pelo trabalho — adiciono aquela última parte, na esperança de me salvar um pouco de dignidade.

O peito de Noah toca o meu, apenas uma escovada do seu corpo, e então ele dá um passo para trás, deixando-me congelada.

— Vejo você hoje à noite às oito.

— Para o trabalho — esclareço novamente.

— Claro, querida. Vai ser para o trabalho.

Talvez eu tenha acabado de me apaixonar pelo meu trabalho.

Capítulo 8

KRISTIN

— Sim, mãe, eu sei. — Tento conter a minha frustração enquanto arrumo a casa. Ela tem tagarelado no meu ouvido durante os últimos dez minutos sobre como é difícil manter um casamento.

— Então você deveria saber que um divórcio é dez vezes mais difícil — ela admoesta.

Entendo que meus pais tenham o casamento do século, mas meu pai é um unicórnio. Ele ama tanto a minha mãe que é quase doloroso estar por perto. Tentei fingir que tinha ao menos um fragmento disso, mas não consegui.

— Você sabe o que é realmente difícil? Estar com um homem que me coloca para baixo o tempo todo. Amar alguém que não me ama de volta. Mais do que qualquer coisa, é difícil quando sei que não posso consertar isso porque nunca vou ser boa o suficientemente. — Eu puxo uma respiração profunda e luto contra quaisquer lágrimas.

— Oh, Kris.

— Eu preciso de você do meu lado, mãe.

— Estou sempre do seu lado. Sempre. Só não quero ver você fazer alguma coisa precipitada. — Sua voz falha.

Minha mãe e meu pai têm me apoiado em todos os passos do caminho. Eles são os tipos de pais que deveriam ter tido vinte filhos ao invés de apenas eu. Não existe mulher no mundo que mereça ser mãe mais do que a minha, mas ela não poderia. Ela quase morreu tendo a mim, e papai se recusou a tentar novamente, não importava o quanto ela implorasse. Sei que ela quer o melhor para mim, mas agora que tive um tempo longe de Scott, eu vejo como foi ruim.

— Não é precipitado. Tem estado assim há um longo tempo, e honestamente... — Suspiro, enquanto mergulho na cama. — Eu deveria ter ido embora há anos.

Minha mãe fica quieta e depois limpa sua garganta.

— Eu deveria ter feito mais, mais cedo.

— O quê?

— Eu continuava inventando desculpas para as coisas que ele dizia. — Seu tom está desalentado. — Eu dizia ao seu pai o quanto me preocupava, mas depois eu pensava de forma racional.

— Eu fiz a mesma coisa — admito. Durante anos, eu encontrei uma razão ou outra para permitir que o comportamento dele continuasse. E então, depois de algum tempo, eu aceitava isso como normal e achava que era o que eu merecia.

Não foi até que Nicole fez um comentário há cerca de um ano é que eu finalmente percebi o quanto as coisas realmente estavam erradas. Ela me perguntou sobre o que eu teria dito se fosse Aubrey que estivesse casada com um homem como o Scott.

Pela primeira vez, eu vi a situação dos olhos de uma pessoa de fora.

E não gostei de nada nisso.

— Eu sinto muito, Kris — minha mãe fala.

— É Scott quem precisa pedir desculpas... Não você.

Nós conversamos um pouco mais sobre o meu trabalho e como tem sido o meu primeiro fim de semana sem as crianças em casa. Sinto saudades delas terrivelmente. Estar em casa sem elas é estranho, e continuo ouvindo as risadas doces de Aubrey ou os gritos de Finn no videogame.

— Quero que saiba quanta admiração tenho por você — ela fala, depois que eu lhe digo que preciso me preparar para esta noite.

— Por quê?

— Porque você está fazendo algo com a sua vida. Você poderia ter tomado o caminho fácil e ficado com ele, mas escolheu a si mesma e a seus filhos, e eu estou orgulhosa de você. — Suas palavras significam mais para mim do que ela jamais saberá.

Esta tem sido a coisa mais difícil que já fiz. Alguns dias, não tenho certeza se vou sobreviver, mas ainda não morri.

— Obrigada, mãe. Eu amo você.

— Também te amo.

Depois de não encontrar nada no meu armário e desempacotar mais duas caixas, finalmente decidi por um vestido tipo *slip dress* azul-turquesa. Eu não uso há muito tempo, mas felizmente, ele se encaixa perfeitamente. Meu cabelo está liso, caindo além das minhas omoplatas, e tem óleo de Marula suficiente para mantê-lo controlado sem parecer pesado.

Considerando o show de horrores que eu parecia quando saí da casa da Heather, qualquer coisa é uma melhoria.

Pego meu telefone para ligar para Aubrey e vejo uma mensagem.

> **Heather:** Dei o seu endereço para o Noah, já que ele disse que vocês iriam se encontrar, mas não sabia onde você morava...

> Oh!

> **Heather:** Um encontro? Tem certeza de que está pronta para isso?

> Não é um encontro. É trabalho.

Ela nunca vai acreditar nisso.

> **Heather:** Não estou julgando se isso é um encontro. Eu me preocupo com você, isso é tudo. Apenas me prometa que não vai beber até ficar estúpida para que possa dizer mais de uma palavra.

Eu preciso de novas amigas.

> Já te disse ultimamente que eu te odeio?

> **Heather:** Aham. Apenas me certificando de que nada mudou. Não faça nada que eu não faria.

> Você está me dizendo para dormir com ele?

> **Heather:** Não! Acho que não sou mais o pilar das boas escolhas.

> Nicole. Eu culpo a Nicole.

Eu sorrio e coloco o telefone de lado. Agora que sei que ele está vindo para cá, começo a entrar um pouco em pânico.

Ele é rico, lindo e provavelmente tem uma casa enorme, enquanto eu estou morando sem pagar aluguel na casa da minha melhor amiga.

Por outro lado, por que me importo? Isso não é um encontro. Eu não tenho sentimentos por Noah. Ele é apenas um cara sobre quem eu devo escrever. Não há razão para se importar com o que pensa de mim.

Nenhuma mesmo.

Quem diabos estou enganando? Sou uma mentirosa terrível e, conforme partes da noite passada voltam para mim, não sei como vou olhar para o homem com uma cara séria.

A energia nervosa pulsa através de mim enquanto me movo pela casa. Coloco algumas fotos no canto da mesa, organizo e, em seguida, reorganizo a decoração da mesa e, depois, vou para o sofá esperar.

Depois de três segundos inteiros, não consigo ficar sentada e salto. Enquanto estou indo consertar a mesa mais uma vez, a campainha toca.

Ok, isso não é um encontro, é uma reunião de trabalho.

Neste ponto, eu deveria apenas esperar que não faça xixi em mim mesma, o que é praticamente o fundo do poço para mim.

Respiro profundamente duas vezes e abro a porta. O rosto de Noah está bem ali enquanto se inclina contra a moldura. Seus olhos esmeralda estão mais profundos do que antes, graças à camisa verde que ele está vestindo. Seu cabelo castanho-escuro está puxado para trás, e eu não consigo respirar.

Ele dá um dos seus sorrisos luminosos, e acho que realmente cheguei ao fundo daquele poço.

— Oi. — Sua voz me inunda.

Eu olho fixamente, e minhas pernas ficam todas bambas. Inclino a cabeça na beirada e sorrio de volta.

— Oi.

— Eu trouxe isso para você.

Noah me entrega um grande buquê de lírios copo-de-leite.

— Eles são lindos.

E eu quero fazer amor doce, bem doce, com você.

Preciso de um terapeuta.

Olho para as flores, que são uma variedade de rosa e branco, e fico grata por ter algo para me distrair.

— Nem a metade da sua beleza — diz Noah, trazendo a minha atenção lentamente de volta para ele.

Minhas bochechas queimam e eu desmancho. Nunca desmanchei antes, mas eu me levanto na ponta dos pés, suspiro e volto ao lugar. Como uma adolescente maluca com a sua primeira paixonite.

Se eu pudesse me dar um tapa bem agora, eu o faria. Em vez disso, endireito as costas e faço uma promessa de manter a minha merda sob controle.

— Obrigada, mais uma vez. Vou apenas colocar isso aqui na água, se quiser entrar.

— Parece bom.

Noah entra na casa e vou em direção à cozinha, percebendo tarde demais que Danni organizou o lugar e eu não tenho a menor ideia de onde os meus vasos foram parar. Acabo pegando o primeiro copo que encontro e coloco as flores na minha versão pobre de um vaso.

— Então, esta é a antiga casa de Heather? — ele pergunta da outra sala.

— Aham. Passei inúmeras noites aqui quando era criança, então meio que me sinto em casa — eu respondo, enquanto vasculho nos armários por qualquer coisa melhor do que o copo rosa da Barbie de Aubrey. Eu procuro por toda parte, mas não existe nada para ser encontrado.

Ansiosa, fecho a gaveta rapidamente, prendendo o dedo.

— Merda!

— Você está bem aí?

Não, eu sou a definição ambulante de uma bagunça completa.

— Sim, está tudo ótimo! — grito, e reviro meus olhos. Devo presumir que é assim que o resto da minha noite será.

Não querendo deixá-lo esperando ou passar vergonha, ainda mais, pego o copo e o coloco no centro da mesa.

Classe é o meu nome do meio. Minha mãe teria um ataque cardíaco se visse isso.

— Desculpe — eu digo enquanto me viro para encontrá-lo me observando. — Pronto?

Talvez eu possa distraí-lo e ele não vai perceber? Eu me movo um pouquinho para bloquear sua visão e me inclino contra a borda da mesa.

— Você está com pressa? Achei que nós poderíamos conversar um pouco, nos conhecer. — A voz de Noah é profunda e suave.

Ele não podia soar como uma garota? Qualquer coisa para torná-lo um pouco menos atraente. Não sinto que isso é pedir muito. Preciso encontrar alguma coisa que me impeça de me envergonhar.

Ele se move em minha direção enquanto eu o estudo. Procurando por aquela coisa... Ele tem que ter alguma. Eu estudo seu rosto, não encontrando nada além de belos olhos verdes e um sorriso de "venha me foder". Meu olhar vagueia mais para baixo, já sabendo que isso é uma má ideia, mas incapaz de me conter. Os ombros dele são largos e o ângulo se estreita em um triângulo. Eu me lembro de como as minhas pernas se encaixaram perfeitamente ao redor da sua cintura, e gostaria de poder esquecer a maneira como minhas mãos se moveram contra os músculos de seus braços.

— Kristin? — Noah me tira do meu transe.

— Oh! Humm — eu gaguejo. — Sim, não. A gente deveria... Você sabe... Ir.

Realmente sutil, Kristin, de verdade.

Noah ri.

— Você me escutou?

Porcaria.

— Desculpa, ainda devo estar com um pouco de ressaca. — Ou um pouco enfeitiçada e incapaz de me concentrar.

Ele empurra para trás uma mecha do meu cabelo que caiu para frente e a coloca atrás da minha orelha.

— Bem, você está linda.

Meus dedos agarram a borda da mesa, apertando-se com o elogio dele.

— Obrigada. — Eu olho para os meus dedos dos pés, na esperança de esconder o rubor em minhas bochechas. Não consigo me lembrar da última vez que fiquei tão nervosa perto de um homem.

Não sei se é porque estou livre do Scott, mas é estranho e estressante. Não deveria ser assim que eu deveria estar reagindo a ele. Ele é um trabalho e, como jornalista — que é o que estou me chamando, mesmo que na verdade eu esteja escrevendo para um blog de fofoca —, eu devo ser profissional. Noah traz a garota inocente dentro de mim para fora.

O dedo de Noah se move para o meu queixo e ele o levanta. A intensidade em seus olhos faz com que borboletas voem no meu estômago. Algum homem já me olhou dessa maneira? Acho que não. Há tanto desejo lá que eu poderia me afogar nele.

Eu já me afoguei uma vez antes. Na verdade, ainda estou pisando na água agora.

— Noah. — Eu balanço a cabeça. — Eu... Eu tenho que fazer xixi. — Ele dá um passo para trás e eu poderia morrer de mortificação. — Quero dizer, eu tenho que ver... alguma coisa.

Ele ri e eu me estapeio mentalmente — duas vezes.

— Sem problemas. Eu vou me mover para que você possa... ver alguma coisa.

— Podemos simplesmente ir, já que estou claramente decidida a tornar todas as nossas interações estranhas? Eu *realmente* preciso dessa entrevista, e gostaria que nós fizéssemos "aquilo" antes de eu te assustar e te mandar para longe.

Os lábios de Noah se erguem e ele levanta o queixo.

— Você quer que façamos aquilo, hein?

Solto um suspiro pesado enquanto olho para o teto.

— Atire em mim agora.

— Só estou mexendo com você. — Ele me cutuca.

— Acho que mereço isso, depois que você cuidou de mim totalmente bêbada a noite toda.

Noah balança lentamente a cabeça em acordo.

— Isso é verdade.

Eu empurro seu peito levemente e rio.

— Você não deveria concordar.

— Você disse isso — ele defende.

— Eu desisto.

Noah envolve o braço em volta dos meus ombros, puxando-me contra o seu lado.

— Estou brincando. Foi uma honra ter certeza de que você não se afogasse na piscina.

Nossos olhos se encontram, e algo elétrico flui entre nós. É diferente de ontem à noite, mais intenso, se é que isso é possível. Meu coração acelera quando seus dedos ficam tensos e nós nos encaramos.

O telefone toca, e ele lentamente tira o braço em torno de mim.

— Eu deveria atender — resmungo, antes de limpar a garganta.

— Certo.

Eu pego o telefone e vejo o número de Scott. Essa é uma maneira de acabar com a graça.

— Alô — eu atendo, mantendo as costas para o Noah.

— Mamãe!

— Oi, bebê. — Eu sorrio ao ouvir a voz de Aubrey na linha.

Eu me viro, olho para a celebridade sexy parada na minha casa e cubro o telefone.

— É a minha filha. Vou demorar apenas um segundo.

Noah acena com a cabeça em acordo.

— Você sente a minha falta? — pergunta.

— É claro, sinto saudades suas. Você está se divertindo com o papai?

Aubrey solta um suspiro pesado, e eu imagino seu rostinho.

— Eu acho.

— Você acha?

— Papai está trabalhando e Finn está sendo malvado.

— Sinto muito, Aub. Talvez você possa pedir ao papai para fazer algo divertido? — sugiro. Scott nunca teve as crianças só para ele. Eu estava sempre lá, cuidando de tudo e mantendo-os entretidos.

Ela fica em silêncio por um segundo.

— Eu acho.

— Tem alguma coisa errada, querida?

Odeio ouvi-la assim. Ela é minha criança alegre e borbulhante. Aubrey é sempre aquela que anima as pessoas. Seu coração é enorme e o seu sorriso é contagiante.

— Não, eu sinto sua falta. Papai não me aconchega nos cobertores como você faz, e ele não cozinha.

Faço o meu melhor para explicar que ele e eu somos diferentes e confortá-la ao mesmo tempo. Essa é a parte do divórcio que eu queria evitar. Ter meus filhos em conflito é tudo o que me preocupa. Eles não merecem isso, mas é inevitável. Isso não quer dizer que eu ainda não odeie o fato.

— Vejo você amanhã — eu a lembro.

— Eu vou te abraçar! — sua doce vozinha proclama.

— Pode apostar que vai!

Nós desligamos e eu solto um suspiro pesado.

— Tudo certo? — Noah pergunta.

— Sim. — Eu sorrio. — Vida de mãe.

— Não que eu tenha ideia do que isso significa, mas parece que sua filha te ama muito.

Ainda sorrindo, eu ando até a mesa para pegar a foto deles.

— Estes são os meus bebês.

Noah segura a moldura da foto e eu fico ao lado dele.

— Esse é o Finn, ele tem dez anos, e essa é a Aubrey, ela fez seis anos um mês atrás. Esta é a primeira vez que eles estão sozinhos com o pai durante a noite, o que parece loucura, mas eles sempre estiveram comigo ou com os meus pais.

Os olhos de Noah se enchem de uma tristeza que espelha a minha voz. Acho que eu nunca me permiti pensar sobre isso até agora. Não tenho ideia do que eles vão comer, fazer, pensar, sonhar. Meus pais ficavam na nossa casa se nós quiséssemos sair, e Scott nunca quis sair só nós dois, então eles só passaram uma noite com os meus pais, mas fui buscá-los antes que acordassem. Eu estive lá em todas as manhãs, e agora vou ficar todos os fins de semana alternados sem eles.

Sua mão toca a minha bochecha e percebo que uma lágrima caiu.

— Você não está maluca por sentir falta de seus filhos, Kristin.

— Eu sinto muito. Sou a repórter menos profissional de todos os tempos. — Limpo o outro lado do rosto, pego a fotografia e coloco de volta na mesa.

— Você não é. — Ele sorri, mas não acredito nele.

— Você está mentindo.

— Talvez um pouco.

Eu rio e balanço minha cabeça.

— Ok, entrevista e sem álcool ou choro, combinado?

Noah estende a mão.

— Combinado.

Capítulo 9

NOAH

— Então, o que há de bom por aqui? — pergunto, enquanto nós entramos no carro. Eu pretendia perguntar ao Eli, mas ele estava muito ocupado me dando um sermão sobre o porquê esse jantar não deveria acontecer. Em seguida, Heather entrou na conversa.

Assegurei a ambos que isso era principalmente um jantar de negócios, o que era parcialmente verdade. Os olhos estreitos de Heather me disseram que ela sabia disso também. Kristin precisa da entrevista dela, nós claramente não fizemos isso na noite passada, e o tempo do seu prazo está acabando.

Estou sendo um cara legal, isso é tudo. Não tem absolutamente nada a ver com o fato de que ainda sinto o cheiro do shampoo dela no meu nariz, sinto sua pele contra a minha e quero ouvi-la rir.

Kristin enfia seu cabelo castanho atrás da orelha e inclina a cabeça.

— Bem, não somos a cidade de Nova York, com toda a certeza, mas eu adoro o *Whiskey Joe's*. É discreto e, como estamos em baixa temporada, você não será perseguido.

Não há nada mais atraente do que a ideia de privacidade com a Kristin, mas eu me lembro de me manter no controle, já que se trata de negócios.

— Parece ótimo.

— Faz muito tempo que não vou lá. Adoro a comida e é bem na praia.

Sua empolgação me deixa desejando que nós já estivéssemos lá. Jantar e um passeio ao luar na praia com ela podem satisfazer a minha necessidade de estar ao seu redor. Quero saber o que ela tem que me torce por dentro.

— Por que você não tem ido lá?

Ela vira a cabeça para olhar para mim com um sorriso triste.

— Vida.

Eu entendo mais do que ela pensa. Parei de fazer algumas das minhas coisas favoritas porque os meus dias são ler falas, viajar, atender as besteiras da imprensa e malhar com treinadores pessoais. Os últimos meses foram a primeira oportunidade que eu tive para fazer coisas de que gosto.

— A vida pode com certeza ficar no meio do caminho.

— A vida pode ser uma vaca.

Eu dou uma risada.

— Sim... pode.

Ela solta um suspiro pesado e eu quase consigo sentir o peso em seus ombros. Lembro-me de como a minha mãe faria o mesmo.

— Conte-me mais sobre os seus filhos — peço.

Kristin instantaneamente se anima e sorri.

— Bem, Finn é complicado, mas ele é meu espírito animal. Eu juro, aquele garoto é tão parecido comigo que é um pouco assustador.

— Assustador? Pelo que eu sei, você é bem incrível.

— Ah, sim! — Kristin dá uma risadinha. — Eu sou totalmente incrível quando estou bêbada ou desmaiada. Meta de vida.

Quero estender a mão e pegar a dela porque, mesmo em sua risada, eu ouço a dor. Há alguma coisa dentro de mim que quer confortá-la, mas não faço isso. Tenho que manter minhas linhas claras.

— Todos nós precisamos relaxar um pouco.

— Eu claramente preciso encontrar uma maneira de equilibrar isso.

Balanço a cabeça em desacordo.

— Uma noite despreocupada não te torna imprudente. Então, o que o Finn gosta de fazer?

Ela dá os ombros e se vira um pouco para me encarar.

— Finn é bastante mecânico. Eu o vejo desmontar as coisas e colocá-las de volta no lugar. Ele é definitivamente um tipo de pessoa literal, que pensa que as recomendações são feitas para serem seguidas. Aubrey é um espírito livre. Aquela menina vai ser um grande problema quando for mais velha.

Enquanto ela fala, penso no fato de que não tenho nenhuma dessas coisas. Dinheiro, fama e coisas legais não são satisfatórias. Houve uma vez em que eu queria uma vida como a dela. Filhos e uma família eram as únicas coisas em minha mente, mas isso evaporou rapidamente. Se ao menos as coisas não tivessem acontecido da maneira que aconteceram naquela noite.

Meu coração começa a bater tão forte no peito que eu juro que poderia ficar machucado. Faz muito tempo desde que me permiti pensar nela por um momento.

Pensar em todos os planos que nós tínhamos e como eles foram destruídos.

— Noah? — Kristin toca meu braço. — Você está bem?

— Desculpe — eu digo, rapidamente. — Você estava me contando sobre a Aubrey? — Acho que esse é o nome dela.

A mão de Kristin cai e eu sinto a perda. Porra. O que há com essa garota? Não pode ser apenas porque ela é linda. Já vi muitas garotas gostosas e tinha ficado bem. Se eu conseguisse identificar, poderia descobrir como lidar com isso.

— Nós não precisamos falar sobre os meus filhos — ela oferece.

— Não estou reclamando. Se você prefere falar sobre outra coisa...

— Eu não quero entediar você.

A questão é, eu nunca mais vou conseguir fazer isso. Conversas normais não existem no meu mundo. As pessoas ou estão me fazendo um milhão de perguntas ou tentando obter alguma coisa de mim.

— Tenho a sensação de que vou falar muito sobre mim quando começarmos o nosso encontro.

— Jantar. De. Trabalho. — Kristin me olha brava com aquele olhar de mãe.

— Certo. Nosso jantar de trabalho. — Minha voz é condescendente. — Que tal você me contar sobre a Heather e suas amigas? As histórias de Eli são... engraçadas.

Kristin explode em gargalhadas.

— Ah, eu posso imaginar! Minhas amigas são definitivamente interessantes.

Ela me conta como elas se conheceram no ensino médio e como mantiveram sua amizade intacta ao longo dos anos. É uma loucura para mim que tenham sido capazes de manter contato da maneira que fizeram. Meu melhor amigo do ensino médio só me procura quando quer dinheiro.

— Mas você é mais próxima da Heather? — pergunto, porque a dinâmica delas me deixa perplexo.

— Umm. — Ela morde a unha do polegar. — Eu não sei como responder a isso. Nós somos todas próximas de maneiras diferentes. Heather e Nicole são realmente muito próximas, e Danielle tem sido a minha pessoa, principalmente. Desde a minha separação, é estranho...

— Por quê?

Por que caralhos eu me importo tanto assim?

— Danielle e seu marido têm tido problemas por um tempo. Se eu tivesse que adivinhar, ela se assusta com o fato de que Scott e eu não conseguimos encontrar um jeito. Em seguida, o marido dela e o meu... bem, meu futuro ex-marido, são amigos próximos. Isso prejudica um pouco a nossa amizade.

Scott. Até o seu nome é estúpido. Ele é claramente um fodido retardado por deixá-la ir ou por dizer que ela era qualquer coisa menos que bonita. Eu não deveria perguntar a ela, mas estou morrendo de vontade de saber.

— Por que vocês… acabaram com as coisas?

Os olhos de Kristin se enchem de tristeza e eu odeio ter colocado isso lá.

Heather continuou chamando-o de Cretino como se esse fosse o nome dele, simplesmente Cretino. Estou presumindo que ele era uma forma de ter sexo, e eu estou esperando uma confirmação.

— Nosso jantar de trabalho está dando uma virada…

Eu sorrio.

— Só estou me perguntando o motivo, se você é a melhor transa da vida de um cara, para que o seu marido pudesse ir embora. Você sabe que sexo é a chave para um relacionamento saudável. Acho que ou você está mentindo sobre a parte de ser boa na cama ou o seu ex é o problema.

Kristin cobre o rosto com a mão.

— Não tem nada a ver com isso, e eu ficaria totalmente bem se você se esquecesse de tudo o que eu já disse desde que nos conhecemos.

— Duvido.

Não existe nada sobre a noite passada que eu possa esquecer.

Ela se mexe no assento.

— Sabe que eu sempre me perguntei por que alguém não inventou uma pílula mágica que pode fazer você esquecer coisas que não quer lembrar? Ou dar a você a capacidade de comer qualquer comida que quiser e não ganhar peso. Com todas as pessoas inteligentes no mundo, como isso não aconteceu?

Eu olho para ela e rio.

— Não faço ideia.

— Esses são problemas da vida real. Ah! — Sua voz muda para empolgação. — Eu amo essa música!

Kristin aumenta o volume do rádio e começa a cantarolar baixinho. Por um momento, é como se ela esquecesse que estou aqui e canta a letra em plenos pulmões. Estou parado no sinal vermelho, e não consigo tirar os olhos dela. Ela parece livre, feliz e perdida na música. Ela canta mais alto e balança a cabeça.

A única coisa que a Heather ficava repetindo é o quão quebrada Kristin está. Eu ainda tenho que ver isso nela. Tudo o que vejo é alguém que faz o meu coração disparar. Eu a vejo se deixando levar com a música, esperando que o semáforo nunca mude de cor. Eu poderia ficar olhando para ela assim a noite toda. A música chega ao refrão e quando a nota escapa, seus olhos se abrem e ela cobre a boca.

— Você tem uma voz linda — eu digo, querendo que ela continue cantando.

Ela zomba e depois ri de si mesma.

— Eu sou uma bobona. Eu não consigo mesmo.

— Você é adorável. — Procuro ser honesto, porque duvido que ela acredite nisso de qualquer maneira.

A luz do semáforo muda e não consigo ver a reação dela, mas o som de seu gemido me faz sorrir. Gosto que eu a mantenho ligeiramente fora do eixo.

— Por que eu continuo me envergonhando com você? É como se me esquecesse de ser normal.

Eu paro no estacionamento do restaurante, se é que posso chamar assim, e coloco a mão na perna dela.

— Eu gosto que você se sinta confortável o suficiente perto de mim para cantar. Não são muitas pessoas que são tão seguras assim. Elas agem da maneira que acham que eu quero que elas sejam.

Os olhos azuis de Kristin se encontram com os meus.

— Normalmente eu não sou assim — ela admite. — Eu sou a mais tensa das minhas amigas.

— Não seja ninguém além de quem você é, Kristin. Não existe nada mais sexy do que uma mulher que é confiante. Confie em mim.

Ela limpa a garganta e vejo as paredes se erguerem.

— Pronto para comer?

Vou deixá-la ganhar desta vez, mas o jogo está longe de terminar.

— Com certeza.

Capítulo 10

KRISTIN

O jantar não é nada como o início da nossa noite ou como a maldita viagem de carro onde eu tive vontade de fingir que estava fazendo um teste para o *The Voice*. Felizmente, ele não mencionou nada sobre nenhum dos incidentes, e nós passamos para uma conversa estritamente de entrevista. Noah está no modo de ator e eu caí no papel de repórter. É como se um interruptor tivesse sido acionado para nós dois assim que eu peguei o meu caderno, o que está ótimo para mim.

— E sobre os possíveis interesses amorosos? — pergunto, enquanto continuo na minha lista. Noah fica quieto por um tempo longo o suficiente para que eu olhe para cima. — Noah?

Ele limpa o ketchup do queixo e se inclina para trás.

— Eu não estava preparado para essa pergunta.

— Ah, não? — questiono. — Achei que essa era provavelmente a pergunta mais comum que você fosse questionado.

Noah é definitivamente um dos solteiros mais cobiçados de Hollywood. Ele é atraente, inteligente, sexy, rico... eu mencionei sexy?

Estou surpresa de que essa não seja a pergunta principal na mente de todo repórter. Eu a deixei para mais tarde porque sinto que já causei danos suficientes do jeito que estava. Podia muito bem deixar as perguntas das fofocas suculentas para o final, quando eu poderia sair correndo e pegar um táxi, se fosse preciso.

— Ela é — ele esclarece. — Eu acho que não tinha certeza se tocaríamos nisso. Não quero mentir para você, mas, ao mesmo tempo, não tenho certeza se devo responder.

— Então, isso significa que há alguém? — Tento não sentir qualquer sentimento de decepção e falho miseravelmente. Uma pequena parte de mim deseja que não haja outra mulher. Uma grande parte de mim quer não se sentir desse jeito. Eu não tenho nenhum direito sobre ele. Ainda sou casada, pelo amor de Deus. No entanto, não posso evitar.

A mão de Noah desliza sobre a mesa, parando perto o suficiente de mim para que eu possa tocá-lo.

— Isso significa que eu não deveria te contar, Kristin.

Meu coração palpita com a maneira como ele diz o meu nome.

— Mas você vai mesmo assim? — Eu sorrio.

— Eu vou dizer essa parte oficialmente, mas apenas se você concordar em deixar o resto confidencial depois.

Eu concordo com a cabeça.

— Eu preciso que você diga que estaremos em *off* quando eu tamborilar meus dedos.

— Ok, nós estaremos em *off* quando você tamborilar os seus dedos.

Vou ter uma exclusiva na minha primeira entrevista. Ah, a minha chefe-que-poderia-ser-minha-filha ficará feliz.

— Há alguém por quem eu tenho sentimentos. — Noah sorri.

— Gostaria de comentar mais? — insisto.

— Não. — Ele tamborila seus dedos e fica em silêncio.

Bem, isso é uma porcaria. Eu precisava de mais para tornar isso realmente suculento.

— Ok, nós estamos em *off*. — Eu desligo o gravador e coloco a caneta sobre a mesa. Odeio que ele vá dizer algo, e eu não posso escrever sobre isso.

— Eu estou olhando para ela. — Noah recolhe a mão, pega sua cerveja e sorri antes de tomar um gole.

Meus lábios se abrem e eu não digo uma palavra. Eu? Ele está doido. Eu sou a amiga estranha da namorada de seu amigo que ficou bêbada e desmaiou. Sou a pirada que o puxou para uma piscina, e que ele ficou preso lidando com isso. Sou a senhora maluca pouco profissional com quem ele teve que arrumar um tempo para jantar com ela porque eu falhei na primeira vez que nos conhecemos.

Ele deve estar brincando. Talvez seja algum tipo de experimento de trote com celebridades.

Ferrar com a nova jornalista.

Tem que ser isso. Porque eu sou uma velha dona de casa desalinhada que não conseguia manter o marido satisfeito.

— Heather colocou você nisso? Ou Eli, porque eu o chamei de velho outro dia?

— Não.

Eu me inclino para trás enquanto o ar sai dos meus pulmões.

— Você nem me conhece. Além de saber que eu claramente sou uma bagunça.

Noah empurra as mangas para cima e apoia os braços na mesa.

— Eu sei que mesmo depois que Eli e Heather tentaram me prevenir, eu mal podia esperar para buscá-la para o nosso encontro.

— Jantar. De. Trabalho.

Talvez ele tenha um problema de memória e não perceba quem eu sou.

— Semântica. — Ele sorri, debochado.

Ai, Jesus. As mensagens de texto de Heather agora fazem sentido. Ela sabia que ele estava interessado ou algo assim. O porquê ele sequer consideraria querer me conhecer é desconcertante.

— Noah, você não me conhece. Acredite em mim, eu sou a última pessoa em quem você gostaria de pensar. Estou passando pelo que só posso presumir que será um divórcio desagradável. Sou uma mãe solteira, que claramente não consegue aguentar uma bebida, e meu trabalho é escrever fofocas sobre você. Ah, e eu não posso cantar por nada.

Eu acho que é melhor colocar tudo para fora.

Sou a última pessoa com quem ele deveria querer namorar.

Noah sorri maliciosamente antes de passar a mão pelo cabelo escuro e espesso.

— Bem, quando você coloca dessa maneira...

Uma risada curta me escapa e olho para minhas mãos.

— Com a linha interminável de atrizes morrendo de vontade de ficar com você, é uma loucura que você sequer pisque duas vezes para uma bagunça completa como eu. Eu não sou ninguém especial.

— Ei. — Ele espera que eu tire os olhos das minhas mãos e olhe para cima antes de continuar. — Nós somos todos uma bagunça. Se você acha que alguém em Hollywood tem tudo sob controle, você está errada. Eu não tenho uma namorada há quase quinze anos e não estou pedindo para você namorar comigo. Heather já ameaçou me castrar se eu tentasse.

Aí está a minha melhor amiga que eu conheço e amo.

— Mas não vou mentir, estou atraído por você, e se tudo o que vamos ser é amigos... Eu estou bem com isso.

Suas palavras passam por mim e não tenho certeza de como responder. Está claro que estou atraída por ele, mas então, novamente, qualquer mulher sã estaria. Ele é Adonis, o homem perfeito... mas surtou.

E ele é uma droga em que eu gostaria de ser viciada.

Em vez de dizer qualquer coisa disso, eu me inclino para frente, imitando a posição dele.

— Nós não podemos ser amigos de verdade, podemos? É o meu trabalho escrever histórias sobre a sua vida.

Ele encolhe os ombros.

— Isso significa que você vai estar bastante por perto. Bastante tempo para conquistá-la.

Ok, isso vai ser um problema que eu nem sequer considerei.

— Mais como perceber que você precisa de um terapeuta mais do que eu. — Noah se inclina para mais perto. — Talvez, ou você vai ver que eu sou apenas um cara normal.

Eu gargalho.

— Sim, normal. Porque a maioria dos caras está na capa da People e da GQ?

— No meu mundo.

— Sim, mas eu não sou do seu mundo. Eu vivo em um mundo cheio de contas, crianças, um ex idiota e uma chefe que acha que adicionar um emoji em cada artigo dá um *toque especial*.

Ele sorri enquanto balança a cabeça.

— Ela parece interessante.

— Você não tem ideia. — Eu suspiro. — Ela está construindo uma sala de meditação para que possamos encontrar nosso centro quando nos sentirmos estressados. Segundo ela, minha aura está bagunçada, e ela quer limpá-la. O que infernos isso signifique.

Noah estende sua mão sobre a mesa e toca meu pulso.

— Eu não estou pedindo...

— Kristin? É você? — Eu olho para cima para ver a assistente de Scott, Jillian, parada lá. Os olhos dela se movem de mim para Noah, e eu rapidamente puxo minha mão de volta.

— Oi, Jill. Há quanto tempo não te vejo. — Eu me levanto e dou um abraço nela. — Este é Noah Frazier. Estou escrevendo um artigo sobre ele para meu novo emprego. Noah, esta é Jillian Cruger, ela é a assistente do meu mari... do meu ex-marido.

Suas bochechas ficam vermelhas e ela dá uma risadinha.

— É claro. Prazer em conhecê-lo. Eu sou uma grande fã.

Noah aperta a mão dela e lhe dá um sorriso que eu não tinha visto antes. É forçado e quase parece falso.

— Obrigado. É muito bom conhecer você.

Ela olha para mim de novo e toca meu braço.

— Lamento muito saber do divórcio. Scott me disse há alguns meses, e eu fiquei tão triste por vocês. Pensei em te ligar, mas isso seria muito estranho.

— Sim, estranho seria uma boa palavra.

Deve ser estranho para uma mulher ficar cara a cara com a esposa do homem com quem ela está disputando para transar.

Scott pode ter me tratado como uma merda, mas Jillian anda sobre as águas. Eu o ouvia constantemente elogiando como ela antecipa as necessidades dele e garante que sua vida esteja em ordem, já que eu constantemente esquecia as coisas. Aos seus olhos, a mulher é perfeita. Não acredito por um segundo que ela está triste. Agora ela não tem que esconder que quer dormir com ele, se ela já não o fez.

— Eu só quis dizer com toda a nossa história.

— Sim, tem sido difícil, mas as crianças e eu estamos seguindo em frente e estamos felizes.

Jillian acena com a cabeça.

— Fico feliz. Ele está se segurando bem. Estou cuidando de tudo e garantindo que os fins de semana que ele tem para as crianças estejam disponíveis. Vou mantê-lo na linha.

Ah, eu aposto que ela vai.

— Obrigada, tenho certeza de que as crianças vão apreciar a secretária do pai delas se certificando de incluí-los na agenda dele — eu digo e olho para trás para Noah. — Adoraria colocar o papo em dia, mas eu deveria voltar para a minha reunião.

— Sim, claro, desculpe por ter tomado tanto do seu tempo. Meus amigos e eu estamos indo para outro bar... — Ela olha para Noah com um sorriso tímido. — De qualquer forma, eu deveria voltar, mas talvez eu te veja por aí?

— Claro. — Eu coloco um sorriso falso. — Foi ótimo ver você.

Mentira.

— Ah, tenho certeza de que vamos nos ver novamente. — Jillian me abraça falsamente de novo, acena para Noah e vai embora.

Eu observo o retorno dela de volta para a mesa, onde ela aponta para nós e ri. Todos os amigos dela se movem, tentando dar uma espiadinha em nós.

— Como você lida com isso? — pergunto a Noah, olhando por cima do meu ombro para eles.

— Os olhares?

— É invasivo.

Noah agarra a parte de trás de seu pescoço.

— Estamos gravando de novo?

Porcaria, a entrevista.

— Não, eu nunca faria...

— Deixe-me dizer uma coisa, e depois nós voltaremos para a entrevista. — Noah estende a mão como se quisesse me tocar, mas então repensa e pega sua bebida. — Os olhares fazem parte da minha vida. Eu aceitei isso quando comecei a atuar e convivo com isso porque, se eles não estão me encarando, então sou irrelevante. Mas, mais importante, você é dez vezes mais bonita do que ela. — Ele levanta o queixo em direção à mesa de Jillian.

A confusão me enche com a declaração dele. Isso saiu do nada.

— O que?

— Eu vi a maneira como você olhou para ela, e estou dizendo a você que se seu marido alguma vez a tocou, ele se rebaixou. Você é de longe a mulher mais bonita que eu já vi, e ele é um imbecil. Agora, nós estamos gravando de novo. — Ele pega o gravador e o liga novamente.

— Eu... Eu... — Eu não sei o que dizer. — Você...

Noah escorrega de volta ao modo de trabalho. Eu vejo a diferença em seus olhos, mas não consigo encontrar meu próprio rumo. Ele foi capaz de ver em apenas um momento o que eu pensei e senti, e então ele disse algo que me confortaria. Quem é esse cara? Certamente ele não pode ser tão perfeito assim.

Ele provavelmente tem um pau pequeno.

Se minha memória de embriagada está correta, eu já sei que ele não tem.

Ainda assim, ele deve estar compensando alguma coisa.

— Tem certeza de que quer ir dar uma volta? — Noah pergunta novamente.

— Aham, eu já não venho aqui há séculos.

Eu poderia usar o ar fresco. Nós terminamos o jantar e a minha mente continua girando de volta ao que ele disse sobre estar interessado. Tiro os sapatos e os seguro com uma mão enquanto nos vamos em direção à água.

— Eu notei que a maioria das pessoas que vivem perto da praia quase nunca a frequentam — observa ele.

— Uma palavra: turistas.

Ele acena com a cabeça, concordando.

— Faz sentido, mas então por que viver aqui?

Meu riso é uma mistura de admiração e tristeza.

— Eu não sei. É como se eu quisesse a opção de ir para a praia na possibilidade remota de as pessoas não estarem aqui.

Há também o fato de que toda a minha vida está aqui. Entretanto, não consigo me lembrar da última vez que levei as crianças para o oceano. Finn costumava adorar, e Aubrey era pequena da última vez que nós viemos, mas eles têm isso bem na cidade deles, e não podem aproveitá-lo.

— Como agora? — pergunta.

— Exatamente.

O sol está se pondo, pintando o céu com belos tons de laranja, e a pequena área de praia está vazia. Noah e eu caminhamos ao longo da costa, permitindo que a água cubra os nossos pés. Ele me conta um pouco sobre a próxima audição que tem e como seu agente o está pressionando.

Eu escuto, não pela história, mas porque ele está compartilhando pedaços de si mesmo. A mão de Noah escova as costas da minha conforme os nossos braços se balançam. Cada vez que a nossa pele se toca, uma excitação me atravessa, e depois da terceira vez, uma parte do meu cérebro me diz que isso não é um acidente.

Com certeza, a mão dele captura a minha. Minha respiração se suspende, mas eu não me afasto. Encaro as nossas mãos entrelaçadas e tento retardar o meu coração acelerado.

Noah para de andar, puxando-me para fazer o mesmo também.

— Dance comigo — ele pede.

— O quê?

Ele dá um passo mais para perto, puxando-me gentilmente para que eu esteja a apenas alguns centímetros dele. Sua voz é profunda e sedutora.

— Eu sempre quis dançar em uma praia ao pôr-do-sol. Você dança comigo?

Eu deveria dizer que não.

— Sim.

Ou eu posso fazer o contrário.

Noah não espera, seus braços escorregam ao meu redor como se estivessem destinados a estar ali, e as minhas mãos descansam sobre seu peito. Nós balançamos ao som do oceano e a minha pulsação se acelera. Não sei o que é isso, mas há alguma coisa acontecendo entre nós. Isso me assusta mais do que quero admitir, e ainda assim, não vou me afastar.

Estou me aproximando um pouco mais.

Nós nos movemos à medida que o sol desce e o céu rosado se escurece mais. As mãos de Noah se espalham nas minhas costas, e eu olho no fundo dos olhos dele. Quero dizer tantas coisas, mas tenho medo de falar.

Sua mão se move para a minha bochecha enquanto ele empurra uma mecha do meu cabelo para longe do rosto.

— Eu não sei o que se passa com você. — A voz dele quebra o silêncio.

Precisando alterar o momento de intensidade, dou um passo atrás e rio.

— É por causa do comentário de melhor transa. Isso é tudo; eu prometo que vai passar.

Noah gargalha, me puxa para o seu lado, e depois me solta.

— Vamos ver. Nenhum cara deixaria passar a chance de ver se isso é verdade.

Ele me dá um empurrãozinho de brincadeira quando começamos a caminhar de volta em direção ao carro.

— Eu conheço um — eu digo, baixinho, tão baixo que sei que ele não pode me ouvir.

Capítulo 11

NOAH

Eu sou a porra de um fracasso nessa coisa de ficar longe.

Eli e Heather vão me matar, mas eu vou morrer como um homem feliz. Tudo sobre esta mulher é intoxicante. Ela não tem ideia de como é bonita, e quando ela ri, seus olhos azuis se iluminam, e me dão vontade de cair de joelhos. Não existe nenhum motivo que eu possa encontrar para que me sinta dessa maneira por ela, mas aqui estou eu, fazendo as escolhas erradas.

Contando a ela merdas que eu jurei que não falaria.

Fazendo coisas que eu prometi aos meus amigos que nem sequer tentaria.

A maneira como ela sorri sem reservas, canta como se ninguém estivesse escutando, e como ela dançou comigo sem hesitação, tudo isso tinha se combinado para me deixar bem e verdadeiramente fodido. Eu não poderia me afastar agora mesmo nem se quisesse.

O passeio de carro foi tranquilo. Kristin parece perdida em si mesma, e eu não quero pressioná-la. Reflito sobre todas as merdas estúpidas que deixei voar pela minha boca afora, esperando que não tenha parecido como um lunático.

— Você está bem? — pergunto, assim que nós paramos em frente à casa dela.

— Sim, desculpe, só estou montando o artigo na minha cabeça. — Ela sorri.

— Espero ter dado o suficiente para a entrevista.

— Você deu. Acho que vai ficar ótimo.

Eu aceno em concordância com a cabeça uma vez e saio do carro. Sei que isso não é um encontro, mas minha mãe chutaria a minha bunda daqui até a fazenda de novo, se eu não tratasse uma mulher com respeito e não abrisse sua porta. Nos poucos passos que dou, eu me lembro de ficar longe.

Depois de uma respiração profunda, eu abro a porta e a ajudo a sair. Ela vacila um pouco, agarrando-se nos meus braços para se equilibrar. Eu a puxo contra mim, segurando-a um pouco mais perto do que o estritamente necessário. Os olhos de Kristin se levantam, e não há como negar o desejo flutuando neles. Consigo sentir o pulso dela se acelerando, mas eu me seguro.

— Noah — ela diz meu nome com um suspiro.

— Me fala que você não sente nada. — Dou a ela uma chance de sair disto. Vou deixá-la ir se ela disser as palavras. — Me fala para parar de aparecer por perto e que você não está interessada.

— Eu não posso...

Minha mão desliza para cima pelas suas costas, moldando seu corpo ao meu.

— Eu quero te beijar.

Ela balança a cabeça em negação, mas seus dedos se movem contra o meu peito e encontram o caminho para a parte de trás do meu pescoço.

— Nós não deveríamos.

— Não, nós não deveríamos — eu concordo. — Mas se você não me impedir, eu vou fazer isso.

Os dedos de Kristin brincam com o cabelo na minha nuca.

Minha contenção está escorregando.

— Três. — Eu começo a contar. — Dois.

Kristin se aproxima um pouco mais da minha boca, e eu estou acabado.

Nossos lábios se encontram, e eu inclino suas costas contra o carro, prendendo-a para que ela não possa escapar. Eu a beijo como se esse pudesse ser o último beijo que nós compartilhamos. Minhas mãos se movem mais para cima, para que eu possa segurar seu pescoço. Quando ela suspira, pego a abertura de seus lábios e deslizo minha língua para dentro. Kristin me beija de volta, encontrando-me de todas as maneiras. Ela me quer tanto quanto eu a quero.

A cada vez que sua língua encosta na minha, ela faz um som que vai direto para o meu pau. Por mais que eu desejasse tê-la beijado ontem à noite, estou malditamente feliz que ela não possa culpar o álcool por isso. Minhas mãos se movem para baixo pelo corpo dela, amando cada curva e cada entrada.

Seus dedos vagueiam de volta ao meu peito, e seu corpo se tensiona antes de ela me empurrar para trás.

— Isso... — Ela se esforça para recuperar o fôlego. — Isso foi...

— Fantástico. — Eu termino para ela.

— Sim, foi, mas isso não deveria ter acontecido. Maldição. O que há de errado comigo?

Eu seguro seu rosto em minhas mãos.

— Não há nada de errado com você.

Os olhos de Kristin se enchem de arrependimento.

— Ai, meu Deus. Eu lamento tanto. Não deveria ter feito isso.

— Você não fez nada. — Tudo isso é culpa minha. Fui eu que a beijei quando sei de todas as merdas pelas quais ela está passando. — Sou eu quem deveria me arrepender.

Kristin olha para o chão.

— Não, você não deveria. Eu queria que você me beijasse. Eu queria te beijar, e quero muito mais, mas eu não posso...

Meus dedos se engancham sob o queixo dela e a obrigo a olhar para mim.

— Por quê?

Eu conheço todos os motivos, mas preciso ser lembrado para que eu não a beije novamente.

— Estou escrevendo um artigo sobre você e sua vida amorosa.

Ela está falando sério? Ela acha que eu me importo com isso? Ela pode escrever o que quer que ela queira, todos eles fazem isso, de qualquer maneira. Se esse é seu grande motivo, ela tem toda uma nova briga em suas mãos. Uma que eu vou ganhar.

— Isso não importa.

— Eu não posso fazer isso. — Kristin escorrega de entre o carro e eu e começa a se afastar.

Eu corro atrás dela, não querendo que isso seja como a nossa noite termina.

— Me desculpe — eu digo, enquanto agarro o braço dela. — Eu não queria te pressionar.

Ela deixa sair uma respiração profunda.

— Você não fez nada de errado. Faz realmente muito tempo desde que eu tenha sentido alguma coisa assim, e é confuso, excitante, assustador como o inferno. A verdade é que nós nunca daríamos certo. — A mão de Kristin descansa no meu peito. — Eu não estou pronta, e eu te juro que você não quer mergulhar nem seus dedos dos pés na minha vida louca.

Se ela apenas soubesse que eu mergulharia de cabeça.

Solto seu braço, sabendo que tenho que dar um passo atrás. As palavras de alerta de Heather soam na minha cabeça, sobre o pedaço de merda que seu marido é e todos os estragos que ele lhe causou e que ela nem enxerga.

— Podemos ser amigos? — pergunto, porque tenho a sensação de que essa é a única maneira de ela concordar em me ver novamente.

— De verdade? — Há uma pequena dica fofa de surpresa na voz dela. — Você quer que sejamos amigos? Estou começando a questionar sua sanidade.

— Você não está pronta para sermos amigos? Achei que nós tínhamos passado para isso quando eu não deixei você se afogar.

Ela olha para o céu e resmunga.

— Eu nunca vou conseguir esquecer isso, não é?

— Provavelmente não. Além disso, é a minha apólice de seguro se você escrever alguma porcaria sobre mim que não é verdade. É tudo uma questão de ter a vantagem.

— É bom saber. — Ela me dá um tapinha no braço de brincadeira. — Tenho quase certeza de que o meu relato de que você despiu uma garota inconsciente e bêbada também não cairia bem para a sua reputação.

Eu me inclino, inalando o cheiro do perfume cítrico dela.

— Não é assim que eu me lembro disso.

— Bem, Sr. Frazier, nós simplesmente teremos que manter nossas cartas nas nossas mangas agora, não é mesmo?

Eu me balanço para frente e para trás com um sorriso.

— Acho que teremos. Estou ansioso para ler o artigo.

Kristin sorri.

— Eu agradeço a exclusiva, e esta noite. Eu realmente sinto mui...

— Não diga isso. — Levanto minha mão. — Sou eu quem precisa pedir desculpas. Nós podemos começar de novo?

Ela acena com a cabeça, concordando.

— Eu gostaria disso.

Eu procuro no bolso e puxo dois tabletes de chiclete. Entrego a ela um deles.

— Nenhuma pílula mágica, mas eu tenho chiclete que te ajuda a esquecer.

O sorriso de Kristin é enorme conforme ela aceita a minha oferta.

— Chiclete mágico, hein?

— Ouvi dizer que ajuda quando você quer apagar o passado e começar de novo.

Estou sendo o cara mais brega da porra de todos os tempos, mas está funcionando.

— Tudo bem, então. — Ela desembrulha o chiclete e o enfia na boca, e eu faço o mesmo. — Já está funcionando?

Eu sou um ator, hora de fazer o que sei.

— Eu sou Noah Frazier, amigo de Eli. — Estendo minha mão.

— Prazer em conhecê-lo, Noah — diz ela, enquanto a balança. — Eu sou Kristin McGee, Heather falou bastante sobre você para mim. Espero que possamos conversar em breve para um artigo que estou escrevendo.

— Estou ansioso para vê-la em uma entrevista.

— Eu também. — Kristin puxa seu lábio inferior entre os dentes enquanto abaixa a cabeça.

Eu cubro a mão dela com minha outra.

— Tenha uma ótima noite, Sra. McGee.

Ela tira sua mão e toca o meu braço.

— Boa noite, Noah. Eu me diverti muito.

— Eu estou ansioso por mais. — Dou uma piscadinha e me viro em direção ao carro.

Eu me lembro do que a minha professora de teatro disse sobre deixá-los sempre querendo mais, e isso é exatamente o que pretendo fazer com ela.

Capítulo 12

KRISTIN

Encosto-me à parede, perguntando-me o que diabos acabou de acontecer.

Noah me beijou. Quero dizer, ele *realmente* me beijou.

E eu o beijei de volta.

Maldição, se aquilo não foi um beijo bom.

Um beijo que nunca deveria ter acontecido. Eu não sei o que me deu, mas não consegui me impedir. Precisava beijá-lo mais do que me importava em me autopreservar. Mal conheço o homem, mas é como se nós tivéssemos sido amigos desde sempre.

Há esta coisa… esta coisa estúpida que vai foder tudo se eu permitir que aconteça novamente.

Não vai. Não vou permitir isso porque não estou em condições de trazer outro conjunto de problemas para a minha vida caótica. Jesus, quão burra eu posso ser? Estou no processo de finalização de um divórcio, sou uma mãe solteira, e estou designada a escrever sobre ele.

Depois de me certificar de que não vou parecer uma girafa aprendendo a andar depois do beijo de uma vida, caminho na direção da cozinha para me servir um copo de vinho muito necessário. Meu prazo de entrega é segunda-feira de manhã, e estou muito agitada para dormir, então eu me troco para as minhas roupas confortáveis e ligo o laptop.

O documento do *Word* ganha vida, eu aperto a tecla play no gravador, deixo meus dedos pairarem sobre o teclado e começo a fazer um rascunho.

Mentalmente dou risadinhas sobre o título, sabendo que ele vai entender a piada interna.

Desnudando a verdade sobre Noah Frazier, por Kristin McGee.

Noah Frazier, um dos protagonistas da série *A Thin Blue Line*, que teve seu último episódio exibido no final de abril, é indubitavelmente um queridinho dos fãs. Seu personagem, o charmoso, de coração partido e cativante Oficial Writt, tem conquistado corações durante sete temporadas. Depois que nós, aqui no *Celebaholic*, tivemos a chance de uma entrevista exclusiva, não estamos surpreendidos com o porquê. Ele é engraçado, doce e sexy como o inferno, mas o que diferencia o Sr. Frazier é sua atitude pé no chão.

Durante a nossa conversa, nós aprendemos um pouco sobre suas aspirações para o futuro, mas, mais importante ainda, perguntamos se existe um alguém especial que ele procura. Essa parece ser a pergunta queimando na mente de todas as mulheres solteiras e de muitas casadas.

Sentado em um barzinho local em Tampa, Noah passou algumas horas conversando e me dando as respostas que nós estávamos morrendo de vontade de saber.

Coloco a fita para reproduzir e começo a transcrever.

CELEBAHOLIC: Muito obrigada por se encontrar comigo. Eu não posso dizer a você o quanto sou uma fã e que honra é que você concordou em fazer uma entrevista.
NOAH FRAZIER: Obrigado por me ter convidado. Estou feliz por estar aqui.

CELEBAHOLIC: Você está aproveitando a sua pausa da atuação?
NOAH FRAZIER: Na verdade, estou. Tenho passado um tempo visitando a família e os amigos, tentando encontrar o papel que realmente combine comigo.

CELEBAHOLIC: Você tem alguma perspectiva para projetos futuros?
NOAH FRAZIER: Existem dois roteiros que me deixaram entusiasmado. Veremos, no entanto. Estou gostando de estar na Flórida agora mesmo.

A voz de Noah é baixa e, sabendo o que eu sei, ouço o duplo significado. Eu escrevo as respostas a respeito do trabalho dele, como foi ser nomeado para um Emmy, e como seu o grande objetivo é se tornar um produtor.

Então eu chego ao que os leitores realmente querem — a fofoca.

CELEBAHOLIC: Você está na cidade visitando Eli Walsh, correto?
NOAH FRAZIER: Estou. Eli e eu nos tornamos amigos próximos enquanto estávamos trabalhando em *A Thin Blue Line*.
CELEBAHOLIC: Tenho certeza de que os dois se metem em muitos problemas.
NOAH FRAZIER: Bem, somente quando há tequila envolvida. Normalmente, nós somos bastante entediantes, outras vezes os problemas caem em nossos colos ou nos puxam para eles.

Não posso evitar o sorriso que se forma. Posso ver seu sorriso claro como o dia, quando ele disse essa parte. A maneira como seus olhos verdes estavam cheios de travessura.

CELEBAHOLIC: Eu posso imaginar. Sabemos que o mundo chorou um pouco quando Eli não estava mais disponível, algum possível interesse amoroso?
NOAH FRAZIER: Existe alguém por quem eu tenho sentimentos.
CELEBAHOLIC: Gostaria de comentar mais?
NOAH FRAZIER: Não. Ela sabe quem ela é.
CELEBAHOLIC: Bem, ela deve estar lisonjeada.
NOAH FRAZIER: Com alguma sorte, ela estará mais do que isso. Eu estou esperando que esteja interessada.

Meu coração começa a se acelerar, e minha garganta fica seca. Eu sou a garota de quem ele está falando. Eu sou a garota que Noah Frazier tem a mira posta, e eu sei como é estar em seus braços, tocar o corpo dele. Meus lábios formigam enquanto me lembro da maneira como a boca dele se movia com a minha, o gosto de menta na língua dele, e não tenho ideia do que fazer em relação a nada disso, exceto ficar longe. Noah não tem noção de quão danificado o meu coração está, e não há uma chance no inferno de que ele vá ficar por perto se vislumbrar isso.

Eu me inclino para trás, fecho o laptop e dreno o resto do meu vinho, já sabendo que não tem como eu conseguir terminar o artigo agora. Tenho o Noah na cabeça. Faz um tempo tão longo desde que alguém olhou para mim como ele olha. Como se eu valesse alguma porcaria. Um homem que não tem nada que perseguir uma garota normal como eu, mas pensa que sou especial.

Não. Eu não acredito nisso.

Ele não pode me querer para algo mais do que apenas uma rápida transa. Definitivamente não sou esse tipo de garota. Eu preciso de mais, sempre precisei. A última coisa que eu quero é ser boa, mas não boa o suficiente para mais.

Eu me encaminho para o banheiro para lavar o rosto e me preparar para dormir.

— No que eu estava pensando? — digo em voz alta, enquanto fico olhando para o meu reflexo. — Você é simples, frustrante e não conseguia fazer as coisas adequadamente, Kristin. Você falhou em manter Scott feliz. Você não vale nada, assim como ele disse uma e outra vez. — As lágrimas começam a cair enquanto as palavras de Scott enchem a minha cabeça. — Você se deixou ir. Você *costumava* ser tão bonita. Essa noite não, não estou a fim de trabalhar tanto para te fazer terminar.

Não tem como um homem como Noah ficar por perto. Eu seria uma tola se pensasse o contrário.

A noite passada foi a pior que tive desde que deixei o Scott. Chorei até adormecer, ouvindo quinze anos de depreciações.

A dúvida é irracional e não se importa que a voz dentro da minha cabeça seja de anos de estar com um homem infeliz. Eu posso dizer a mim mesma que o Scott usou as inseguranças dele em mim para se sentir melhor, mas, no final, eu nem sempre sou forte o suficiente para acreditar nisso.

A noite passada foi uma delas.

Agora, na luz do meio da manhã, sei que estava maluca por permitir que Scott tivesse esse tipo de poder sobre mim. As palavras dele são ruídos e vou abafá-los com a positividade que vive dentro de mim. A negatividade é muito mais fácil de acreditar, mas estou de saco cheio de viver naquele inferno.

Eu tenho algumas horas antes que ele deva deixar as crianças, e começo a limpar freneticamente só para provar que ele está errado. Eu sou uma boa mãe, posso manter uma casa arrumada, e sou bonita.

Uma batida na porta me surpreende.

— Kristin, você está em casa? — A voz de Danielle vem do outro lado.

— Olá. — Eu sorrio enquanto abro a porta.

Ela levanta um copo de café em sua mão e eu quero beijá-la.

— Você é a melhor amiga que uma garota poderia ter.

Danni gargalha e entra na casa.

— Este lugar parece ótimo, querida. Você fez um ótimo trabalho para que parecesse diferente e seu.

— Você acha?

Ela acena com a cabeça, concordando.

— Eu acho.

— Obrigada. — Eu me dirijo para o sofá, e nós duas nos sentamos. — Estou tentando.

Danielle olha para o seu próprio copo e depois de volta para mim.

— Você está bem? — pergunto.

— Scott disse uma coisa a Peter, e eu fui e voltei, porque Peter me pediu para não repetir isso, mas, porra, você é a minha melhor amiga. Eu não me importo que eles sejam amigos. Somos eu e você contra o mundo, certo?

Meu estômago se aperta, pensando que deve ser ruim se Danielle está aqui às dez da manhã de um domingo. Peter também deve ter pensado que era ruim o suficiente repetir isso.

— Você está me assustando um pouco. — Eu tento rir, mas parece estranho.

— Scott ligou para o Peter e disse a ele que tem provas de que você tem tido um caso.

Muito bem, agora eu rio.

— O quê? Um caso? — Eu balanço a cabeça em negação para a idiotice. — Como eu poderia ter tempo para ter um caso quando estava muito ocupada sendo uma esposa de merda para ele?

Ela fecha os olhos.

— Eu acho que ontem à noite...

— Ah, pelo amor de Deus! — Eu fico de pé. — Eu estava trabalhando! Eu tinha uma entrevista. Noah é quem estou cobrindo agora mesmo, e nós tivemos um jantar para o meu artigo. Inacreditável. — Eu começo a divagar, porque ele é ridículo. — Como é que um jantar equivale a um caso?

Danni levanta suas mãos para cima.

— Não atire na mensageira. Eu só sei que ele vai ser um cretino e tentar usar isso.

Usar isso? Bom Deus, ele não é real. Então isso me atinge, a única pessoa de quem ele poderia ter ouvido sobre isto é de Jillian.

— Então, a assistente dele me vê menos de vinte e quatro horas atrás e o telefona em um domingo para avisá-lo que eu tinha saído para jantar. Ela é uma funcionária muito dedicada. — Eu cuspo a palavra "funcionária".

— Quero que você esteja preparada, Kristin. Ele é o cara que não quer o brinquedo, mas também não quer que ninguém mais fique com ele. Eu me preocupo com você. Eu me preocupo que ele vá foder com você se ele suspeitar de coisas. Peter e eu tivemos uma briga enorme esta manhã quando ele me contou. Eu explodi sobre como o Scott não deveria dizer uma palavra sobre a sua vida quando foi ele quem pediu o divórcio.

Eu pego a mão dela na minha e aperto. Ela não tem ideia do quanto eu agradeço a amizade dela. O relacionamento dela e do Peter tem sido extenuante, e eles finalmente encontraram uma maneira de fazer funcionar. O fato de ela estar brigando com seu marido por mim é injusto.

— Por favor, não faça isso. Não deixe que o casamento de vocês fique emaranhado no meu divórcio.

Ela dá um sorriso triste.

— Nós estamos bem. Ele entende agora que eu joguei a verdade na cara dele. Peter e eu achamos que Scott está usando-o neste momento. Ele telefona para obter informações que o Peter não tem, e ele está vendo isso agora. Então ele disse a Peter que estava claramente sob a teia de mentiras que você tem torcido para fazer todos nós pensarmos que você é a vítima.

— Ele é tão narcisista! — Eu gemo. — Como eu estava fazendo uma teia de mentiras? Que mentiras, Danni? Que ele provavelmente me traiu sabe Deus quantas vezes? Tanto faz, ele quer uma briga, eu estou mais do que preparada para uma.

Scott poderia me fazer pensar que eu estava maluca por pensar que o que ele estava fazendo era errado. Era como se o meu questionamento significasse que eu estava delirando. Não sei como ele faz isso, mas ele pode torcer qualquer coisa para que seja culpa de outra pessoa, transformar uma mentira em uma verdade. Eu nunca percebi isso até ter ido embora, mas agora que saí, está claro como água, porra.

Danielle libera uma respiração forte pelo nariz e eu sei que essa próxima parte não será boa.

— Você sabe que o Peter se recusou a aceitar o caso dele, mas ele queria que eu avisasse a você que, se Scott afirmar que você foi infiel durante o casamento, isso pode afetar a custódia, a pensão alimentícia e o sustento dos filhos.

Eu não vou jogar este jogo com ele.

— Eu nunca fui infiel.

— Eu sei.

— Se ele me acusar disso, eu juro... — eu me interrompo, sem nem mesmo ter certeza do que vou fazer. Minha advogada é boa, mas tenho certeza de que ela não está à altura do que ele poderia pagar.

Estou tão fodida se ele fizer isso. Peter trabalha para uma grande firma de advocacia de defesa criminal, mas ele veio de uma família do direito quando estava apenas começando. Ele já representou muitos atletas que se meteram em situações complicadas, e se ele está preocupado... Eu também deveria estar.

— Não mostre a ele suas cartas, Kristin. Não deixe que ele saiba que você tem uma pista. Isto é o que ele quer.

— Estou tentando ser justa e acabar com isto! Quero estar divorciada logo! Quero a minha vida de volta, sem a voz dele na minha cabeça.

Danielle aperta a minha mão.

— Está na hora de jogar o jogo dele, mas de maneira mais esperta.

— Como? Eu não penso assim.

Ela levanta as sobrancelhas.

— Ainda bem que você tem três melhores amigas que cuidam de ti. Você não vai estar sozinha com ele. Uma de nós estará aqui como uma testemunha para qualquer interação que vocês tenham, ele não tem um caso se todos os aspectos puderem ser refutados.

— Isto é uma loucura.

Ela balança a cabeça em desacordo.

— Não, querida, isto é guerra.

Capítulo 13

KRISTIN

Depois de me acalmar, eu volto para a limpeza da casa. Danni está sentada na ilha da cozinha, me observando enquanto esfrego o balcão com tanto esforço, que posso causar um buraco nele.

— Kris? — ela chama meu nome enquanto ri. — Tenho quase certeza de que está limpo.

Eu paro e suspiro. Há tanta coisa que quero contar a ela. O fato é que Danielle sempre foi aquela para quem eu corro quando alguma coisa acontece. Eu compartilho tudo, e estou morrendo por dentro para contar a ela sobre a noite passada. Está me matando, mas eu me preocupo sobre dizer qualquer coisa.

Não porque ela possa não aprovar, mas porque se isto chegar a alguma batalha no tribunal, não sei se dizer a ela está certo.

Ela se move para o meu lado, colocando sua mão no meu ombro.

— Vai ficar tudo bem.

Olho para cima, abrindo e então fechando a boca.

— Você tem esse olhar...

— Que olhar? — Eu me faço de boba.

— O olhar de "eu tenho um segredo e isso está me matando". Desembucha.

Eu deixo cair a esponja na pia e olho para ela.

— Não tenho certeza se isso é uma boa ideia.

— Porque...

— Qual é a sua oposição ao falso testemunho? — Eu a testei.

Danielle joga suas mãos no ar antes que elas caiam em suas pernas, fazendo um sonoro *slap* com o barulho do tapa.

— Ah, santo Deus!

— Estou perguntando hipoteticamente aqui. — Cruzo os braços sobre meu peito. — Hipoteticamente?
Se falarmos em abstrato, talvez eu possa compartilhar.
— Sim, *hipoteticamente*, o que aconteceria se alguém beijasse outro alguém?
Os olhos de Danielle se arregalam.
— Será que esse alguém estaria perguntando, porque esse alguém está preocupada com um possível problema com um divórcio?
Eu encolho os ombros.
— Talvez. Quero dizer, esta pessoa pode estar apenas perguntando porque ela está curiosa se isso é considerado traição aos olhos da lei...
O sorriso dela cresce e ela inclina sua cabeça para o lado.
— Pelo que Peter diz sobre a lei, só relação sexual é considerada adultério.
Eu aceno com a cabeça em concordância. Bem, pelo menos eu estou bem lá. Estou ligeiramente contente que o meu beijo transformador de vida não possa ser usado contra mim, mas, novamente, estou contente que o Scott seja ainda mais estúpido do que eu pensava. Não há nada que eu tenha feito de errado.
— É bom saber. E se ela saísse para... digamos... um jantar com um cliente?
— O jantar não é adultério. Sua amiga participou deste jantar recentemente? — Danielle pressiona.
— Ela participou.
— Será que ela viu alguém que conhecia? — Ela sorri.
— Ela pode ter visto.
Sua mandíbula cai.
— Sua amiga está tentando me matar? Sua *amiga* não fez nada de errado, pelo que você compartilhou até agora.
— Minha amiga agradece o conselho.
Danielle gargalha.
— De nada. Sua amiga também deve saber que é somente durante o casamento e se a amiga usou finanças conjuntas para facilitar o caso dela. Pelo menos é esse o meu entendimento.
— Bem, minha amiga está totalmente esclarecida. — Eu mordo o lábio e espero. — Ela não está tendo relações sexuais com ninguém.
Danielle está pronta para explodir, morrendo de vontade de saber mais.
— Por favor, me fala que a sua amiga beijou Noah Frazier, e que é disso que nós estamos falando! — *E aí ela estoura.*
— Ela beijou!
— Puta merda! Como? Como isso acontece com a Heather e depois com voc... sua amiga? Será que eu perdi o curso de ficadas com celebridades no ensino médio? A Heather sabe? Ai, Deus, foi incrível? Parece que seria incrível. Aqueles malditos lábios, cara.

Eu a puxo para a mesa e a coloco a par de toda a coisa. Claramente, ela sabe que sou eu, e estou quase tonta enquanto conto a ela os eventos que levam ao beijo incrível. A cabeça dela se apoia em seu punho, enquanto lhe conto sobre a dança na praia. Ela ri quando explico a noite na casa da Heather e depois o meu canto aleatório no carro.

Meu corpo se sente como se eu estivesse flutuando quando entro em detalhes sobre o beijo em si. De verdade, homens normais não beijam dessa maneira, e se o fazem, eu não encontrei.

— Você sabe o que eu percebo ouvindo tudo isso? — Danielle pergunta.
— O quê?
— Minha amiga está de volta.

Passo as mãos pelo cabelo.

— Eu não sei o que você quer dizer...

Ou pelo menos não quero admitir o que acho que ela está dizendo.

Danielle se inclina para frente e toca minha perna.

— Você tem sido só a concha da garota que eu conheci por toda a minha vida. Acho que não sabia disso até agora. Quando foi a última vez que agiu como uma boba? Quando foi a última vez que cantou no carro? Bebeu e dançou? Foi permitida a escolher alguma coisa que queria e realmente conseguiu isso?

Fecho os olhos com a cabeça caindo para baixo.

— Não quero pensar sobre isso.
— Eu sei que não quer. Eu só quero que se escute. Você pode não perceber isso, mas eu percebo. Nos últimos dez minutos, você ganhou vida. A minha melhor amiga finalmente estava aqui.

As lágrimas começam a se acumular.

— Eu nunca fui embora.
— Scott te levou embora.
— Não... — Eu começo a negar.
— Me escute, você era a pessoa feliz de nós quatro. Nicole é louca. A Heather é de confiança. Eu sou a cínica. Você era aquela que sorria. Capitã das líderes de torcida, integrante do comitê de boas-vindas, e... eu esqueci todas as outras porcarias que você fez. Isso não importa. Foi você que nos manteve com os pés no chão, mas ele a colocou em uma caixa, Kris. Ele te fez menor até que se encaixasse no que ele queria, e sinto muito por ter deixado isso acontecer.

Olho para a Danni, aquela que nunca chora, mas que atualmente tem lágrimas em seus olhos.

— Danni — eu digo, com suavidade.
— Não. — Ela limpa o rosto. — Eu não disse nada. Pensei que você estivesse feliz. Mas você não estava. Nicole pressionava para dizer alguma coisa, e eu a impedia.

— Vocês não poderiam ter me influenciado. — Eu tento assegurar a ela. — Eu o amava. Não estava pronta para partir.

Ela acena com a cabeça concordando. Odeio que esteja tentando assumir até mesmo um grama da culpa por isto. A realidade é que até que eu estivesse preparada para dar um basta, eu teria ficado. Elas só teriam me deixado irritada ao tentar me fazer ver o que estava acontecendo, e minha primeira reação teria sido defendê-lo. Eu realmente tinha acreditado que a culpa era minha, que eu não era suficientemente boa.

— Eu poderia ter tentado. — Danielle olha para longe com vergonha.

— E eu te amo por isso.

— Eu te amo por tudo isso.

Eu a puxo para os meus braços e esfrego as costas dela.

— Quem diria que o seu coração sombrio poderia derramar lágrimas? — brinco.

Isto pelo menos arranca uma gargalhada dela.

— Vou negar que isto tenha acontecido.

— Aqui está a minha garota.

— Você vai ser feliz novamente, Kris. Eu sei disso. Não deixe o Scott roubar você de nada que queira na vida. Se você gosta de Noah, vá em frente. Se quer espalhar suas sementes por aí, faça isso. Não importa o que aconteça, eu sempre te dou cobertura.

Sou mais do que abençoada em ter as relações que eu tenho.

— É muito cedo para eu namorar.

— Quem disse? — ela ridiculariza.

— Eu ainda nem sequer estou divorciada!

Danielle revira os olhos.

— Quem se importa com essa merda? Não há um cronômetro para a recuperação. Se você gosta dele, por que não pode sair com ele?

— Você se lembra do por que você apareceu aqui em primeiro lugar? — eu a relembro.

— Sua amiga transou com alguém enquanto ainda vivia com o marido dela?

Nós estamos de volta à coisa da amiga novamente.

— Não. Nunca. Ela foi leal ao extremo.

— Então, eu vou obter esclarecimentos completos, mas ela deve estar de boa. E a única coisa que nós vamos nos preocupar é se ela está maluca por se afastar de um cara que se parece com isso! — Ela aponta para a pasta de arquivos com a foto de Noah na frente.

A campainha toca, e nós duas nos levantamos. Eu estou animada para ver meus filhos, mas sei quem está esperando com os dois — ele.

Eu olho para Danni, que acena com a cabeça em acordo. Aqui vamos nós.

Quando abro a porta, o sorriso de Aubrey me faz esquecer todas as preocupações que eu tinha. Ela é a luz brilhante nesta tempestade escura.

— Mamãe! — Seus braços estão esticados, e eu a agarro no colo.

— Tive tantas saudades suas! — Enterro o nariz no cabelo dela e respiro minha garotinha. — Ei, você comeu vitaminas e cresceu?

— Não! — Ela dá uma risadinha. — Eu sou a mesma.

— Finn! — Eu me agacho, e ele coloca o braço em volta do meu pescoço. — Oi, amigo.

— Ei — diz ele, com um bufo. — Posso ir para o meu quarto?

— Claro. — Eu beijo a cabeça dele, não me importando que ele seja maneiro demais para isso agora.

Aubrey me dá outro aperto enquanto eu a agarro com força. Acho que não me permiti realmente perceber o quanto senti a falta deles. Meu coração se sente tão cheio por ter os meus bebês comigo.

Olho para o lado e a estrutura de Scott preenche a porta.

— Oi — eu digo, ao colocar Aubrey no chão.

— Olá. Certo. — Ele bufa, debochado.

A vontade de revirar meus olhos é forte, mas eu a empurro para o lado. Ele pensa que tem alguma coisa e não tem ideia de que eu sei disso.

— Querida. — Eu me agacho, pegando as mãos de Aubrey nas minhas. — Por que você não vai levar sua mochila para o seu quarto e arrumar suas coisas?

— Está bem, mamãe. — Ela olha de volta para Scott e corre na direção dele. — Tchau, papai.

— Tchau, bebê. Vejo você em breve, ok?

A cabeça dela se abaixa e ela acena, concordando.

— Eu te amo.

Ele beija a cabeça dela.

— Eu te amo.

Ao menos ele ainda pode ser um bom pai. Fico parada aqui com a minha mão sobre o coração enquanto ela corre para os fundos, dando-nos um momento.

— Você teve um bom fim de semana com eles? — pergunto. Meu objetivo é liderar a conversa.

— Eu tive. Ouvi dizer que você também teve um ótimo fim de semana.

— Você ouviu?

Não estou entregando uma maldita coisa a ele. Ele queria um divórcio, então pode lidar com a realidade do que isso significa. A minha vida não é mais da sua maldita conta.

— Então, nos vemos em duas semanas. — Coloco a mão na porta, mas ele não pega a dica.

— Há quanto tempo você tem estado vendo outro homem pelas minhas costas? — Scott cruza os braços sobre o peito.

Deixo escapar uma pequena risada.

— Eu não sei do que está falando, entretanto, há dois dias você estava dizendo como nós precisávamos nos encontrar em um local neutro para — levanto minha mão e faço gestos de aspas aéreas — manter as coisas separadas.

Ele me encara com raiva.

— Ha! Você admite foder com outro homem pelas minhas costas? Quantas vezes? Foi por isso que me recusou tantas vezes?

Ouço alguém limpar sua garganta por trás de mim.

— Oh, oi, Scott — diz Danielle, com um tom doce. — Como você está?

Seus olhos se encontram com os meus e depois voltam para ela.

— Danielle, eu não sabia que você estava aqui.

Viro as costas para ele.

— Scott tem a impressão de que eu fui infiel.

— Infiel? — diz ela, com choque. — Isso é uma loucura.

— Eu sei. — Eu olho para trás, encontrando seus olhos. — Especialmente porque era ele quem tinha um monte de mensagens de textos questionáveis, longos finais de semana e grandes presentes no cartão de crédito para sua colega de trabalho.

Não há como eu perder o clarão de consciência que lhe atravessa o rosto. Sim, é isso mesmo, eu suspeitava.

Ela faz um *tsc tsc*, estalando a língua em negação.

— Por que você sequer pensaria que ela estava tendo um caso?

Ele estala o pescoço e resmunga baixinho:

— Diga-me, Kris, como foi o seu encontro com Noah Frazier?

— Você quer dizer a minha reunião para o artigo que estou escrevendo? — Espero que ele se sinta como o idiota que é. — Eu realmente adoraria conversar, mas tenho companhia e preciso acomodar as crianças. Obrigada por tê-las deixado aqui. — Eu me movo para frente enquanto empurro a porta. Ou ele vai se mover ou a porta vai se fechar na cara dele... a escolha é sua. — Você pode buscá-las na quarta-feira na casa de Danielle para o jantar do seu dia de semana. Agora, tchau.

Ele se move para trás com a boca aberta.

— Você está...

— Te vejo em breve— eu digo, quando há menos de um centímetro de espaço.

A satisfação me atravessa. Não sou a dona de casa mansa que ele queria. Estou por minha conta, começando de novo, e serei amaldiçoada se a voz dele encher mais a minha cabeça.

Danielle está ali de pé com seus dedos nos lábios.

— Uau! — Ela respira.

— Foi tão ruim assim?

— Não, isso foi épico.

Eu me jogo na cadeira, sentindo-me drenada, porém orgulhosa. Eu o enfrentei. Não caí aos pedaços nem tentei explicar suas acusações. Talvez Danielle tenha razão e eu esteja recuperando a velha Kristin. Uma que foi sufocada e se recusa a ficar mais tempo no chão.

Cuidado, mundo afora.

Capítulo 14

KRISTIN

Estou de pé em frente à mesa da Erica enquanto ela lê o artigo. Meus nervos estão nas alturas enquanto espero por qualquer comentário em retorno. É tão diferente do que eu fazia anos atrás. Não vou simplesmente para onde a história está e improviso. Não, eu não apenas tenho que esmagar tudo o que é importante em menos de mil palavras, mas também tenho que torná-la cativante o suficiente para que as pessoas não se afastem dela em dois segundos. Contar uma história na televisão é um mundo completamente diferente.

— Hmm — diz ela e coloca o papel para baixo.

— Isso é um bom "hmm"?

Erica coloca as duas mãos no ar, movendo-as um pouco.

— Você está diferente. A coloração é outra ao seu redor. Bastante rosa.

Lá vamos nós novamente. Esta garota precisa de medicamentos e de largar o ácido para trás.

— Estou vestindo azul.

— Sei o que você está vestindo, Kristin, mas a sua aura está se ajustando ao que quer que esteja acontecendo em sua vida.

Ah. Minha aura. Mais uma vez, eu deveria ter sabido. Que tolice a minha. Erica se move ao redor da escrivaninha, ficando de pé bastante no meu espaço.

— Eu gosto do artigo. Você foi engraçada e conseguiu mais do que eu pensei que fosse conseguir. Ele não é conhecido por ser aberto em entrevistas. Isso tudo é bom, e ele deve ter gostado de você...

— Gostado de mim? — interrompo.

Ela se move para onde os tapetes de ioga estão enrolados.

— Sim, ele ligou esta manhã.

Meus olhos ficam arregalados, mas não digo nada. Não tenho ideia do que o faria telefonar para a minha chefe, mas não há escassez de coisas inapropriadas que poderiam ter motivado isso. E se ele contou a ela que o beijei ou que me embebedei e o puxei para dentro da piscina? Eu deveria saber que isto nunca iria funcionar, mesmo que ele meio que tivesse feito uma promessa de que nós íamos começar de novo.

Maldição.

— Relaxe, Kristin. — Erica dá uma risada. — Pegue um tapete e sente-se comigo.

Não querendo ser demitida, eu, relutantemente, pego o outro tapete de ioga e vou para o meu lugar ao lado dela. Ela está sentada de pernas cruzadas, com as mãos descansando em seus joelhos.

— A chave é encontrar o seu centro.

— Certo. Centro.

Neste momento estou centrada no inferno.

— Ele disse que gostaria de fazer outro artigo com você escrevendo-o — ela diz, com os olhos fechados. — Gostaria de fazer uma reportagem muito maior e realmente mergulhar em uma história mais significativa.

As palavras me falham. Eu tinha esperado que depois do artigo que escrevi, ele fosse voltar para Nova York, e eu poderia fingir que este fim de semana foi apenas um sonho. Agora ele quer que eu escreva alguma grande história sobre ele? Isto não pode estar acontecendo.

Meu autocontrole não é tão bom assim. Nós tivemos um jantar de trabalho, o qual terminou com a gente devorando o rosto um do outro. Uma reportagem aprofundada, onde preciso estar perto dele por períodos mais longos de tempo, não me cheira bem.

Embora, ir para a cama com o Noah certamente não seja a pior coisa que poderia acontecer.

Eu mentalmente me dou uma bofetada. Sim, fazer sexo com o homem sobre o qual eu deveria escrever um artigo seria imperdoável e totalmente não profissional.

Entretanto, seria uma maneira muito autêntica de descobrir o que as mulheres querem.

Ok, eu definitivamente preciso de um psiquiatra ou de um vibrador.

— Tenho certeza de que há alguém mais qualificado do que eu sou. — Tento me afastar disso.

Ela começa a cantarolar e eu fico olhando. Depois de mais alguns sons estranhos, ela sopra um longo suspiro e se vira para mim.

— Ele quer você. Isto é uma coisa boa. — A mão de Erica toca a minha perna, e ela continua. — Noah é o pote de ouro no final do arco-íris. Você não tem ideia de quantas vezes ele já negou entrevistas.

— Certo. Então, por que diabos ele repentinamente quer fazer isso e comigo?

— Quem se importa?

— Isso não faz sentido. Por que agora? Por que eu? Por que não uma entrevista com a Barbara Walters[3], se você vai fazer alguma coisa pela primeira vez? É uma loucura e tenho certeza de que o assessor dele nunca vai autorizar isto.

Erica dá de ombros.

— Não tenho ideia do motivo, mas ele gosta de você e sentiu que era a pessoa certa para isso. Não vou mentir, estou nas nuvens. Esta é a oportunidade de uma vida.

Depois isso me atinge... ele pensa que vai entrar nas minhas calças. Se eu recebesse este grande artigo que poderia me tirar de um blog para um site de fofocas, eu ficaria em dívida com ele e cairia em sua cama.

— Eu não posso fazer isso — digo, não estando disposta a me colocar em uma posição de falhar.

Erica levanta sua sobrancelha.

— Você não tem uma escolha.

— Erica, você não pode me dizer que isso não é um pouco bizarro.

— Hollywood tem parafusos a menos. Eles não são como você e eu. Nós vivemos vidas bastante normais e não somos loucas como eles são — ela fala, com uma cara séria.

Ela acha que é normal? Eu tento não rir, mas falho. Uma risadinha explode dos meus lábios e cubro a minha boca rapidamente.

— Desculpa, a imagem foi engraçada.

Ela é a pessoa mais estranha que eu já conheci. As pessoas não meditam no escritório apenas porque querem ou acreditam que a campanha de não raspar a barba em novembro se aplica às mulheres também, mas ela o faz. Se ela é normal, então o mundo está ferrado.

— Hollywood com falta de parafusos é engraçado. — Ela ri.

Que o Senhor nos ajude.

— Então, você vai dizer que ele tem que trabalhar com a Pam ou com você? — pressiono, na esperança de que ela vá mudar de ideia.

— Sem chances. Você está oficialmente em missão, e o artigo é para ser entregue dentro de um mês. Quero uma matéria realmente aprofundada. Alguma coisa que faça com que as pessoas tirem o gorro.

— Chapéu — eu a corrijo.

— O quê? Eu não uso chapéus. Muito constrangedor para os cabelos.

Balanço a cabeça em negação e fecho os olhos. Não há esperança com ela.

— Não me sinto confortável com esta ideia. Eu nem sequer sei o que escrever.

---

3 Apresentadora de notícias famosa dos EUA.

Ela dá de ombros.

— Bem-vinda ao jornalismo de celebridades. Você pega o que ele der a você e faz com que isso pareça mais.

Eu gemo internamente. Aparentemente, ela não vai ceder.

— Pode me dar uma ideia do que está procurando?

Erica se levanta e depois coloca suas mãos no chão com sua bunda no ar.

— Basta seguir o seu instinto. Eu preciso terminar aqui e depois tenho um voo para Nova York.

— Nova York?

Ela levanta uma perna e um braço, esticando-os em direção ao teto.

— Sim, eu vou me encontrar com um amigo para um protesto.

Não estou em dia com os acontecimentos atuais. Os meus dias consistem nisto, e minhas noites são trabalhos de casa e qualquer que seja o programa horrível que Aubrey coloque. Lá no fundo, sei que vou me arrepender de perguntar a ela sobre qualquer detalhe, mas Erica despertou o meu interesse.

— Pelo que vocês estão protestando?

Ela volta a ficar de pé e sorri.

— É uma questão importante e legítima para minha geração.

A maneira como ela diz isso claramente significa que estou muito velha para entender.

— Ah, é?

— Nós estamos protestando porque estão falando em nos obrigar a pagar uma taxa mensal por um aplicativo de mídia social.

Eu não tenho palavras. Literalmente, nenhuma.

— Eu não entendo. — Ela bufa exasperada. — Por que eles acham que não há problema em nos cobrar para usarmos uma coisa que não custa nada a eles? É uma loucura. Sinto que esta é outra maneira que prova que nós todos apenas fazemos parte de algum experimento, entende?

Não, não, eu não entendo.

O que ela está falando é sobre negócios, mas eu não aponto isso. Claramente, ela não iria concordar.

Erica continua:

— Se queriam que nós pagássemos por isso, então deveriam cobrar antecipadamente, para que pudéssemos decidir nos tornar viciados no aplicativo. Agora, decidir de repente... isso é errado.

Aceno e murmuro um som em concordância porque não confio em mim mesma para falar e não a chamar de louca.

Ela olha para o relógio.

— Vou estar de volta dentro de alguns dias. Gostaria de ver anotações na próxima semana. Noah disse que ele vai esperar pela sua ligação.

— Tudo bem — eu digo, com descontentamento.

Eu realmente não quero estar perto de Noah. Sei exatamente o que ele quer. Bem, ele está prestes a ter um rude despertar. Sou uma especialista em evitar sexo — basta perguntar ao Scott, as teias de aranha estão se acumulando já faz anos.

Ando de um lado para o outro pela sala de estar, tentando me preparar para pedir o número de Noah a Heather. É claro que ele não o deu à Erica. Em vez disso, tenho que ligar para a minha melhor amiga, como se estivesse no ensino médio.

Que se foda.

— Ei! — responde Heather.

— Ei.

— O que está acontecendo? — ela pergunta.

Ah, só estou ligando porque o amigo do seu namorado está tentando mexer com a minha cabeça — eu acho.

— Nada demais. O que está fazendo?

— Apenas esperando o Eli voltar da loja — ela me diz, enquanto um bando de panelas faz barulho ao fundo.

— Noah está com o Eli? Eu preciso falar com ele, e estava me perguntando se ele estava lá? — Uma longa pausa se estende entre nós, e eu olho para o telefone para ver se a chamada caiu. — Heather?

Ela limpa a garganta.

— Estou aqui. Desculpa, pensei que você tivesse me perguntado alguma coisa sobre o Noah e, desde que ele também falou de você hoje... Estou apenas tentando juntar as peças. Então, me conte, querida amiga, você fez alguma coisa malvada?

Não é nada comparado com o que ela fez na primeira noite em que conheceu o Eli. Eu não fui para a cama com ele, fugi e depois fingi que isso nunca tinha acontecido. Não. Eu o beijei, apesar de ter dito a mim mesma que não faria isso e agora estou em negação sobre ter alguma porcaria de sentimento por ele.

Totalmente diferente.

— Não comece. Ele telefonou para a minha chefe e quer fazer uma história maior. Como eu fiz um bom trabalho na primeira vez, ela me deu a história.

Sua gargalhada é tão forte que tenho que puxar o telefone para longe.

— Estes caras. — Ela ri mais alto. — Eu juro. Eles são insanos e não sabem como lidar com a palavra não. Você está tão ferrada, Kris. Quero dizer, você está totalmente fodida se ele está de olho em você.

Eu não sei se ela está certa. Não fui realmente clara em relação a essa coisa de "sem chances de um relacionamento", uma vez que enfiei a língua na boca dele, mas vamos deixar isso de fora por enquanto. Algumas coisas não precisam ser compartilhadas.

— Ninguém está de olho em ninguém. Isto é trabalho.

— Oh. — Ela ri. — É só isso? Então, você não o beijou?

Merda. Ela sabe.

— Sinto muito. —Faço um barulho crepitante no telefone. — A ligação está ruim.

Heather é a última pessoa que vai ficar de nariz empinado para mim, mas quanto mais pessoas souberem, mais desculpas eu preciso inventar.

— Não vá para atuação se esta coisa do blog não der certo, você realmente é uma porcaria nisso.

Eu me deixo desabar no sofá e deixo sair um suspiro alto.

— Você me odiaria se eu dissesse que não queria falar sobre isso?

Ela faz uma pausa.

— Nunca. Eu entendo.

Começo a dizer algo, mas há uma batida na porta.

— Ei, eu já te ligo de volta — eu digo, enquanto me levanto.

— Eu vou estar aqui.

Nós desligamos, e eu abro a porta, pensando que é uma encomenda ou algo assim. Ao invés disso, Noah Frazier em toda a sua ridícula glória está sorrindo para mim.

Capítulo 15

KRISTIN

— Ora, ora, ora, se não é a minha nova tarefa — consigo dizer, sem deixar a baba ficar escorrendo pelo queixo.

Noah é um daqueles homens que parece mais quente cada vez que o vejo. Ele é maravilhoso em um dia ruim. No entanto, a visão dele em uma camiseta azul-marinho que está praticamente pintada nele, bermuda cáqui e dois dias de barba no rosto me faz querer cair em uma piscina apenas para que ele possa tirar a minha roupa novamente. Só que desta vez, eu estaria sóbria para que possa realmente desfrutar disso.

Eu preciso transar.

As mãos dele seguram em ambos os lados da porta, e ele se inclina para frente.

— Você não vai me convidar para entrar?

— Eu poderia, mas qual seria a graça nisso?

— Tenho quase certeza de que poderíamos nos divertir. — Ele sorri.

Ah, não duvido disso.

— Vou fingir que você está falando sobre o artigo que eu aparentemente estou escrevendo sobre você.

Noah solta uma risada rouca.

— Do que mais eu estaria falando? Existe outro tipo de diversão que envolva nós dois que você está pensando?

Eu entro no jogo dele.

— A única diversão entre nós será publicada *online*.

Ele deixa de se apoiar, se endireita, e tira os óculos escuros, mostrando-me seu olhar sedutor. Maldito seja ele e a sua sensualidade. A voz dele é baixa e suja, com uma pitada de humor.

— Eu achei que, desde que você não me deu o seu número na outra noite, eu deveria passar por aqui para que pudéssemos resolver as próximas semanas.

— Que doce da sua parte. — Permito que o sarcasmo escoe. — Eu recebo um artigo que não pedi, e você conseguiu garantir que nós passaremos semanas juntos.

Noah dá um passo para mais perto de mim, mas eu me mantenho firme contra a intensidade entre nós. Quanto mais perto ele se aproxima, mais as minhas pernas tremem. Meu estômago tem milhões de borboletas dentro dele e a minha garganta está seca. A colônia de sândalo almiscarado me atinge, lembrando-me novamente do que era estar em seus braços.

Recomponha-se, Kristin. Você não pode ir por este caminho.

— Você se preocupa em estar perto de mim? — pergunta ele.

— Não. Por que eu me preocuparia? — Eu chego para trás, mas Noah me segue, negando-me a distância que eu estava procurando.

— Por que você está tentando fugir agora?

Aperto os punhos e obrigo-me a não ceder nem mais um centímetro.

— Não estou indo a lugar algum.

Ele sorri como o gato que comeu o canário.

— Eu também não estou.

Era exatamente disso que eu tinha medo. Heather estava certa — eu estou tão fodida. Não tenho ideia de qual é o jogo de Noah, ou se isso se estende para além de sua vontade de entrar nas minhas calças, mas não posso negar a atração entre nós. O olhar dele percorre o meu rosto e depois desce até o meu peito. Minha respiração está acelerada, e ele teria que ser cego para perder todos os sinais de que estou tanto excitada quanto aterrorizada.

— Bem... — Minha voz se quebra, fazendo com que eu tenha que limpar a garganta. — Acho melhor começarmos a trabalhar.

— Sim, estou pronto para começar a trabalhar.

Eu me inclino para o lado e me concentro na respiração. Ter uma distância é a chave para isso. Quando não estou tão perto, não é tão ruim assim. Claro, além de colocar um saco de papel sobre a cabeça dele, não há nada que eu possa fazer para deixá-lo menos quente, mas o espaço me impedirá de fazer alguma coisa estúpida.

Como me inclinar para frente e pressionar meus lábios nos dele.

Faço uma lista mental de regras para garantir o sucesso do projeto. Noah é suave, sexy, e beija como um Deus. A maneira como ele me toca, saboreia e dispersa os meus pensamentos vai ser o que fará com que este trem saia dos trilhos. Não posso pensar em como era a sensação dos dedos dele cavando nas minhas costas ou na maneira como seus lábios se moveram com os meus.

E agora eu estou agitada.

Excelente maneira de não pensar sobre isso, Kris.

A lista. Sim. Eu preciso de uma lista de regras.

— Nós precisamos de algumas regras básicas — digo, levantando a mão para que ele pare de invadir o meu espaço tão necessário.

Ele ri.

— Estou falando sério. Se você quiser que eu escreva este artigo — *não que eu tenha uma escolha* —, precisará concordar com os meus termos.

Ele se pavoneia mais para perto.

— Estou escutando.

— Nada disso. — Aponto para ele. — Nada de tentar estar perto de mim com os seus movimentos sensuais e coisas do gênero.

Noah para e levanta sua sobrancelha.

— Você me acha sexy?

— Sim, quero dizer, não. Você sabe o que estou dizendo, maldição! Você está totalmente flertando comigo. Nada mais de paquerar!

Ele sabe exatamente o que estou falando.

— Ok. — Ele endireita a coluna em linha reta. — Sem flertar.

Bom. Eu acho.

— Próxima regra, sem encontros. Você não pode me levar para sair e me *bajular*, pensando que isso vai levar ao sexo. Nós *não* estamos tendo nenhum tipo de sexo. — Coloco as mãos sobre os quadris.

Os lábios de Noah se formam em um sorriso de derreter calcinhas.

— O que estou ouvindo é que você pensa em sexo comigo.

— Eu não penso — minto.

Ele se aproxima.

— Então, por que se preocupar sobre um encontro?

— Porque nós não estamos namorando. Eu estou escrevendo sobre a sua vida.

— E você já disse ao mundo que eu tenho sentimentos por alguém, não é verdade?

Eu sabia que este artigo seria um erro. Ele me deu esse pedaço de informação, sabendo que eu teria que publicá-lo, mas que não seria capaz de dizer mais nada. Meu pulso se acelera à medida que ele dá mais um passo na minha direção.

— Não é a questão. E você está flertando novamente!

Ele sorri conforme se aproxima cada vez mais. O bastardo de sorriso debochado está fazendo com que os meus pensamentos se dispersem.

— Eles vão querer saber quem é que eu de repente estou perseguindo. — A cabeça dele se inclina para o lado.

— Mais uma razão para não haver aparições públicas. — Eu balanço a minha cabeça em negação. — Você concorda com os termos? — Meus pés andam para trás até eu bater nas costas do sofá. Estou presa, e ele ainda está me perseguindo.

— Não. — A voz dele é baixa.

— Não?

— Não, nós teremos saídas para comer porque precisaremos comer. Nós estaremos em público porque eu não vou passar o próximo mês me escondendo, e vai ser muito difícil para você manter suas mãos longe de mim se nós estivermos sempre sozinhos. — Sua voz está cheia de travessuras.

O bastardo pode estar certo. Será mais difícil manter minha... *espera um minuto*.

— Manter minhas mãos longe de você?

Ele dá de ombros.

— Foi você quem tentou me beijar na primeira noite e me contou sobre como você é incrível na cama. A propósito, fico feliz em testar essa teoria, se você precisar de confirmação.

Minha mandíbula cai aberta. Ele tentou me beijar. Maldição, ele *realmente* me beijou. Foi ele quem iniciou tudo isso. Além disso, naquela noite eu estava embriagada, então nada do que eu fiz deveria ser colocado contra mim, já que só me lembro de fragmentos. Agora, na outra noite, sim, eu o beijei *de volta*. Não primeiro.

— Sua memória está um pouco apagada, parceiro.

— Parceiro...

— Você sabe, companheiro, parceiro, mano, camarada...

Por que estou tendo que explicar isso?

E então ele ri.

Você pensaria com a forma como as nossas trocas são feitas que eu nunca havia lidado com um homem antes. Estou começando a me perguntar se simplesmente sou incapaz de ter uma interação humana neste ponto.

— Você pode me chamar do que quiser se me beijar novamente — Noah oferece.

— Beijar você? — zombo. — Não.

— Então você só pode se referir a mim como o "homem por quem eu tenho sentimentos, mas me recuso a admitir".

Como se isso alguma vez fosse acontecer.

— Ou posso me referir a você como o "ator delirante que se acha gostoso".

— Você já admitiu que me acha gostoso.

— Você está bem. — Tento ser indiferente.

Apesar de estar perto de mim, ele tinha seguido a primeira regra e ficou afastado mais do que eu pensava. Sou grata pela distância, porque o desejo de beijá-lo se fortalece quanto mais próximo ele está.

— Sua boca diz uma coisa, mas o seu corpo diz outra. — Os olhos dele se dirigem para os meus seios.

Com toda certeza, meus mamilos estão ficando visíveis como dois picos de uma montanha.

— Estou com frio.

— Vou deixar você dizer as suas mentiras.

— Que simpático da sua parte. — Cruzo os braços sobre o peito. Mamilos estúpidos.

Noah dá alguns passos para trás, e eu olho para o teto, orando por uma intervenção divina. Tenho três semanas desta tortura, mas depois ele vai embora. Esta não é a sua casa, Nova York é, e a última coisa para a qual eu tenho tempo é um cara que vai entrar e sair da minha vida tão rápido quanto o vento.

Tenho duas crianças em quem pensar e uma audiência de divórcio em uma semana. Noah Frazier é a menor das minhas preocupações.

— Eu li o artigo — ele diz, enquanto se vira para me encarar.

Estou surpresa de que ele tenha lido, mas não tenho certeza se quero saber o que ele pensou. Seu rosto não está me dando nenhuma pista.

— E? — Não consigo me conter.

— Acho o título engraçado. — Ele sorri.

Missão cumprida. Eli tinha mencionado que eles nunca leem os tabloides, afirmando que é melhor fingir que você não sabe o que as pessoas estão dizendo a seu respeito. Eu tinha visto alguns dos comentários sobre Noah *online*. É horrível que alguém pense que tem o direito de julgar a vida dele. E daí se ele comer alimentos não saudáveis uma vez? Por que Noah está sujeito a ser informado de que sua atuação não está à altura de alguém? O acesso a celebridades é um luxo que eu nunca tive quando criança, mas gostaria de acreditar que se todos os tratassem da maneira como os tratariam cara a cara, o mundo seria um lugar melhor.

— Eu não sabia que você lia artigos sobre si mesmo — eu falo, enquanto faço o meu caminho até o sofá.

Tenho certeza de que ele tem casca grossa, mas não é feito de Kevlar. As palavras podem doer, eu sei disso melhor do que a maioria. Scott pode nunca ter me agredido fisicamente, mas plantou sementes de dúvida que floresceram em rosas com espinhos. Cada picar arrancou sangue, forçando a fluir um novo riacho de dor, mostrando-me que podia haver verdades nas palavras dele. Mesmo depois que essas feridas se curaram, havia uma cicatriz para me lembrar de que isso aconteceu. Eu faria tudo ao meu alcance para nunca mais me sentir desse jeito, e entendo completamente o porquê Noah se protegeria não olhando os artigos.

Ele dá de ombros.

— Eu não leio, mas não estava preocupado em ler um monte de besteiras. Além disso, eu precisava saber se tinha que desacreditá-la com as informações que tenho.

Minha cabeça dói por causa desta conversa. Ele e suas informações. Ninguém vai se importar com o que eu faço. Além disso, ele parece se esquecer de que talvez eu não seja capaz de dizer o que estava em *off*, mas certamente posso usar isso para fazer de da vida dele um inferno.

Em vez de discutir, volto ao início desta discussão.

— Sobre as regras...

— Sim, sobre isso — ele me corta. — Acho que elas são estúpidas e não estou interessado. Vamos simplesmente fazer do meu jeito.

Sério? Ele não pode decidir isso. Sou eu quem lidera este artigo, portanto, é preciso que haja algum tipo de ordem. Além disso, não me interessa se ele está interessado, isso não está em debate.

— Sem regras, sem artigo.

— Mais uma vez, vou chamar isso de besteira. — Ele agarra seu queixo com a mão. — Quando falei com a sua chefe, ela ficou empolgada sobre isso. Tenho a sensação de que você realmente não tem escolha, não é mesmo? — Ele sorri, e eu luto contra a vontade de dar um soco nele.

— Por que isso, Noah? — Mal posso esperar para ouvir essa.

— Não faço ideia. Eu estava simplesmente ajudando uma amiga. Você sabe, a segurança no trabalho é uma raridade nesta indústria.

Claro, eu acredito nisso daí.

Noah anda pela sala de estar como se fosse dono do lugar.

Eu o observo, deixando que a única pergunta incômoda volte à minha mente.

— O que te levou a decidir fazer isso, afinal? Você nunca fez nenhum tipo de grande divulgação imprensa, então qual poderia ser a razão pela qual, de repente, você tem vontade de contar a sua história de vida?

— Você.

Meus lábios se separam.

— O quê?

— Por sua causa — Noah repete.

Eu procuro por algum sinal de que ele está brincando, mas não há nenhum. Ele está completamente sério. Por um momento fugaz, acho que na verdade poderia ser eu, e então percebo que estou sendo ridícula. Não existe razão para que isso tenha algo a ver com a gente; nós não somos nada.

Ele não ficaria em Tampa por semanas só por causa de mim, não é mesmo?

Se ficar, o que diabos isso significa?

— Por que você diria isso? — pergunto, enquanto toco minha garganta.

Ele se afasta da mesa e fica de pé na minha frente.

— Estou sendo honesto. Descobri que não há razão para andar com rodeios. Se você me faz uma pergunta e nós não estamos gravando, então você nunca terá que questionar as minhas palavras, Kristin. É por sua causa que eu estou aqui.

Eu fico olhando para ele, odiando que a minha vida esteja tão fodida. Que eu estou tão fodida. Se fosse em outra hora e em outro lugar, eu estaria totalmente em cima dele. Em poucos dias, eu senti mais por Noah do que por qualquer um em anos. Quando ele está perto de mim, esqueço as regras do que eu deveria ser... Eu simplesmente sou.

Mas ceder a ele seria um erro. Um que não estou preparada para cometer. Estou danificada por dentro, e há muitos machucados e ossos quebrados demais para curar antes que eu possa me colocar lá fora.

— Sei que pensa assim, mas você não tem ideia de como eu realmente sou.

A mão de Noah se levanta e acaricia a minha bochecha.

— Eu sei que a sua risada faz meu coração acelerar. A maneira como sorri quando pensa que ninguém está assistindo mexe com algo dentro de mim que me deixa desesperado por mais. A maneira como seu rosto inteiro se ilumina quando você fala de Finn e Aubrey. Sei como é ter você nos meus braços, tocar seus lábios e, porra, eu estaria mentindo se dissesse que não estou desejando isso novamente. Eu penso em você mais do que deveria. Sei que você se acha fraca, mas vejo uma mulher forte, bonita e inteligente, que merece um homem para adorá-la. Mais do que tudo isso, Kristin, eu deveria sair e deixar que ambas as nossas vidas sejam muito menos complicadas do que tentar começar alguma coisa, mas aqui estou eu. Você vale a pena complicar as coisas.

Minha respiração se suspende e estou formigando da cabeça aos pés.

— Eu n-não...— Eu gaguejo. — Eu sou... Você é... — As palavras que eu quero dizer não saem porque cada pensamento que eu tenho é cortado por outro.

Seus olhos verdes-escuros estão abertos e expressivos. Seu tom é brincalhão, mas seu olhar não é. Eu vejo o desejo, a esperança e a maravilha ali, e eles me atordoam.

Quais eram as minhas razões, mesmo? Parece que eu não consigo me lembrar delas.

Noah se aproxima mais alguns centímetros, fazendo com que o meu coração acelere tão rápido que estou preocupada que eu possa desmaiar. Meus pensamentos estão bagunçados, meu peito está apertado e não sei como responder. Eu o quero, eu o quero quando sei que não deveria.

Minha audiência de divórcio é daqui a uma semana, minha vida está uma bagunça e é muito cedo. Eu não deveria ter sentimentos por este homem. Eu não deveria querer suas mãos por todo o meu corpo.

Eu deveria estar afastando-o, forçando-me a ficar longe dele, porque não sei se posso suportar mais um desgosto. O homem que eu amava falhou comigo, quem garante que ele não fará o mesmo?

Os olhos de Noah permanecem nos meus, quase como se ele pudesse ler o conflito que se agita dentro de mim.

Seus lábios se voltam para um sorriso e ele se endireita, quebrando a intensidade.

— Eu preciso sair e encontrar uma pessoa. Voltarei dentro de alguns dias, e então nós podemos começar. — Noah se inclina, beija a minha bochecha e levanta o meu queixo para que meus olhos encontrem os dele. — Ok?

— Hã? — questiono, não compreendendo o que ele disse.

— Três dias? — Ele sorri.

— Claro. Dias fora. Eu estarei aqui. — Dias fora? Que diabos há de errado comigo?

— Perfeito. — Seus lábios se movem em direção aos meus, e eu congelo. Ele vai me beijar, e eu só estou aqui parada como uma estátua, sem certeza se quero isso ou se pelo menos tento fingir que não quero. Em vez de tocar, porém, ele se mantém parado enquanto nossas respirações se prolongam. Sua voz mal é um sussurro, mas ouço as palavras como se ele estivesse gritando: — Eu vou conquistar o seu coração, Kristin. Esteja preparada.

Seu toque desaparece um segundo antes que ele se vire e saia pela porta.

Eu agarro a parte de trás do sofá e tento recuperar meu fôlego porque não estou de forma alguma preparada.

Capítulo 16

NOAH

— Quero que você seja feliz, Noah — minha mãe reitera, em nosso bate-papo semanal em videochamada. Ela acredita que é sua missão de vida manter meus pés no chão.

Ela me obriga a ligar na mesma hora e dia, não importa onde eu esteja. Neste momento, estou sentado no carro do lado de fora de um condomínio que estou procurando para alugar em Tampa. A corretora de imóveis está parada na frente do carro, claramente irritada.

O que posso dizer? Eu sou um menino da mamãe, sempre fui.

— Eu estou feliz. — Dou a ela o meu melhor sorriso tranquilizador.

— Você está mentindo. — Ela puxa o telefone para mais perto, como se pudesse me ver melhor. — Eu te conheço melhor do que ninguém.

Ela é a única pessoa neste mundo que me ama além de todas as minhas falhas. Ela também gastou muito tempo martelando isso na minha cabeça, mas é verdade. Quando minha vida desmoronou, ela me forçou a seguir em frente. Perder Tanya foi uma encruzilhada na minha vida, na qual, se eu tivesse seguido o caminho fácil, eu estaria Deus sabe onde. Minha mãe não permitiria isso.

Eu devo tudo a ela. Se uma ligação por semana é a única coisa que ela pede, eu a dou sem reservas.

— Sobre o que eu poderia estar triste?

Ela olha para a esquerda e suspira.

— Isso é para você descobrir, mas talvez seja hora de se abrir um pouco. Já faz muito tempo, Noah. Muitas coisas são diferentes, você é diferente.

Não quero conversar sobre isso.

— Estou me movendo nesse sentido — digo, esperando que ela vá desviar a conversa para longe de Tanya.

— Ah é? De que maneira?

Quando minha mãe pode ver as minhas reações se torna mais difícil despistá-la. Tenho quase certeza de que esse é o motivo para que ela insista em videochamadas ao invés de telefonemas.

— Algumas coisas, mãe. Eu tenho outro projeto em pauta, fiz uma audição para ele alguns meses atrás, sem pensar muito no assunto.

Ela sorri.

— Me conte sobre isso.

Eu a informo sobre todos os detalhes do filme. Já fiz alguns pequenos papéis no cinema, mas nada espetacular. Este seria um protagonista, e é trabalhando para um diretor que eu respeito bastante. O filme não é um gênero que eu normalmente teria procurado, mas desde que era Paul Skaggs como diretor, eu arrisquei. Com sorte, não vou estragar tudo e esta será a transição para mais filmes do que televisão.

— Sinto que este é um bom movimento para você, Noah. — Mamãe me dá o seu sorriso radiante, cheio de orgulho. — Me conte o que mais há de novo. Sinto que há mais coisas que você está deixando de fora propositadamente.

Ela é como um tubarão que sente o cheiro de sangue na água.

— Não há muito a dizer, é muito recente.

— Você conheceu alguém?

É fácil esquecer que minha família e meus amigos de verdade não leem a merda na internet. Eles não estão preocupados com o novo drama que a mídia tinha criado para vender revistas. Se há notícias, eles as ouvem de mim.

— Você gostaria dela.

Eu sei que eu gosto.

— Conte-me. — Ela sorri. — Qual é o nome dela?

Confiança não é a questão pela qual eu estou hesitante, não há nada no mundo que faria minha mãe me trair, mas dizer o nome de Kristin significa me abrir para um milhão de perguntas.

— Noah Frazier, por que você está fazendo essa cara? — Minha mãe pergunta, depois de eu ter ficado quieto por muito tempo para o seu gosto.

Eu nunca poderia mentir para ela, o que é triste, já que meu trabalho é atuar.

— O nome dela é Kristin. Ela é mãe solteira, tem dois filhos e vive aqui em Tampa.

Seus lábios se franzem. Eu sabia.

— Mãe solteira?

— Eu sei o que você está pensando, e eu nunca faria nada para machucar ela ou as crianças. Estou ciente do que isso significa.

Meu pai abandonou minha mãe quando eu tinha quatro anos. Ele pegou cada centavo que ela tinha, o carro, e nunca mais olhou para trás.

De alguma maneira, ela foi capaz de seguir em frente com sua vida. Minha mãe trabalhava em dois empregos, mas estava em todos os jogos de futebol que eu tinha, e eu não fazia a menor ideia de que nós éramos pobres. Quanto mais velho eu ficava, mais ela compartilhava sobre ser uma mãe solteira e as razões pelas quais não namorava.

Uma delas sendo que o meu pai não tinha voltado, e ela ainda sentia que ele era seu marido. Isso foi, e ainda é, a coisa mais ridícula de todos os tempos, mas acho que há mais nisso do que eu sei.

Os olhos da minha mãe estão cheios de preocupação.

— Essa não é a minha preocupação, Noah. É que você vive uma vida que não é amigável... para uma família. Você está preparado para sequer considerar alguma coisa em que esteja mais estável no lugar onde vive? Se ela é da Flórida, como vocês vão ter um relacionamento?

Eu cerro meus dentes para não dizer algo grosseiro.

— Tenho certeza de que se chegar a algo mais do que amizade, que é tudo o que somos neste momento, vamos descobrir como lidar com tudo isso. É só que tudo isso acabou de acontecer, e eu não tenho certeza nem mesmo se ela vai sequer considerar a ideia de namorar.

Ela ri.

— Você é louco se acredita que ela não vai ver o bom homem que você é. Entretanto, eu acho que precisa ser cuidadoso. Não apenas por você mesmo, mas por ela e seus filhos. Uma mãe não corre riscos quando se trata do coração de seus bebês.

Quem sabe se realmente chegará a isso. Neste ponto, Kristin não quer arriscar coisa nenhuma. É perceptível que ela tem sentimentos por mim, mas eu vejo a hesitação em seus olhos. Provar a mim mesmo não vai ser fácil, mas, mais uma vez, nada que valha a pena ter é fácil.

Eu sorrio, lembrando o rosto dela no outro dia. Sua boca se abrindo e fechando quando a deixei saber quais eram os meus planos. Espere até amanhã, quando eu realmente ligar todo o encanto.

— Não se preocupe, mãe. Esperei muito tempo por alguém como ela, não vou correr nenhum risco.

Seus lábios se transformam em uma linha reta, e ela libera uma respiração pelo nariz.

— Que o Senhor a ajude... e ajude você. Espero conhecê-la em breve.

— Eu também espero.

Esta reunião está demorando uma porra de uma eternidade. Eu continuo rolando pelo meu telefone em busca de qualquer coisa interessante, enquanto eles falam monotonamente sobre o filme e a programação das filmagens. Ter foco é quase impossível quando tudo o que eu pareço pensar é em Kristin.

— E você entende que isto significa que nós vamos começar a filmar muito mais cedo do que planejamos originalmente?

Já faz quase uma semana desde que a vi. Estou tentando me manter tranquilo, sem pedir o número de telefone dela, sem enviar e-mails para ela, fingindo que estou deixando que ela lidere um pouco, mas estou ansioso para vê-la novamente.

— Noah? — Meu agente me dá uma cotovelada.

— O quê?

— Eu perguntei se você estava de acordo com o ajuste de horário.

Eu olho para o papel, agora sendo aquele babaca que vem à reunião e não presta atenção, e aceno com a cabeça em concordância.

— Parece bom.

Meu agente limpa a garganta e eu empurro Kristin para fora da minha cabeça. Esta é a minha carreira, e não posso estragar tudo.

A reunião é retomada e nós conversamos sobre os locais de filmagem. A protagonista me encara do outro lado da mesa. Ela é bonita, mas definitivamente não está despertando o meu interesse. O sorriso dela é suave, mas parece que está se esforçando. Seus olhos são azuis, mas não com o brilho que os de Kristin têm.

Que inferno, porra.

Novamente.

Estou de volta ao ponto de partida — pensando nela.

A tela do meu celular se ilumina, e é a corretora de imóveis.

— Eu tenho que atender isso — explico, enquanto já estou fora da cadeira.

— Alô?

— Oi, Sr. Frazier, é a Sommer — ela diz, nervosamente. — Como você está?

— Estou em uma reunião, mas queria atender sua chamada.

— Ah — ela diz rapidamente. — Não vou te prender. Queria que soubesse que, se quiser o apartamento, ele é seu. O proprietário está motivado e, bem, você foi aprovado.

Esta é a coisa mais louca que eu já fiz para estar perto de uma mulher. Estou alugando um fodido apartamento em uma cidade na qual não tenho intenção de ficar, apenas para estar perto dela. Eu meio que tive que fazer isso, depois que disse a Eli que faria o primeiro artigo, mas quando decidi ser um idiota e permitir o segundo artigo sobre mim, foi por causa dela.

Tudo o que eu tenho feito é por causa dela.

No entanto, eu não mudaria uma única coisa.

Vou forçá-la a fazer outro artigo, alugar outro apartamento, ou o que quer que seja preciso até ela ceder. Vou ser tão paciente e persistente quanto precisar ser.

Eu sou a porra de um caso perdido.

Sommer limpa a garganta.

— Sinto muito. Então…

Penso em estar mais próximo de Kristin e não há realmente outra resposta.

— Eu vou ficar com ele.

Capítulo 17

KRISTIN

— Há quanto tempo você não o vê nem ouve falar dele? — Nicole sussurra, enquanto esperamos que o juiz me chame.

Seis dias e quinze horas.

— Por que você está perguntando sobre isso? — Minha voz é quieta, mas cheia de frustração. Estou prestes a ter o meu divórcio finalizado e ela está preocupada com quando vi o Noah pela última vez.

Ela dá de ombros.

— Estou curiosa. Sobre o que mais você gostaria de conversar?

Olho para ela como se ela tivesse perdido a cabeça.

— Não sei, o fato de que o meu casamento estará oficialmente terminado em poucos minutos.

Nicole se inclina para frente, olha de relance para onde Scott e seus dois advogados estão sentados, faz uma careta e se inclina para trás.

— Já vai tarde. Agora você pode pensar sobre a gostosura que está mais do que disposta a dar uma mordida no seu pêssego. Talvez ele vá até lamber um pouco ou beber o seu néctar. — Ela agita as sobrancelhas para cima e para baixo.

Depois de mais de vinte anos de amizade, eu deveria saber que não era para sair com ela em público. No entanto, isso não impede a explosão de risadinhas que escapam da minha boca.

— Shh. — Ela segura a minha mão na dela enquanto tento me controlar. — Você vai nos colocar em apuros.

— Você é quem está falando sobre beber meu néctar.

— Fui eu quem você chamou, porque você sabia que eu não ficaria toda triste. — Ela me dá um empurrão de brincadeira. — Sou a sua amiga que pega a merda e a transforma em diamantes.

Ela definitivamente é essa pessoa, e é por isso que eu insisti para ela vir comigo. Nicole pode ser aquela de nós que se manteve solteira, mas sou a única pessoa que sabe o porquê. Fui eu que segurei a mão dela em seu dia mais escuro, então queria que ela me visse em meu ponto mais baixo.

Hoje, vou ter que aguentar ver o homem com quem eu pensava que iria envelhecer ao lado terminar com esse sonho. Queria que Nicole me lembrasse que, mesmo quando estou para baixo, não estou acabada. Ela é a prova viva disso.

— Obrigada por ser um diamante. — Eu aperto a mão dela.

— De nada.

— A juíza gostaria de chamar Scott McGee e Kristin McGee adiante, por favor — o escrivão do tribunal anuncia.

— Este é o fim. — Eu fico de pé e conserto minha saia.

— Este é o começo, Kris. O fim do sofrimento e o começo de algo que você pode determinar. Eu te amo, e estarei aqui quando acabar.

Eu a aceno em concordância e a abraço.

Minha advogada coloca sua mão no meu ombro e acena com a cabeça, em acordo. Nós caminhamos em silêncio, meu coração batendo contra meu peito conforme nós entramos na sala do tribunal. Fico de pé de um lado e Scott do outro. É triste que seja aqui que nós estamos. Depois de todos os anos tentando fechar a distância entre nós, isso agora é um oceano, e eu não consigo enxergar a terra.

Não há como negar a angústia que flui através de mim. Olho para o perfil dele, lembrando o quanto eu o amava. Lembranças de nós dois quando éramos jovens me acometem. Os sorrisos, risadas e bobagens que eu pensava que nunca iriam acabar. Como seus olhos estavam cheios de amor enquanto eu caminhava pelo corredor da igreja com o meu vestido de noiva, acreditando que o amaria até o dia em que morresse.

Talvez eu tenha de fato morrido. Aquela menina ingênua já se foi há muito tempo. Não sou a mesma que eu era, assim como ele não é.

A juíza fala, revendo toda a papelada, mas não consigo me concentrar nisso. Parece tão fácil quando você ouve seu casamento repartido em tópicos. Nós somos apenas duas pessoas. Bens, visitação, pensão alimentícia e números.

Nós fomos mais do que isso uma vez.

Minha advogada bate no meu braço, forçando a minha atenção a retornar.

— Sra. McGee, você está ciente da alteração dos fundamentos de arquivamento a respeito da dissolução de seu casamento?

Olho para a minha advogada e ela abana a cabeça em negação.

— Não — eu digo com confusão.

Quem mudou os fundamentos? Minha advogada não disse uma palavra.

— O Sr. McGee apresentou a papelada tarde da noite passada, alegando que você cometeu adultério durante a duração de seu casamento, e que a senhora não tem direito a qualquer apoio, devido às restrições financeiras que isso causou. Ele afirma que deveria constar nos registros que você usou as finanças dele para financiar seu caso.

Meus pulmões não se enchem de ar. Não posso acreditar nisso. Ele perdeu a droga da cabeça.

— Isso é completamente falso — eu digo a Clarissa. — Eu nunca fui infiel.

O advogado Scott se levanta.

— O Sr. McGee acabou de saber disto, e é por esse motivo que nós não apresentamos provas.

A juíza sacode a cabeça em negação.

— Então, isto é uma acusação? Uma que você pensou que deveria apresentar só por precaução?

As lágrimas enchem a minha visão enquanto olho para o Scott. Será que ele está tão emocionalmente desligado assim? Ele tentaria me machucar tanto assim? Quando Danielle disse que isso era possível, uma parte de mim não acreditava nisso. De jeito nenhum ele iria querer fazer uma coisa dessas com seus filhos. Parece que eu fui estúpida ao pensar que ele se importava uma merda sobre qualquer coisa além dele mesmo e do dinheiro.

— Uma que, se nós tivéssemos tempo suficiente para investigar mais a fundo, poderíamos provar a validade.

Não, ele não poderia, porque não é verdade. Eu nunca fiz nada questionável. Eu o amava, mesmo quando ele me fazia sentir pequena. Eu não buscava conforto em outro homem, por mais indigna que ele me dissesse que eu era.

Ela gargalha.

— Sr. Sheridan, devo acreditar que o senhor apresentou uma acusação contra a Sra. McGee sem qualquer tipo de recibos, mensagens de texto ou testemunho para apoiar a reivindicação de seu cliente? O senhor pensou que, declarando isso como verdade, seu cliente não teria que pagar sua parte financeira. Estou certa?

— Se pudéssemos ter uma extensão, Meritíssima...

— Não — ela o interrompe. — Não haverá prorrogação. Se você realmente tivesse um fragmento de evidência, você o teria apresentado.

Minha advogada, Clarissa, agarra minha mão e a aperta. Fecho os olhos e inspiro pelo nariz. Scott não é o único que tem a capacidade de mudar a reclamação. Peter ligou para Clarissa e meio que a instruiu sobre qual caminho seguir.

Nós passamos a última semana coletando informações, no caso de ele tentar fazer alguma merda.

— Meritíssima — fala a minha advogada. — Se o Sr. Sheridan quiser, nós temos evidências suficientes para provar o abuso emocional que Kristin McGee sofreu durante os catorze anos de casamento com Scott McGee.

Os olhos dela se encontram com os meus e vejo um flash de empatia.

— Realmente?

— Isto é infundado e ridículo! — grita o Sr. Sheridan.

A juíza olha de volta para ele.

— Veja, Sr. Sheridan, não é infundado se ela for capaz de fornecer documentação referente.

Minha advogada apresenta as várias cartas de amigos e familiares, capturas de tela de e-mails, mensagens de texto e as transcrições de um correio de voz que ele deixou, que provam que ele estava transando com Jillian enquanto nós ainda éramos casados.

Eu não queria fazer isto. Era uma precaução necessária, mas ele não me deixou escolha. Está tudo em preto no branco, os anos de inferno que trabalhei duro para esconder e as mentiras que contei a todo mundo sobre como Scott era ótimo estão todas refutadas nas mãos dela.

Ele não era ótimo.

Eu simplesmente era muito fraca para ir embora — até agora.

A juíza lê a documentação, retira seus óculos e faz uma pausa.

— O divórcio é sempre emocional. É meu trabalho remover a emoção disso e ser justa. Tenho feito isto por muito tempo, e este é o meu tipo de caso menos favorito. — Os olhos dela se movem entre Scott e eu. — Não posso presumir saber o que aconteceu para trazer vocês dois aqui hoje, mas posso dizer que há duas pessoas na vida de vocês que ainda não conhecem as verdadeiras ramificações de suas escolhas. Seus filhos vão ter dificuldades, mas vocês têm o poder de decidir o quanto eles sofrem.

Tudo dentro de mim dói quando penso em Finn e Aubrey. Enquanto nos ajustamos a viver sem Scott, vejo a diferença nos olhos deles. Meu objetivo sempre foi protegê-los, e é por isso que nunca quis apresentá-lo sob uma luz ruim. Isso não significa que eu mereça ser jogada para os lobos porque ele é um babaca egoísta.

Ela limpa a garganta.

— Eu não gosto de jogos, Sr. McGee. Não gosto de mentirosos. Mais do que isso, não gosto de pessoas que pensam que está tudo bem diminuir os outros para crescerem. Se você verdadeiramente achava que sua esposa estava tendo um caso, por que esperar até o dia anterior para arquivar? Eu lhe direi o porquê — ela diz, antes que ele possa responder. — Você sabia que isso era completamente falso. Portanto, depois de ler as provas e a falta de evidência, é meu poder de escolha decidir o que tudo isso significa a respeito da divisão dos bens e do melhor interesse das crianças. — Os olhos dela se encontram com os meus. — Sra. McGee, você trabalhou durante toda a época do casamento?

— Não, Meritíssima. Meu marido achou que era melhor eu ficar em casa com as crianças, uma vez que nós podíamos nos dar ao luxo de perder a minha renda.

— E você e as crianças desocuparam a casa? — pergunta ela.

— Sim.

— Sr. McGee — ela chama a atenção dele. — Eu não acredito que sua esposa tenha sido infiel. Acredito, entretanto, que você foi emocionalmente abusivo, com base nas informações que foram apresentadas. Exorto-o a procurar aconselhamento para o seu bem-estar e o de seus filhos. Dito isto, você deve pagar pensão alimentícia durável para os próximos sete anos, sustento infantil, assim como fornecer cobertura médica tanto para a Sra. McGee quanto para as crianças.

Scott solta um baixo ruído e eu respiro um suspiro de alívio. Meu trabalho é ótimo, mas o salário não é o melhor, e não posso esperar que Heather me deixe viver na casa dela para sempre. Isto me dará um pouco de espaço para respirar.

A juíza finaliza a papelada, e nós terminamos.

Estamos divorciados.

Scott caminha até mim com a raiva irradiando dele.

— Isso é culpa sua. Tudo isso.

Meu primeiro instinto é me acovardar, mas eu me detenho. As palavras de Noah ecoam em meus ouvidos:

— *Você se acha fraca, mas vejo uma mulher forte, bonita e inteligente que merece um homem para adorá-la. Mais do que tudo isso, Kristin, eu deveria sair e deixar que ambas as nossas vidas sejam muito menos complicadas do que tentar começar alguma coisa, mas aqui estou eu. Você vale a pena complicar as coisas.*

Eu fico de pé um pouco mais reta e olho nos olhos dele.

— Lamento que se sinta dessa maneira, mas você não é mais meu problema e, com toda a honestidade, não me importo a mínima com isso.

Minhas pernas parecem geleia quando me afasto. Cada passo que dou para longe do Scott me dá um pouco mais de força de volta.

Nicole se levanta assim que eu apareço na frente dela.

— Feito?

— Está feito. Estou solteira, e nós terminamos — eu falo, e meu lábio treme.

— Não aqui. — Ela pega ambas as minhas mãos nas dela. — Ele não vai conseguir tirar nenhum proveito disso. Sorria agora mesmo, ok?

Empurro para trás as lágrimas e engesso um sorriso falso no rosto. Scott passa, olhando com raiva para mim, mas eu continuo forte. Ele não vai me ver quebrar nunca mais. Ele já viu o suficiente disso.

Chegou a hora de reconstruir os tijolos que ele derrubou.

— Mas que diabos? — Eu rio, conforme todas as minhas amigas, que estão reunidas na minha sala de estar, jogam confetes no ar.

— Feliz Dia do Divórcio! — Heather grita, enquanto ela envolve seus braços ao meu redor. — Você não vai ficar sozinha esta noite, e nós vamos comemorar.

Eu não sei se devo rir ou chorar. Meu coração está cortado ao meio, cada lado está em guerra com o outro, tentando ver se estou quebrada ou se posso ser curada. Não existe um guia sobre como lidar com um divórcio. Detesto que haja até mesmo uma lasca de tristeza. Scott não merece nem isso de mim, mas negar não vai mudar o fato de eu estar triste.

— Não tenho certeza, garotas — eu digo, o que faz com que os lábios de Danielle se virem para baixo.

— Você se lembra de quando o divórcio de Heather e Matt tinha terminado? — Nicole pergunta. — Não foi você que organizou a intervenção para garantir que ela não estivesse sentada em casa comendo uma nojenta mistura de biscoitos?

Odeio quando elas estão certas. Odeio ainda mais que eu fiz pela Heather o que elas estão fazendo por mim agora, e não quero isso.

— Ainda assim, eu estou cansada.

Heather dá de ombros.

— Então vai ser festa do pijama!

Não há limites com este grupo. Não nos importamos se alguém quer ficar sozinha ou chafurdar em tristeza, nós apenas nos unimos sem um convite. As crianças estão com meus pais durante o fim de semana, e elas não vão embora, então eu posso muito bem fazer o melhor possível disso.

Nós agarramos as garrafas de vinho e estacionamos nossos traseiros no sofá. Durante a primeira hora, falamos sobre os planos para o casamento da Heather, que é daqui a pouco mais de duas semanas. Ela ficou noiva há alguns dias, e de verdade, Eli é ridículo em ser tão bom para ela, e eu tento me concentrar em como estou feliz por ela. Cada detalhe que ela compartilha sobre as coisas que ele está fazendo permite que pequenos pedaços de tristeza se aproximem. Ela é minha melhor amiga, que eu amo mais do que posso dizer e que merece ser feliz, mas eu gostaria de não estar tão recém-solteira.

— Ainda não acredito que você vai se casar em menos de um mês e depois se mudar para o Canadá! — Danielle balança a cabeça de um lado para o outro.

— Eu sei, é uma loucura, mas Eli conseguiu o papel no filme e eu quero estar com ele.

— Eu também gostaria de estar com ele — acrescenta Nicole.

Sacudo a cabeça para cima e para baixo de acordo.

— De verdade. Não deixe um homem como ele fora de sua vista.

Danielle levanta seu copo.

— É como quando decidi que deveria ir para a faculdade longe do Eddie. Um grande erro. Começo do fim.

Aqui vamos nós novamente. Danielle, quando bebe, fala de seu ex, a quem ela jura que era sua alma gêmea literal. O único escolhido a dedo por Deus para ela e como castigo por não ter sido legal com ele, o mandou embora.

— Ah, pelo amor de Deus! — Nicole explode em risos. — Você sabe que ele é casado com filhos e... você também! Você seria aquela pirada que teria casado com ele quando tinham quinze anos.

— Pelo menos quando eu tinha quinze anos eu poderia ter casado com alguém — Danni rebate.

E então a luta entre Nicole e Danielle começa enquanto eu e Heather balançamos nossas cabeças.

A conversa se alterna pela hora seguinte, enquanto nós rimos das coisas estúpidas que fizemos quando éramos jovens. Não sei como estas histórias nunca perdem a graça, mas elas não envelhecem.

— Você acha que a Sra. Yoder ainda tem pesadelos com a Nicole? — pergunta Danni. — Aquela pobre mulher se aposentou do ensino depois de você.

— Ela era louca! E precisava de alguém que lhe mostrasse que estava perdendo a droga da cabeça.

Heather acena com a mão e salta.

— E o dia que a Nicole foi pega fazendo sexo com o Sr. Fink debaixo das escadas!

Eu rio, soprando vinho pelo meu nariz.

— Ai, meu Deus! Eu me esqueci disso. Realmente espero que você tenha tirado um A em física. Quero dizer, você ganhou essa merda.

— Por que todas essas histórias são sobre mim? Ah, espere, porque sou eu quem realmente faz merda que é digna de uma história. — Nicole puxa seu joelho até o peito. — Ao contrário de vocês, suas bundonas entediantes.

Ela sempre foi a que fazia coisas loucas, mas não pede desculpas por isso.

— Fica calma, pimentinha. — Heather suspira. — Todas nós fizemos a nossa parte de porcaria estúpida.

— Inferno, sim, todas vocês fizeram! Eu tenho histórias porque quando vocês três fazem alguma coisa, adivinhem quem vocês chamam? A mim. Vocês me chamam, então eu sei todos os segredos de vocês.

Nós três olhamos uma para a outra com olhos arregalados. Que diabos elas fizeram que eu não sabia?

Nicole explode em risadas enquanto nós estudamos umas às outras.

— Eu amo tanto vocês, meninas. Vamos descobrir o que nós realmente queremos saber. — Ela agarra minha mão. — Quão mal o Scott teve que pagar?

Elas me deixaram ficar tanto tempo sem perguntas, acho que é hora de contar sobre o drama que foi o dia de hoje. Eu repasso a audiência de divórcio para elas, amando as caras que elas fazem. Ainda é um pouco surreal pensar que ele tentou me acusar de traí-lo. Não há uma chance de ele acreditar nessa merda.

— Estou tão feliz por nunca mais termos que estar perto do Cretino — Nicole fala, enquanto apoia seus pés na mesinha de centro. — Eu realmente gostaria de cortar as bolas dele.

— De verdade, talvez ele e Matt se tornem melhores amigos. — Heather dá risadinhas.

Eu dreno outra taça de vinho antes de reabastecê-la novamente.

— Bem, eu ainda tenho que lidar com ele a cada dois fins de semana. Tenho certeza de que ele vai desfilar com a Jillian agora que estamos divorciados e ele pode jogar isso na minha cara.

Quanto mais eu bebo, mais percebo o quanto o odeio. Ele é um otário por tentar me ferrar com o dinheiro dessa maneira. Eu deixei a maldita casa. Nunca disse uma palavra sobre a secretária vadia que ele estava comendo. Não pedi merda nenhuma, e ele sente que eu não tenho direito a nada depois de catorze anos de casamento? Que se foda isso.

— Não se preocupe com ela, querida, você tem o Noah Frazier enfiando a língua dele em seus buracos! — Nicole ri e me dá um tapa na perna.

— O quê? — Heather fica de pé.

— Nicole! — guincho. — Você seriamente não sabe mesmo como manter a boca fechada? Tanto por todos os nossos segredos.

Ela dá de ombros.

— Eu tenho quase certeza de que sua boca era a que estava aberta.

Reviro os olhos e atiro uma almofada para ela enquanto ela balança a língua.

— Olá! Você beijou o Noah? — Heather exige a minha atenção. — Quando? Onde? Por que não me contou?

Eu realmente achei que ela sabia.

— Não foi nada demais.

Danielle tosse com uma gargalhada.

— Até que ele disse a você que vai conquistar seu coração.

— Jesus Cristo! Vocês não prestam, meninas! — Minhas mãos voam no ar.

Heather olha para mim com as mãos sobre os quadris. Graças à Boca Grande Um e Dois, eu poderia muito bem contar a ela.

— Muito bem. Sim, eu beijei Noah quando nós fomos ao nosso jantar. Então ele veio até aqui no outro dia, me dizendo como ele se sentia e que tinha sentimentos por mim. *No entanto*, eu não o vi desde então.

Um sorriso lento se espalha pelo rosto dela.

— Então esta noite é a sua noite de sorte. Eli e Noah estão a caminho daqui para me buscar.

É claro que eles estão.

Capítulo 18

KRISTIN

Estou na cozinha, escondida como a covarde que sou.

Não vejo Noah no que parece desde sempre. Não tenho seu estúpido número de telefone, então não pude ligar para ele para coordenar a nossa próxima reunião, e não perguntaria para Heather ou Eli. Agora, estou meio bêbada, o que ao redor dele nunca é uma coisa boa, e emocionalmente instável.

Mais uma vez, uma má ideia.

Ouvi a porta de um carro fechar e subitamente precisei procurar por comida.

— Kristin! — Danielle chama.

— O quê?

— Pare de se esconder, ele não está aqui!

Todos eles começam a rir, e eu mostro minha língua.

— Estou com fome, não me escondendo!

Eu realmente preciso ir comprar comida, não há nada aqui. Estou com as mãos e joelhos apoiados no chão, cavando nos armários inferiores, procurando por algumas batatas fritas. Um saco de *Doritos* é o que eu preciso.

— Procurando por alguma coisa? — A voz profunda de Noah me assusta pra caralho.

Eu salto, batendo a cabeça na madeira.

— Ai — digo, enquanto esfrego o lugar em que acertei. Sério, uma maldita vez eu gostaria de ser totalmente normal ao redor dele. Não estou pedindo muito.

— Você está bem? — Ele ri.

— Estou ótima, é apenas mais um momento para me espancar mais tarde.

Eu cuidadosamente me desvencilho sem mais ferimentos e me sento em meus calcanhares.

— Oi. — Dou um sorriso triste. Seu cabelo está cortado um pouco mais curto, mas sua barba está maior.

Eu gosto disso. Gosto muito disso.

Noah devolve o meu sorriso enquanto ele se agacha para que fiquemos à altura dos olhos.

— Oi.

Olho ao redor da cozinha, esperando que um de nós diga algo mais.

O silêncio continua, se estendendo para o reino do desconforto.

— Então, como estão as coisas? — pergunto.

— Eu não deveria estar perguntando isso a você? Sei que hoje foi... *o dia* e tudo mais.

Foi por isso que ele não tentou conseguir o meu número para me ligar? Eu nem sequer pensei nisso. Ele sabia que o meu divórcio era esta semana, e talvez estivesse me dando tempo para processar sem ele...

— Sim, estou solteira. — Eu encolho os ombros. — Oficialmente no mercado.

Noah luta com um sorriso, mas vejo a malícia em seus olhos.

— É um bom-dia para todos os homens.

—Todos os homens, hein?

Ele inclina sua cabeça para o lado.

— Bem, pelo menos eu conheço um que está feliz com isso.

Puxo os cabelos para o lado e brinco com as pontas.

— Ele está?

O dedo de Noah levanta o meu queixo.

— Ele está, e ele sentiu sua falta.

Isso é doce.

Ele é doce.

As coisas que ele me disse na semana passada me fizeram passar por hoje. Eu deveria dizer isso a ele. Vê-lo agora mesmo traz de volta à superfície tudo o que tentei enterrar. Os pedaços do meu coração que estavam tentando traçar suas linhas de batalha estão começando a escolher lados.

Preciso mostrar a ele de alguma maneira que posso não fazer nada sobre isso hoje, esta semana, ou mesmo este ano, mas ele não é o único que sente algo. Os erros do meu passado não deveriam distorcer um possível futuro.

— Ela também sentiu sua falta. Talvez. Um pouco. — Eu sorrio.

Sua mão cai, e sinto falta de seu toque. Quando estou perto de Noah, é como se os problemas da minha vida não existissem. Eu não entendo, mas as minhas preocupações são mais fáceis de carregar porque ele está aqui.

O que é a coisa mais ridícula do mundo, considerando que mal o conheço. Ainda assim, tudo dentro de mim me diz para confiar no meu instinto.

Alguma coisa surge em mim e tenho que beijá-lo. Eu me levanto rapidamente, fundindo meus lábios com os dele. A força do meu ataque faz com que Noah voe de costas, e que eu aterrisse em cima dele. Ele me segura contra seu corpo e eu me permito sentir tudo.

A maneira como a língua dele desliza contra a minha faz meu coração acelerar.

Ele nos enrola para que estejamos de lado e toma o controle do beijo. Eu não posso me mover e não me importo, também. Minha perna envolve seu quadril enquanto nós dois perdemos o controle.

Eu nunca fiz sexo no chão da cozinha, mas topo bem agora.

— Oh! — Nicole praticamente grita. — Bem, está bem então.

Eu rapidamente me sento, puxando minhas roupas de volta para onde elas deveriam estar, enquanto ela sorri para mim.

— Eu estava apenas procurando um lanche.

Minha mão bate na testa. *Sério, Kristin?*

— Parece que você encontrou um. — Ela gargalha. Nicole olha para Noah e depois de volta para mim.

— Nós estamos indo embora, queria dizer adeus.

— Claro, nós estávamos chegando.

Nicole explode em gargalhadas.

— Você está facilitando demais isso.

Noah se levanta e depois me ajuda a ficar de pé.

— Você está morta para mim — eu sussurro para Nicole, conforme passo por ela.

Uma vez que estamos todos na sala de estar, Danielle me abraça e vai para casa. Nicole segue logo em seguida, com suas palavras de despedida de apreço sexual. Heather, Eli, Noah e eu ficamos na sala de estar.

— E então? — Mudo meu peso de um lado para o outro.

— Nós deveríamos ir — diz Eli, acenando com a cabeça para Heather.

— Sim — ela concorda. — Noah?

Eu olho para ele, não querendo que vá embora. Precisamos falar sobre o que acabou de acontecer. Eu o ataquei no chão. As pessoas normais não fazem isso no dia em que se divorciam. O que há de errado comigo?

— Você acha... — digo, mas ele fala ao mesmo tempo:

— Eu estava indo...

Heather bufa.

— Por que nós não deixamos os dois conversarem? Eu sei que você está atrasada no artigo, certo?

Eu a amo. Ela agora é a minha favorita.

— Sim. Era isso que eu ia dizer. — Eu olho para ele. — Nós provavelmente deveríamos conversar um pouco e fazer planos de como vamos lidar com as coisas.

— Claro — ele concorda.

Eli deixa sair uma mistura de riso e tosse.

— Ainda bem que você trouxe seu próprio carro, Noah.

Eu fui tão estúpida ao pensar que seria capaz de ficar longe dele, ou que ele iria facilitar isso e ir embora. Ficou claro desde o início que há alguma coisa entre nós.

Não sei o que isso significa.

Não sei se isto é a coisa certa.

Mas ele me faz sentir como se eu fosse forte o suficiente para descobrir.

— Ligo para você amanhã. — Heather me puxa para os braços dela.

— Está bem.

Os olhos dela estão preenchidos com um aviso, mas depois seus lábios se elevam em um sorriso malicioso. Você pensaria que eu tinha quinze anos e estava prestes a fazer sexo pela primeira vez. Inferno, nós não vamos fazer sexo agora. Vamos nos sentar como adultos, com uma mesa de madeira entre nós, e conversar.

Isso é o que deve acontecer.

Sem sexo.

Eles vão embora, e meus nervos aumentam a cada segundo que estamos sozinhos. Meu peito está apertado conforme Noah e eu olhamos um para o outro. Tantas coisas para dizer, mas não consigo falar.

Quero perguntar a ele o que é isso e por que nós não podemos impedir. Quero saber se isto é normal. Se eu ainda estaria tão atraída por ele se não estivesse divorciada.

— Podemos conversar? — eu finalmente falo.

— Nós provavelmente deveríamos.

— Na mesa — esclareço.

Ele se senta e eu ando em volta para o outro lado. Não tem como eu estar sentada perto dele. Provavelmente vou atacá-lo novamente e quebrar meus móveis no processo.

— Ok, não sei o que me deu na cozinha, mas, claramente, não sei como usar meu cérebro ao seu redor. Sei que estou enviando todos os tipos de sinais mistos, e sinto muito por isso, mas você faz com que seja difícil pensar — deixo escapar. — Sou uma pensadora, Noah. Eu penso demais, e isto é estranho e diferente de mim.

Ele passa as mãos pelo cabelo.

— Você também não me vê fazendo exatamente o que eu quero fazer. Faz muito tempo que não fico tão louco por uma mulher.

— Você está louco por mim?

Ele se inclina para frente com um sorriso sexy.

— Pensei que você já teria percebido isso por agora. Eu aluguei um fodido condomínio aqui esta semana.

Não tenho certeza do que isso significa porque ele deveria ficar aqui por algumas semanas de qualquer maneira, então faz sentido que ele alugue um lugar.

— Ok...

Noah esfrega sua testa enquanto balança a cabeça de um lado para o outro.

— Eu não tinha planos de ficar aqui. Estava visitando Eli por alguns dias e depois voltaria para Nova York. Agora, estou assinando contratos de aluguel, fazendo merda de imprensa e pensando em desculpas para te ver.

— O que é loucura! Isto é muito rápido, e eu não posso me machucar novamente.

— Eu não quero te machucar.

Ninguém nunca pretende machucar alguém, mas é a realidade. Só posso carregar um tanto de dor antes de quebrar.

— Não acho que você iria fazer isso intencionalmente — eu digo, torcendo o anel no meu polegar. — Você é o primeiro homem, em muito tempo, a me fazer sentir bonita.

Os olhos de Noah piscam de raiva.

— Kristin — ele começa, e eu levanto a mão.

— Deixe-me terminar, por favor. — Espero vê-lo relaxar para que eu possa tirar tudo isso de dentro de mim. — Meu ex-marido era abusivo de formas que eu nunca vi. Ele me rebaixava o tempo todo, me fazia acreditar que eu não valia nada ao ponto em que eu estava... triste e solitária. Ele me quebrou de uma maneira que as pequenas migalhas de amor que me dava parecessem como refeições. Eu podia viver de um elogio durante meses, porque eles vinham raramente. Não quero voltar a ser essa mulher nunca mais — eu digo enquanto luto contra as lágrimas. — Eu não deveria querer você. Eu nem sequer deveria estar pensando em outro homem porque estou assustada.

Ele se inclina para frente com as palmas das mãos para cima. Quero colocar as mãos nas dele, mas, ao invés disso, apenas toco as pontas de seus dedos.

— Você não é a única que tem medo aqui. Confie em mim, eu não tenho certeza do que pensar na metade do tempo. Mas posso prometer a você isto. — Ele se empurra para frente, para que nossas mãos estejam agora unidas. — Nunca a farei se sentir pequena. Você nunca se sentirá sozinha, Kristin. Eu te prometo que, se você nos der uma chance, eu vou te tratar como deveria ter sido tratada o tempo todo.

— E quando você for embora para seguir em frente com sua vida?

Noah dá de ombros.

— Nós atravessaremos essa ponte então. Olha, você pode ir a outro encontro comigo e perceber que é você quem não gosta de mim.

— Não é provável.

— Isso poderia acontecer. Tudo o que estou pedindo é que a gente passe as próximas semanas descobrindo isso. Se você se apaixonar por mim, isso é por sua conta. A possibilidade é real. — Ele sorri. — Meu dinheiro diz que você vai querer me manter.

Esse é o problema. Meu desejo de mantê-lo, e ele não querer me valorizar. Olho para as nossas mãos e depois de volta para ele.

— Não é tão simples assim.

— Nada é, mas não estou me afastando de alguém que acendeu um fogo dentro de mim que eu pensava que tinha se apagado. Só preciso que você dê uma chance a isso.

Por que ele tem que ser tão maravilhoso? Ele é o oposto do Scott. Tudo o que ele diz é preenchido com tanto significado. É assustador, porque e se, de fato, eu lhe der essa chance e ele me deixar? Como eu poderia me recuperar?

Só estou rastejando hoje porque não consegui descer mais do que o meu ex-marido me empurrou.

Isto não é justo para Noah, no entanto. Ele merece ser feliz com alguém que possa lhe dar mais.

— Noah. — Eu suspiro, puxando minhas mãos para trás. Meu coração já está partido, mas vale pulverizá-lo e empurrá-lo para longe. — Eu sou a última coisa que você precisa.

Ele se levanta sem dizer uma palavra. Eu o vejo se mover em torno da mesa, fazendo o seu caminho até mim. Meu coração bate tão alto que me preocupo que ele vai explodir.

Minha mente está cambaleante e, por mais que eu queira que ele me diga que estou certa e se afaste, eu não o faço. Quero alguém que lute por mim — apenas uma vez.

Quando ele me alcança, minha respiração para. Quero gritar que eu não quis dizer o que disse, mas ele segura o meu rosto, movendo seu polegar na minha bochecha.

— Talvez você esteja certa. Talvez nenhum de nós precise de mais complicações, mas você é a única coisa que eu quero.

Tenho quase certeza de que acabei de morrer.

Alguém já disse algo tão perfeito quanto isso? Se disseram, eu não me importo porque meu mundo inteiro mudou.

— Eu também quero você. — Pela primeira vez, sou completamente honesta com ele.

Eu o quero.

Eu quero que ele me queira e, que Deus me ajude, quero tudo isso.

O medo me governou por muito tempo e não vou permitir que ele faça isso por mais um segundo sequer. Noah e eu talvez não duremos muito. Nós poderíamos ser um fogo de palha que se esfumaça antes de começar, mas se eu não tentar, nunca saberei.

— Sim? — pergunta, com surpresa em sua voz.

— Estou assustada, mas sim, eu gostaria de ver o que quer que isto seja entre nós.

— Estou feliz que você tenha dito isso. — Ele sorri enquanto se inclina para mais perto. — Estava me preparando para realmente dar em cima de você.

Se isso era ele sem tentar, não consigo nem imaginar em que diabos eu estarei me metendo.

A verdade é que não me importo.

— Cala a boca e me beija — exijo.

Noah traz sua boca para a minha e eu escorrego as mãos atrás de seu pescoço, segurando-o para mim.

Capítulo 19

NOAH

Fico à espera de acordar.

Tem que ser a porra de um sonho Kristin estar nos meus braços. Os dedos dela se pressionam contra o meu pescoço, puxando-me para mais perto enquanto beijo seus lábios.

— Noah — ela diz o meu nome, enquanto a boca se move para o meu pescoço.

Essa não era a minha intenção quando vim para cá. Eu nem tinha a certeza se devia vir com o Eli, mas precisava ver se ela estava bem. Kristin agita todos os meus impulsos protetores. Se aquele otário a tivesse machucado, eu ia enterrá-lo.

Eu tinha feito um acordo comigo mesmo que, se ela tivesse ficado chateada, eu lhe daria tempo sem pressioná-la. A última coisa que ela precisa é de outra pessoa fodendo com a cabeça dela. Nós seríamos amigos, eu faria o artigo que fui um idiota em sugerir, e então nos separaríamos.

Quando a vi no chão, sorrindo e feliz por me ver, não havia como me afastar.

— Pensei em você o dia inteiro — eu digo a ela, enquanto percorro uma linha de beijos até o seu pescoço. — Quando o meu avião pousou, tudo o que pude fazer foi encontrar uma maneira de te ver.

Ela geme e joga a cabeça para trás.

— Você não tem ideia…

— Sobre o quê?

Os olhos azuis de Kristin encontram os meus, e vejo o conflito rodopiar no seu olhar.

— O quanto eu penso em você.

— Você não é a única, querida.

— Ótimo.

Ela sorri enquanto deixo a boca cair para a dela, adorando quando ela abre os lábios e posso voltar a mergulhar nela. Sinto o sabor da doçura do vinho contra a sua língua. Os dedos dela deslizam pelas minhas costas, mas eles só podem ir até certo ponto, já que ela ainda está sentada.

Minhas mãos seguram a parte de trás das coxas dela, e eu a levanto. Ela grita quando a sento na mesa, me dando o ângulo para beijá-la melhor. Em vez de ceder ao meu impulso, levo um segundo para olhar para ela, maravilhado com tudo o que ela é. Como é que eu tive essa sorte, caralho?

Como é que uma repórter bêbada pode encontrar o seu caminho para o meu coração com apenas um sorriso?

Ela corre a ponta dos dedos nas minhas bochechas.

— Eu gosto disto — ela divaga, conforme arranha minha semibarba.

Eu gosto dela me tocando. Gosto de tudo sobre ela.

— Sim? — pergunto.

Ela concorda com a cabeça, com seu lábio inferior entre os dentes, não encontrando os meus olhos.

— Do que mais você gosta? — indago, enquanto ela passa seu polegar pelo meu lábio.

— Da maneira como você me beija.

Bem, posso dar-lhe isso de bom grado novamente, mas sei que o maior problema de Kristin é que ela foi silenciada. Não vou permitir isso. Quero que ela seja confiante e que nunca se preocupe de ter que esconder alguma coisa.

— Tipo assim? — Eu escovo os lábios contra os dela, puxando para trás quando ela avança e tenta tomar o controle. Ela solta um pequeno gemido, e eu espero que responda. — É isso que você quer, querida?

Ela balança a cabeça em negação, mas isso não vai funcionar hoje à noite. Nada vai acontecer a menos que eu ouça as palavras. Estou lutando com cada impulso para colocá-la sobre a mesa e fazê-la perder a cabeça. Quero fazê-la se sentir bem, venerada. Meus músculos estão doendo por me impedir de fazer exatamente isso, mas Kristin tem que liderar até onde isso vai.

— Não consigo te ouvir — eu incito.

— Não — ela finalmente fala.

— O que você quer?

Não há como não perceber sua hesitação. Ela quer dizer isso, mas não sabe como. Tenho que pressionar sem quebrá-la. Não tenho certeza de qual é a jogada certa para fazer isso, então movo minha boca de volta para a dela.

Suas pernas se enrolam à minha volta, puxando-me totalmente contra ela. Meu pau pressiona contra as minhas calças, enquanto ela cava seus calcanhares na minha bunda. Ela interrompe o beijo e corre a língua contra a minha orelha.

— É mais como isso — ela fala, com a voz áspera.

— Caralho — eu gemo, enquanto ela repete o movimento contra a minha outra orelha.

Estou à beira de perder a minha contenção e assumir o controle. Em vez de foder esta coisa inteira com ela, tenho que parar com isso agora.

Começo a recuar, mas ela me agarra com mais força.

— Kristin — falo, ao puxar os pulsos dela para baixo. Dou alguns passos atrás, dando-nos um pouco de espaço para respirar. Foda-se. Foda-se. Foda-se. No que estou pensando? Ela se divorciou hoje, e estou aqui me esfregando com ela na sua maldita mesa.

— Eu preciso...

— O que eu fiz de errado? — pergunta, com dor em sua voz.

— O quê? — pergunto, movendo-me de volta para ela.

— Você... você parou. E-eu estou... Eu não sei o que fiz. Sinto muito.

Jesus Cristo. Ela acha que eu parei porque fez alguma coisa de errado?

— Você não fez *nada* de errado, Kristin. Eu estava errado em fazer isso com você hoje. — Passo os dedos contra os seus lábios ligeiramente inchados.

Ela pega na minha mão, deixando-a cair nas pernas dela.

— Fazer isso comigo?

— Você se divorciou hoje, e eu sou um babaca por ter tocado em você.

Kristin deixa sair uma mistura entre uma bufada e uma risada. Não sei que porra é isso, mas é bonito como o inferno.

— Você acha que você é um babaca? Primeiro de tudo, eu te ataquei na minha cozinha. Mesmo que a gente tire isso da equação, você é absolutamente a última pessoa a quem eu chamaria de babaca hoje. Quer saber de uma coisa?

Eu quero saber todas as coisas dela.

— O quê?

— Você me ajudou hoje sem sequer estar lá. Scott, meu ex — ela esclarece sem precisar —, tentou fazer eu me sentir... bem, como ele normalmente faria eu me sentir, mas você parou com isso. O que você me disse no outro dia significou mais do que você pode imaginar.

Os olhos de Kristin se enchem de lágrimas, e o meu peito começa a doer.

— Não chore — imploro.

Uma mulher chorando é a minha maldita criptonita. Você as abraça? Diz a elas que está tudo bem? Eu já cometi esse erro antes, disse à minha namorada que ficaria tudo bem antes que uma explosão de como não está tudo bem acontecesse.

Ela limpa as bochechas e funga.

— Estou te dizendo que você não é um babaca, Noah.

— Você ainda não me conhece realmente. — Tento aliviar o clima com uma piada.

— Idiota. — Ela ri.

— Eu sou isso. — Sorrio e removo a lágrima que está prestes a cair.

Está no meu DNA consertar as coisas. Eu sou um homem; é o que eu faço. Se existe um problema, então a solução está em algum lugar e eu vou encontrá-la. Kristin chorando porque eu parei de beijá-la não é um problema que já tenha encontrado antes.

Também não acho que beijá-la para fazer isso parar é a escolha certa. Devo ficar aqui?

— Eu... Eu gostei de te beijar.

Talvez ela queira mesmo que eu a beije.

— Kris, estou mais do que feliz em te beijar — eu falo, empurrando o cabelo castanho dela para trás. — Vou te beijar a noite inteira se isso significar que você não vai chorar.

Os olhos dela elevam-se para o teto e ela resmunga.

— Ótimo. Agora, estou te deixando culpado para dar uns amassos comigo.

Seguro seu rosto nas mãos, trago sua cabeça para baixo, e espero que ela olhe para mim. Ela parece perdida. A mulher livre, sexy e confiante que pegou o que queria desaparece. Eu a quero de volta e vou fazer o que for preciso para conseguir isso.

— Eu não quero nada mais do que trazer os seus lábios para os meus. Quero beijar cada centímetro de você, te fazer esquecer tudo menos eu, e depois fazer amor contigo até que a gente desmaie. Você não tem que me culpar, só tem que dizer a palavra e eu estou bem aqui.

Capítulo 20

KRISTIN

Já faz tempo demais desde que eu me senti tão desejada. Uma parte de mim não acredita que isso seja possível, mas não há engano no olhar dele.

Noah quer fazer todas as coisas que ele disse.

Ele não mexe um músculo enquanto espera que eu diga alguma coisa. Em vez de falar, pensar, ou me convencer a me afastar disso, eu sinto.

Minhas mãos se movem do meu colo para o estômago dele. Os nossos olhos ficam trancados enquanto os meus dedos fazem seu caminho por baixo da camisa dele. Levo meu tempo explorando seu peito, sentindo seus músculos debaixo de mim enquanto nós respiramos um ao outro.

Escorrego a mão mais para o alto, puxando a bainha comigo conforme eu vou. Ele não diz uma palavra enquanto tira as mãos do meu rosto e levanta os braços, permitindo que eu levante a camisa mais alto e depois sobre a cabeça dele antes de jogá-la no chão.

— Você está preparado para cumprir sua promessa? — pergunto, com mais bravura do que realmente tenho.

Estou pronta para viver.

Estou pronta para sentir.

Estou pronta para me dar permissão de correr riscos.

Noah me dá o seu sorriso arrogante, que envia uma corrente através de minhas veias. As mãos dele agarram minha bunda, e ele me puxa contra a sua ereção muito perceptível.

— O que você acha?

Acho que estou prestes a desmaiar, é isso que eu acho.

— Não sei como fazer isto — admito.

Durante anos, tem sido uma tarefa difícil. Uma em que, de acordo com o Cretino, eu não era boa. Eu tinha aprendido a meio que ficar parada e pegar o que conseguir. Noah claramente não quer isso, mas estou aterrorizada de que eu vá desapontá-lo. Não sei se conseguiria sobreviver sendo medíocre para ele.

— Você está no controle — ele me diz, enquanto seus lábios roçam sobre os meus. — Pegue o que quiser, querida. Eu vou te dar tanto ou tão pouco quanto você disser.

— E se isso não for o que você quer? — sussurro, esperando que ele talvez não escute.

Noah recua o suficiente para me olhar nos olhos.

— Eu quero *você*, Kristin.

Meu pulso se acelera, mas não existe uma chance no inferno de que eu vá me afastar agora. Ele me encoraja a aceitar o que está oferecendo. Nunca me senti tão segura quanto me sinto neste momento. Ele realmente me quer, e eu o quero. Vou fazer o que ele disse e assumir o controle.

Empurro Noah um pouco para trás e me coloco de pé. O nosso peito se toca e minha mão desliza novamente para a parte de trás do pescoço dele, trazendo seus lábios para os meus. Perco toda a noção de tempo enquanto ambos lutamos pelo controle. Ele o entrega para mim e depois o pega de volta como se ele não conseguisse se impedir.

Só de saber que ele está cedendo um pouco de si faz o meu coração acelerar.

Noah traz os lábios para o meu pescoço, sua língua contorna a minha clavícula e prova a pele do meu ombro.

Pego as mãos dele nas minhas e começo a andar para trás. Ele me segue enquanto nós fazemos o caminho em direção ao quarto.

Os nervos passam por mim como um trem de carga quando chegamos à porta.

— Você tem certeza? — pergunta.

Como respondo a isso? Se eu o quero? Sim. Acho que já nem sequer é mais uma escolha, é uma necessidade.

— Sim, eu tenho certeza — eu o tranquilizo.

— Nós não temos que fazer isso. — Noah me dá outra chance de saída, para a qual eu sorrio, correndo os dedos por cima da sua barba curta.

É a minha vez de ser vulnerável com ele. Ele me deu palavras de encorajamento que me levaram até ao fim. O fato de que ele ainda está cauteloso comigo já é resposta suficiente. Noah se preocupa. Não sobre transar, mas com o meu coração e alma. Ele é o fio que não vai remendar o meu coração, ele quer curá-lo, erradicando as cicatrizes.

— Não, nós não temos, mas é você quem eu quero. O sorriso que você diz que ama está lá por sua causa. O riso que escuta só começou quando você se aproximou. Eu fiquei à deriva por tanto tempo, com medo de me agarrar a algo porque nada era suficientemente robusto. Não sei se você vai ser o que me acorrenta, mas, neste momento, sei que quero descobrir.

Ele encosta sua boca na minha, beijando-me com força, batendo as minhas costas na porta. Luto para encontrar a maçaneta, e voo de costas para o quarto.

Noah não para, e eu também não. Nós mantemos nossos lábios fundidos enquanto cegamente fazemos o nosso caminho para a cama. Minhas pernas batem no colchão, e ele me levanta em seus braços e me coloca no centro dela.

— Vou fazer você se sentir tão bem — Noah promete, enquanto fica parado na minha frente.

Não tenho dúvidas sobre isso.

— Ele podia ter razão, Noah. Eu podia ser realmente ruim nisso — eu o aviso.

— Duvido bastante disso. — Ele sorri. — Tire a sua camisa.

Parece que não estou mais no comando. No entanto, a sexualidade bruta que ele está emanando me deixa totalmente de acordo com isso. Faço o que pede, tomando o meu tempo, adorando como o seu maxilar se contrai enquanto ele espera impacientemente.

— Você sabe, você podia sempre ajudar. — Olho para ele através dos meus cílios.

Ele se move em direção à cama lentamente, se estabelecendo sobre ela de modo que seus joelhos estejam me montando. Minhas mãos se movem por vontade própria, tocando seu peito nu. Os músculos dele se tensionam sob os meus dedos, enquanto eu subo mais alto.

Noah segura os meus pulsos, erguendo-os sobre a minha cabeça.

— Mantenha-os lá — exige.

O meu peito sobe e desce enquanto ele agarra a parte debaixo da minha camisa, levantando-a lentamente. Ele corre a parte de trás dos seus dedos contra os meus lados, mal me tocando.

— Pensei sobre como você se parecia naquele biquíni todos os dias. Imaginei tocar seus seios, tomando-os na minha boca — ele fala, com a voz áspera.

Solto um gemido suave, sentindo as suas palavras em todo o meu corpo.

— Você não tem mais que imaginar. — Eu sou completamente a favor de tocar.

O tecido passa por cima da minha cabeça. Ele alcança as minhas costas com os seus lábios contra a minha orelha.

— Essa não foi a única coisa em que pensei. — Ele solta o meu sutiã, mas não se mexe para o arrancar. — Traga os seus braços para baixo e me mostre o quão perfeita pra caralho você é.

Meus braços caem, e agarro cada alça, deixando que elas sigam, mas segurando a parte da frente para me manter coberta. Vejo os olhos dele ficarem mais duros conforme eu deixo cair. A respiração de Noah se acelera, e mais uma vez as nossas bocas se encontram. Ele se move para a frente, cobrindo o meu corpo com o dele, peitos nus se esfregando um contra o outro.

É como se ele me lembrasse com cada beijo o quão íntimo isso é. As conversas, promessas e olhares são quentes como o inferno, mas cada vez que ele me beija, há mais escondido. Ele me fundamenta a ele e, mesmo que isso não seja algo consciente, me mantém aqui.

— Me toque, Noah — imploro.

É tudo o que ele precisa e, no segundo seguinte, suas mãos estão segurando meus seios, seus polegares esfregando meus mamilos. Eu sempre tive seios sensíveis, mas isso para mim está fora do normal. Eu poderia ter um orgasmo só com aquilo.

A cabeça dele se abaixa, e sua língua contorna o meu mamilo.

— Ah, merda — ofego.

Noah repete o movimento e depois faz o mesmo para o outro lado. Os meus olhos se fecham quando ele assopra na pele molhada. Se eu soubesse que seria tão bom assim, teria saltado em cima dele mais cedo.

Eu me contorço debaixo dele enquanto as suas mãos vagueiam pelo meu corpo e sua boca trabalha a sua mágica nos meus seios.

Os dedos dele se aproximam dos meus shorts e percorrem o elástico.

— Quanto mais você quer que eu te toque? — pergunta, antes de roçar meu mamilo com a língua.

— Não pare — imploro.

— Eu não perguntei isso. — Ele respira as palavras contra a minha pele.

O que foi que ele perguntou? Eu não consigo me concentrar em mais nada a não ser em quão bom isso é.

— Não consigo me lembrar...

Ele levanta a cabeça, e os meus olhos voam abertos para ver por que inferno ele parou.

— Quero saber onde você quer que eu te toque, querida.

Mesmo no calor do momento, Noah se preocupa com o que eu quero.

Outros podem não entender por que isso importa para mim, mas isso é tudo. Ele não está tentando conseguir o que quer e seguir em frente. O poder neste momento quebra quaisquer paredes que eu tenha construído.

Meus dedos deslizam pelo cabelo dele e espero que veja nos meus olhos a gratidão que estou sentindo no meu coração.

— Em todos os lugares. Eu quero tudo isso, Noah.

Os dedos que estavam descansando no meu estômago encontram seu caminho por baixo dos meus shorts.

— Aqui? — pergunta.
— Sim.
Ele avança mais para baixo com os nossos olhos ainda presos.
— Você quer que eu pare?
Balanço a cabeça de um lado para o outro.
— Não — eu falo, lembrando que ele quer escutar as palavras.
Ele escorrega o dedo contra o meu centro, encontrando o meu clitóris, e não consigo mais manter meus olhos abertos. Minha cabeça cai para trás enquanto ele me leva mais alto do que já fui capaz de fazer por conta própria. Quando ele insere um dedo, não consigo impedir que o som escape da minha garganta.
— Você gosta disso, querida?
Eu pareço como se não gostasse? Sou uma mistura entre um gato miando e uma ovelha balindo. No entanto, eu não poderia me importar menos, porque isso é bom demais.
— Não pare — ordeno.
Noah faz exatamente isso. A mão dele fica parada, e eu quero chorar.
— Eu disse para não parar. Não pare, *por favor*, não pare. — Eu me apoio em meus cotovelos e o encontro sorrindo.
— Ah, eu não estou parando. Estou apenas começando. — Noah enfia seus polegares nos meus shorts e começa a arrancá-los. — Quero você nua. Quero ver cada parte sua, tocar cada centímetro, e vou te provar.
A minha ansiedade aumenta, sabendo que estou prestes a ficar completamente nua. Obviamente, isso ia acontecer considerando o que nós estamos fazendo, mas ele é… maravilhoso e eu… não sou.
Ele parece sentir a minha mudança e olha para cima.
— Você é a coisa mais bonita. É como se tivesse sido feita para mim.
— Noah — eu digo hesitantemente, enquanto ele espalha minhas pernas, movendo sua cabeça para mais perto.
— Sinta-se à vontade para gritar o meu nome enquanto eu te fodo com a minha língua.
Eu ofego com as suas palavras, e depois a sensação da sua boca ultrapassa tudo. Ele não é tímido enquanto me come — ele é esfomeado. Noah chupa, sacode, lambe e desliza sua língua contra o meu clitóris.
Ele se move para frente e para trás, e a beirada da qual eu tenho tentado não despencar chega ainda mais perto. Eu agarro o lençol, esperando me segurar por apenas mais um pouco de tempo, mas então ele desliza um dedo dentro de mim, e é demais.
— Ah, foda-se. Merda. Deus. Noah! — grito, enquanto as minhas costas se arqueiam para fora da cama.
Estou feita.

Quem diria que a falta de sexo resultaria no orgasmo mais intenso da minha vida?

Meu bom Deus.

Eu nunca vou me recuperar de Noah. Se ele for embora e nunca mais fizermos isso de novo, vou ter de fazer alguma coisa para apagar a minha memória. Nada se aproximará das coisas que ele diz, da maneira como me toca ou me faz sentir.

Eu nem sequer tenho mais a certeza se tenho ossos. Talvez eles tenham se desintegrado. Ele sobe de volta pelo meu corpo, beijando a minha pele enquanto faz isso.

Meus dedos se emaranham no cabelo dele e depois deslizam por suas costas quando ele chega mais alto.

— Você está me matando, Kristin — ele ofega as palavras contra o meu ouvido. — Você é perfeita, e eu quero você inteira.

Ele não é o único que quer tudo. Movo a mão para a bunda dele, puxando-o contra mim.

— Eu não planejo parar.

Ele me rola para cima e segura meu rosto em suas mãos.

— Eu não quero que hoje seja sobre mais nada.

Olho nos olhos dele, tentando entender o que ele quer dizer.

— Hoje é sobre o que nós queremos que isso seja. É sobre nós. — O conflito atravessa seu rosto, e depois ele fala: — Hoje você perdeu algo.

Eu me pergunto se ele está falando do divórcio para ver a minha reação ou por algum outro motivo, mas ainda não pensei nisso uma única vez. Toda a minha mente está no Noah e no que ele me dá. Eu não quero que o que acontecer aqui esta noite seja algo de que ele duvide.

— Não. — Eu balanço minha cabeça em negação. — Eu ganhei algo. Você é a única coisa em que estou pensando. Você é a única coisa que me interessa hoje. Eu quero você. Quero isso.

A cabeça dele se levanta, e ele me beija. Com cada toque de nossas línguas, meu medo se esvai, deixando-me com desejo.

Nós nos separamos, e eu me inclino para trás.

— Agora, acho que você devia tirar suas calças.

— Sem dúvidas. — Ele me solta e coloca suas mãos debaixo da cabeça. — Se você quer tirá-las, vai ter que fazer isso.

Tudo bem, então.

Escorrego para fora da cama, desfrutando da vista do Noah deitado ali. Ele levou o seu tempo, e eu planejo fazer o mesmo. É a minha vez de garantir que ele se lembre desta noite. Abro o botão do jeans e sorrio conforme o som do zíper preenche o espaço.

Ele levanta seus quadris enquanto eu tiro as roupas e as atiro para o chão. Noah é ainda melhor do que eu imaginava. Eu me lembro de achar que ele estava trincado com coisas boas quando eu estava na piscina com ele, mas não fiz justiça a ele.

— Falando sobre perfeição. — Eu sorrio.

— Eu sou todo seu. — Ele fica parado, deixando-me observar.

Pelo tempo que me quiser.

As minhas mãos deslizam pelas pernas dele, e eu agarro seu pau.

Agora, é a vez dele de fazer barulhos.

— Foda-se, Kristin. — Os dedos dele agarram o meu cabelo enquanto o trago para a boca.

Noah grunhe, geme e amaldiçoa enquanto movo a boca para cima e para baixo. Suas mãos variam de estar no meu cabelo para bater na cama enquanto trabalho para dar o melhor boquete da minha vida. Eu o levo o mais fundo que consigo, e seus dedos se entrelaçam no meu cabelo. Ele está perdendo o juízo e eu estou adorando cada segundo.

— Você... pare... Kristin... foda-se. — Já era tempo de eu não ser a única que não consegue falar.

Levanto a cabeça e os olhos esmeralda dele encontram os meus.

— Você quer que eu...

Noah se levanta rapidamente, cortando minha habilidade de terminar e me joga para o outro lado da cama. Guincho enquanto bato no travesseiro, e então nós estamos nariz contra nariz. A respiração dele está ofegante e nossas bocas colidem.

Os meus dedos escavam nos ombros dele e o seu pau se move contra a minha boceta. Eu preciso dele dentro de mim... agora.

— Noah, agora. Por favor — eu imploro.

— Por favor, o quê? — diz, com a voz áspera.

— Tome. Tudo de mim. Tome tudo de mim.

Ele pega o preservativo das calças, o coloca, e nós olhamos fixamente nos olhos um do outro. Noah observa meu rosto enquanto lentamente entra em mim. O olhar de êxtase na cara dele é algo que nunca vou me esquecer.

Nós fazemos amor, nos movendo por diferentes posições, explorando e aprendendo os sons um do outro. Não é como nada que eu já tenha experimentado antes. Ter alguém tão empenhado em fazer eu me sentir tão especial. Entre a imensa quantidade de prazer e emoções, estou exausta.

Se o vinho e o chocolate tivessem um bebê, ele seria chamado de Noah, ambos são satisfatórios e fazem bem ao meu corpo.

Os braços de Noah estão enrolados à minha volta enquanto ele dorme. Eu inalo, adorando a mistura de almíscar e sexo suado que se agarra à sua pele. Ele me encasula no calor dele e eu poderia ficar desse jeito para sempre. Virando a cabeça, escuto o batimento do seu coração e adormeço com um sorriso no rosto.

Capítulo 21

KRISTIN

— Você precisa ir embora. — Eu dou uma risada contra os lábios de Noah. São quase três da tarde, e preciso buscar as crianças da casa dos meus pais às cinco.

— Quando posso te ver de novo? — pergunta, e depois me beija.

Nós temos que parar antes que eu diga dane-se e façamos sexo... de novo. É realmente como andar de bicicleta, você volta a montar e vai outra vez. Eu acordei e o encontrei na cozinha, preparando o café da manhã, onde eu o agradeci no chão, já que foi meio que onde nós começamos na noite passada.

Depois, quando ele descobriu que eu nunca tinha assistido *A Thin Blue Line*, ele me forçou a ver dois episódios enquanto dizia suas falas no meu ouvido. Isso levou a um banho incrivelmente longo com bastante... sabão, mas agora eu tenho que ir buscar os meus filhos.

Empurro contra o peito dele, e ele ri.

A minha mão vai para a boca dele antes que ele possa tentar novamente.

— Amanhã?

Um sorriso manhoso decora seu rosto, e ele segura a minha mão na dele.

— Eu estava pensando nesta noite?

— Noah! — Balanço a cabeça de um lado para o outro. — Eu tenho filhos. É cedo demais para eles me verem com outro homem.

Ele aperta a minha mão.

— Eu poderia entrar sorrateiramente.

— Eles podem acordar — rebato.

— Então você vai ter que ficar bem quieta. — A voz dele é baixa e goteja com sexo.

Por mais que eu queira dar uma bronca nele, agora que ele falou isso, eu meio que quero aceitar sua oferta. Maldito seja ele e a sua sensualidade.

Respiro fundo, afasto-me um pouco e concentro-me em qualquer coisa além do que eu poderia fazer para manter minha boca cheia demais para falar.

— O artigo está previsto para daqui a três semanas, por isso nós vamos precisar realmente trabalhar amanhã. Eu preciso de material e então de uma semana para arrumar isso.

Noah solta um suspiro pesado e acena com a cabeça em acordo.

— Eu posso *tentar* manter minhas mãos longe de você.

— Você não vai ser o único tentando — digo, baixinho.

Ele dá uma gargalhada.

— Bem, se você não fosse o melhor sexo que eu já tive, não seria tão difícil.

— Cala a boca! — Dou um tapa em seu braço de brincadeira.

— O quê? — Ele levanta as mãos. — Estou falando sério.

— Tanto faz.

Eu fico bêbada na frente dele uma vez e dou material suficiente para qualquer situação.

Noah caminha até mim, envolve os braços à minha volta e beija minha testa.

— Eu não estou brincando, querida. Ontem à noite foi, sem dúvidas, a melhor noite que eu já tive.

Procuro por um sinal de mentira, mas ele está falando muito sério.

Suas mãos se movem para a minha bunda, e Noah me puxa contra ele.

— Isso é o que você provoca, só me fazendo pensar no quanto é boa a sensação.

O meu sorriso cresce quando sinto como ele está duro.

— Você devia saber que está no meu primeiro lugar — eu falo, olhando nos olhos dele. Adoro como ele é alto. Há algo positivamente sexy em como ele paira sobre mim, lançando uma sombra com o seu corpo.

Eu me levanto na ponta dos pés para tocar os meus lábios nos dele.

Noah geme quando se afasta.

— Temos que parar antes que eu te atire por cima do ombro e te leve para o quarto.

Isso seria tão ruim assim?

Abro a boca para me opor, mas ele diz a única coisa que pode me impedir.

— Finn e Aubrey provavelmente precisam de você.

Ele está certo. Eles sabem que o pai deles e eu precisamos fazer algo ontem, mas eles, bem, Aubrey não sabe o que isso significa. Finn está muito consciente, e acho que existe um pequeno alívio que possa finalmente dizer que estamos divorciados em vez de que nós não vivermos juntos. É o ponto final no fim da frase para que todos nós possamos seguir em frente.

— Nós podíamos marcar segunda-feira — sugiro.

— Isso é daqui a dois dias.

— Amanhã? — volto à minha sugestão original.

— Amanhã. — Noah acena com a cabeça em acordo, me dá um beijo rápido e faz o seu caminho em direção à porta.

Fico aqui parada, com a mão na madeira, a cabeça apoiada nela, sem saber como isto é real. Noah Frazier está indo embora depois da noite mais inacreditável e ainda quer me ver de novo.

Ele abre a porta do carro e sorri quando me vê o observando.

— Eu te vejo amanhã, querida.

— Para o artigo...

— E talvez um pouco de brincadeira. — Ele sorri maliciosamente e entra no carro.

Estou em um mundo de problemas.

— KRISTIN! — tia Nina grita, assim que eu entro.

Dou outro grito, corro na direção dela e jogo os braços em volta dela com força.

— Eu não sabia que você estava de visita!

— Eu contei para a sua mãe. — Ela me balança para frente e para trás, apertando-me com força.

A minha tia é a pessoa mais legal do mundo. Era com ela que eu podia falar sobre tudo aquilo com que a minha mãe não seria capaz de lidar. A primeira vez que fiz sexo, foi para ela que eu telefonei para falar sobre. Quando fiz 18 anos, ela me levou para fazer a minha tatuagem. Não existe nada que a minha tia Nina não saiba sobre mim. É uma loucura que ela seja irmã da minha mãe.

— Ela não me disse. Quando você chegou aqui?

— Só hoje. Jackson, Catherine, e as garotas também estão lá atrás.

— É sério? — Eu sorrio. — Não posso acreditar que eu não sabia! O tio Brendan e a Reagan estão aqui?

Os meus primos e eu temos mais ou menos a mesma idade. Eles se mudaram muito, mas, quando eu tinha doze anos, eles estavam na Base da Força Aérea MacDill[4] e todos nós crescemos extremamente próximos. Depois eles partiram, e foi uma porcaria vê-los apenas em alguns dias de folga ocasionais.

Já se passou muito tempo desde que os vi.

---

4 Base da Força Aérea Americana localizada em Tampa, na Flórida.

— Eu estou, eu estou! — Reagan sai da cozinha com Aubrey nos braços dela. — Olha o que eu encontrei!

Aubrey se contorce, procurando me alcançar.

— Mamãe!

— Oi, bebê!

Aperto o meu amendoinzinho e depois abraço a Reagan.

— Vovó me fez esperar para ir para a piscina até que você chegasse aqui — reclama. — Eu posso, por favor, ir para a piscina, *agora*?

Lá se vai qualquer hipótese da conversa que planejei, mas, mais uma vez, estou feliz por adiar isso.

— Claro, vá se trocar, que eu vou estar lá daqui a pouquinho.

Aubrey foge gritando para minha mãe, e Reagan pega minha mão na dela.

— Você está fantástica — diz ela. — De verdade, Kris.

— Olhe para você! — Toco em seu cabelo, que ela cortou um pouco acima dos ombros. — Você perdeu quase uns 30 centímetros.

— Já estava na hora. — Ela dá de ombros.

— Este corte de cabelo fica bem em você — aponto.

— Acho que você quer dizer divórcio. — Reagan sorri debochada.

— Bem, aparentemente esse é um visual que nós duas usamos bem.

Sim, há isso. Somos ambas recém-divorciadas de homens cretinos.

— Você nem sequer podia dizer um olá? — A voz profunda do Jackson faz barulho.

— Jackson! — grito, e lanço-me nele.

Ele me levanta e roda comigo.

— Já faz tanto tempo.

— Ninguém te mandou se mudar para a Califórnia e nunca mais voltar.

Todos eles foram para a Califórnia alguns anos atrás. Jackson é dono de uma empresa de segurança que faz Deus sabe o quê e abriu um escritório lá.

— Eu teria acabado lá se ainda estivesse na ativa, de qualquer forma.

Todos nós tentamos nos esquecer do seu tempo como Seal da Marinha. Tenho quase certeza de que foi isso que me fez ter um medo insano quando se tratava da Heather e do trabalho dela. Por que alguém pensa que levar um tiro é uma boa escolha de carreira?

— Onde está a Cat?

— Ela está com as crianças na piscina.

Dou uma olhada para ele, perguntando-me se ele perdeu o maldito juízo.

— E você está aqui dentro?

Ele solta uma risada e depois me puxa contra o seu lado.

— Você vai me proteger.

Sim, bem, ele está por conta própria.

Nós vamos para o lado de fora e Finn está com a filha mais velha deles, Erin, nos braços enquanto se move pela piscina.

— Olá, amigo! — Eu sorrio e aceno.

— Mãe, olha! A Erin gosta de mim. — O rosto dele se ilumina.

— Ela gosta.

Há muito tempo que eu não via esse sorriso. Erin e Aubrey têm um ano de diferença, mas Deus me livre ele brincar com a irmã dessa maneira.

Ele provavelmente iria afogá-la.

— Oi, mãe. — Dou um beijo na bochecha dela. — As crianças se divertiram?

— Elas sempre se divertem. Você sabe que o seu pai os estraga com mimos. — Ela dá palmadinhas no braço do meu pai.

— Oi, papai.

— Oi, Krissykins. — Ele me puxa para os braços dele. — Como está a minha filha predileta?

Adoro que, não importa a minha idade, ele ainda olha para mim como se eu fosse o seu mundo inteiro. Meu pai mataria dragões pela minha mãe e por mim. Ele nos ama com todo o seu coração.

Às vezes, eu me pergunto o que há de errado comigo por alguma vez ter pensado que a forma como o Scott me tratava estava certa. Eu tenho a encarnação perfeita do amor na minha frente. Ainda assim, estava disposta a não aceitar nem um oitavo do que o meu pai e a minha mãe têm.

Os olhos do meu pai se estreitam enquanto ele me estuda.

— Você parece terrivelmente feliz.

— Eu pareço?

— Você se divertiu ontem à noite?

Mentir não é algo com que eu me sinta confortável. Faz com que eu me sinta horrível por dentro, mas mentir para o meu pai é repugnante. Eu era a melhor adolescente do mundo porque não conseguia mentir. Sair às escondidas nunca aconteceria porque eu voltaria bem a tempo ou diria a eles o que tinha acabado de fazer. Nicole me odiava no ensino médio por essa parte. Eu estava sempre nos denunciando.

No entanto, o sexo é ainda mais desconfortável para se contar ao seu pai.

— Eu me diverti — digo simplesmente, na esperança de que ele deixe o assunto morrer.

— Bom. As garotas apareceram?

Respostas curtas. Tenho de dar a ele respostas curtas e precisas.

— Aham.

Estou mordendo a língua para evitar oferecer mais informação do que a necessária.

— Ainda bem que você não estava sozinha. — Ele dá batidinhas na minha perna antes de se virar e gritar: — Brendan!

Solto um suspiro enorme, que não passa despercebido pela Reagan. Merda.

Felizmente, Reagan não fala nada durante o resto da noite, e todos nós aproveitamos a companhia uns dos outros. Minha mãe e tia Nina riem dos velhos tempos, Catherine e Jackson estão preparando as meninas para dormir, e Reagan e eu desfrutamos de uma taça de vinho perto da fogueira.

Ela me conta sobre o trabalho, e eu conto para ela do meu.

— Espera, então você está sendo paga para perseguir caras gostosos? — Ela gargalha.

— Em teoria.

— Aqui estou eu, uma advogada divorciada sem chance de me tornar uma sócia, e você está escrevendo sobre celebridades e conseguindo passar um tempo com *Four Blocks Down*. Cara, eu me fodi.

— Você é maluca.

— Isso é verdade. — Reagan sorri. — Então, não pense que não te vi corar quando o tio Dan te perguntou sobre o que você estava fazendo ontem à noite. Desembucha.

— Não nessa vida.

Ela tamborila suas unhas no vidro.

— Você fez sexo, não foi? — sussurra em voz alta.

— Ai, meu Deus — eu gemo.

— Você fez! Com quem?

Como se alguma vez eu fosse dizer isso a ela. Inferno, não. Eu mesma nem acredito completamente que isso tenha acontecido comigo. Mas a sensibilidade nas minhas pernas — e em outros lugares — me prova que aconteceu. É a coisa mais libertadora que eu já fiz. Mas não vou contar a ninguém sobre isso, ainda não.

— Não há nada para te contar.

— Você sabe que é o meu trabalho ler as pessoas — ela me lembra.

— Ler pessoas fazendo o quê? — Jackson retorna, pegando um assento ao nosso lado.

Minha família é tão invasiva algumas vezes.

— Nada. Nós não estamos falando de nada.

Reagan sorri antes de beber seu vinho.

— Do que não estamos falando? — Catherine se senta no joelho dele.

Ótimo. Um ex-Seal da Marinha, uma advogada e uma publicitária, todos prontos para me fazer perguntas. Sinto que isso é o começo de uma piada de mau gosto. Uma em que eu sou a piada.

Capítulo 22

NOAH

Estou dirigindo de volta para o meu condomínio depois de assistir basquete com o Eli e dobro à direita quando devia ter seguido em frente.

Então outra direita.

Não demora muito, estou a poucos quarteirões da casa de Kristin.

É meia-noite e meia, e este é o último lugar onde eu deveria estar, mas é o único lugar que eu *quero* estar.

Quão patético eu sou? Sou como um cachorrinho apaixonado.

Estaciono em frente e inclino a cabeça para trás. Que diabos há de errado comigo? Só se passaram umas poucas horas desde que a vi. No entanto, a única coisa em que fui capaz de pensar foi no que aconteceu entre nós.

A noite passada foi… inesperada.

Quando eu fui lá, as minhas intenções eram honestas. Não pensei que nós teríamos um festival de sexo durante quase vinte e quatro horas. Mais que isso, não pensei que fosse estar tão consumido por ela. Em vez de matar uma vontade, piorou as coisas.

Eu não faço ideia de como ela se sente agora que teve tempo para pensar. Rezo a Deus para que eu não tenha fodido tudo ao ponto de ela me odiar. Então me lembro de que nós ainda não trocamos números de telefone.

Pegando um pedaço de papel, escrevo o meu número e depois me encaminho para a porta dela. Penso em enfiá-lo na caixa do correio e esperar que ela o veja.

Quando levanto a tampa, a luz da sala se acende e a cortina se move através da janela.

Agora eu sou um fodido perseguidor que vai ser preso. O meu assessor vai adorar isso.

A porta se abre, e Kristin aparece à vista, segurando um guarda-chuva apontado como se fosse um taco de basebol.

— Noah? O que você está fazendo aqui?

Recuperando minhas bolas.

— Eu me esqueci de te dar uma coisa, então estava deixando isso aqui.

— Já é quase uma da manhã — diz ela, saindo para a varanda.

Está escuro aqui fora, mas ainda consigo ver como ela é bonita. Seu cabelo castanho escuro está puxado para cima, ela não está usando nenhuma maquiagem, e há o par de óculos mais fofo de todos empoleirado no nariz dela, tornando-a mais sexy do que nunca.

— Eu queria ver você.

Kristin olha para longe, mas apanho o sorriso dela.

— Eu não conseguia dormir — explica ela. — Eu queria conversar, mas já era tarde...

— E você não tem o meu número — acrescento.

— Isso, também.

Ando em direção a ela, sem ser capaz de manter distância. Minha mão toca a bochecha dela.

— Estou aqui agora. O que está te preocupando?

A mão minúscula dela envolve a minha, e ela se move para os degraus. Nós dois nos sentamos no degrau de cima, e ela descansa a cabeça no meu ombro. Tento pensar no que está acontecendo entre nós.

— Você. Nós.

— Nós dois estamos pensando nas mesmas coisas — eu a asseguro.

— Sim?

Eu rio.

— Sim, querida. Esse não era exatamente o meu plano quando vim para Tampa. Eu pensei que passaria um tempo com o meu amigo, e então te conheci.

Kristin aperta um pouco a minha mão.

— Sinto como se fosse tudo um sonho. Que eu vou dormir, e nada disso terá sido real.

— Olhe para mim. — A minha voz está baixa e firme. — É tudo real.

— Você é a primeira coisa em muito tempo que parece certa.

Ela me esmaga. Ela me deixa de joelhos com essa declaração, porra. Eu não mereço a Kristin. Não mereço uma segunda chance, mas eu tenho a maldita certeza de que eu quero.

— Então nós resolveremos isso juntos.

Kristin deita a cabeça de novo para baixo e suspira.

— O que tudo isso significa?

— O que você quer dizer com isso?

Preciso que ela me diga primeiro, porque tenho medo de assustá-la. Não há como descrever o quão intensamente eu me sinto sobre ela, e mesmo que houvesse, não acho que ela esteja preparada para ouvir.

Eu sou uma pessoa que pensa demais por natureza. Gosto de planos e de que esses planos se mantenham na linha. É como eu tenho me saído bem na minha vida. Uma tarefa é apresentada e eu lido com ela diretamente.

Kristin é o antiplano. Ela é a jogada incrível que ninguém espera. Ela é o bilhete premiado da loteria. É a garota que eu jurei que, se alguma vez encontrasse com ela, faria qualquer coisa para mantê-la.

— O que eu quero e o que é a realidade são duas coisas diferentes. Você é uma celebridade, e eu sou uma... bem, eu sou meio que uma jornalista. É o meu trabalho escrever coisas sobre você, e então nós tivemos muito sexo. Tipo, eu troquei os meus lençóis porque cheiravam como uma casa de prostituta.

Eu gargalho e cutuco a perna dela.

— Você tem frequentado muitas casas de prostitutas ultimamente?

— Cale a boca. — Ela ri. — Eu sou esquisita, e você é perfeito. Estou divorciada com dois filhos, e você é solteiro. Você é rico, e eu estou longe disso. Eu vivo aqui, e você não. É incrivelmente estúpido da minha parte pensar que isso é mais do que simplesmente sexo dos bons.

É aí que ela está errada. Se eu quisesse sexo dos bons, poderia conseguir em qualquer lugar. Não sou burro o suficiente para dizer isso a ela, mas é verdade. Há vantagens em ser rico e famoso, as mulheres querem foder celebridades. Eu não fodi a Kristin.

— Foi mais do que isso para mim, querida. — Eu me movo para que ela possa ver a verdade nos meus olhos. — Você não é uma transa fácil para mim. Eu não preciso de uma coisa fácil. Não me interessa que você esteja divorciada de um otário que te tratou como merda. Você tem um passado, e eu também. Se eu pensasse por um minuto que você se interessava pelo dinheiro, nós nunca teríamos passado da primeira noite. E quanto a você ser esquisita, é isso que te torna perfeita.

— E aí você fala isso. — Ela joga sua mão por cima dos olhos. — Você poderia não ser tão perfeito, droga? Apenas... uma pequena falha. Alguma coisa que me impeça de me apaixonar por você. Qualquer coisa, realmente. Eu tinha esperado que você tivesse um pau pequeno, mas isso não rolou.

— Desculpe te desapontar — eu digo, e depois explodo em gargalhadas.

— Eu não quis dizer... Eu desisto. Vou culpar a falta de sono. Você tem um pênis *muito* bom.

Eu a puxo para mais perto e beijo o topo da sua cabeça.

— Estou feliz por você aprovar.

Kristin se aconchega um pouco mais.

— Não encontrei nada sobre você que eu não aprove... ainda.

— Tenho certeza de que você vai encontrar alguma coisa em breve.

É com isso que estou preocupado.

Ela suspira.

— Me conte sobre a sua família.

— O meu pai foi embora quando eu era criança. Não tenho vergonha de admitir que eu sou um filhinho da mamãe, e é só isso. E você?

Kristin sai do meu abraço, puxa os joelhos até ao peito e depois envolve os braços ao redor das pernas.

— Meus pais são incríveis, eles vivem em Tampa. Os dois cresceram aqui, então ficaram, mais ou menos como eu. O meu pai era vendedor, minha mãe ficou em casa e ela era... seriamente a esposa e mãe mais perfeita do mundo. Nós temos uma família pequena, mas pelo barulho que produzimos, você nunca saberia.

Eu sempre quis ter mais família por perto. O meu pai mudou a minha mãe para Illinois quando eles se casaram. Toda a família dela estava no Kentucky. Eu perguntei a ela uma vez porque nós não fomos para lá, e ela disse que precisava ficar onde estava, por precaução.

Essa é a única coisa que eu gostaria de poder dar a ela — os anos de perda de tempo, esperando por alguém que nunca mais voltaria.

Kristin ri um pouco.

— É engraçado, eu nunca tinha visto os paralelos até agora. Acho que invejei a minha mãe por tanto tempo que tentei ser ela. Casei com o primeiro garoto por quem eu me apaixonei, tive filhos, deixei o meu emprego, tentei ser a Super-Mãe, mas falhei.

— Você não falhou — eu falo para ela. — No que você falharia?

Ela sopra uma respiração profunda.

— Eu não sei, dando a eles estabilidade?

— Você teria ficado com ele por eles? Acha que teria sido uma situação melhor do que ser solteira?

Questionar isso é uma pergunta carregada. Eu realmente não quero saber a resposta, mas, mais uma vez, eu quero.

Os olhos da Kristin encontram os meus, e ela balança a cabeça em negação.

— Não, eu estava farta. Eu gostaria que eles não tivessem que sair da casa deles e começar em uma nova escola. Não importa o que qualquer um diga... um dia, eles vão me culpar. Fui eu quem foi embora.

O alívio me inunda porque a última coisa que eu quero ser é o cara que ela deseja que fosse o ex dela.

— Você também foi aquela que me disse que quando a Aubrey estava triste vocês fizeram uma festa de dança. E que quando o Finn estava tendo dificuldades em matemática você assistiu a quatro horas de vídeos do *YouTube* para poder explicar isso para ele. Essas são apenas as coisas que me contou ontem à noite. Deixá-lo é a melhor coisa que você poderia ter feito. Eles vão vê-lo pelo que ele vale um dia. Confie em mim.

Foi assim com o meu pai. Não demorou muito tempo para que eu abrisse os olhos para a realidade. Ele nos abandonou. Foi embora por qualquer motivo de merda que ele tenha inventado para justificar isso. Eu não precisei que a minha mãe dissesse uma palavra, o que ela nunca fez, para vê-lo pelo que ele era.

— Talvez, só Deus sabe sobre o que o pai deles vai convencê-los nesse meio tempo.

Ela me contou um pouco sobre o seu casamento ontem à noite entre as rodadas, e eu quero acabar com a raça dele. Quem caralhos trata uma mulher daquela maneira? Dizer a ela que ela é gorda, que não sabe cozinhar, que é uma mãe de merda, e que ficou desleixada. Eu vou mostrar a ele o que ele perdeu, porra.

Um homem não faz isso.

Um homem luta pela sua família.

Um homem trata uma mulher com respeito.

Covardes destroem as pessoas para construírem a si próprios. Eu não sou um fodido covarde.

Eu me viro para ela, querendo que ouça minhas palavras muito claramente.

— Você não é nada do que ele diz. Você é a mulher que aconchega aquelas crianças à noite, que os encoraja e que faz um show de piadas na sala de estar para os animar. — Eu escovo o meu polegar na palma da mão dela. — Você é muito mais do que ele alguma vez viu, querida.

Seus lábios se partem e Kristin descansa a testa dela contra a minha.

— Você é mais do que apenas uma noite para mim, Noah. Você é toda a maldita coisa, e isso me assusta. Eu não quero ter mais medo.

Ela pode estar nervosa, mas eu não estou. Há quinze anos que eu a tenho procurado. Agora que a encontrei, não há nada que eu não vá fazer.

— Eu tenho coragem suficiente para nós dois.

Ela levanta a cabeça, e seus olhos estão cheios de lágrimas por derramar.

— Jesus. Eu nunca tive uma chance contra você, não é mesmo?

Corro as mãos pelas costas dela, puxando-a para mais perto de mim, escovando os lábios contra os dela.

— Eu te avisei que conquistaria o seu coração.

Capítulo 23

KRISTIN

— Noah, pare — eu reclamo, com uma gargalhada enquanto ele tenta enfiar sua mão na minha camisa.

— Eu gosto de te tocar — explica.

E eu gosto demais de tocá-lo, mas preciso terminar o trabalho antes que as crianças voltem para casa.

— Nós temos três horas.

Ele fica de pé e levanta sua camisa.

— Vamos ao trabalho.

— Sente aí. — Dou uma risada. — Eu quis dizer três horas de *trabalho* antes que você precise ir embora.

— Muito tempo para sexo e conversa, querida.

Não estou discutindo isso, mas estou correndo contra um prazo. Até agora, nós só arranhamos a superfície da história de atuação dele. Nada pessoal, nada sobre o qual eu possa escrever um artigo fabuloso. Se Noah e eu nos separarmos, eu ainda preciso de um emprego. Portanto, preciso de um artigo fantástico que vai explodir com a cabeça das pessoas.

— Hoje não. Hoje, preciso saber mais sobre você.

Noah se joga na cadeira de novo como uma criança decepcionada e eu não consigo deixar de rir.

— Isso é um saco.

— Essa ideia foi sua!

Ele desliza sua mão sobre o meu ombro, fazendo-me tremer.

— Esse foi o meu plano para me aproximar de você. — Os lábios de Noah se arrastam pela minha orelha. — Funcionou.

Nunca vou conseguir terminar o trabalho desta maneira. Quando estamos nos tocando, é demais.

— Está bem, novas regras.

Ele ri.

— Regras outra vez?

— Aham. Nova regra: nada de tocar durante o tempo da entrevista. Se eu perder o meu prazo, vou ser despedida.

Não que eu goste tanto assim do meu trabalho, mas preciso de dinheiro.

— Se você quer que eu pare de te tocar, então nós precisamos sair de casa.

Que diabos a casa tem a ver com o fato de ele se conter?

— Nós concordamos...

— Não, você pediu e eu recusei — Noah diz, enquanto ele se levanta. — Vamos lá, nós estamos saindo.

Saindo? Não. Nós não podemos ir a lugar nenhum em público. Não vai acontecer. As pessoas vão nos fotografar, e eu tinha visto em primeira mão como as pessoas se comportam perto de celebridades. É como se todo o autocontrole não existisse. As pessoas gritam, choram, pulam por aí... É insano.

Noah já tem as chaves na mão e eu ainda estou sentada à mesa.

— Kris?

— Eu não tenho certeza se a gente sair é uma ideia tão boa — digo, enquanto seguro minhas mãos para frente.

— Por quê?

— Porque você é o Noah Frazier — digo, com minhas sobrancelhas levantadas.

— E você é Kristin McGee.

Ah, como este homem pensa que é engraçado.

— Você sabe o que eu quero dizer.

Noah coloca as chaves no bolso e vem para mais perto.

— Neste momento, nós somos os únicos que sabemos de alguma coisa. Os seus amigos, a sua família e a minha família estão todos no escuro. O que as pessoas sabem de fato é que você é uma repórter e eu sou um ator. Eu te falei que nós precisamos comer porque as pessoas fazem isso. Se isso levantar suspeitas, eu vou acabar com elas. O meu pessoal é muito bom. Se quiser ficar aqui, saiba que estará nua debaixo de mim...

Eu reviro os olhos.

— Você é ridículo.

— Você é maravilhosa.

— Mais uma vez, ridículo.

Os dedos dele correm pelo meu pescoço e garganta abaixo.

— Você escolhe, querida. Fico feliz por ficar aqui, arrancar suas roupas, beijar cada centímetro glorioso do seu corpo, ou nós podemos sair e lidar com as pessoas.

O meu corpo formiga com as promessas dele, porque Deus sabe que sou uma gata no cio ao redor deste homem.

— Então serão as pessoas.

Ele sorri debochado.

— Você não consegue resistir a mim.

Isso é um fato.

— Você não é melhor. Vamos, garanhão.

Noah solta um riso baixo.

— Eu vou fazer isso se cumprir mais tarde.

Nós saímos pela porta sem perder nenhuma roupa, mas ganhando muitos nervos. Não sei bem o que nós somos, mas ele sabe que não estou nem perto de estar preparada para rotular nada. Neste momento, nós estamos fazendo sexo dos bons, gostando de estar juntos, e pela primeira vez em mais de catorze anos, sinto que tenho escolhas.

Eu posso estar sozinha, ter um trabalho que é ridículo e ser mãe solteira, mas perder os duzentos quilos de marido babaca foi a melhor decisão que já tomei. Partir pode ter sido difícil, mas ficar teria me destruído.

Além disso, eu não estaria tendo o melhor momento da minha vida com o Noah.

— Você está bem? — Noah pergunta, enquanto vira no estacionamento do restaurante que nós fomos para a nossa primeira reunião.

Viro o corpo e decido que preciso falar o que está no meu coração.

— Eu gosto de você, Noah. Eu gosto de você e gosto do que temos acontecendo aqui. — A minha voz está cheia de preocupações.

— Eu também gosto de você. — Ele sorri.

— Eu me preocupo de que vou gostar de você demais e depois vou desejar ter ficado longe.

Noah dá de ombros e solta uma respiração pelo nariz.

— Eu não posso prometer nada, assim como você não pode, mas você não é a única que se preocupa com isso. Posso te dizer que estar por perto é o que eu quero. Nós não temos garantias, mas, ao mesmo tempo, prefiro arriscar tudo isso a olhar para trás com arrependimentos.

— Você acha que se arrependeria de se afastar de mim? — pergunto, com o coração acelerado.

Cada vez que estou perto dele, percebo como ele é maravilhoso. Ele não tem problemas em ser vulnerável comigo. Isso é uma raridade que eu valorizo mais do que ele alguma vez saberá.

— Eu quero beijar seus lábios agora mesmo, mostrar ao invés de dizer as palavras, mas sei sem dúvida que não poderia ter me afastado. Estou te dizendo que você é a primeira garota em mais de vinte anos sobre quem eu falei com a minha mãe. Sei que está assustada, querida, mas uma vida sem riscos não vale a pena viver. Um dia, eu quero ver a desconfiança desaparecer dos seus olhos e só vou conseguir fazer isso com tempo.

A minha garganta fica seca e lágrimas se acumulam nos meus cílios.

— Eu quero acreditar em você. Eu, de fato, confio mais em você do que pode imaginar.

Os lábios do Noah se movem para um pequeno sorriso.

— Então confie que não vou te colocar em uma posição que eu não consiga te tirar. Se eu pensasse que este lugar estava lotado de repórteres, nós teríamos ficado em casa. Mas, olha... — Ele abaixa a cabeça para olhar pelo para-brisas, e eu sigo os seus movimentos. — Está vazio. É um pequeno passo, você pode caminhar comigo?

Percebo então que ele está me pedindo mais do que apenas uma coisa. Se eu disser que não, ele vai dar meia-volta e nós vamos embora, mas se eu for com ele, isso quer dizer mais.

Eu quero mais com o Noah? Sim, mas estou assustada.

Se o medo é a única voz que escutarei, nunca terei a vida que quero. A única palavra que eu quero gritando na minha cabeça é esperança. Esperança de que eu possa ter mais. Esperança de que o amor seja algo que eu partilhe novamente. Esperança de que o Noah vai ser cuidadoso com o meu coração.

Então, deixo essa voz falar pelos meus lábios.

— Sim.

O olhar de apreço nos olhos dele faz com que o meu estômago se aperte. Eu espero que, um dia, fazê-lo feliz não me faça tão feliz ou isto pode ser muito ruim.

Nós entramos no restaurante, e está bastante vazio. Tampa está na baixa temporada, e já passou da hora de almoço mais tumultuada. Eles nos acomodam em uma mesa com vista para o oceano e os meus nervos começam a abrandar. Noah sabia, e eu dei um passo com ele em direção a algo mais.

Duas semanas depois.

> Noah: Você está linda.

Meu coração se acelera enquanto procuro ao redor do barco por ele. Os nossos olhos se encontram e o meu peito se aperta. Ele não parece bem, ele parece de outro mundo. O smoking deve ter sido feito sob medida e se encaixa nele perfeitamente, provavelmente foi. O olhar dele volta para o Eli e ele ri, mas depois me encontra de novo.

> Você também não está tão ruim assim. Quem me dera poder estar perto de você neste momento.

Mando uma resposta enquanto caminho pelo outro lado da sala. Nós dois mantivemos a nossa distância e tem sido uma tortura. Hoje é sobre a Heather e o Eli, não sobre o meu novo relacionamento com o Noah. Quando eles ficaram noivos, nós decidimos passar esse tempo tendo a certeza de que o que quer que estivesse crescendo entre nós poderia sobreviver.

Agora, eu não tenho certeza se consigo aguentar mais um minuto afastada dele.

> Noah: Tenho toda a intenção de estar muito perto de você esta noite.

Eu sorrio e coloco o telefone de volta na bolsa. Eu não posso mandar mensagens para ele e me manter do outro lado da sala. É um esforço grande demais como está no momento.

Minhas três melhores amigas estão todas agindo como idiotas na pista de dança, cantando e se movendo em um círculo. Foi há um milhão de anos, quando era eu com o vestido branco, feliz, pensando que a vida seria perfeita a partir daquele momento.

A música muda para uma mais lenta, e eu procuro pelo Noah. Observo quando Eli se dirige para Heather, que está ali parada com seus braços abertos para ele. Eu me encosto à parede, sorrindo, enquanto a minha melhor amiga entra no forte abraço do marido dela. A música fala de uma vida de devoção, amor e promessas.

Os meus olhos encontram os de Noah, e a intensidade queimando entre nós suga o ar da sala. Cada parte do meu corpo é atraído por ele, e quando nossos olhos se trancam, é como se todas as outras pessoas no lugar caíssem fora, deixando apenas nós dois.

Dou um passo em direção a ele, incapaz de ficar onde estou, e Federico, um dos policiais com quem a Heather trabalha, para na minha frente. O ar é expulso da minha boca como se eu tivesse levado um soco no estômago, e eu tento sorrir.

— Ei, Kristin, estava esperando te encontrar. Quer dançar? — pergunta.

Noah se move do canto do meu olho, e tento contornar Federico para chegar aonde eu estava indo.

— Eu adoraria, ma...

— Ótimo. — Ele sorri e segura a minha mão. — Fico feliz pelo seu cartão de danças estar aberto.

Merda. Agora me sinto como uma vadia se eu tivesse completado a minha frase. Dou ao Noah um olhar de desculpas e me encaminho para a pista de dança com o Federico... relutantemente.

— Você está ótima, Kris — diz ele, enquanto envolve seu braço nas minhas costas.

— Obrigada.

O Federico é simpático, mas não tenho absolutamente nenhum interesse nele. Só existe um homem com quem eu quero dançar neste momento e posso sentir o olhar dele sobre mim.

— Lamento ouvir falar sobre você e o seu marido.

— É melhor assim.

A mão de Federico se move ligeiramente para cima nas minhas costas e a culpa me inunda. Encontro o Noah, que está me observando enquanto lentamente toma um gole da sua cerveja. Vejo a raiva na sua postura enquanto move o peso de uma perna para a outra.

Nos meus olhos, espero que ele veja o que estou sentindo e saiba que é ele quem eu quero.

— Então, o que você acha? — A voz de Federico quebra o meu olhar.

— Hã?

— Eu percebi que, já que nós dois estamos divorciados, talvez você gostaria de jantar...

— Ah — eu digo, pega de surpresa. — Eu agradeço a oferta, mas meio que estou saindo com alguém.

A verdade é que eu meio que estou me apaixonando por alguém. Tudo o que hoje me mostrou é que o meu coração quer o Noah. A minha cabeça nunca mais quer sentir a dor de perder um homem em quem confiei para me amar. Estou lutando contra as duas partes de mim mesma, apesar do Noah não ser nada como o Scott. É mais porque ainda há tanta coisa que nós não sabemos.

A música mais longa de todos os tempos acaba e as mãos de Federico caem.

— Espero que ele te trate bem — ele diz, e eu concordo com a cabeça enquanto mordo o lábio.

Ele realmente me trata bem.

Ele realmente me trata melhor do que qualquer um já me tratou antes. Como posso sentir isto fortemente quando a relação é tão nova?

Não importa o quanto eu diga a mim mesma que isto é uma má ideia, eu anseio por *ele*. Não só o sexo, que é assustadoramente surreal, eu anseio por ele. O sorriso dele, suas palavras, seu toque, e a maneira como ele faz toda a minha situação de merda não parecer tão... merda.

Procuro pelo Noah, mas ele não está onde estava. As borboletas enchem a minha barriga, e continuo procurando.

— Não dance com mais ninguém — a sua voz profunda sussurra por trás de mim. — Eu não consigo ver outro homem te abraçar, te tocar, te sentir nos braços dele.

Eu concordo com a cabeça.

— O mesmo se aplica a você.

O calor do seu corpo está contra as minhas costas, aquecendo cada parte de mim. E então, um segundo depois, desapareceu.

Eu me viro rapidamente, mas tudo o que vejo é ele se afastando.

Felizmente, a recepção está quase terminando e, menos de uma hora depois, nós estamos na doca, nos despedindo da nossa melhor amiga.

— Obrigada, meninas — diz Heather, enquanto nós quatro estamos paradas em um círculo.

— Você fez isso por todas nós — diz Danielle. — Bem, quase todas.

Nicole coloca sua língua para fora, nos fazendo rir.

— Você vai para Vancouver na semana que vem? — pergunto, tentando esconder a tristeza.

O lábio inferior da Heather se enrola.

— Eu vou, mas não vou ficar o tempo *inteiro* que ele está filmando. Estarei de volta em dois meses. Vou sentir saudades de vocês.

Todas nós nos abraçamos em grupo, como fazemos desde que éramos garotinhas. Elas são a coisa mais próxima que eu tive de irmãs, e nos últimos dois anos ficamos ainda mais próximas.

— Se Eli fosse o meu marido, eu nunca mais voltaria. Ele poderia me comer o dia inteiro — Nicole fala, sem se desculpar.

Danielle dá um tapa no braço dela.

— Você é tão grosseira.

— Você não gostaria de mim se eu fosse de outra forma. — Nicole coloca sua cabeça no ombro dela e beija sua bochecha.

Heather e eu olhamos uma para a outra e sorrimos.

— Pronta, querida? — Eli aparece por trás dela e desliza o braço pelo meio dela.

Ela acena com a cabeça em acordo.

— Ok, amores. Vejo vocês daqui a algumas semanas!

Todas nós nos revezamos abraçando e beijando os dois. Ela agarra o meu pulso antes que eu possa ir embora.

— Ei — ela diz, calmamente.
— O que tem de errado?
— Nada, eu espero. Você e o Noah estão bem?
A pergunta dela me atordoa um pouco.
— Se estamos bem? É claro, nós estamos trabalhando no artigo.
Ela inclina a cabeça e sorri.
— Você vai mentir para mim? Para mim? De todas as pessoas?
Eu deveria saber que ela enxergaria minha péssima atuação. Esta noite foi um inferno absoluto tentando ficar longe dele.
— Nós não estamos dizendo nada neste momento. É novo, e eu não queria que o seu casamento fosse onde você descobrisse.
— Descobrisse? — Ela dá uma gargalhada. — Eu sei disso desde que começou. Inferno, eu vi a escrita na parede no minuto em que vocês dois se viram. É difícil esconder esse tipo de química.
Eu quase consigo sentir a presença de Noah. Com toda certeza, olho para trás para o ver conversando com o Eli, mas olhando para mim.
— Eu poderia amá-lo, Heather. Se eu me permitisse, isso seria tão fácil.
Ela segura a minha mão nas dela.
— Tenho quase certeza de que ele já está apaixonado por você.
— É muito cedo.
— Nunca é cedo demais quando é certo. Sei como é difícil correr riscos depois de ter sido ferida, mas corra-os. Se eu não tivesse a Nicole me empurrando para o Eli, eu teria perdido isso. Não perca por causa do medo. Se eu e o Eli tivéssemos nos separado, eu não teria me arrependido de um minuto que passei com ele. E a única coisa de que você vai se arrepender é de não seguir o seu coração.
Heather foi forte o suficiente para confiar no Eli, e isso funcionou para ela. Quem sabe, talvez o Noah seja a minha segunda oportunidade de ser feliz.
Eu puxo a Heather para um abraço enorme e empurro-a para trás sem largar os ombros dela.
— Eu te amo tanto. Você me dá esperança, e por mais que eu gostasse de te dizer todas as desculpas que eu poderia arranjar, não tenho certeza se elas importam. Acho que nós duas sabemos que estou me apaixonando por ele.
Ela toca na minha bochecha e oferece um sorriso de conhecimento.
— Sim, eu sabia que você estava ferrada.
Estou contando com isso esta noite.
— Ele é muito bom fazendo isso, também.
— Kristin! — Ela explode de rir.
— O quê?

A surpresa da Heather é ligeiramente engraçada. Fui criada para nunca falar sobre o que acontece no quarto. Quando todas as minhas amigas partilhavam os seus detalhes extremamente íntimos, eu ficava em silêncio. Uma vez, eu fiquei bêbada e elas de alguma maneira me fizeram entornar todo tipo de coisas, mas tirando isso, eu sou boca fechada. Também nunca tive nada que valesse a pena compartilhar quando se tratava do Scott. O nosso sexo era pouco brilhante, na melhor das hipóteses.

Depois se tornou inexistente.

— Eu amo essa nova você.

Verdade seja dita, eu também amo.

— Vocês, garotas, já acabaram de tagarelar? Eu gostaria de fazer sexo com a minha esposa — ele diz, enquanto bate no relógio.

— Vá transar com o seu marido — eu digo a ela.

Dizemos adeus novamente, e eu fico parada, vendo como Noah caminha na minha direção com propósito. Quanto mais perto ele se aproxima, mais rápido o meu coração acelera. Já se passaram horas desde que estive próxima a ele, mas não perto o suficiente. Agora, não há nada nos separando.

Quando não aguento mais um segundo, os meus pés começam a se mover. Sabendo como estou me sentindo, não quero estar longe dele.

Cada passo quebra outro elo da cadeia invisível que estava me segurando.

Não estou amarrada ao meu passado.

A minha cabeça e o meu coração começam a gritar a mesma coisa.

Quando nós estamos apenas a alguns metros de distância, eu ando mais depressa e nós colidimos. Ele me segura quando salto para os braços dele. Noah me abraça enquanto agarro o rosto dele em minhas mãos, juntando os nossos lábios. No meio do estacionamento, Noah se solidifica no meu coração. Eu o beijo em rajadas curtas enquanto ele mantém meus pés longe do chão.

— Eu odiei isso — digo a ele antes de trazer os meus lábios de volta para os dele. — Odiei não estar próximo de você quando estava tão perto.

Ele se inclina para baixo para que eu possa alcançá-lo facilmente, as mãos dele viajam pela minha espinha acima e se emaranham no meu cabelo.

— Tudo o que eu queria fazer era pegar você nos meus braços. Te beijar. Te arrancar das mãos daquele homem e te reclamar como minha na frente de todo mundo — ele diz, e depois os nossos lábios estão ocupados demais para conversar.

Noah enche os meus sentidos. A barba na bochecha dele arranha as minhas mãos. O ar salgado misturado com a sua colônia me deixa tonta. Cada golpe da sua língua enche a minha boca com o sabor da cerveja que ele estava bebendo.

Os nossos lábios se separam, e a respiração de Noah está um pouco ofegante.

— A sua casa ou a minha?

Eu descanso a mão no peito dele, deslizando os dedos contra a abertura da camisa do terno dele.

— Bem, nós podemos estar na minha em cinco minutos ou na sua em vinte. Qual você prefere?

As mãos do Noah se movem para a minha bunda e ele me puxa contra a sua ereção.

— O que você acha?

— Então vai ser a minha.

Capítulo 24

KRISTIN

— Para! — Eu tento estapeá-lo enquanto seus dedos continuam descendo pelas minhas calças. Estou tentando preparar o café da manhã, mas é um pouco complicado, quando ele fez ser um novo jogo ver quantas vezes eu vou corar em uma manhã. — Se comporte.

— Você não disse isso ontem à noite — ele diz grosseiramente contra a minha orelha.

A noite passada não foi para se comportar. Inferno, nós nem sequer chegamos ao quarto. Estávamos ambos fora de controle com a necessidade. Conseguimos chegar ao sofá, onde desmaiamos comigo em cima dele durante a noite.

O que por mim estava ótimo.

Agora nós precisamos de sustância, mas é difícil pensar em comida com o dedo dele rolando pelo meu mamilo. A minha cabeça cai para trás, apoiando-se no ombro dele, e eu gemo.

— Se você não parar, nós nunca vamos comer — aviso, não me importando no momento.

— Eu vou comer.

— Noah! — Eu me movo, empurrando a mão dele para longe. — Agora, vá se sentar ali, enquanto eu...

A campainha toca, seguida por algumas batidas fortes.

— Está esperando alguém? — pergunta ele.

— Não, provavelmente são as malditas crianças do vizinho. Elas não entendem a coisa de não tocarem a campainha antes das dez. — Apago a torradeira e vou para a sala de estar.

— Kristin! — A voz do Scott ecoa enquanto ele bate alto de novo.

Meu coração dispara, e o medo quase me sufoca. Que diabos ele está fazendo aqui? Olho para o relógio, e com certeza, é cedo demais. Noah está aqui. Noah está aqui, e o meu ex-marido está esmurrando a porta.

— Eu preciso deixar as crianças, Kristin!

Foda-se. A minha boca fica aberta quando me viro para ver o Noah sair da cozinha em nada além de suas boxers enquanto come um pedaço de torrada.

A campainha toca outra vez.

— Você vai atender?

Balanço a cabeça de um lado para o outro.

— Meus filhos. Eles... — Eu olho para a minha camiseta regata e para os meus shorts curtinhos e quero me esconder. Eles não podem me ver assim. Finn pode ter dez anos, mas ele não é estúpido. Ele sabe que os pais estão divorciados, e agora me ver com outro homem... maldição. — Merda.

— Os seus filhos? — pergunta o Noah.

— Sim — eu sussurro e empurro-o para o quarto. — Você tem que se esconder no armário ou... Eu não sei, sair pela janela. Maldito seja ele por aparecer assim do nada.

Quando nós chegamos ao quarto, eu me enfio em um par de calças, coloco um sutiã e tento não parecer uma bagunça completa, o que eu falho miseravelmente.

Noah está ali, olhando para mim.

— Humm. — Eu aponto para a sua falta de calças. — Roupas e depois se esconda.

— Não vou me esconder. — Ele sorri.

— Eu não tenho tempo para discutir, Noah. Os meus filhos não estão prontos para me verem com outro homem, e...

Ele caminha na minha direção e depois coloca suas mãos sobre os meus ombros.

— Eles são os seus filhos, Kristin. Eles são quem você é, e nós não temos que contar a eles coisa nenhuma, mas eu gostaria de conhecê-los.

Não estou nem um pouco preparada para isto.

— Noah...

— Não, querida. Eles são a sua vida, e eu estou realmente esperando que você seja parte da minha. É o ideal? Não, mas não vou me esconder em um armário, e não vou fugir pela janela. Vai ficar tudo bem. Nós somos amigos, e estarei aqui muitas vezes nas próximas semanas para a reportagem, não é uma forçação.

Eu bufo quando o meu telefone começa a vibrar contra o chão, onde ele deve ter caído. Posso ficar aqui e discutir ou parar de atrasar o inevitável.

— Muito bem. Coloque as calças e fique aqui dentro até o Scott sair.

Noah beija a minha a testa e me libera.

Está na hora de enfrentar o pelotão de fuzilamento.

Chego na porta da frente, respiro profundamente, e dou o meu melhor sorriso.

— Que gentil da sua parte abrir a porta — Scott resmunga, enquanto me atira a mochila da Aubrey.

Como eu já amei este homem está além da minha compreensão.

— Que gentil da sua parte entregá-los na... ah, espera, você está apenas oito horas adiantado.

Scott agarra a outra mochila apoiada na varanda e atira-a para a entrada.

— Eles exigiram voltar para casa, e eu tenho coisas para fazer, por isso concordei.

Por quê? Eu sei que eles não têm a maior diversão de todas por lá, mas amam o pai. Eles quererem voltar para casa tão cedo não faz sentido.

— Você devia ter ligado. Deveria ficar com eles até certa hora, e eu não vou ter você violando o acordo de custódia porque tem coisas para fazer.

Antes que ele possa responder, as crianças estão subindo os degraus.

— Mamãe! — Aubrey sorri e corre na minha direção. — Você se divertiu no casamento da tia Heather?

Eu a levanto nos meus braços, adorando como ela está entusiasmada por me ver.

— Eu me diverti! — Beijo as bochechas dela. — Você sentiu saudades de mim?

— Aham. — Ela dá uma risadinha, tentando me afastar para poder falar. — Eu sempre sinto saudades suas, mamãe.

— Eu também senti a sua falta.

Finn entra com um olhar estranho em seu rosto. Não sei dizer se ele está zangado ou chorando.

— Finn? — chamo por ele.

Ele não diz uma palavra, apenas caminha para o sofá sem sequer dar um olhar para trás. Coloco a Aubrey no chão, e ela corre em direção ao quarto, provavelmente para ter a certeza de que não joguei fora os bichinhos de pelúcia que tanto odeio.

Olho para o Scott, que parece irritado quando olha para o filho.

— O que aconteceu?

Scott olha para mim.

— Você nos fez esperar aqui fora durante quinze minutos, porra, isso é o que está errado.

Começo a rir incredulamente.

— Sim, bem, eu duvido de que esse seja o problema dele, mas estou feliz por ser tão prestativo em descobrir o que tem de errado com o nosso filho.

A única coisa que eu aprendi é que ele não gosta mesmo de confrontos. Quando eu me mantinha calada, ele se sentia fortalecido. Agora, não tenho medo dele. Não há nada que ele possa fazer para me machucar. Os meus filhos estão legalmente sob a minha custódia, eu tenho um teto sobre a cabeça e ele tem que me pagar ou posso colocá-lo na cadeia.

— Não tenho tempo para ficar aqui parado discutindo. — Ele olha de volta para o carro, onde vejo a Jillian no banco da frente.

Isso levou muito menos tempo do que eu pensava.

— Não gostaria que você fizesse a Jillian ficar esperando...

Finn bufa.

— Sim, nós não gostaríamos que ela ficasse chateada.

Ok, aconteceu alguma coisa, e não me interessa se ele tem planos, as crianças vêm primeiro. Elas têm que ser a nossa prioridade.

— Porque você está zangado, amigo? Aconteceu alguma coisa que te fez agir desta maneira?

— Pergunte para ele. — Ele aponta para o Scott.

— Já chega, Finn — Scott estala. — Você teve um mau comportamento durante dois dias, e estou de saco cheio disso.

— Como se você se importasse — ele murmura.

Eu olho entre eles com um mau pressentimento. Finn pode estar tendo dificuldades para se adaptar, mas este é um nível completamente novo.

— Finn? — pressiono.

— Ele não quer falar sobre isso. — Scott cruza os braços sobre o peito.

— Scott! — Jillian grita pela janela abaixada do carro.

— Um minuto — ele devolve para ela. — Eu tenho que ir.

— Que pena. Você pode esperar.

Ele é um maldito pai... hora de agir como tal.

Sempre que o Finn volta da casa do Scott, é isto que eu recebo. Demoro horas para finalmente o fazer baixar a guarda o suficiente para me dar mais do que respostas de uma palavra.

— Olha. — A voz de Scott se eleva. — Não vou ficar aqui parado e deixar você me dizer o que fazer. Eu já lidei com as suas merdas...

— Mãe? Quem é esse? — Finn chama, parando a gritaria do Scott. Eu não preciso me virar para saber o que ele vê que deixa a sua voz cheia de perplexidade. Vejo a reação do Scott enquanto vê o que espero que seja Noah vestido.

— Noah Frazier — ele diz, caminhando em direção ao Finn com a mão estendida. Meus olhos estão arregalados e estou gritando com ele na minha cabeça para ir para o inferno do armário, não para se sentar no sofá. Ele olha para mim e sorri debochado, basicamente respondendo aos meus gritos silenciosos. — Você deve ser o Finn.

Finn olha para ele com os olhos arregalados e de boca aberta.

— Você é... Noah Frazier. De *A Thin Blue Line*!

— Eu sou. Sua mãe e eu estávamos trabalhando no nosso artigo, e eu esperava que pudéssemos nos encontrar.

Os dois conversam um pouco, e Scott o observa com raiva emanando dele. Não sei por que ele está chateado com isso, mas é problema dele. Nada disto teria acontecido se ele não tivesse simplesmente aparecido aqui.

Isto vai ser tão ruim.

A voz do Scott sai baixa o suficiente para que só eu possa ouvi-lo.

— Não é uma reviravolta interessante dos acontecimentos?

— O quê? Que eu estou trabalhando em um domingo?

— Aposto que você está dando duro por esse dinheiro.

Ah, então agora eu sou uma prostituta? É bom ver que ele pensa tão bem de mim depois de todos os anos que passamos juntos. Em vez de me comportar como ele, eu vou pelo caminho superior.

— Não posso mudar a sua opinião sobre mim.

— Você recebe um cheque meu todos os meses e arruma um novo namorado rico.

— Sempre é por causa de dinheiro.

Jillian sai do carro, e é claro que ela não está contente por ter sido mantida à espera.

— Jesus Cristo, Scott. Nós temos que ir.

— Olá, Jillian. Prazer em te ver novamente. — Eu sorrio.

Os olhos dela se movem para o sofá onde o Noah está se levantando.

— Oh. — A mão dela voa para sua garganta. Noah se move em direção à porta, e Finn fica em silêncio, olhando com raiva para a Jillian. — Se não é uma surpresa agradável te ver de novo tão cedo.

— Do restaurante, certo? — Noah pergunta, com perplexidade fingida. Ele pode ser um bom ator, mas sei como ele é quando não está fingindo.

— Sim. — Ela sorri.

— Eu sou o Noah. — Ele estende sua mão ao Scott e depois a deixa cair quando ele se recusa a apertar. — De qualquer maneira... — Ele ri. — É um prazer conhecer você.

— Vai ser bom a gente se ver mais regularmente, ao que parece. — Ela coloca sua mão no braço do Scott, assegurando que eu não possa perder o enorme diamante na mão dela.

Não quero ficar chateada, mas estaria mentindo se dissesse que não machuca um pouquinho. Não porque eu o quero, mas porque é ela. Eles realmente se merecem.

— Vejo que os parabéns estão em ordem. — Aponto para o anel de noivado.

Scott se mexe um pouco de um lado para o outro.

— Estou supondo que isso possa ser o que o aborreceu? — Eu atiro isso no ar.

Jillian bufa.

— Nós não temos tempo para essa porcaria. Se ele está chateado, isso é o problema dele.

Eu poderia dar um murro nessa vadia. A minha mão se fecha em um punho e começo a contar, na esperança de me acalmar para não acabar algemada hoje.

Finn se levanta e joga sua mochila no chão, fazendo sonoro *thump* e me quebrando da minha raiva.

— Eu a odeio! Tudo está mudando, e você nem mesmo se importa! — ele grita com o Scott.

— Amigo. — Scott dá um passo à frente, mas Finn chuta a mochila, chocando todos nós.

Eu nunca o vi agir dessa maneira. Ele é o silencioso, o que deixa os seus sentimentos inflamarem.

— Não! Você não se importa. Vai se casar com ela e ter um novo bebê! E a Aubrey e eu? Você não nos ama porque você *a* ama!

— Finn! — Scott chama, mas o meu filho já está correndo para o quarto dele.

Muita informação foi dita, e eu quero processar tudo isso, mas o meu coração está na minha garganta.

— Grávida? — Olho para os dois.

— Ela está de quatro meses.

Não me leva muito tempo para fazer as contas. Não tem como negar mais nada sobre a relação deles.

— Quatro meses atrás, nós ainda éramos casados. Ele não é estúpido, e ele não está de forma alguma pronto para ter você se casando novamente e tendo um novo irmão. Não me admira que ele esteja irritado.

Scott olha para o Noah e de volta para mim.

— Sim, é tudo culpa minha. Não pode ter nada a ver com encontrar a mãe dele com um cara novo.

Quero bater nele com os seus próprios braços. Tanto quanto o Finn sabe, o Noah é um amigo. Isto é ridículo, e ele sabe disso. Não posso acreditar que ele faria isso com os nossos filhos.

— Deve ser isso. Não pode ser que ele tenha descoberto que você vai ter um bebê, vai se casar, e claramente alguma coisa foi dita a ele sobre isso.

— Nós tratamos das coisas na nossa casa da maneira que nós escolhemos. — Jillian revira seus olhos. — É óbvio de onde ele tirou tanto drama.

Eu me movo para a frente, mas Noah agarra o meu braço antes que eu possa fazer alguma estupidez. A minha respiração está ofegante, e o som do meu coração é ensurdecedor. Não posso acreditar que ele faria isto às crianças. Apesar de tudo o que há de horrível nele, ele as amou. Eu posso ter sido dispensável, mas nunca pensei que os nossos filhos fossem.

Tudo o que eu tinha esperado sobre manter as coisas civilizadas desapareceu.

— Isto é um assunto *de família*. Não se trata de você ou do seu tempo, trata-se do nosso *filho* — eu digo, com os dentes cerrados. — Nada mais importa a não ser ele, e você é inacreditável para ser tão egoísta para não ver que isto machucaria um garoto de dez anos de idade.

— Eu sou egoísta?

Scott se vira para ela.

— Vá para o carro, Jill.

— Como é que é? — O maxilar dela cai.

— Vá esperar no carro — exige ele. — Kristin está certa.

As minhas sobrancelhas disparam para o alto. Não tem jeito de eu o ter ouvido direito.

— Está tomando o partido dela? Você está de brincadeira?

Ele belisca a ponte do nariz. Eu conheço muito bem esse olhar — ela está prestes a ver o Scott em toda a sua glória. Essa era a minha deixa para parar o que quer que eu estivesse fazendo ou falando, ou eu teria que ouvir um discurso de uma hora sobre todas as coisas que faço errado.

— Cale a boca. — Ele puxa o braço para fora do alcance dela. — Isto não é sobre você ou ela, é sobre o meu *filho*. Agora, vá para o carro.

Ela empurra o braço dele para longe e sai pisando forte como uma criança que não conseguiu o queria. Scott corre suas mãos pelo rosto.

— Eu vou dar espaço para vocês — Noah oferece.

Eu quero chorar. Como pode este homem ainda estar aqui. Ele tem que ver a insanidade da minha vida. Não há como negar que este divórcio é uma confusão do caralho. O nosso casamento pode ter acabado, mas as nossas vidas estão entrelaçadas. Eu não o culparia se corresse para longe e com pressa.

Inferno, eu gostaria de correr agora mesmo.

Há tanta coisa que quero dizer, mas quando abro a boca, Noah toca no meu braço. Ele inclina a cabeça para onde o Finn saiu correndo.

— Vai. É ele quem importa. Eu vou esperar.

Ele está certo. Finn é tudo o que importa. Ele está sofrendo, e eu não posso desperdiçar a minha energia com o Cretino e a sua noiva vagabunda.

— Obrigada. — Ele é tão bom para mim. Noah é dez vezes o homem que o Scott alguma vez será. Em vez de se preocupar consigo mesmo, ele se preocupa com o Finn, o que é mais do que eu posso dizer da mulher que se tornará parte da vida dos meus dois filhos.

Noah sorri e vai em direção à porta.

Olho de volta para o homem que já nem sequer conheço mais.

— Vamos tentar resolver essa confusão — digo, enquanto eu e o Scott vamos em direção ao quarto de Finn.

Capítulo 25

NOAH

O ex da Kristin é fora de série, mas aquela garota Jillian é um nível completamente diferente de fodida.

Ela está lá atrás com o Finn há cerca de dez minutos e não sei bem o que diabos fazer, a não ser esperar. Eu consigo ouvi-los uma vez ou outra — a voz de Scott é alta, mas não o suficiente para entender o que estão dizendo.

Depois de alguns minutos, a porta se abre, e uma menininha com grandes olhos azuis que combinam com os da mãe está olhando diretamente para mim.

— Quem é você? — pergunta a menina, que eu presumo que seja a Aubrey.

— Eu sou o Noah. — Eu sorrio e estico a mão para frente. — Sou amigo da sua mãe.

Os seus dedos minúsculos se envolvem ao redor dos meus, e ela sorri.

— Eu sou Aubrey Nicole McGee. Tenho seis anos, e vou ter sete depois, porque sete vem em seguida, e depois eu terei oito. Posso contar até cem sem parar. Eu sou pequena, mas a mamãe diz que as coisas boas vêm em pequenos pacotes. Você sabe que eu tenho um zoológico?

Ela também é a coisa mais fofa que eu já vi. Um clone da Kristin.

— É mesmo?

— Aham. Eu tenho leões, elefantes, girafas e um monte de outros animais no meu quarto. A mamãe disse que não posso ter um jardim zoológico inteiro, mas tenho. E depois, eu vou arranjar mais e ter dois zoológicos.

— Muito legal. — Eu sorrio para ela. A voz dela é doce como açúcar, e Aubrey tem uma falha pronunciando algumas letras, o que a torna ainda mais adorável. — Eu gosto do jardim zoológico.

— Eu também. — Ela coloca as mãos atrás das costas e balança. — Eu queria um lanche, mas a mamãe e o papai estão conversando com o Finn. Acha que você poderia me arranjar alguma coisa?

Humm. Não tenho certeza, mas eu digo a ela que ela não pode comer? Não consigo imaginar que isso vá correr bem.

— Você pode comer um lanche? — Eu tento obter um pouco mais de informação.

Aubrey dá de ombros.

— Se eu prometer comer o jantar, posso.

Parece razoável, e como ainda é hora do café da manhã, não vejo nenhum problema.

— Você promete?

Os olhos azuis dela se arregalam, e ela acena rapidamente em concordância.

— Eu prometo. Gostaria de alguns biscoitos.

Isso é normal? Quais são as regras com crianças e biscoitos? Ela prometeu comer o jantar, então duvido que seja importante, talvez. Olho para ela enquanto me dá um olhar de cachorrinho.

Merda.

Decido ir em frente e espero que este seja um daqueles momentos em que usamos o passe livre da prisão, se isso for contra as regras.

— Você tem permissão para comer biscoitos tão cedo?

— Sim. — Ela sorri.

Eu apostaria minha bunda que vou ter problemas, mas ela está inclinando sua cabeça e piscando os olhinhos. Não há maneira de eu dizer não. Não acho que crianças de seis anos mentem, de qualquer maneira. Isso vem depois... eu acho.

— Está bem, então.

A forma como todo o rosto dela se ilumina me faz querer deixá-la comer biscoitos o dia inteiro. Eu encontro o pacote, pego um copo de leite, e vou para a mesa. Pego o primeiro biscoito e afundo-o no copo, e ela me imita.

Tento não rir quando ela mergulha e enfia a mão toda no leite. Quando a mão da Aubrey sai do copo, o leite escorre por toda a mesa.

Sim, eu estou em apuros. Isto foi definitivamente uma má ideia.

— Mais?

Vale ir com tudo, já que estou frito com a Kristin.

— Sim, por favor.

Ela continua a mergulhar sua mão no leite e a comer biscoitos — muitos biscoitos.

Olho para a porta, esperando que Kristin esteja lidando bem com o Finn e que eles estejam se resolvendo. A forma como os olhos dela estavam cheios de dor era impossível de ignorar. Ela parecia como se alguém a tivesse esmurrado no estômago. Já vi esse olhar de pura desilusão no rosto da minha mãe muitas vezes.

A cada aniversário, quando ela esperava que ele ligasse. No Natal, quando nós passávamos mais de um ano sem uma palavra. Ou no aniversário deles que passou sem ninguém notar. Anos em que ele a magoou e nunca deu a mínima.

Depois há o Finn. Não se pode fingir aquele tipo de dor, e isso trouxe tudo de volta para mim. Eu era um pouco mais novo do que ele é agora a primeira vez que explodi. Eu gritava com a minha mãe, perguntando o que havia de errado comigo.

Não importa o quão poderoso que seja o amor, a raiva é mais forte e pode afogar toda a razão. Foi preciso a constante garantia da minha mãe para eu finalmente acreditar que não eram os meus problemas, mas os dele.

Aubrey puxa a manga da minha camisa e me estuda.

— Você vai se casar com a minha mãe?

Se eu estivesse comendo ou bebendo, teria engasgado.

— Por que você pensaria isso?

Ela pega outro biscoito.

— O papai vai se casar com a Jillian.

Esta é absolutamente a pior conversa que eu poderia estar tendo. Eu definitivamente não sou a pessoa certa para conversar com ela. Inferno, estou alimentando-a com biscoitos só para mantê-la feliz e fazê-la gostar de mim.

Eu tento pensar num tópico mais seguro.

— Você sabe que eu sou amigo do Eli?

— Você é?

— Ele e eu somos bons amigos.

— Você conhece a tia Heather?

Eu aceno, concordando.

— Ela é a melhor. — Aubrey sorri. — O tio Eli está na televisão — ela me conta.

Eu sorrio.

— Eu sei. Eu estava no programa com ele.

Os olhos dela ficam arregalados e a boca dela cai aberta.

— Você estava?

— Aham.

— Você conhece a Charlie? — pergunta ela.

— Humm... — Eu conheço muitas pessoas chamadas Charlie, mas nenhuma criança de seis anos de idade as conheceria. — Charlie?

Ela pega outro biscoito e balança a cabeça concordando.

— De *Boa Sorte, Charlie*[5]. Eu adoro esse programa. Mamãe diz que posso assistir se eu me comportar bem. Ela é a melhor pessoa da televisão! Você a conhece?

Eu não faço a mínima ideia do que seja esse programa. Tento buscar na memória, mas não consigo lembrar. No entanto, eu realmente quero que ela goste de mim. Onde está a Kristin? Ela saberia o que eu deveria dizer.

— Tenho certeza de que conheço alguém que a conhece — digo a ela.

Ela bate suas mãos.

Aubrey abre a boca para perguntar outra coisa, mas as vozes de Kristin e Scott a impedem. Eles estão falando baixinho, mas ouço a rachadura na voz dela. A porta da frente se fecha, e Aubrey salta, limpa as mãos em sua camisa e passa o braço pela boca.

Não há como esconder os biscoitos, ela está literalmente os vestindo agora.

Poucos segundos depois, a porta se abre.

Os olhos de Kristin pousam em mim, depois na mesa e depois na sua filha coberta de chocolate.

Pegos no flagra.

— Aubrey! — Ela põe as mãos em seus quadris.

— Noah me deu biscoitos!

— Ei! — Eu cutuco-a de lado, e ela dá risadinhas. — Você prometeu.

Eu fui enganado. Ela percebeu que eu era um idiota e me enrolou totalmente. Ela é boa, e vou estar em problemas com a mãe dela. Kristin põe sua mão na cabeça e murmura em voz baixa algo sobre morrer.

Ela tenta parecer zangada, mas falha, lutando claramente contra um sorriso.

— Você sabe muito bem que não pode.

Os olhos da Aubrey são suaves, e aquele lábio inferior empurra para fora. Cara, ela é uma maldita profissional. Eu daria qualquer coisa que ela quisesse com aquele beicinho.

— Desculpa, mamãe.

Kristin não parece nem um pouco afetada.

— Sem mais lanches até depois do almoço, e o jardim zoológico precisa de ser limpo.

— Noah está na TV! — Aubrey diz à mãe dela com uma pitada de satisfação.

— Eu sei. Você se lembra daquele grande artigo que eu te falei? — pergunta, enquanto limpa as migalhas de biscoito do braço e da camisa da filha. — É sobre ele que estou escrevendo — Kristin sussurra e aponta para mim.

---

5 Seriado do Disney Channel televisionado entre os anos de 2010 e 2014.

Aubrey vem andando e atira os braços ao redor do meu pescoço.

— Obrigada pelos biscoitos. Eu gosto de você. — Ela beija a minha bochecha e eu estou frito.

Esta garotinha acabou de roubar o meu coração. Parece que essa menina é mais parecida com a mãe dela do que eu pensava.

Aham. Eu compraria qualquer coisa que ela quisesse. Um pônei... feito. Vou encher um estábulo inteiro para ela. Se ela quiser conhecer essa pessoa Charlie, eu vou localizá-la e isso vai acontecer. E o zoológico vai acontecer, diga a mãe dela o que disser, eu vou arrumar uma maneira de contornar isso.

Ela se solta e vai embora.

— O Finn está bem? — pergunto, enquanto Kristin se inclina contra o balcão.

— Não realmente. Já era ruim o suficiente os seus pais terem se divorciado, mas... isso é demais. Se casar com ela? Grávida? Ele só continuava dizendo que odeia nós dois.

— Ele não te odeia. Ele está bravo, e os garotos dizem merdas estúpidas quando estão chateados.

Se ela soubesse as merdas que eu disse à minha mãe, ela entenderia que isto é normal. Fui um pequeno bastardo por um período de tempo. Não havia uma regra que eu achasse que se aplicava a mim, mas aprendi.

— Eu não sei. Não posso acreditar nisso. Quero dizer... — A cabeça de Kristin cai em suas mãos.

Eu dou um passo em frente, puxando-a contra o meu peito.

— Vai dar tudo certo.

Ela levanta a cabeça e revela as lágrimas se acumulando em seus cílios.

— Como? Como é que isso está certo? Não estamos divorciados por mais de algumas semanas e agora ele está se casando com a namorada grávida? E então há o fato de ele a ter engravidado quando eu ainda vivia naquela fodida casa com ele.

Estou fazendo o meu melhor para deixá-la trabalhar isso em sua cabeça. Descobrir uma coisa dessas assim tem de ser difícil, e eu seria um babaca por empurrar as minhas próprias dúvidas em cima dela. Saber de tudo isso não impede o meu mal-estar. Ela tem o direito de estar irritada, mas ainda sou um cara.

— A situação não está certa, mas os seus filhos têm você. A minha mãe é a única razão pela qual eu sobrevivi à merda com o meu pai. Confie em mim.

Ela deixa cair a cabeça de volta no meu peito. Eu a abraço porque isso é tudo o que eu posso fazer. Não há nada que torne isso melhor, a não ser estar aqui.

— Como é que você não está correndo para as colinas? — ela murmura na minha camisa. — Eu avisei que sou uma bagunça, e agora você consegue ver tudo isso.

Kristin é a mulher que eu quero e vou aceitar tudo o que vem com ela.

— Eu já te disse antes que não vou a lugar nenhum.

Uma lágrima escorre pelo rosto dela.

— Você disse. — Ela brinca com o botão da minha camisa. — Eu simplesmente não acreditei em você porque era mais fácil não o fazer.

— E agora?

— Mamãe! — Aubrey grita, e nós nos separamos, movendo-nos para lados opostos da cozinha.

— O quê, querida?

A porta se abre, e Aubrey corre para dentro, carregando os seus animais.

— O guarda do jardim zoológico não os alimentou! — Os lábios dela estão franzidos, e ela bufa.

Kristin explode em gargalhadas.

— Não é engraçado — Aubrey repreende.

— Não, não tem graça. Sinto muito. Nós devíamos arranjar um novo guarda do jardim zoológico.

Aubrey olha para mim e um sorriso se forma.

— Você poderia fazer isso, Noah. Você podia dar a eles biscoitos e se certificar que eles recebem dois beijos cada um antes de dormir.

Ah, Senhor. Eu olho para a Kristin, mas ela está lá parada, tampando sua boca com a mão.

Eu me agacho para que Aubrey e eu estejamos na mesma altura.

— Tenho que perguntar ao meu agente se posso aceitar o trabalho, mas se ele disser que sim, eu estou dentro.

— Uhul! — ela grita e sai correndo.

Eu ando em direção à Kristin, que deixa seu riso escapar.

— Eu precisava disso.

— Ei, eu sou a nova pessoa favorita dela — eu a informo.

— Sim, você a alimentou com biscoitos!

Mas olha o que isso me conseguiu... uma nova melhor amiga que me acha fantástico. Claro, ela sabe que pode totalmente me curvar à sua vontade, mas praticamente qualquer mulher consegue isso.

— O que quer que funcione. Agora eu sou o guarda do zoológico, já que você foi despedida.

Kristin balança a cabeça de um lado para o outro.

— Lamento que o nosso dia esteja arruinado.

— Não está arruinado. Por que nós não fazemos alguma coisa? Tiramos as crianças de casa? — sugiro.

Kristin levanta uma sobrancelha.

— Você quer passar o dia comigo e com as crianças?

— O que você achava que eu ia fazer?

Esta é só mais uma razão para eu odiar o ex dela. Em um minuto, ela é corajosa, pronta para enfrentar o mundo, e no outro, ela duvida de tudo.

— Honestamente? Eu não sei.

— Eu minto para você? — Chego mais perto.

— Não.

— Alguma vez eu faço você se perguntar o que eu quero?

Ela abana a cabeça lentamente em negação.

— Não.

Pego a mão dela na minha, lembrando que um pedaço de merda passou anos tentando quebrá-la.

— Então tudo bem, vamos levá-los em algum lugar. Fazer alguma coisa que eles gostem. Alguma sugestão?

O sorriso dela cresce lentamente e agora estou assustado.

— Eu conheço o lugar perfeito.

Capítulo 26

KRISTIN

— Você pode me dar alguns minutos? — pergunto ao Noah, apontando o queixo na direção do Finn. Ele está de pé contra a parede com uma cara azeda. Vou colocar um fim nisso.

— É claro.

— Aubrey, você acha que conseguiria mostrar ao Noah onde está o mapa? Ele nunca esteve aqui antes.

Os olhos dela se iluminam, e ela pega na mão de Noah e o reboca.

— Vamos lá! Eu posso te mostrar.

Noah parece não se importar e, após alguns passos, ele levanta Aubrey em seus braços enquanto ela aponta para a área de informação. Outro tijolo ao redor do meu coração se pulveriza. Vê-lo com os meus filhos significa mais do que tudo para mim. Eles são o meu coração e a minha alma, e ele se esforçar significa muito.

Olho de volta para o Finn e suspiro. Não quero pressioná-lo, mas eu o criei melhor do que isto. Noah tentou envolvê-lo em uma conversa várias vezes, e ele foi rude. Eu não tolero que os meus filhos sejam desrespeitosos.

Dou um empurrão leve no braço de Finn, e ele se vira um pouco para o lado.

— Ei, você está pronto para entrar?

— Eu não quero estar aqui.

A minha reação instintiva é dizer a ele "só lamento", mas gostaria que ele não fosse um merdinha. Ouço a voz da minha mãe na minha cabeça, me dizendo para escolher as minhas batalhas.

— Sei que você está bravo, e tem todo o direito de ficar, mas você *não* vai ser mal-educado com os meus amigos, você me entendeu? — pergunto a ele.

Os olhos dele se estreitam, e eu vejo a rebeldia rodando.

— Tudo bem.

— Estou falando sério, Finn. Noah e eu somos amigos, e ele quer passar um tempo com você e com a sua irmã.

Nós somos amigos que estão tentando descobrir para onde vamos a partir daqui, ou eu estou, pelo menos.

— Eu disse que tudo bem. — Finn continua a fazer beicinho.

Há momentos em que ele é tão crescido, e depois há momentos como este, que me lembram como ele realmente é jovem. Ele está com tanta dor, mas não sabe como processar isso. Em vez de falar, Finn se fecha. É de partir o coração ver o meu doce garotinho lutando com coisas fora do seu controle.

— Está bem, então. Eu esperava que você ficasse um pouco contente, já que adora esse lugar.

Finn cruza seus braços contra o peito.

— Papai nos trouxe aqui.

E aí está.

— Você não acha que o seu pai ficaria feliz por você estar aqui?

Ele olha para mim com seu lábio tremendo.

— Eu não quero um novo pai. Eu não quero uma nova mãe.

O Cretino é a pessoa mais egoísta que eu conheço. A única razão pela qual as crianças descobriram que ele ia se casar com a Jillian foi porque o Finn a escutou gritar com ele sobre o casamento.

Scott tentou explicar que nada vai mudar para eles, mas Finn não é estúpido.

— Noah só quer ser seu amigo. — Eu olho para a Aubrey, que agora está o levando para outro dos seus locais favoritos, a loja de presentes. — Ele esperava falar mais contigo sobre o programa... como é que se chama mesmo?

Ele mexe com o fio dos seus fones de ouvido.

— Você não precisa fingir.

Essa criança é esperta demais para o seu próprio bem.

— Tudo bem, só estou te dizendo que você adora o personagem do Noah, e aqui está a sua oportunidade de passar um tempo com ele.

Finn sorri, mas depois parece se lembrar de que ele deveria estar bravo com o mundo.

— Por quê? Por que ele me quer conhecer?

Eu dou de ombros.

— Talvez porque eu disse a ele o quão maneiro você era.

Finn pode ter feito o seu melhor para ignorar o Noah, mas eu o apanhei olhando para ele com olhos arregalados algumas vezes. Heather e Finn assistiram a maratona de *A Thin Blue Line*, e ele estava viciado.

— Você pode sorrir e tentar? — pergunto.

— Estou tão animado. — Pelo menos eu sei que a criança consegue arrasar no sarcasmo.

Eu não queria ter que fazer isso, mas ele não me deixou alternativa. Preciso sacar as grandes armas.

Eu sopro em sua bochecha fazendo barulhos altos, e ele faz barulho.

— Mãe!

— Não seja um rabugento, e eu não te vou beijar em público. — Sorrio.

— Você é tão esquisita.

— Você diz esquisita, eu digo mãe mais maneira de todas.

Finn revira os olhos. Tenho orgulho da sua reação à minha patetice. Eu sempre fui desse jeito com ele, e é uma espécie de coisa nossa. Estou exagerando, e ele me diz quão pouco maneira eu sou.

— De jeito nenhum.

— Eu sou maneira. Sou amiga do Noah Frazier, e você não é. — Estico a língua para fora. — Isso me torna maneira.

— Você é louca.

— Não me obrigue a te abraçar e a gritar o seu nome.

Ele levanta as mãos para cima em rendição.

— Tudo bem. Vamos nos divertir.

A mãe ganha outra vez.

Começamos a caminhar para onde Aubrey tem Noah segurando cerca de vinte animais marinhos de pelúcia diferentes em seus braços. O olhar de puro pânico nos olhos dele para a minha pequena filha maníaca é hilário. Ela continua ao redor dos corredores, empilhando os animais mais alto enquanto o Noah a segue.

— Mãe? O Noah é seu namorado?

Eu não quero mentir para ele, mas nem sequer sei o que nós somos.

— Não, neste momento somos amigos que estão se conhecendo melhor. Mas eu gosto dele e quero que vocês o conheçam — digo a ele a versão para crianças da verdade.

— Então, você não vai arrumar uma nova família também? — Finn pergunta, com medo em sua voz.

Você pensaria que eu acabei de ser atropelada por um carro com o quanto isso me machuca. Ele deve estar sofrendo tanto com a ansiedade que está sentindo.

— Nunca. Mesmo que o Noah e eu decidamos ser mais do que amigos, você e a Aubrey são a minha família. *Sempre.*

Finn concorda com a cabeça.

— Ok.

— Muito bem, vamos salvar o Noah antes que a Aubrey o convença a comprar o aquário. — Eu sorrio.

Nós caminhamos na direção deles e Aubrey parece que ganhou na loteria. Você mal consegue enxergar o rosto do Noah sobre a pilha que ela acumulou.

— Em que confusão você se enfiou? — pergunto, enquanto mordo os lábios para não gargalhar.

— Mamãe, olha para todos os brinquedos que o Noah disse que eu posso ganhar! — Ela rodopia.

Eu me viro e olho para ele, perguntando-me o que exatamente ele disse a ela.

— Se eu disser que não, ela faz essa cara — ele me diz.

— Sim, isso se chama ter seis anos e ser uma garota. — Eu começo a tirar os animais de pelúcia dos braços dele e a atirá-los de volta para os caixotes. — Ela já sabe como usar a fofura dela como uma arma.

Eu me viro para a minha filha, preparada para ser a malvada da situação.

— Nada de brinquedos, estamos aqui para ver os peixes, não para criar um aquário em casa.

— Está bem — diz ela, com um tom desanimado.

Ela é uma confusão. Aubrey faz essa carinha como uma especialidade e é muito boa em conseguir o que quer. Não pude acreditar quando ela foi capaz de fazer isso com o meu pai. Ele teve que parar de levá-la às lojas porque ela voltava com um saco cheio de tudo o que pedisse. Se eu não soubesse, teria pensado que ele nunca tinha lidado com uma garotinha antes, mas, segundo ele, Aubrey é diferente. Os meus pais eram rigorosos comigo, mas os meus filhos dominam o mundo.

Noah olha para o Finn.

— Você já assistiu aos filmes do Harry Potter?

Eu seguro minha respiração, na esperança de que Finn dê uma oportunidade a ele. Seu quarto está cheio de todo o tipo de coisas dos livros e filmes. Nós já fomos ao parque temático inúmeras vezes. Finn leu a série, assistiu a todos os filmes, e provavelmente consegue recitar a maioria das falas.

— Você já assistiu?

— Claro que sim! — Noah sorri. — Quem é seu personagem favorito?

— Quem é o seu? — rebate.

Noah sorri para ele.

— Sirius. De longe.

Finn olha para mim e depois de volta para o Noah.

— O meu, também! Você chorou quando ele morreu?

Os dois começam a falar do enredo e do que teriam feito se fossem cada um dos personagens. Noah e Finn se revezam rindo das ideias que surgem e das motivações.

Aubrey e eu seguimos atrás deles, e pela primeira vez em muito tempo, eu me sinto completa.

Mesmo com toda a porcaria que aconteceu hoje, é como se a minha vida tivesse se encaixado. Meu filho está sorrindo, apesar de algumas horas atrás ele estar em lágrimas. Minha filha está feliz e apaixonada pelo Noah. E eu sei a sorte que tenho por ter encontrado este homem.

Enquanto nós caminhamos, as pessoas encaram, sussurram e alguns tiram fotos, mas ele não dá atenção a ninguém. Ele só dedica a nós três o seu tempo.

— Você está se divertindo? — Noah pergunta, enquanto as crianças saem correndo para ver os tubarões.

Quem me dera poder beijá-lo agora mesmo, mas esse não é o momento certo. Nós estamos em público, e as crianças não estão preparadas para ver nada próximo de um relacionamento.

— Eu estou. Mas tenho saudades da nossa bolha.

Ele se inclina contra o corrimão ao meu lado. Os nossos braços escovam um contra o outro, o que é o máximo de tocar que já fizemos.

— Também tenho. Eu gostava da nossa privacidade.

— Olá, Sr. Frazier, será que posso tirar uma foto com você? — uma garota com vinte e poucos anos pergunta, fazendo para ele a cara que a Aubrey usa.

— Sinto muito, estou aqui com alguns amigos e estamos tentando manter a discrição. — Ele educadamente declina o pedido dela, mas ela continua a fazer um pouco de beicinho enquanto concorda com a cabeça.

— Ah, claro. Obrigada de qualquer maneira.

Quando fomos jantar semanas atrás, ele disse que não gosta de decepcionar os fãs. Estou confusa sobre o motivo de ele fazer isso agora.

— Você podia ter tirado uma foto.

Ele se inclina, e eu sinto a sua respiração no meu rosto.

— Não quando estamos juntos, querida. Quando estou com você ou com os seus filhos, sou apenas o Noah. Não há fotos nem nada disso, somos nós.

Os meus olhos encontram os dele e, mesmo no escuro, vejo o significado por detrás das suas palavras. Noah está nos escolhendo em vez de qualquer outra coisa. Ele está nos dando o seu tempo, o seu coração, a sua atenção. Coisas que importam. Se eu pudesse engarrafar este sentimento, eu o faria.

— Você não tem ideia do quanto quero te beijar neste momento.

Noah sorri.

— Tenho quase certeza de que consigo imaginar.

— Você vai ter que recuperar o tempo perdido.

— Ah, é?

Mexo o dedo para que toque sua mão.

— Estou pensando em hoje à noite.

— Noah! — Aubrey grita, com as mãos sobre o vidro. — Vem ver! O tubarão vai comer o Finn!

Ele engancha seu dedo mindinho com o meu.

— Está marcado.

Inclino a cabeça para trás e me pergunto o que diabos eu fiz nesta vida para merecê-lo. Aqui está um homem que pode ter qualquer mulher que queira, e mesmo assim, ele está comigo. Tenho certeza de que a vida de Noah está repleta de convites, festas e provavelmente não faltam indulgências, mas ele está em um aquário com duas crianças e uma divorciada. A vida é boa, e eu sou uma vadia sortuda.

Capítulo 27

KRISTIN

— Foda-se, a sua boca é o paraíso — Noah diz, enquanto eu subo e desço. — É isso mesmo, querida. Me leve mais fundo.

Eu levo. Levo o pau dele o mais profundo que consigo, e ele geme. Adoro a forma como o rosto dele se franze quando está tentando se controlar. Há algo gratificante em uma garota simples como eu ser a razão pela qual a veia no pescoço dele está se destacando.

Os olhos dele encontram os meus, e eu o levo até o fundo da garganta.

— Eu vou fazer você gozar com tanta força — ele promete. — Vou ver quantas vezes seu corpo se solta para mim. Eu quero te provar, te encher, te amar até você não aguentar mais. Você quer isso?

Eu gemo, sabendo que as vibrações o farão perder a cabeça.

A cabeça de Noah cai para trás, e eu corro a língua ao longo do seu eixo enquanto me movo para cima e para baixo. Minhas mãos o bombeiam, e ele grunhe. Depois, eu seguro suas bolas, e ele quase se perde.

— Você. Merda. Eu não posso. Santo inferno. — Ele não consegue articular as palavras, e eu fico muito orgulhosa em vê-lo fora de controle.

Eu subo, deslizando a língua ao redor da ponta.

— Você gosta disso? — pergunto, enquanto faço novamente.

— Eu quero gozar dentro de você — ele me diz. — Não me faça vir ainda.

— Então, você não quer que eu faça isso? — pergunto, enquanto eu o levo de volta à boca, indo o mais fundo que consigo antes de o liberar. — E quando eu fizer isso? — Eu lambo a parte de baixo de seu pau e depois suas bolas.

— Kristin. — Ele geme e depois me afasta.

Olho para ele com um sorriso de satisfação.

Ele luta para respirar e depois esmaga os lábios nos meus. Nossas línguas duelam, sabendo que ele gosta que eu o pressione tanto quanto gosta de estar no controle. Cada vez que estamos juntos, é diferente. Noah me permite ser eu mesma, sem quaisquer desculpas. Se eu quiser alguma coisa na cama, tenho que pedir, e ele tem a maldita certeza de me dizer como se sente.

Não tenho que me perguntar se ele gosta de alguma coisa, e ele não se segura. Noah constantemente me deixa saber como eu o faço sentir tanto física como emocionalmente.

Neste momento, a boca dele está me contando tudo o que preciso saber. Ele está se sentindo agressivo e dominador.

Nossos lábios se separam e estou pronta para ele. Preciso dele dentro de mim. Eu me movo para baixo para poder montá-lo de uma vez.

— Não se mexa. — Ele agarra meus quadris, impedindo-se de entrar onde eu mais preciso dele.

Ah, isto vai ser bom. Eu gosto do Noah mandão no quarto. Ele me dá o controle algumas vezes, mas fico mais do que feliz em entregá-lo.

Meu pulso está acelerado enquanto ele move as mãos da parte de trás das minhas coxas para a frente. Lentamente, os dedos dele levemente escovam a minha boceta, mas ele não toca o suficiente para me dar qualquer libertação.

— Noah — imploro. — Me toque.

— Eu estou te tocando. — Eu ouço o sorriso na voz dele. — Você jogou o seu jogo; agora eu vou te deixar louca pra caralho.

Eu gemo enquanto a outra mão dele se move para as minhas costas, empurrando-me de joelhos. Ele está indo na direção errada. Eu quero que ele me foda, não que me afaste mais do pau dele. Logo quando os meus lábios se separam para dizer isso, ele começa a esfregar círculos no meu clitóris.

Maldição. Não consigo pensar em nada a não ser no imenso prazer que está correndo pelos meus membros.

— Tão bom — eu ofego.

— Você vai ter que manter o tom baixo — Noah avisa, enquanto afasta mais os meus joelhos e começa a deslizar em direção ao fundo da cama. — Quando você gozar dessa vez, nada de gritos.

Eu nunca tive problemas em ficar quieta antes, mas, com ele, não consigo me controlar. É como se um interruptor dentro de mim tivesse sido virado, e quanto mais nós fazemos amor, mais vocal eu me torno. Noah faz dessa a sua missão, garantir que isso também continue.

Eu. Sou. Uma. Vadia. Sortuda.

Meus dedos escorregam no cabelo dele, e eu me seguro.

— Vou ficar quieta, não se preocupe.

Os olhos do Noah brilham com um desafio.

— Veremos. Venha até aqui e vamos descobrir se você consegue lidar com isso.

Não tenho certeza do que ele quer dizer. Aqui onde? Eu começo a deslizar para onde ele está, mas ele me impede.

— Não, querida. Eu quero que se sente na minha cara.

Eu estava a cerca de dois segundos de um orgasmo antes, mas agora não vou conseguir me segurar. Como diabos isso é a minha vida? O homem mais sexy que eu já vi está na minha cama, me dizendo para eu me sentar na cara dele... Alguém precisa me dar um tapa para eu acordar.

Ele agarra os meus quadris e me posiciona exatamente onde me quer.

A primeira vez que a língua dele escova o meu clitóris, eu caio para a frente, segurando a cabeceira como suporte. Depois ele repete isso de novo e de novo, até eu estar mordendo a língua com tanta força que estou vendo estrelas. Ou talvez seja o fato de que cada vez que eu chego perto de me soltar, ele para. Ele está brincando de gato e rato com o meu orgasmo.

— Noah — eu gemo. — Não para. Foda-se. Não para.

Minhas unhas se fincam na madeira enquanto ele continua a me deixar maluca. Sua mão desliza pelo meu estômago e circula o meu mamilo. Meus músculos se contraem antes que eu me desfaça em pedaços. De alguma forma, sou capaz de me impedir de gritar, mas agora há algumas marcas de unhas bonitas na cabeceira de madeira.

Noah me vira de costas, escancara os meus joelhos e entra em mim. Meus olhos se fecham conforme eu sou preenchida até o limite.

— Olha para mim.

Meu Deus, a voz dele é tão malditamente sedutora que não tenho outra escolha senão fazer o que ele me pede. Olho para a luxúria rodopiando em seus olhos verdes, e meu pulso bate nos meus ouvidos. Noah começa a se mover lentamente enquanto nenhum de nós afasta nossos olhares. As mãos dele deslizam pelas minhas pernas, e depois nós estamos de narizes colados.

Alguma coisa muda entre nós. Já não é só sexo. Não sei se alguma vez foi, mas não há como negar isso neste momento. Os dedos envolvem minha bochecha, e eu seguro a parte de trás do pescoço dele. Os lábios do Noah tocam o meu nariz, a minha testa, as minhas bochechas, as minhas pálpebras e depois, finalmente, os meus lábios.

— Você é tão bonita — ele me diz, enquanto se move lentamente. — Você torna impossível pensar em qualquer coisa que não seja estar com você.

— Eu te quero tanto — eu o digo.

— Você me tem, querida. Você me tem. — Ele continua a fazer amor comigo, sussurrando sobre como isso é bom e o quanto ele se preocupa comigo.

Estou sobrecarregada.

Cada parte de mim está se tornando dele. Não tem mais como negar o que sinto. Querendo ou não, eu me apaixonei por ele. Ele é tudo o que eu poderia alguma vez querer encontrar. Nos olhos dele, vejo todas as respostas aos medos que tenho sobre como ele se sente. Nenhum de nós precisa falar as palavras para dizê-las.

— Não posso me segurar por muito mais tempo — ele me diz.

Eu levanto a cabeça dele, esperando que olhe para mim. Quando faz isso, eu deixo que todas as paredes que restam entre nós se desmoronem.

— Me ame, Noah. Me ame e não se segure.

As nossas testas se tocam e Noah despenca sobre a borda.

Fico aqui deitada, totalmente acabada, adorando o peso dele em cima de mim. Meus dedos fazem padrões em suas costas, e ele beija o meu pescoço.

— Nós fomos bastante barulhentos — ele diz, com um sorriso diabólico.

— Se nós acordamos as crianças...

Ambas as nossas cabeças se viram para a porta, esperando que não apareçam pezinhos visíveis.

— Acho que nos safamos. — Noah ri baixinho.

Espero que sim, essa será uma conversa que eu adoraria evitar até que as crianças tenham... quarenta anos.

Nós nos limpamos, e vou confirmar se as crianças estão dormindo. O alívio me consome quando encontro os dois desmaiados exatamente como os deixei uma hora atrás. Volto silenciosamente para o quarto, sentindo-me como uma adolescente que vai ser apanhada pelos pais.

Ele ainda está na minha cama com o braço atrás da cabeça e um sorriso nos lábios.

— E? — pergunta, enquanto eu subo ao seu lado.

O braço do Noah me envolve enquanto me deito contra o peito dele.

— Os dois estão dormindo profundamente.

— Ótimo.

As minhas pernas se emaranham com as dele, adorando a maneira como ele deixa eu me envolver ao redor dele como uma videira. Quanto mais nos aproximamos, mais segura me sinto. Tenho tantas perguntas sobre o que estamos fazendo, mas nunca sei quando devo falar nisso.

Há verdades que não vão a lugar nenhum, não importa o quanto nós desejássemos que as coisas fossem diferentes. Eu vivo aqui, os meus filhos vivem aqui, minha vida está em Tampa, mas a do Noah não está. Eu disse a mim mesma este tempo inteiro que não importava, porque não ia me apaixonar por ele.

Isso claramente não funcionou.

Está na hora de a gente conversar.

— Noah? — Corro o meu dedo pelo peito dele. — A matéria estará pronta na próxima semana, mas e depois?

Ele fica parado, e eu gostaria de poder pegar as palavras de volta. O conhecimento nem sempre é poder; algumas vezes, isso machuca e é perigoso para o seu coração.

— Depois nós temos que fazer um plano.

Certo, planos não são ruins. A menos que seja um plano para descobrir uma maneira de acabar com isto, então eu gostaria de um novo arquiteto trabalhando nisso.

Eu levanto a cabeça.

— Esse plano envolve a gente sendo alguma coisa além dos grandes amigos que nós somos agora?

Ele empurra o cabelo para fora dos meus olhos e sorri.

— Acho que nós somos mais do que amigos, Kris.

— Depende do que você pensa que é um amigo — eu rebato.

— Você deixa outros amigos te tocarem dessa maneira?

Reviro os olhos uma vez que ele sabe a resposta para isso.

— Estou falando sério.

— Eu também estou. Os meus sentimentos por você são muito mais fortes do que apenas um amigo. Acho que você sabe disso.

Eu tinha esperanças. Realmente tinha esperanças, mas não tinha a certeza.

— Mesmo depois de hoje?

Não há maneira de explicar a minha vergonha pelo espetáculo de merda que se desenrolou esta manhã. Ainda não posso acreditar que Noah testemunhou tudo isso.

— Por que você acha que hoje mudou alguma coisa?

— Porque você é um ator famoso que pode conseguir qualquer garota com zero bagagem. Em vez disso, você me escolheu. — Eu encolho os ombros. — A garota bêbada que cai em piscinas e tem um ex maluco que é claramente um cretino. Um dos meus filhos passou uma hora sendo um merdinha completo, e a outra é obcecada por você. Avise quando eu chegar na parte que grita para você ficar por aqui.

Noah se mexe, rolando-nos de modo a estarmos de lado, um de frente um para o outro.

— Você acha que eu não tenho um passado? Acha que é a única com coisas que torna o seu menos perfeito?

— Acho que estou completamente cheia delas.

Ele bufa.

— Você não é a única que se preocupa com as coisas na sua vida, Kristin. Eu me preocupo que você vá fugir.

A minha garganta fica seca com essa afirmação. O que existe no passado dele sobre o qual ele pensa que eu fugiria? Seja o que for, se ele pensa que é pior do que a minha bagagem, não tenho certeza de que eu concordaria com ele.

— Não sei o que te faz pensar isso.

— O meu passado não é perfeito. A minha vida nem sempre foi a do Noah Frazier, o ator. Eu trabalhei bastante para manter as minhas merdas escondidas.

— Manter o quê escondido?

Os olhos de Noah se enchem de pavor, e o meu estômago cai.

— Eu quero... — ele para de falar, se senta, e solta um suspiro pesado.

— Você pode falar comigo. — Coloco a mão no braço dele.

Sua mão abre e fecha enquanto ele batalha com o que quer que esteja se passando dentro dele.

— Eu quero falar — Noah diz. — Eu vou falar. Existem coisas que nós precisamos conversar.

Ele está me assustando um pouco, mas, ao mesmo tempo, quero ser o seu porto seguro. Além disso, os meus sentimentos por ele cresceram ao ponto de que eu não poderia voltar atrás mesmo se tentasse. Relacionamentos não são fáceis, eu sei disso, mas ele vale qualquer esforço que eu precise fazer.

— Está bem. — Eu me sento, puxando o lençol comigo. — O que quer que você tenha para me dizer...

Os olhos dele encontram os meus, e suas costas se endireitam.

— Você é o que eu quero. Você é tudo o que eu quero.

— Eu também quero você. — Sorrio timidamente. Estou feliz por ser o que ele quer, mas sei que isso é um prelúdio do que ele tem a dizer.

— Espero que você ainda queira depois que eu te contar isso. — Noah exala e depois começa: — Eu nasci Joseph Noah Bowman. A maioria não sabe disso, porque mudei legalmente o meu nome para Noah Frazier, que é o nome de solteira da minha mãe. Ao crescer, todo mundo me chamava de Noah porque Joseph era o nome do meu pai. Acho que partia o coração da minha mãe me chamar por esse nome.

O meu coração dói por ele quando me diz isso. Sei bastante sobre a sua infância, e não consigo imaginar como foi para ele. É um pouco estranho que eu esteja apaixonada por um homem e não saber o seu nome verdadeiro, mas faz sentido o porquê ele o mudou.

— Então, você meio que sempre foi o Noah, de qualquer forma? — pergunto.

— Sim, mas eu não... — Ele para e agarra a parte de trás do pescoço. — Não foi até depois...

Toco a bochecha dele, na esperança de lhe dar um pouco de encorajamento. Eu nunca o vi desse jeito. Noah tem sido uma força motriz durante todo o tempo em que o conheci. Ele se enfiou na minha vida e nunca recuou. Ele sempre foi tão seguro de si e confiante, e vê-lo abalado e inseguro de si me deixa lutando por uma maneira de tranquilizá-lo.

— Você não precisa ter medo. Eu não vou a lugar nenhum — digo a ele as palavras que me disse.

— Os meus sentimentos por você são diferentes de tudo o que já senti antes. Eu nunca disse isso a ninguém, pelo menos a ninguém em muito, muito tempo. — Ele olha para longe. — Não falo disso porque não me orgulho disso. Fiz grandes esforços para manter isso afastado da mídia.

Não quero que ele me conte nada que não esteja confortável, e neste momento não somos Kristin, a repórter, e Noah, o ator. Ele é o homem que partilha a minha cama.

— Noah, eu nunca iria...

— Sei que você não faria isso. Eu coloquei o meu passado no passado porque não posso mudá-lo. Só quero que entenda que isso é uma coisa que tentei esquecer. Merdas como esta arruínam as pessoas no meu ramo de trabalho.

— Ei. — Eu o puxo de volta para mim. — Eu nunca vou te trair.

— E eu nunca vou mentir para você ou te machucar. Esperei muito tempo para encontrar alguém com quem valesse a pena partilhar a minha vida. Preciso que escute tudo antes de me julgar. Você pode fazer isso?

Aceno em concordância, rezando para que eu possa de fato fazer o que ele pede.

— Há muito tempo, perdi alguém que eu amava mais do que tudo. Era a nossa noite de formatura do ensino médio, e eu ia pedi-la em casamento... — A voz de Noah se quebra, e ele limpa a garganta antes de continuar. — Tanya estava indo para a faculdade em Oklahoma, e eu ficaria em Illinois porque não podia pagar a faculdade fora do estado. Nós tínhamos grandes sonhos sobre como envelheceríamos juntos. Eu prometi a ela que encontraria uma maneira, porque ela era o meu mundo inteiro. Mas a Tanya era... Eu não sei.

— Uma adolescente? — ofereço.

Ele inclina a cabeça com um sorriso triste.

— Sim, ela tinha dezoito anos, queria experimentar a faculdade, e lá no fundo, eu sabia que ela iria terminar comigo depois que fosse embora. Eu sabia disso, e não podia deixá-la ir. Pensei que se nós estivéssemos noivos, isso mudaria as coisas.

Esta é a parte da história em que você sabe que o chão vai desabar. A ansiedade de Noah é palpável. Movo a mão para cobrir a dele e aperto.

— Eu disse às duas melhores amigas dela que ia fazer o pedido, e elas nunca indicaram que era um erro. Inferno, uma até me ajudou a comprar o anel. Ela concordou em se encontrar comigo na colina junto ao rio na propriedade dos avós dela. Nós nos encontrávamos lá quase todas as noites. Era isolado e nos dava um pouco de — ele limpa a garganta — privacidade. Fizemos sexo, e eu pensei que estava tudo perfeito. Deus, eu estava nervoso pra caramba.

Eu não digo nada. Nem tenho certeza se estou respirando. Meu coração está batendo contra o meu peito enquanto ele está perdido na sua memória.

Ele balança um pouco a cabeça de um lado para o outro e depois continua:

— Eu fiz a pergunta enquanto estávamos deitados nos braços um do outro, nem mesmo considerando que a resposta seria não. Tanya se levantou e começou a surtar. Ela sacudia a cabeça em negação, dizendo todo tipo de merda sobre como ela queria espaço e eu estava tentando prendê-la. Fiquei ali parado, ouvindo-a me dizer que nós tínhamos terminado. — Ele passa a mão pelo rosto. — Você tem que entender, eu era jovem, mas estávamos juntos desde o oitavo ano. Eu não sabia o que diabos pensar. Acusei-a de me trair, de mentir, de me usar para o que porra que os adolescentes usam uns aos outros. Ela me deu um tapa na cara, me dizendo que eu poderia ir para o inferno. Foi a pior briga que já tivemos. Depois ela começou a ir embora, e eu entrei em pânico.

A dor nos olhos dele faz com que se formem lágrimas nos meus. Ele parece torturado e eu quero tirar tudo isso dele. Seu polegar desliza sob o meu olho, apanhando a gota antes de ela cair.

— Não chore, querida.

— Você parece tão desolado — explico.

Ele esfrega o meu braço e começa de novo.

— Eu agarrei o braço dela e a puxei até mim. Segurei-a, implorando que ela apenas parasse qualquer porra que ela estava fazendo. Sinceramente, nem sequer me lembro do que eu disse porque eu estava... destroçado? Destruído? Não sei a palavra certa, mas eu tanto a amava quanto a odiava naquele instante. Tanya estava chorando pela merda que eu estava dizendo sobre ela, e ela empurrou contra o meu peito no exato momento em que soltei os braços dela. Nós estávamos perto da beirada, não sei como chegamos lá.

— Ai, Deus. — A minha mão voa para os meus lábios.

— Ela se desequilibrou e caiu, e eu tentei segurá-la. Eu tentei tanto. — Noah finalmente quebra, e o som que escapa é o barulho mais partido que já ouvi. — Eu peguei a sua mão, mas ela escorregou. Eu praticamente caí enquanto descia a colina para chegar a ela. — As lágrimas correm pelas bochechas dele, assim como pelas minhas.

Eu nunca conheci esta garota, mas a agonia em sua voz me abala até o fundo. Não há como negar o quanto isto o machucou ou a quantidade de culpa que ele ainda está carregando. Aproximo-me dele, descansando a mão em seu peito.

— Eu lamento tanto.

Ele sacode a cabeça de um lado para o outro, limpa as lágrimas, e prossegue:

— Quando cheguei até ela, eu me recusei a acreditar que ela estivesse morta. Eu jurei que ela estava viva, e implorei a ela, implorei que aguentasse enquanto eu buscava ajuda. — Ele suspira. — Eu a amava tanto, e queria passar a minha vida com a Tanya. Eu a carreguei nos meus braços durante mais de um maldito quilômetro e meio. Não parei, por mais cansado que estivesse. Ela precisava de mim, e Deus sabe que eu precisava dela. — Os olhos do Noah encontram os meus, e ele volta ao presente. — Eu teria morrido, se isso significasse que eu pudesse tê-la salvado, mas não pude.

— Foi um acidente. Um acidente horrível.

— Se eu a tivesse deixado ir, nada disso teria acontecido.

— Você não pode se culpar. Você não queria machucá-la, não é mesmo?

— Nunca. Eu nunca machucaria uma mulher. Nunca machucaria ninguém.

E eu sei que isso é verdade. Passei a melhor parte da minha vida amando um homem que usava as suas palavras como armas, me cortando a cada rodada que ele podia. Noah não é nada parecido com isso.

— Eu sei disso. Se você não sentisse nenhum remorso, isso sim significaria algo mais — eu lhe digo, enquanto envolvo a mão no pescoço dele. — Você carregou aquela menina nos seus braços, para levá-la para um lugar em segurança. Aos dezoito anos, não imagino que você teria feito isso se tivesse a empurrado de propósito.

As nossas cabeças se encostam, e ficamos assim durante uns minutos, apenas estando juntos.

Toda a situação é horrível, não deixando nada a não ser destruição no seu rastro. Tento imaginar o que o Noah deve ter passado. As pessoas todas sussurrando, acusando-o de matá-la, e depois realmente ter que suportar perder a pessoa que amava.

Ele levanta a cabeça, segura o meu rosto entre as palmas das mãos e gentilmente pressiona os lábios nos meus. Quando nossos olhos se encontram, eu vejo a angústia dele. Eu gostaria de poder tirar isso dele, dar-lhe algum tipo de paz. O dedo de Noah desliza pela minha bochecha, enxugando minha lágrima.

— Eu passei horas e horas de entrevistas com detetives e com o chefe da polícia. Fui deixado em uma sala fria, onde as mesmas perguntas eram repetidamente feitas por pessoas diferentes. Eles tinham um detetive que seria simpático, e então o próximo trocava e era um babaca. Eu estava transtornado, cansado, quebrado, e tudo o que eu podia fazer era dizer a verdade.

Pego as mãos dele nas minhas e tento imaginar o Noah, com dezoito anos, preso em uma sala sendo interrogado por um acidente.

— Eu nem consigo pensar como deve ter sido para você...

— Fiz um teste no detector de mentiras, e como eu estava dizendo a verdade, eles disseram que eu estava livre para ir, mas tinha que ficar na cidade para o caso de terem mais perguntas. Eles entrevistaram familiares e amigos, mas as pessoas sabiam que eu estava loucamente apaixonado por ela. Nunca fui acusado de nada, especialmente depois que o relatório do médico legista declarou que não houve homicídio e que a polícia oficialmente decidiu que foi um acidente. Mas a minha vida foi... horrível depois da morte dela. A família da Tanya me culpou no início, se recusando a me deixar chegar a qualquer lugar perto do funeral. Se eu fechasse os olhos, eu a via caindo, nossos dedos se tocando, e então ela escorregando para longe.

— Por que eles te culparam? — pergunto.

— Ela era a única filha deles, e quer fosse minha culpa ou não, eu estava lá quando isso aconteceu. Pareceu como se eu tivesse perdido uma família quando a perdi. O pai dela era a coisa mais próxima que eu tinha de uma figura parterna, e ele me afastou.

O meu lábio treme.

— Eu lamento tanto.

Como mãe, não consigo imaginar a dor que eles sentiram, ainda sentem. Aubrey e Finn são o meu mundo, e se eu os perco assim... nunca iria superar isso. Não se pode seguir em frente porque já não se tem um coração. Um pai nunca deveria ter que enterrar o seu filho, não é para acontecer dessa maneira.

Fecho os olhos e vejo um jovem Noah implorando pelo perdão deles, mas a parte materna em mim sabe que ela nunca seria capaz de perdoá-lo totalmente.

— Eu queria que os meus amigos acreditassem em mim, o que muitos fizeram, mas alguns me acusaram de realmente empurrá-la do topo do monte, em vez de ela cair. Eu queria morrer ao lado dela.

Quando ele diz essa última parte, o meu peito se aperta. Se os nossos papéis fossem invertidos, eu sentiria o mesmo. As pessoas tomam as suas decisões sobre o que é a verdade sem conhecerem os fatos. Eu vejo isso o tempo todo, e é triste. Nós ouvimos uma versão, tomando-a como verdade, e nunca realmente ouvimos mais nada. Noah teve que andar por aí com as pessoas pensando que ele era um assassino, porque elas só tinham a metade dos fatos. Não consigo imaginar a agonia em que ele estava.

— Estou feliz por você não ter morrido, Noah. Não quero pensar em um mundo sem você dentro dele.

Os lábios de Noah se levantam apenas um pouco.

— Não quero nenhum segredo entre nós. Eu queria te contar antes, mas não é algo que eu já tenha partilhado porque não havia ninguém com quem valesse a pena compartilhar.

Eu seguro seus pulsos, preciso me manter conectada a ele.

— Obrigada por confiar em mim.

Ele olha para mim com tanta intensidade que o meu estômago se aperta.

— Você não pensa de maneira diferente sobre mim? Não me enxerga como um vilão agora?

Por que ele sequer pensaria isso? Ele é o oposto completo de um vilão. Ele é um cara que passou por uma situação ruim.

— Deus, não. — Balanço a cabeça em negação. — Você foi honesto comigo. Você era uma criança, e se tivesse feito alguma coisa de errado, então estaria na prisão, Noah. Foi um acidente horrível, e apenas lamento muito que você tenha tido que passar por tudo isso.

Ele está parado enquanto procura algo nos meus olhos.

— Eu te amo, Kristin. Eu te amo, e sei que é muito cedo, mas é o que eu sinto. Eu não preciso que você diga...

— Eu também te amo. — As palavras saem sem pensar. Eu abri a boca para dizer outra coisa, e não consegui me impedir. Eu o amo.

Capítulo 28

NOAH

Kristin se aconchega mais perto de mim. Meus dedos continuam a esfregar para cima e para baixo na espinha dela enquanto me deito aqui, tentando descobrir o que vou fazer em relação à nossa situação.

Eu estou apaixonado por ela.

Ela está apaixonada por mim.

E nós temos todos os obstáculos no nosso caminho entre o canalha do ex dela, o meu emprego, a vida dela aqui, e o que quer que a mídia possa girar sobre a nossa relação.

A única coisa que sei é que a minha vida vai incluí-la. Não existe outra opção.

— Ei. — A voz dela é baixa e sonolenta.

— Volte a dormir, querida.

Ela adormeceu cerca de uma hora atrás, mas tenho estado olhando para o teto. A minha mente anda em círculos, tentando entender como me sinto. Falar sobre a Tanya não é algo que eu faça, mas sabia que era hora de contar à Kristin sobre isso.

— Preciso que você fique um pouco mais — ela me diz, em um bocejo.

Eu preciso de muitas coisas, mas nós dois sabemos que não posso estar aqui de manhã.

— Apenas feche os olhos — eu a encorajo.

Ela me escuta como se realmente não tivesse escolha. Estamos ambos exaustos. Entre o dia que ela teve e depois a descarga de toda a minha bagagem fodida, não sei como estou acordado. Depois de vinte anos tentando esquecer o jeito como os olhos dela se pareciam, como ela gritou o meu nome enquanto caía, e a maneira como foi segurá-la enquanto eu procurava ajuda, não tenho certeza se o sono alguma vez vai aparecer de novo.

Eu conversei com a minha mãe há dois dias sobre se devia contar à Kristin. Foi ela que me disse que eu tinha que fazer isso e que precisava fazer antes que qualquer um de nós se apaixonasse ainda mais.

— Noah. — Kristin suspira, e a mão dela se move para o meu peito.

Eu sorrio para o fato de ela sonhar comigo. Eu a ajusto um pouco quando meu braço começa a ficar dormente, e ela engancha a perna debaixo da minha panturrilha. Ela é de agarrar quando dorme. O corpo inteiro dela está me tocando de alguma forma.

O cabelo castanho-escuro cobre seu rosto, então eu o empurro para trás para ver as curvas da bochecha e da mandíbula dela. Ela é linda, e eu não sei como diabos tive tanta sorte. Encontrar a Kristin foi... inesperado.

Enquanto os meus dedos tocam a pele macia, digo a ela mais do que eu não disse antes.

— Não sei como vou embora daqui a uns dias. Já se passaram meses desde que o programa acabou, e eu preciso voltar ao trabalho, mas continuo adiando. Você fez alguma coisa comigo. Você me devolveu essa... parte do meu coração que eu joguei fora. Você não faz ideia do quanto vai me matar ir embora. — Estou bem perto de me quebrar.

O pensamento de entrar naquele avião envia uma dor lancinante para o meu estômago. Ela se preocupa que eu não a queira quando estou bem aqui, dizendo a ela diariamente, e eu me preocupo que ela encontre uma desculpa para terminar com isso.

Fecho os olhos e solto uma respiração profunda pelo nariz.

De jeito nenhum eu vou perdê-la, só preciso pensar em um plano.

Digo a mim mesmo para sair da cama e ir embora, mas quero segurá-la por mais alguns minutos. Eu a abraçaria para sempre, se ela me permitisse.

— MAMÃE! — Um estrondo me faz abrir os olhos. — Mamãe! Por que a porta não está abrindo? — A voz da Aubrey soa abafada.

Foda-se. Eu apaguei e passei a noite.

— Kris. — Balanço um pouco a Kristin, e ela se levanta em um salto.

— Hã? O quê?

— Aubrey — eu sussurro e aponto para a porta.

— Mamãe! Estou com fome, e o Finn não quer pegar o leite. Você está aí dentro? — Os dedinhos dela aparecem pelo vão entre a porta e o chão.

Os olhos de Kristin estão arregalados enquanto ela escaneia o quarto em pânico.

— Merda. — Ela assobia enquanto cobre a cara. — Merda, merda, merda.

Eu olho para o relógio e amaldiçoo a mim mesmo. São quase sete da manhã. Eu sabia que não deveria dormir.

Ela põe a mão por cima da minha boca, embora eu não fosse dizer nada, e limpa a garganta.

— Já vou sair, querida. Estou me vestindo.

— Você está dormindo? — pergunta.

— Estou acordada agora — responde Kristin. — Vai para a cozinha, que eu vou estar lá daqui a pouquinho.

Kris salta da cama, e eu admiro a vista. O sutiã de renda transparente dela me deixa ver cada centímetro dos seus seios perfeitos, e a calcinha que ela está usando é sexy pra caralho. Eu me sento um pouco mais, apoiando-me para ficar em uma posição reta.

— Noah, o que você está fazendo? — ela sussurra alto enquanto cobre a sua bunda maravilhosa com um par de calças.

— O quê? — Eu sorrio, debochado.

— Levanta — ela manda. — Você não pode estar aqui agora. Como é que eu vou explicar isso?

Eu adoro quando ela fica nervosa. É quando a guarda dela está abaixada e ela não se preocupa com o que voa de sua boca.

— Relaxa, querida.

Ela fica de pé com a coluna esticada, olha brava para mim, e depois volta a escavar sua roupa.

— Relaxar? Certo. Ah, eu já sei — ela divaga. — A mamãe teve uma festa do pijama danadinha, crianças, ignorem o homem grande saindo sorrateiramente. — Eu rio, o que me faz ganhar outro olhar de morte. — Você não deveria ter passado a noite aqui.

Eu sei disso, mas estou aqui e não posso fazer exatamente nada agora.

— Eu juro, você só estava tão confortável, e eu precisava estar com você. Eu não pretendia ficar.

Isso parece atordoá-la um pouco.

— Não seja todo doce quando eu deveria estar brava com você. Você precisa se levantar.

— E ir para onde?

Ela coloca uma camisa de moletom e balança as mãos.

— Eu não sei. Por que você tem que ser tão malditamente quente que eu até me esqueço de que sou uma adulta? Você não podia ser... ruim em nada? — Kristin atira a minha camisa para mim, acertando-me no rosto. — Eu sou uma mãe responsável um dia, e então você aparece, e eu estou tirando as minhas calcinhas como uma *stripper*.

— Uma *stripper* muito gostosa com uns peitos maravilhosos e...
Kristin olha brava para mim, apontando-me um dedo.
— Você está metido em uma grande confusão. — A voz dela fica mais grave, em uma tentativa de soar como eu. — Querida, eu só vou te segurar até que você caia no sono. — Ela balança a cabeça em negação.
Eu sorrio sem remorsos enquanto me ponho de pé.
— Gosto de te abraçar— admito, enquanto ando na direção dela. — Gosto que você tire suas calcinhas. — Meus braços se enrolam em volta da cintura dela. — E eu gosto que você me ame.
Ela começa a derreter um pouco, passando a mão pelo meu peito até que outra batida na porta soe.
— Mamãe. Eu quero cereais, *por favor!* — Aubrey se lamenta.
— Já estou indo, querida! Por que você não pega um animal do zoológico para se sentar com você? — Kristin sugere e depois se volta para mim. — Roupas, e depois você tem que ir.
— Kris, não há para onde ir, vamos lidar com isso como adultos.
Seus olhos se estreitam, e eu percebo que isso não foi a melhor coisa a se dizer. Estou claramente errado por não ter saído ontem à noite, e ela vai me bater com os meus próprios braços.
— Se lembra da janela? Você vai usá-la.
Não sou um cara pequeno, de forma alguma. Sair pela janela nunca foi realmente uma opção.
— Eu não vou... — Quando tenho um vislumbre da cara dela, eu paro. *Parece que vou encontrar uma maneira de fazer isso acontecer.*
— Vá. — Ela empurra o meu peito. — E depois você pode tocar a campainha ou algo assim, mas eles não podem saber que você dormiu aqui. — Nem tenho a certeza do que está acontecendo, mas Kristin está me empurrando na direção da janela.
— Você quer que eu desça pela janela, dê a volta na casa e depois toque a campainha? — pergunto, para ficar claro.
— Sim.
— Em vez de simplesmente explicar para as crianças?
Ela bufa.
— Explicar que a mãe deles fez sexo dos bons com o cara que eles conheceram ontem?
— Eu não estava sugerindo nenhum detalhe, mas estou contente por ter sido de explodir a cabeça.
Kristin passa as mãos pelo rosto.
— Menos conversa e mais escalada.
As coisas que os homens fazem pelas mulheres são ridículas.
Eu abro a janela e olho para trás para ter mesmo certeza de que ela está

falando sério. Ela mexe suas mãos em sinal para que eu vá embora, então acho que isto está realmente acontecendo.

— Você vai ficar me devendo uma. — Eu tento brincar.

— Pode ter certeza de que *você* vai. — Ela bufa. — Agora, anda logo, antes que a minha filha de seis anos encontre uma maneira de abrir a fechadura, e se você acha que estou de brincadeira, eu não estou.

Aubrey pode não ser capaz de fazer isso, mas não duvido que o Finn consiga. Em vez de prolongar o inevitável, eu faço o que ela pede... exige. Ontem foi um dia louco para as crianças, e ela está certa em manter isto em segredo. Além disso, eu gostaria de manter o meu estado atual com os dois por um tempo.

— Eu estou indo, querida. — Eu a beijo suavemente.

Aqui estou eu, com trinta e oito anos e me esgueirando do quarto da minha namorada para não ser apanhado ao passar a noite. Acho que nunca se é velho demais para esta merda.

Eu me sento, com as pernas um pouco penduradas, mas por causa do meu tamanho, não há como eu não rasgar as minhas costas. Eu me viro de bruços, pensando que se eu conseguir tocar o chão primeiro, pode não ser tão ruim, é só uma queda de três metros. Olho para cima, tentando fazer com que os meus dedos dos pés encontrem a grama, e vejo a Kristin ali parada, tentando não rir.

— Você tem sorte por eu amar você — resmungo, enquanto tento sentir o que tem ao meu redor.

Ela vai em direção à janela, segura meu rosto em suas mãos e me beija com força.

— Aham, eu tenho muita.

A pancada na porta faz com que a gente se assuste um pouco.

— Vai lá — eu digo a ela.

— *Ma-mãe!* — A voz de Aubrey é alta, e ela continua batendo suas mãos na madeira. — Você está demorando uma eternidade!

Eu me deixo cair pela janela enquanto ela está de costas e me apoio contra o revestimento da casa.

— Desculpe, desculpe! — A voz da Kristin chega até mim. — Estou aqui agora.

— Por que você demorou tanto? — ela pergunta à mãe.

— Eu não consegui me livrar de uma camisa que eu realmente amo. — Consigo ouvir o sorriso na voz da Kristin.

— Hã? — Aubrey parece confusa. — Que camisa?

— Nada, querida. Vamos pegar o seu café da manhã.

— Você me fez jogar fora o meu vestido preferido — Aubrey continua. — Posso ficar com ele, também?

A gargalhada da Kristin começa a flutuar para longe enquanto tento conter a minha própria.

Meu telefone toca, fazendo com que eu pule. Eu rapidamente o silencio e rezo para que ninguém o escute enquanto corro ao redor da lateral da casa e chego ao meu carro sem incidentes.

— O que se passa, Sebastian? — respondo, quando o meu agente telefona pela segunda vez consecutiva.

— Eu preciso que você pegue um avião hoje.

— Hoje? — pergunto, olhando para a porta da frente da Kristin.

Ele suspira.

— Eles precisam que você faça uma leitura para o filme. Sei que disseram algumas semanas, mas eles mudaram o cronograma.

Minha mão agarra o volante, e eu me remexo contra o couro.

— Não posso.

— Não, você não tem escolha.

— Está muito em cima da hora — eu digo a ele. — Tenho coisas aqui em que estou trabalhando. Não há maneira de eu ir embora agora.

Kristin e eu temos um monte de coisas sobre as quais nós precisamos conversar. Não estou entrando em um avião hoje quando ontem à noite eu contei tudo a ela. Não sou idiota, vai parecer que estou fugindo. Além disso, ainda não contei a ela sobre este fodido filme. Seis meses de filmagens na França não vão correr bem, não quando nós estamos tão recentes.

Alguma coisa faz um barulho alto no fundo, e não duvido que ele tenha atirado alguma coisa pelo ar. Eu o frustro pra caralho.

— Espero que sejam mais de oito milhões de razões como motivo para você não poder estar lá.

O trabalho dele é ser o cara malvado e lutar por mim.

— Esse é o terceiro projeto que fiz com o Paul, ele sabe que eu não fico enrolando.

Sebastian se esquece de que tenho sido muito acessível até agora. Sempre fiz o que me pediram e nunca reclamei, mas isso é diferente.

— Se você acha que é o único ator que pode interpretar este papel, você perdeu a droga da cabeça. Entre no avião, Noah. Não foda com isso.

— Eu te ligo de volta — digo, e desconecto a chamada.

Olhando para a casa de Kristin, eu debato o que fazer. Penso em tudo o que aconteceu ontem à noite, e como o momento não podia ser pior, mas sei que deveria escutar o meu agente. Eu tenho um grande contrato, e isso vem com um nível de expectativa.

> Querida, preciso ir para L.A. por alguns dias. O meu agente acabou de me ligar. Eu gostaria de poder passar o dia com vocês, mas não tenho escolha. Não tenho certeza de quando vou estar de volta, mas vou te manter informada.

Um minuto depois, ela responde:

> Kristin: Eu entendo.

> Eu te ligo quando pousar.

Vejo a cortina se mover para o lado, e ela sorri para mim pela janela.

> Kristin: Está bem… Vou sentir saudades suas.

> Eu te amo.

> Kristin: Eu te amo.

Ela levanta a mão, pressiona-a em seus lábios, e me manda um beijo.

Eu gemo, desejando poder ir até ela, segurá-la em meus braços, e realmente tocar os seus lábios. Em vez disso, coloco o carro em marcha e luto contra a vontade de desistir deste fodido filme.

Tenho que encontrar uma maneira de convencê-la a vir comigo ou talvez eu esteja disposto a desistir da carreira que construí.

Capítulo 29

KRISTIN

— Você não pode ficar tão estressada por causa desse artigo — Nicole fala enquanto se senta na minha mesa.

Ela não tem ideia. Tenho estado trabalhando no meu rascunho enquanto o Noah está na Califórnia, e estou na versão número seis. Todas elas são uma porcaria.

— Tente escrever um artigo enorme sobre um cara com quem você está namorando sem falar do tamanho do pau dele.

É praticamente impossível. O rascunho número dois não estava tão ruim até eu começar a falar sobre o número de orgasmos que Noah é capaz de dar quando ele se concentra. Por mais que eu gostasse de me gabar, não sei se preciso dar mais razões para as mulheres se apaixonarem por ele.

— Fique à vontade para me contar sobre isso. — Ela sorri maliciosamente por cima da borda da sua caneca.

— Você é a última pessoa para quem eu vou contar.

Ela acena sabiamente com a cabeça.

— Provavelmente é uma boa decisão.

Nicole passou por aqui, dizendo que tinha grandes notícias e mal podia esperar para me contar. Mal sabia eu que seria sobre ela dormir com um cara com quem namorei no ensino médio — e o irmão gêmeo dele. Com a maioria das situações relacionadas à Nicole, eu nunca tenho certeza da reação adequada.

Uma parte de mim acha que é meio que legal ela ser tão aventureira. A outra parte diz que ela precisa ser cuidadosa porque vai acabar se machucando. Esses caras não estão tão preocupados com o bem-estar dela como estão preocupados em gozar.

— Posso ler a última versão? — pergunta.

Não me lembro de ter sido esquisita com os meus artigos antes, mas estou superprotetora com este. Eu não mostrei isso a ninguém. É o Noah. É o homem por quem eu estou apaixonada e que estou prestes a partilhar com o mundo. Bem, todos os dez mil seguidores do blog.

— Não até eu acabar.

— Kris. — Ela me dá uma olhada. — Quanto você tem escrito?

— Um pouco. — Olho para o papel que está depositado entre nós. Aquele com todas as duas frases escritas.

Ela vê os meus olhos irem para ele, e nós duas nos jogamos para pegá-lo. Nicole é mais rápida e agarra-o.

— Kristin! — Nicole grita. — Você escreveu o nome de vocês! É isso aí! Você precisa escrever... palavras e tudo mais.

— Eu sei. — Arranco o papel das mãos dela. — Estou trabalhando nisso, mas a minha amiga completamente maluca apareceu e começou a falar de anal. As coisas se deterioraram a partir daí. Eu realmente não consigo escrever quando você está falando sobre tomar no rabo com o meu ex-namorado e o irmão dele.

Nicole se senta novamente com um sorriso envergonhado.

— Por favor, me diga que você deixou o Noah se enfiar na sua bunda.

— Se eu não deixei o meu marido de catorze anos fazer isso, que diabos te faz pensar que o deixei?

Ela dá de ombros.

— Porque o Scott provavelmente gosta *tomar* no rabo. Quero dizer, ele sempre agiu como se algo tivesse sido enfiado lá dentro.

— Eu gostaria que não você não tivesse colocado essa imagem na minha cabeça vinte minutos antes de ele deixar as crianças. — Eu rio.

Scott pegou as crianças para o jantar de quarta-feira à noite. Eu pensei em conseguir fazer algum trabalho, já que o meu prazo está se aproximando e Noah teve que ir para L.A. para uma reunião. Não o vejo há três dias, e sinto a falta dele terrivelmente.

— Por falar no Cretino, ele disse alguma coisa sobre a Jillian quando veio buscá-las?

Danielle contou à Heather e à Nicole sobre o incidente da semana passada. Nenhuma de nós ficou extremamente surpreendida, mas elas ainda estavam todas tão desapontadas como eu fiquei. Sempre esperei que eu estivesse errada em relação ao relacionamento deles. Era mais fácil me iludir do que procurar a verdade. Aí então eu não teria mais desculpas, e precisaria ter que tomar uma decisão.

— Ele acabou de dizer que ela não ia jantar com eles. Finn ficou aliviado, e a Aubrey não poderia se importar menos.

Nicole ri.

— Eu juro, ela caga luz do sol e peida purpurina. Aquela garota é a pessoa mais feliz que eu já conheci. Eu vou bater em quem quer que seja que a deixe um pouco triste sequer.

Aubrey é realmente a sua própria fonte de antidepressivos. Há muito pouco que a faça ficar triste, ela encontra o bem em tudo.

— Vai ser um garoto — eu digo a ela.

— E eu vou matá-lo.

— Não duvido disso.

Nicole aponta de volta para o papel.

— É melhor você começar a trabalhar.

Eu gemo e deixo cair a cabeça no braço.

— Eu odeio isso. Nada parece interessante, porque ele é muito mais do que eu posso colocar em palavras. Ele é doce, amoroso, tem um grande coração, e eu o amo.

— Não faz mal que ele esteja bem equipado no departamento de pênis.

É para isso que ela voltaria. No entanto, ela não está errada.

— Verdade.

O meu celular faz um *ding* acusando uma mensagem recebida, e tenho certeza de que é o Scott me dizendo que está a caminho.

> Noah: O meu hotel tem vista para o aquário, e tudo o que eu consigo pensar é na Aubrey precisando de um animal para a coleção dela.

Sorrio com o fato de ele estar pensando em nós.

> Ela NÃO precisa de mais, mas eu preciso que você volte mais cedo ao invés de mais tarde.

> Noah: O meu plano mestre está sendo bem-sucedido.

> Ah, é? Qual é exatamente o seu plano?

> Noah: Eu nunca vou contar.

Começo a digitar uma resposta, mas consigo sentir os olhos de Nicole me observando.

— O quê? — pergunto a ela.

— Nada. É fofo ver você ficando com os olhinhos brilhando quando ele te manda mensagens. Vocês trocam mensagens de sexo? Eu posso ver?

— Não, nós não trocamos mensagens de sexo! — Eu balanço a cabeça de um lado para o outro com uma gargalhada.

— Por que diabos não?

Ela é insana.

— Porque eu não tenho 17 anos.

— Quem perde é você. Apenas peça a ele uma foto do seu pau então. Às vezes é melhor ignorá-la.

Eu olho de volta para a tela do celular, querendo fazer um milhão de perguntas para ele. Desde a nossa noite juntos, nós mal tivemos dois minutos para colocar a conversa em dia. Ele tem estado em reuniões consecutivas, e a diferença do fuso horário de três horas não ajudou em nada com a falta de comunicação. Realmente, só tem uma coisa que eu quero saber. O resto, nós podemos descobrir quando ele chegar aqui.

> Quando você vai voltar para Tampa?

> Noah: Em breve, querida. Eu sei que o timing é uma porcaria, mas preciso estar aqui agora mesmo. Confie em mim, prefiro muito mais estar aí com você.

Em breve é uma porcaria. Eu o quero aqui agora. No entanto, não vou fazê-lo se sentir mal quando ele claramente precisa trabalhar.

> Está bem, acho que vou perdoar você desta vez.

> Noah: Desta única vez, hein?

> Bem, você não é apenas um Joe comum.

Eu dou risadas com o fato de o nome dele ser realmente Joseph.

> Noah: Você tem certeza disso? Eu contei a você que de fato o meu nome verdadeiro era Joseph.

> Isto é verdade, Sr. Bowman, e eu agradeço que me conte tudo sobre o seu passado. Sei que nós não conversamos sobre o acidente desde aquela noite, mas fico contente que eu soube por você.

> Noah: Você sempre ouvirá a verdade de mim primeiro. Não foi fácil te contar, mas queria que você soubesse sobre a Tanya. Preciso ir. Eu te amo, Kristin.

> Eu também te amo.

Coloco o telefone de lado com um sorriso enorme. Nunca pensei, em um milhão de anos, que estaria apaixonada dessa maneira. Eu nem sabia que isso existia. Agora, não quero ficar sem isso.

— Você está tão ruim quanto a Heather agora.

— Você vai encontrar um homem que a faça se sentir assim, e depois vai entender.

Ele está lá fora. Ela só precisa encontrá-lo.

Ela me mostra o dedo de uma maneira típica da Nicole.

— Para que eu possa ficar como vocês duas? Não, obrigada. A Heather tirou uma licença para segui-lo por aí. Você está aqui praticamente brilhando por causa de uma mensagem de texto, e eu estou tendo o dobro do tempo com gêmeos... quem está vivendo a vida?

Por mais que ela goste de jogar a carta da vida de solteira, lembro que há não muito tempo ela estava quebrada. Eu pego na mão dela.

— Eu te amo, Nic. Acho que você é a mulher mais corajosa que eu conheço. Poucos poderiam passar pelo inferno que você passou e ainda estar de pé, mas o amor não é uma arma. O amor real, verdadeiro, honesto, precioso e pode curar os danos que outros fizeram. Não desista disso.

As cortinas de ferro que ela trabalha tanto para poder se esconder por trás se mexem, e eu apanho a dor nos olhos dela. Tão rápido quanto aparece, ela desaparece. Ela puxa a mão para trás e olha para o lado.

— Eu estou melhor assim.

Nicole quer ser amada. Não importa o que ela diga, essa necessidade está enraizada em nós. É uma porcaria que a única vez que ela se arriscou, isso a quebrou.

— Você é perfeita, não importa o que digam — eu a tranquilizo.

Ela acena com a cabeça.

— Malditamente certa. Agora, vamos escrever o seu artigo antes que você perca o prazo.

Mordisco o lábio enquanto leio o rascunho final mais uma vez. Será entregue à Erica nos próximos trinta minutos e quero que esteja perfeito. Depois de me dar conta de que não posso lançar mais bombas nucleares do que já joguei, envio o arquivo e rezo para que não seja uma porcaria.

— O que é isso, mamãe? — Aubrey pergunta, enquanto aperto em enviar no e-mail, entregando o artigo para a minha editora.

— É o meu artigo sobre o Noah.

— Eu gosto do Noah — diz ela.

Eu a coloco no meu colo e beijo a bochecha dela.

— Eu também.

— Ele não alimentou os meus animais, no entanto.

— Porque ele não está aqui — Finn responde a ela, enquanto entra na sala de estar. — Que pena que a Jillian não desapareça como ele.

Ele realmente a detesta, e sei que não posso encorajar a atitude dele, mas não o culpo. Não porque ela mereça alguma coisa, mas porque a sua presença está tornando as visitas deles horríveis. Quanto mais o Finn forçar com ela, pior vai ficar.

— Sei que você não gosta dela, mas o seu pai vai se casar com ela.

Finn bufa.

— Eu a odeio.

— Porque você a odeia, Finn?

Ele olha para os seus pés.

— Porque eu não a conheço! E o pai vai simplesmente se casar com ela? Ele deveria amar você!

Ah, meu doce menino. Eu não consigo imaginar que não haja uma pequena parte dele que espera por esta grande reconciliação, mas isso nunca vai acontecer.

— Odiar a Jillian não vai fazer com que eu e o seu pai voltemos a ficar juntos, amigo. Você vai sempre ter o seu pai, mas ele a ama, e ela não vai a lugar nenhum. — Mesmo que todos nós gostássemos de vê-la dar um mergulho em ácido de bateria. Nada mais diz "babaca" do que gostar de ser uma destruidora de lares.

Embora, tenho certeza de que isso foi tudo culpa minha.

Eu não consegui mantê-lo feliz. Não consegui manter a casa do modo que ele queria. Eu era uma merda na cama e todas as outras porcarias que ele provavelmente disse. Felizmente para o Scott, ele tinha uma assistente pronta para servir a ele e ao seu pau minúsculo.

Claro, eu não posso dizer nada disso.

— Por que o papai a ama? — Aubrey pergunta, virando a cabeça para poder olhar para mim.

Porque ele é um idiota que pensa com a cabeça errada.

— Ele simplesmente ama. Às vezes amamos as pessoas sem motivo nenhum.

Deus sabe que não consigo encontrar uma qualidade redentora nela.

Aubrey enrola o meu cabelo.

— Ela disse que você não é mais a esposa do papai.

Essa merda vai acabar. Estou de saco cheio de as crianças voltarem para casa e me dizerem as coisas que ela diz a elas. Está claro que ela não gosta dos meus filhos, por isso devia parar de falar com eles e comigo. Scott vai receber uma bronca. Eu não vou hesitar em levá-lo de volta ao tribunal e obter a custódia total. Aposto que ele vai adorar ter que pagar mais dinheiro para o sustento das crianças.

Os meus filhos não vão ser envenenados ou se sentir desconfortáveis porque ele está seguindo em frente. Estou fazendo o mesmo com o Noah, só que não o estou enfiando pela garganta abaixo delas.

Eu toco no lado do rosto da Aubrey.

— Não sou. Mas ainda sou a sua mãe e ele ainda é o seu pai.

— Isso é bom. — Ela sorri. — Você é uma boa mamãe.

— Fico feliz que pense assim. — Faço cócegas no lado dela.

— Noah ainda vai voltar? — Finn pergunta.

— Acho que ele vai voltar amanhã, por quê?

Eu piso com cuidado, porque o Finn é uma daquelas crianças que consegue pegar as palavras e torcê-las. Ele está passando por muita coisa e não preciso entrar em uma armadilha.

— Está passando uma maratona do Harry Potter. — Ele coça a cabeça e olha para o lado.

Meu peito fica mais leve, e eu suprimo o sorriso tentando trabalhar o seu caminho nos meus lábios. O meu filho está pensando no Noah. Ontem à noite eu estava no FaceTime com ele, e Finn conversou com ele por alguns minutos. Era tão fofo como os dois conversavam sobre Hollywood. Finn está fascinado com tudo o que está relacionado com o cinema. Noah fica mais do que feliz em conversar com ele sobre isso.

Eu fiquei ali sentada e assisti o rosto do meu filho se iluminar quando o Noah disse a ele que tinha jantado com o seu ator favorito.

Eu ri quando o Noah pareceu estar chateado de não ser o seu favorito.

— Tenho certeza de que se o Noah estiver de volta, ele vai assistir. Se estiver tudo bem que ele venha para cá...

— Por que não estaria? — Finn parece confuso.

— Eu não sei, você não parece gostar da Jillian por perto, não tinha certeza sobre como você se sentia sobre o Noah.

Aubrey salta do meu colo e gira no meio da sala.

— O Noah tem que vir para cá. — Ela dá uma risada. — Ele é o meu guarda do jardim zoológico.

Sim, isso é a coisa mais importante para a minha filha — o jardim zoológico falso dela e os animais de pelúcia que lá residem.

— O Noah não é como a *Jillian* — ele desdenha do nome dela, e eu não discordo nem um pouco.

— Ele é legal — Aubrey diz e começa a girar outra vez.

Eles não têm ideia de como isso me faz sentir bem. Noah é importante para mim, mas nós estamos levando as coisas devagar com as crianças. Nós dois queremos que elas fiquem confortáveis com ele antes de jogarmos as coisas na cara delas. Essa é a única coisa sobre o Scott que não entendo. Por que a pressa? Por que é que ele tem que se casar com ela? Se eles se amam tanto, por que não esperar, mesmo que haja um bebê envolvido? Não é como nos anos cinquenta, onde você precisava se casar se estivesse grávida.

Eu amo o Noah. Eu o amo, mais do que apenas por hoje. Vou amá-lo amanhã e no dia seguinte. É por isso que nenhum de nós sente a necessidade de levar as coisas mais depressa do que elas estão indo.

— Além disso, eu os ouvi gritando porque o pai disse que ele queria esperar. — Finn ri baixinho.

Eu não estou livre de um pouco de fofoca.

— Esperar?

— Aham — Finn responde, enquanto observa o telefone. — Ele não quer se casar com ela. Eu escutei os dois brigando. Alguma coisa sobre mim e estar bem com isso.

Isso é interessante. Scott tem tentado com Finn desde a briga deles. Eles têm conversado com mais frequência, o que me deixa feliz. É o filho dele, e eu quero que todos se deem bem. Não tenho que amá-lo, mas quero que os meus filhos pensem que ele é o melhor homem que existe. Toda criança precisa do amor de seus pais.

— Você está feliz com isso? — pergunto.

O Finn encolhe os ombros, dando-me a sua típica resposta de dez anos. Deus me livre de interromper o vídeo dele de um homem adulto gritando com o seu computador.

A campainha toca, interrompendo a nossa conversa, que aparentemente tinha acabado, de qualquer maneira. Aubrey corre para a porta e estou logo atrás.

— Noah! — ela grita e atira os braços ao redor dele.

— Ei, fofinha!

O Noah levanta a Aubrey em seus braços, e o meu coração se acelera com a visão. Já se passaram sete dias desde que respirei o mesmo ar que ele. Sete dias desejando tocá-lo, e ele está parado na minha porta. No entanto, nós temos uma plateia, então, por mais que eu gostasse de beijá-lo até ele ficar sem fôlego e possivelmente nu, eu não posso.

— Oi. — Sorrio e inclino a cabeça na borda da porta.

— Noah! Adivinha? — Finn vem correndo disparado na direção dele. — Está passando Harry Potter o dia inteiro!

— Nem pensar! — Noah sorri. — Posso assistir com você?

— Dã! É por isso que eu estou te falando — Finn diz, como se o Noah estivesse perdendo o ponto.

Acho que o meu namorado foi tirado de mim... pelos meus filhos. Aubrey pega nas bochechas do Noah e obriga-o a olhar para ela.

Os olhos dela se alargam, e ela espreme o rosto dele.

— Você tem trabalho a fazer, senhor.

Eu dou uma risada, e Noah tenta falar com ela ainda apertando suas bochechas.

— Eu tenho?

— Aham! Os animais estão com fome.

— Aubrey, são animais de pelúcia! Eles não são reais! — Finn resmunga.

— Muito bem, pessoal. — Eu coloco um fim à luta que está prestes a começar. — Vamos deixar o Noah entrar pela porta da frente.

Ele coloca a Aubrey no chão, e ela apoia as mãos em seus quadris, olhando para cima na direção dele.

— Vou deixá-los preparados para a alimentação.

Noah se agacha, dá um tapinha no nariz dela e sorri.

— Soa como um plano. Eu não gostaria que eles ficassem com fome.

Reviro os olhos enquanto ela balança seus quadris. Tão paqueradora mesmo aos seis anos. Depois que ela sai correndo, ele chega mais perto de mim, parecendo ainda melhor do que me lembro. O cabelo dele está mais curto, mas sua barba está muito mais grossa, e eu gosto disso. Noah muda seu peso de uma perna para a outra ao mesmo tempo que eu. Meu pulso está acelerado, o que me obriga a agarrar a porta para evitar que eu o ataque.

— Oi. — Eu respiro a palavra.

— Você já disse isso, mãe — Finn diz, por trás de mim.

Maldição. Eu esqueci que ele estava aqui.

Os cantos da boca de Noah se elevam.

— Ela disse — ele concorda. — Talvez a memória dela esteja escorregando no avanço da idade dela, não é, Finn?

— Provavelmente! — Finn gargalha. — No outro dia, ela não conseguiu encontrar as chaves durante uma hora. Elas estavam na geladeira.

— Traidor.

Noah ri e escova seus dedos contra os meus.

— Nós vamos dizer olá de novo mais tarde.

Ah, ele pode ter certeza de que nós vamos.

Ele é o presente que você rezou para estar apoiado debaixo da árvore na manhã de Natal. Ele é quem eu quero desembrulhar e brincar, mas tenho que esperar.

Capítulo 30

NOAH

— O que diabos você poderia querer? — digo, enquanto atendo o telefone, às cinco da manhã.

— Nós temos problemas. — O meu assessor limpa sua garganta.

Tristan está prestes a ter problemas por me ligar tão cedo. Eu entendo que ele é uma pessoa noturna, mas acontece que eu gosto do meu sono.

Kristin se mexe, puxando os cobertores por cima da cabeça enquanto saio da cama. Na última semana, ou eu fui à casa dela às escondidas ou encontrava com ela quando o Scott tinha as crianças para o jantar. Como é o fim de semana dele, ela finalmente dormiu na minha casa, e nós batizamos a porra do meu apartamento inteiro. Acho que não existe nenhuma superfície aqui onde eu não a tenha deitado. Foi uma noite boa pra caramba.

Uma da qual preciso de muito mais do que algumas horas de sono para me recuperar.

— Qual poderia ser o problema? — Esfrego os olhos enquanto tropeço em direção à cozinha.

O café é necessário. Eu aperto o botão da minha cafeteira *Keurig* e assisto a tão necessária cafeína coar.

— Você sabe aquele artigo que eu te disse para não fazer? — pergunta, de forma presunçosa.

— Aquele que a minha namorada escreveu? — esclareço. Não que eu tenha feito alguma outra entrevista.

Ele deixa sair uma meia gargalhada.

— Noah, você precisa ler isso. Já estou recebendo toneladas de perguntas, e eu estou fazendo o meu melhor, mas nós precisamos fazer uma declaração.

Às vezes, o Tristan é ridículo. Eu entendo que o trabalho dele é proteger a minha imagem, mas nem tudo é cínico.

— Tenho certeza de que não está ruim.
— Estou te enviando o *link* — diz ele.

Ele é tão dramático. Uma vez que a xícara está pronta, eu pego o meu café e o laptop antes de ir para o balcão. Tento não pensar no fato de que a bunda nua da Kristin estava exatamente aqui enquanto eu tinha as pernas dela sobre os meus ombros, mas a imagem mental é boa demais para ser reprimida.

— Noah?
— Sim, sim, sim. — Gemo.

O link carrega e a manchete faz a minha cabeça girar. Ao longo do topo do *Celebaholic* está a manchete: Noah Frazier: galã de Hollywood ou assassino adolescente?

A minha cabeça vai para trás, e eu pisco, esperando que isso seja uma ilusão de ótica.

Tem que haver algum engano.

Não pode ser sobre isto que ela escreveu.

Não depois de tudo. Ela não faria isso comigo. De jeito nenhum.

Eu percorro a página, lendo o nome da Kristin como autora, seguido pela história que passei vinte anos enterrando. É como uma bofetada na cara.

Lá em preto e branco estão as fotos de Tanya e eu no baile de formatura, e depois todos os detalhes sangrentos da sua morte. E então as informações sobre como me mudei pouco depois, troquei o meu nome e comecei uma nova vida.

Tudo o que eu disse a ela.

Meu peito dói com cada palavra que leio. Isto é um sonho, um pesadelo do qual eu vou acordar. Tem que ser, porque a mulher que amo não me venderia pela porrra de uma manchete.

— Noah?
— Cale a boca — eu ladro de volta e leio mais. Quando vejo a frase sobre ser um Joe comum, eu sei que é dela. Não há outra explicação. — E-Eu... — gaguejo, incapaz de fazer com que as minhas palavras saiam. — Ela... Kristin está aqui... Eu não posso acreditar nisso.

— Eu vou ligar para a Catherine e fazê-la chegar aí. — A voz de Tristan está cheia de pena.

— Não. — Eu o impeço. — Kristin não faria isso. Isso é uma piada ou algo assim.

Ele suspira.

— Eu não sei o que dizer, mas isto é um pesadelo de relações públicas, e preciso sair para enfrentar isso. Já telefonei para o *Celebaholic*, e vou fazer o que puder, mas está lá fora, Noah.

É para isto que eu lhe pago, mas não posso acreditar que isso está acontecendo. Não depois de tudo o que ela e eu partilhamos. Eu saberia se ela estivesse jogando algum jogo. Significaria que tudo isto foi em vão.

Penso na noite em que contei para ela, como ela chorou por mim. Tem que haver algum tipo de explicação.

— Preciso falar com ela primeiro — eu digo a ele.

— Seja como for, eu estou do seu lado, e o meu trabalho é apagar este fogo.

— Faça o que você tem que fazer, mas eu... Eu não sei, caralho.

Não tenho certeza de como lidar com a intensidade da traição que está passando por mim. Como diabos ela pode pensar que isso seria aceitável? Como ela poderia pegar uma coisa que eu lhe disse em completa confidência, com completa confiança, e postar isso?

A minha mão agarra a caneca e eu começo a tremer. Energia nervosa me preenche, e preciso dar sentido a isto. Os pais de Tanya receberam uma grande soma de dinheiro quando recebi meu primeiro grande pagamento como uma doação para a bolsa de estudos no nome dela. Os meus advogados trataram de tudo muito sigilosamente, com um monte de regras de ferro sobre o que eles poderiam dizer sobre o meu envolvimento.

Eles me perdoaram há muitos anos e não iriam me trair, não é? Eu não consigo ver o motivo, pois eles sabiam o quanto eu a amava. A mãe dela ficou aliviada quando lhe contei sobre mim e a Kristin. Ela disse que estava na hora de eu seguir em frente e deixar de viver no passado.

Começo a passar por uma lista das pessoas que nunca acreditaram nisso, mas por que agora? Por que depois de todo este tempo? E como diabos algum deles saberia sobre a Kristin?

No final das contas, essa porra não importa, é o artigo da Kristin. É o nome dela naquele post. Eu confiei nela, amei-a, dei a ela o meu coração, só para que ela me destruísse. E para quê? Por que continuar assim que ela recebeu a informação? Por que ela está na minha cama?

Eu preciso falar com ela antes de perder a droga da cabeça.

Cada passo que dou faz o meu coração bater mais alto. As minhas emoções estão por todo o lado, e é impossível colocar os meus pensamentos em ordem.

Colocando o laptop no chão, eu me sento no lado da cama, olhando para o rosto dela, e faço o meu melhor para ignorar a dor lancinante no meu peito. Minha garganta se fecha enquanto eu estico a mão para tocá-la. Uma vez que isso acontece, não tem como voltar atrás, e se eu pudesse rebobinar agora mesmo, eu o faria. Ficaria no ontem e rezaria para que o hoje nunca acontecesse.

— Kristin? — Eu gentilmente aperto o ombro dela. — Kristin, acorda.

Ela rola de costas e sorri quando seus olhos se encontram com os meus.

— Oi.

A maneira como ela olha para mim me quebra. Este não é o olhar de uma garota que acabou de foder toda a minha carreira. Ela está olhando para mim como se eu fosse o seu salvador. Preciso que ela me dê uma razão para que eu encontre uma maneira de consertar isso.

— Kristin, o artigo publicado — eu digo.

— Oh? Eu pensei que fosse ser postado amanhã. Você o leu? — Ela se senta, puxando os lençóis sobre o seu corpo nu.

— Foi você?

— Bem, sim, fui eu que o escrevi. — Ela dá de ombros.

— Foi você quem o escreveu? — pergunto. — Ninguém mais te ajudou? Ela inclina a cabeça e ri.

— É claro que eu o escrevi, bobo. Enviei por e-mail para a minha editora há uma semana, e nós passamos pelas edições alguns dias atrás. Você não gostou? Eu pensei que... Eu não tinha certeza de que você fosse gostar, mas eu esperava que...

Fecho os olhos e respiro profundamente pelo meu nariz.

— Você pensou que eu ficaria bem com isso?

— Noah? — Ela toca no meu braço, e eu puxo para trás. — Por que você não gostou? Eu não... Você está com raiva?

— Você está totalmente certa de que eu estou com raiva, Kris. Eu não posso acreditar que você realmente escreveu aquilo! Como caralhos você pode?

Kristin se mexe para trás e a mágoa pisca em seus olhos.

— Que infernos estava tão ruim? É a verdade!

Eu me levanto e agarro a cabeça. Ela não pode ser tão estúpida assim. Eu sei que ela não é. Ela sabe o quanto isso me desfez. Nós nos sentamos na cama dela enquanto eu me quebrava pra caralho e chorava para ela. Não havia nada naquela noite em que eu dissesse que ela deveria escrever sobre isso.

Incapaz de me conter, eu me viro para ela e jogo as mãos para o ar.

— Eu não sabia que eu deveria ter especificado que precisava estar em *off* quando te contei sobre a Tanya!

— Tanya? — Ela joga sua cabeça para trás. — Do que você está falando?

— Não banque a tonta, Kris. Você admitiu nem dois segundos atrás que escreveu o fodido artigo.

Ela se levanta, enrolando o lençol ao redor dela.

— Eu não sei do que você está falando. Eu não escrevi nada sobre a Tanya.

Não sei se é pior que ela tenha admitido isso ou que de repente esteja se fazendo de estúpida. Se ela me fosse vender, podia pelo menos se manter. No entanto, estou puto demais para dizer uma palavra a ela.

Eu pego o laptop do chão, abro e coloco na cama.

— Não vamos fingir. Não me insulte mais do que você já insultou.

Kristin se move para o laptop e balança a cabeça de um lado para o outro. Quando os olhos dela se encontram com os meus, estão cheios de medo.

— Não fui eu que escrevi isso.
— Não, você já disse que escreveu.
O lábio dela começa a tremer.
— Eu juro. Não foi isso que eu mandei!
— Não é isso o que você enviou ou você pensou que tinha mais tempo antes de eu o ler? Não posso acreditar nisso, porra. Eu não posso acreditar em você!
— Noah... — Ela dá um passo na minha direção, mas eu me movo para trás. — Noah, por favor. Não fui eu que escrevi isso. Esse não é o meu artigo! Eu juro! Eu escrevi sobre o seu trabalho, o novo papel que você aceitou como homem que luta pela mulher que ama, falei de como você é gentil, e as instituições de caridade em que está envolvido, nada sobre a Tanya! Eu nunca faria isso!

Eu agarro o lado da minha cabeça enquanto sinto como se ela fosse explodir. Meu Deus, estou sendo despedaçado. Eu quero acreditar nela, mas está tudo lá.

— Como diabos tudo o que eu te contei entrou ali? Tem o seu nome nisso, Kristin! Eu não conto a uma alma há vinte anos sobre o que aconteceu, e então, de repente, está na maldita internet duas semanas depois? Me diga. — Dou um passo na direção dela. — Me diga como, então.

Eu sou um cara racional; ela diz que não fez isso, então eu preciso ver o que ela de fato enviou.

Porque, neste momento, não há nada que me mostre o contrário.

— Eu vou te mostrar o meu e-mail! Você pode ver que não fui eu quem enviei isso. — Kristin pega o laptop, mas eu o afasto.

Neste momento, eu não confio em nada. Eu nem sequer confio em mim. Tudo o que eu quero é que o que ela diz seja verdade. Mas não posso baixar a minha guarda, eu sou fraco com ela. Não faço ideia se ela vai deletar ou tentar encobrir seus rastros. Eu preciso ter 100% de certeza.

— Me fale a sua senha. Eu vou ver.

Sua respiração para, e ela se senta ao meu lado.

— Você seriamente acha que eu faria isso?

— Eu não sei o que pensar — admito.

Ela abaixa a cabeça e funga.

— Eu pensei que nós fôssemos melhores do que isso.

— Apenas me mostre como o artigo no seu blog, com o seu nome e os detalhes da morte da Tanya de que te falei não é seu, e eu vou acreditar em você. A última coisa que eu queria era isso, Kristin. Só o que eu quero é você, porra, e estou tentando pensar em alguma coisa que faça sentido.

Os olhos azuis de Kristin encontram os meus, e odeio ver a angústia rondando, mas ela tem que me dar algo, não importa o quão pequeno, para me agarrar.

— Tudo bem, abra o e-mail e você vai ver. Não fui eu que fiz isso com você. Eu nunca faria isso com você. Eu te amo, Noah. — A voz dela se parte no fim, o que igualmente me quebra. — A Erica é a editora-chefe, ela pode anular qualquer coisa. Então, eu não sei, talvez alguém tenha contado a ela, e ela editou o meu artigo.

Eu quero estar errado. Se este e-mail não estiver lá, vou rastejar aos pés dela e depois destruir a pessoa que fez isso. Ela me fala a senha e eu entro no e-mail. Vou para a pasta de itens enviados, rezando a Deus para que o e-mail não esteja lá.

Eu passo os olhos e vejo dois e-mails para a Erica. O assunto do mais recente lê-se:

URGENTE — Use isso para o artigo.

O e-mail abre, e não há mais esperança.

Eu olho para a Kristin, que está encostada à parede.

— Acho que a minha história valeu mais do que aquilo que nós tínhamos. Não se preocupe, Kristin, não te vou empurrar ladeira abaixo como você acabou de fazer comigo. Acho que era a minha vez de cair.

Capítulo 31

KRISTIN

— Só me escuta! — Eu agarro o pulso dele enquanto ele anda para fora do quarto. — Eu não fiz isso!

Noah arranca o braço para longe e me prende com um olhar cheio de desgosto.

— Pare de mentir, porra! Eu não consigo olhar para você agora. Só vá embora!

A dor corta o meu coração conforme ele me rejeita. Ele me odeia. Eu vejo isso nos olhos dele, e os meus lábios tremem. Eu preciso dele.

— Eu não estou indo embora! — Mantenho-me firme enquanto vasculho meu cérebro por qualquer coisa para explicar isto. Eu não enviei esse e-mail. Eu nunca contaria a ninguém sobre o passado dele. — Nós temos que conversar. Você não pode me afastar porque eu te amo!

Ele fica de nariz a nariz comigo, fecha os olhos por um momento antes de abri-los novamente, e respira pesadamente.

— Nós terminamos. Não há mais nada a dizer. Eu quero você fora da minha casa agora.

— Você tem que acreditar em mim, Noah. Por favor, você me *conhece*. Você me ama, e nós temos que resolver isso. Eu não sei como aconteceu, mas juro por Deus que não fiz isso! Por que eu iria querer te machucar? Você não vê... que isso não faz sentido?

— Então, sem mais nem menos, tudo o que eu te disse é subitamente exposto? Todos os detalhes da minha vida estão lá para o mundo ver, sob o seu nome e enviados a partir do seu e-mail. Ainda assim, você não fez isso? Você acha que eu sou tão estúpido assim? Achou que eu não iria descobrir? Ou pensou que já tinha o que precisava e não se importava?

As palavras dele me ferem mais profundamente do que tudo o que já escutei antes. Ele não acredita em mim e não sei como provar isso. Tudo o que sei é que eu não enviei aquele e-mail. Não escrevi aquelas palavras, e não disse a ninguém o que ele me contou.

— E as pessoas que sabiam do seu passado? Eu não sou a única pessoa que sabe! — Eu me agarro a palhas, mas é tudo o que posso conseguir.

— Você acha que eu não considerei isso? Por que eles arriscariam perder tudo agora? A minha equipe tratou de tudo isso quando entrei neste negócio. E como eles de repente saberiam o seu nome, Kristin? Como eles teriam o seu e-mail e o enviariam para a sua chefe? Explique qualquer coisa disso!

— Eu sei o que parece, mas, por favor — eu suplico. — Por favor, me dê alguns dias para descobrir o que está acontecendo.

— Poupe a sua energia. Eu vou embora esta noite.

Os meus músculos se tensionam, e eu me sinto fraca. Ele não pode ir embora dessa maneira. Há uma resposta em algum lugar, e eu preciso de tempo para encontrá-la. Eu estico o braço para alcançá-lo, mas ele se afasta e o meu coração cai. Um homem, que ontem à noite não conseguia manter as mãos longe de mim, não vai mais deixar eu me aproximar dele.

— Eu estou te implorando. Por favor, me dê um minuto para descobrir o que está acontecendo.

Os olhos verdes brilhantes de Noah se endurecem enquanto ele me encara.

— Eu estava indo embora de qualquer maneira. — A presunção na voz dele me balança. Ele nunca disse nada sobre ir embora.

— Indo embora?

— Estou indo para a França. Consegui um papel, e estava marcado para ir para lá dentro de alguns dias. Parece que você simplesmente tornou isso muito mais fácil. Obrigado por isso.

Então, ele tem mentido para mim? Fazendo eu me apaixonar e planejando ir embora?

— Você prometeu que não iria a lugar nenhum! — eu grito.

Ele deixa sair um riso sarcástico.

— E você me prometeu que eu era toda a maldita coisa. Parece que nós dois mentimos.

— Noah, não faz isso...

Pedaço por pedaço, a nossa relação se desmorona à minha volta.

— Não. — Ele se vira com a mandíbula cerrada. — Não me torne o cara mau aqui. Porque, neste momento, eu estou fazendo tudo o que posso para não te machucar. Estou segurando tudo o que estou sentindo porque te ver chorar está me matando. É isso que o amor é, Kris. Eu estou disposto a ter o meu coração arrancado do meu fodido peito — Noah bate com o punho sobre seu coração — porque te machucar me deixa doente.

Eu te amo. Eu amo você, apesar do fato de você ter feito isso com a gente. Não sou eu que estou fazendo uma maldita coisa, querida. Isso é tudo por sua conta. — Ele balança a cabeça para o lado e sai do quarto como uma tempestade.

Eu fico parada com nada além de um lençol enrolado à minha volta e caio de joelhos. O meu coração bate contra o peito enquanto as lágrimas caem incessantemente.

— Eu juro, eu te amo — sussurro para ninguém.

Como isso pode estar acontecendo?

Como é que ainda nem cinco horas atrás nós estávamos fazendo amor, e agora nós terminamos?

Eu escuto a porta da frente bater e me encolho. Ele não pode me abandonar. Eu não vou deixar. Coloco-me de pé e corro para a sala de estar, mas ele não está aqui.

— Noah! — chamo por ele, mas ele foi embora.

O meu coração já danificado sofreu o seu golpe final e nunca vai se recuperar.

Cada respiração é uma dificuldade, mas eu chego ao quarto, ofegante por ar. Perdê-lo é demais. Se ele simplesmente voltasse, nós poderíamos resolver isso. Existe uma explicação em algum lugar, mas ele desistiu de mim. Meus dentes batem, ecoando pelo quarto vazio enquanto me visto.

Pego a foto emoldurada de nós no aquário do seu lado da cama e me quebro.

Noah tinha os óculos de sol postos, eu estou atrás dele com a cabeça sobre seu ombro, Aubrey está nos braços dele, e Finn está pulando na frente com a boca aberta. Como ele pode pensar que isso sequer é possível? O que eu sinto é claro como o dia na imagem. Eu o amo. Eu o deixei conhecer os meus filhos. Por que iria fazer isso?

Talvez ele precise de tempo. Ele vai ver que isso não é verdade. Ele tem que ver.

Limpo as lágrimas e tento impedi-las de cair. Dói tanto.

Recolhendo os meus pertences, faço tudo o que posso para me forçar a me recompor. Repasso todos os detalhes dos últimos dias, e não consigo pensar em nada que estivesse fora do lugar. Enviei o e-mail da minha casa, verifiquei que a Erica o recebeu, e depois eu estive com o Noah.

Deixei as crianças na casa do Scott enquanto o Noah esperava na minha casa. Depois, nós viemos para a casa dele, fizemos o sexo mais intenso da minha vida, comemos, fizemos mais sexo e depois tudo implodiu.

O apartamento parece frio, todo o calor e o amor que nós partilhamos horas atrás evaporaram. Olho para a nota no balcão e as lágrimas voltam.

> *Quero que você tenha ido embora quando eu voltar. Aqui está o dinheiro para um táxi. Pensei que perder a Tanya machucasse, mas não é nada comparado com o estrago que você me causou.*

MEU DEUS, eu não aguento mais. Ele pode ficar com a merda do dinheiro dele e do meu coração, porque nenhum deles vale uma porcaria. Ando até a porta da frente, minha mão descansando no metal frio, e eu me viro para trás, tentando memorizar este espaço.

— Adeus, Noah — eu solto, enquanto uma lágrima escorrega pela minha bochecha.

Faço meu caminho para fora com um buraco onde o meu coração costumava estar e ando os quatro quarteirões até a pessoa mais próxima que vai acreditar em mim.

— Alô? — Erica atende ao telefone com uma voz cheia de sono.

— Você tem que tirar aquele artigo da porra da internet. Eu não escrevi aquilo! — Eu fungo no telefone.

— O que você quer dizer? — pergunta.

Eu não tenho tempo ou energia para discutir isto. Eu preciso da minha amiga e preciso de respostas.

— Apenas remova o artigo, Erica.

— Está bem, está bem. — Ouço embaralhamento pela linha. — Estou tirando isso agora, mas você precisa me explicar por que eu estou fazendo. Este artigo foi incrível.

As lágrimas caem sem parar à medida que eu me aproximo do meu destino.

— Não foi. Era tudo mentira e eu nunca o enviei. Não sei o que está acontecendo, mas tire isso, já causou estragos suficientes.

Eu desconecto a chamada e subo as escadas. Quando chego à porta, toco a campainha, agora quase hiperventilando de tanto chorar.

Ela não atende, então eu bato alto, esperando acordá-la.

— Que porra... — Os olhos da Nicole se arregalam e eu caio nos braços dela. — O que aconteceu?

Eu começo a soluçar, completamente desavergonhada, enquanto me agarro à minha melhor amiga.

— Ele foi embora. Ele me abandonou.

— Quem foi embora? As crianças estão bem? — Eu balanço minha cabeça enquanto ela esfrega as minhas costas. — Kristin, fala comigo! Que diabo está acontecendo?

Nicole empurra os meus ombros para trás com a sua preocupação gravada na cara. Eu não chorei assim quando o Scott e eu terminamos com as coisas. Não doeu nem metade do que isso dói. Eu vejo o olhar do Noah quando ele viu o e-mail que eu nunca escrevi, que eu nunca enviei. A maneira como a voz dele estava cheia de desilusão pensando que eu tinha feito isso com a gente. A raiva dele quando me disse que ia embora de qualquer maneira.

A dor lancinante no meu peito é bem-vinda. A agonia me lembra de que isso é real, e eu não vou acordar em alguns minutos.

— Noah... — Eu inspiro tremulamente. — O artigo e... ai, Nic, é tão ruim. Eu não sei como isso aconteceu, mas ele terminou comigo. Sou tão estúpida por pensar que isto daria certo. — A minha voz treme.

Ela nos leva para o sofá e me envolve em um cobertor. Eu me curvo em uma bola com a cabeça no colo dela, como quando nós éramos menininhas. Nicole olha para mim com um sorriso triste e brinca com o meu cabelo.

— Frases completas, Kris.

— Sinto como se estivesse morrendo por dentro.

— Quero compreender, querida, mas você não está fazendo sentido. O que aconteceu com o artigo?

Nicole escuta sem dizer uma palavra enquanto eu explico os acontecimentos desta manhã. Eu me alterno entre o choro e a raiva quando conto a ela como implorei para ele acreditar em mim. Sim, as provas são condenatórias, mas ele devia ter sabido. Em vez disso, ele me deixou lá com uma nota de vinte e um bilhete para quebrar ainda mais o meu coração.

Quando já não há mais lágrimas para chorar, apenas fico encarando o teto, completamente dormente.

Depois que estou calada por um tempo, Nicole fala suavemente:

— Você teria acreditado nele?

— O quê?

— Se os papéis fossem invertidos, você acreditaria que ele não fez isso, mesmo depois de ver tudo?

— Sim. — Não há uma pausa ou um segundo pensamento na minha resposta. Eu me empurro para me sentar e espero pelo que a fez perguntar isso.

Ela suspira, e o seu olhar se desloca para o chão.

— Estou dizendo que não faz sentido. Como você enviou para a sua chefe um e-mail que realmente não enviou sobre todas as coisas que ele te contou? Eu sei que você nunca faria isso, mas eu te conheço desde que eu tinha 12 anos. Você não é assim, mas, mesmo conhecendo você, estou aqui sentada tentando dar sentido a isso. Não sou uma celebridade que basicamente aprendeu a desconfiar de todo mundo ou que acredita que as pessoas estão apenas me usando, mas ele é. Vocês não estão juntos há tanto tempo, e...

Eu começo a me mexer, não querendo ouvir, mas ela segura meu pulso e me puxa de volta para o sofá.

— Me solte.

— Não é assim que isso funciona. Eu sei que você não fez isso, mas você tem que enxergar todo o quadro.

— Por que você não tem problemas em acreditar em mim? — pergunto.

— Porque durante toda a minha vida eu quis ser como você. Eu queria ser boa, honesta, amorosa, e metade tão pura como você é. Não há maneira de você ser capaz de destruir alguém desse jeito e viver consigo mesma depois.

— Ah, Nic, você é todas essas coisas.

Ela me puxa para os braços dela.

— Isso não é sobre mim, mas é disso mesmo que estou falando. Eu te digo algo sobre você, e você vira isso para mim.

Eu balanço a cabeça para os lados, tentando afastar a próxima onda de dor.

— Não posso fazer isso. Não posso perdê-lo. Sei que parece uma loucura, mas eu o amo e quero uma vida com ele. Pensei que ele era a minha segunda oportunidade. Ele era para ser...

Não consigo terminar as palavras. É tudo demais. Amá-lo era fácil, perdê-lo é um tormento.

— Sinto muito que você esteja sofrendo. Você já teve merda suficiente na sua vida, eu esperava que isto... fosse ser diferente.

As lágrimas que eu pensei que tivessem secado retornam novamente. Sofrimento não é uma palavra suficientemente forte. Dor, agonia, miséria, tormento... essas se aproximam um pouco mais, mas elas continuam ficando insatisfatórias.

— Seria uma coisa se algo disso fosse verdade, entende? Se eu tivesse feito isso, poderia aceitar que ele fosse embora e que nós terminássemos. Não tenho respostas sobre como aquele e-mail foi enviado. Está lá! Na minha caixa de e-mails enviados. — Eu agarro o cabelo com as duas mãos. — Como? Como é que enviei uma coisa que eu nunca escrevi?

— Eu não sei. Nada disso faz sentido. Quem quer que tenha feito isto, claramente não quer que você fique com o Noah. Ele tem alguma ex maluca ou alguma coisa que te ocorra? Alguém no passado dele que quisesse machucá-lo?

Há tantas coisas nisto que não batem certo. Ele me disse que não namorou de verdade e que a família dela foi assistida, mas talvez eles tenham mudado de ideia. Noah e eu não fomos fotografados juntos, por isso não é como se eles sequer soubessem que nós éramos uma coisa. A menos que ele ainda fale com eles?

— Não que eu saiba.

— E o Scott? — ela pergunta.

Eu bufo e olho pela janela quando o sol começa a nascer.

— Eu adoraria fazer dele o vilão, Deus sabe que ele atua bem assim, mas como ele poderia? Ele não sabe nada sobre o passado do Noah. Além disso, nós temos estado nos dando bem na maioria das vezes. O Scott tem um novo bebê a caminho e uma futura esposa, por que ele se importaria uma merda comigo?

— Sim, e ele não é assim tão esperto. — Nicole sorri maliciosamente.

— Tem isso, também. Quem me dera poder fazer sentido de qualquer coisa disso. — Eu olho para ela através da visão desfocada. — Por mais que eu queira pensar nisso, não consigo. Eu quero vê-lo, tocá-lo, ouvir a sua voz, mas ele não me quer mais.

Se eu soubesse que esse era todo o tempo que teria com ele, teria feito tudo de forma diferente. Olhando para isso agora, eu fui estúpida. Noah nunca ficaria por aqui, e eu devia ter visto isso. Nós vivemos em mundos diferentes, e acreditar que isto poderia ter funcionado foi imprudente.

O meu telefone toca, e eu me apresso para encontrá-lo. Talvez seja o Noah. Espero que, com tudo o que está dentro de mim, seja ele.

No entanto, o nome piscando me atira para outro circuito. Por que a esposa do meu primo estaria me ligando?

— Catherine? Está tudo bem?

— Nós devíamos conversar, querida. Acabei de falar ao telefone com um dos meus publicitários, e li o artigo.

A minha respiração se suspende.

— O artigo?

Ela limpa a garganta.

— Noah Frazier é representado...

— Por você.

— Sim, a minha firma trata das relações públicas dele, e estou a caminho de me encontrar com ele, mas eu tenho que saber...

— Eu não fiz isso, Cat — eu digo, rapidamente.

— Ok. — Ela hesita por um segundo. — Quando eu vi o seu nome, e o Noah me deu detalhes, fiquei chocada por saber que você estava por detrás disso. Especialmente quando disseram que você era a namorada dele. — Catherine abafa o telefone e diz alguma coisa que não consigo entender.

Eu belisco a ponte do meu nariz, pensando o quão pior isto pode ficar. A minha família está envolvida, os meus filhos vão ter que ouvir que o Noah se foi, e eu estou destroçada.

— Sinto muito — eu digo, enquanto o meu estômago se revira. Não há nada que eu odeie mais do que desapontar as pessoas. — Eu fiz a minha editora removê-lo.

Ela suspira.

— Eu sei, mas ele já estava lá fora, e nada realmente desaparece. Estou fazendo o melhor... — Ela para, cobre o telefone e depois retorna. — Desculpa, Jackson está surtando. Estou tendo que o impedir de perder a cabeça. Ele não está contente por você estar envolvida.

Quem me dera não estar.

— Diga a ele que eu também lamento.

— Deixe-me reformular isso — diz Catherine. — Ele não está contente por alguém estar fazendo isso com você. Escute, nós estamos em Tampa. Ele vai me dar uma carona e depois vai encontrar com você. Tudo bem?

— Vocês não precisam fazer isso.

— Eu sei, mas vamos fazer.

— Estou na casa da Nicole. Vou te mandar o endereço por mensagem.

Nós desligamos, e Nicole olha para mim com a sobrancelha levantada.

— O Jackson está vindo para cá.

— Seu primo? — pergunta, com os olhos ficando arregalados.

Eu aceno em concordância.

— O ridiculamente quente que tem gominhos no seu abdômen?

— Nicole — eu aviso.

— Sim, sim, ele é casado... Eu sei. Não quer dizer que uma garota não possa babar.

Ótimo. Agora a minha melhor amiga vai se atirar para o meu primo, e eu estou fodida demais da cabeça para me preocupar. Como se este dia não pudesse ficar pior antes das nove da manhã.

Capítulo 32

KRISTIN

— Ei, Kris.

— Oi — eu digo e, mais uma vez, as lágrimas aparecem quando vejo a compaixão no olhar de Jackson. Eu sou como uma maldita torneira vazando. Mas o Jackson é como um irmão para mim, e eu não quero que ele me veja desse jeito.

Os seus grandes braços enrolam-se ao redor dos meus ombros e ele me abraça apertado.

— Não chora. Você não sabe que os homens são estúpidos quando veem lágrimas? Não conseguimos dizer as coisas certas.

Fungo contra o peito dele.

— Mesmo os grandes e malvados Seals da Marinha?

Ele dá uma risada.

— Especialmente nós. Basta perguntar à Catherine, é a melhor arma dela.

— É bom saber. Presumo que você não esteja aqui para apoio moral?

Jackson olha para mim e balança a cabeça em negação.

— Não, mas estou do seu lado.

— Certo.

— Vamos conversar. — Ele aponta com a cabeça na direção do sofá.

À medida que fazemos o nosso caminho para lá, eu me recomponho. Preciso ser forte ao longo do que está vindo. Tive o meu tempo para sentir pena de mim mesma, agora é hora de ser uma mulher corajosa. A minha vida definitivamente tomou algumas voltas, e eu sobrevivi a todas elas. Agora dói, mas, eventualmente, isso vai diminuir.

— Eu preciso que me responda honestamente, e juro que não vou julgar ou ficar chateado.

Levanto a minha mão e o faço parar aí. Sei o que ele vai perguntar e prefiro não escutar as palavras novamente. Já foi difícil o suficiente.

— Eu não escrevi isso. Não enviei. Não faço ideia de quem fez isso.
Ele me dá um sorriso triste.
— Não pensei que você tivesse feito.
— Você tem alguma ideia de como isto pode acontecer? — Eu olho para ele com esperança. Ele é dono de uma empresa de segurança e tem feito trabalho de investigação. Obviamente, não faço ideia do que diabos ele pode fazer para me ajudar, mas talvez haja alguém que ele conheça.

Jackson se levanta e segura a parte de trás do pescoço.

— Ainda não. Preciso que você me dê tudo o que puder para que eu possa começar a cavar. Eu disse à Catherine que me envolveria, porque, se alguém está tentando armar para você, não vou me sentar de longe e assistir.

Quero acreditar que existe uma forma de chegar ao fundo dessa questão, mas não sei se isso importa. Noah está indo embora, então por que eu me importo? Ele obviamente acredita que eu fiz isso. Cada minuto que passa sem uma ligação ou mensagem de texto, a minha fé em nós diminui. Pensei que estávamos construindo uma base forte. Eu acreditei no Noah o suficiente para arriscar o meu coração novamente. Alguém tirou isso de mim, e não sei bem como recuperá-lo. Ou se eu posso.

— Que diabos nós podemos fazer? — pergunto a ele.
— Bem, primeiro eu vou...
— Jackson! — Nicole guincha do corredor quando o vê. — Já faz um século, sua besta sexy de homem!

Ah, Senhor.

— Nic — eu aviso.
— Ah, cale a boca. — Ela sorri e corre na direção dele. — Ele sabe que eu só estou examinando as coisas boas.

Jackson dá a ela um abraço, rindo das suas artimanhas.

— Algumas pessoas nunca mudam, hein?
— Não. Por que mexer na perfeição? Esse é o meu lema.

Faço um barulho de me engasgar.

— Desculpa, estava só sufocando no meu vômito.

Nicole me dá uma tapa de brincadeira nas costas e depois se joga do meu lado.

— De qualquer forma, aposto que você tem um plano para limpar o nome da Kristin, não é, grandalhão?
— Preciso de acesso ao seu e-mail, telefone e laptop. Vou pedir aos meus homens para fazerem um escaneamento e ver se conseguimos encontrar alguma coisa. Você ficaria surpresa com o que as pessoas podem fazer remotamente — Jackson me informa. — Então, se não encontrarmos nada lá, nós vamos cavar mais fundo. Todas as coisas que estão enterradas encontram o seu caminho para a superfície, e eu sou um escavador dos infernos.

— Aposto que você é — Nicole praticamente ronrona.

Dou um tapa na perna dela e me levanto.

— Vou te dar acesso à minha vida inteira. Não tenho nada a esconder.

— Bom. Vamos andando — pede Jackson.

Nicole me puxa para os braços dela.

— Vai ficar tudo bem. Não importa o que aconteça.

— Eu te ligo mais tarde.

— É bom que você faça isso.

Dizemos adeus à Nicole e vamos até o apartamento do Noah buscar a Catherine. Eu digo a mim mesma o percurso inteiro que ele não vai querer me ver, mas isso não me impede de querer correr para dentro e bater na porta dele. A distância que nós tínhamos há alguns minutos está se fechando e os nós no meu estômago crescem.

Jackson estaciona ao longo do meio-fio, e eu quero vomitar. Ele está dentro daquele edifício. Bem atrás daquelas portas de vidro duplo está o único homem que eu já amei verdadeiramente, o único homem que me fez sentir que eu valia alguma coisa. Enquanto ele estaciona o carro, a Catherine sai, pelo que estou grata.

Eu não seria capaz de aguentar me sentar aqui e esperar.

Ela olha para mim, segura a minha mão e aperta.

— Estou fazendo o que posso. Apenas saiba disso, está bem? — O tom da sua voz é um aviso, mas não de uma maneira ameaçadora.

— O que isso significa?

Ela e Jackson compartilham um olhar.

— Significa que nós precisamos resolver isto rapidamente.

A realização me atinge. Noah é a prioridade da Catherine. Ela vai fazer o que for necessário para dar a volta na história, e eu vou ser o alvo.

— Noah quer que você me derrube, e a minha roupa suja vai ser usada, não vai? — pergunto, sem qualquer emoção.

Jackson se afasta do meio-fio e dirige na direção da minha casa. Nenhum deles me responde. O silêncio deles é tudo o que eu preciso. Ela não terá escolha, e a Catherine é muito boa em seu trabalho.

Inclino a cabeça para trás, fecho os olhos e permito que a minha mente se desligue. Era assim que eu lidava com o abuso do Scott. Aprendi a como ficar dormente, a não ouvir nada, a não ver nada e a não ser nada. Passaram-se meses desde que fiz isso, mas aqui estou eu, fingindo que não existo e que isso não é real. O entorpecimento é uma suspensão temporária onde nada me pode tocar.

— Kristin. — Catherine me balança, trazendo-me de volta para o agora.

Forço as minhas pernas a se mexerem, e nós três caminhamos para dentro.

A minha respiração fica ofegante à medida que a minha mente reproduz cenas dos últimos meses. Noah sentado no sofá com o Finn e assistindo Harry Potter. Noah e Aubrey alimentando os animais na sua área de brincar. A mesa onde ele me beijou antes de irmos para o quarto. O chão da cozinha onde o ataquei. Ele está em todos os lugares.

Agarro o estômago e me dobro, precisando que isso pare.

Catherine segura meu rosto, forçando-me a olhar para ela.

— Eu sei que isto é horrível. Sei que só quer que ele acredite em você. Acredite em mim, eu gostaria que fosse tão simples assim, querida, mas nós podemos impedir isto se conseguirmos descobrir quem está por detrás. O Noah não quer acreditar que é você. Ele quer que seja *qualquer* outra pessoa. Ele não está feliz que você foi embora. Ele te ama, ele me disse, mas está perdido porque tudo aponta para você. Agora, está pronta para encontrar uma maneira de provar que não fez? — Os olhos dela estão cheios de determinação.

Eu seguro os pulsos dela, respiro fundo três vezes e concordo com a cabeça.

Mesmo que Noah tenha ido embora, eu preciso me exonerar. Não fiz nada de errado e quem está por detrás disto precisa sentir mesmo que seja um pouco da dor que sinto. Por isso, sim, estou mais do que pronta.

Capítulo 33

NOAH

— Olá, Sr. Frazier. — A comissária de bordo morena sorri. — Há alguma coisa que eu possa arranjar ao senhor?

O cabelo dela é da mesma cor castanho-escuro que o dela. Ela tem um pouco mais de loiro, e eu prefiro bem mais o vermelho no da Kristin.

A minha garganta fica seca quando vejo o rosto, o cabelo, o corpo e a voz dela em todas as mulheres que encontro. Nenhuma delas se compara a ela, e nenhuma delas me destruiu da maneira como ela me fez.

— Não, eu estou bem.

Os lábios vermelhos dela se elevam em um sorriso sedutor.

— Está bem, se precisar de alguma coisa, fico feliz em estar ao seu serviço. O meu nome é Leighanne.

Eu sorrio.

— Obrigado. — Não há nenhum serviço que eu vá precisar. Tudo o que eu quero é apagar nessa merda e acordar no futuro.

Não demorou muito para o Tristan arranjar um plano. Ele me disse que o artigo foi removido e que estão trabalhando para desacreditar a Kristin. Eu não queria saber os detalhes. Não posso me sentar e assisti-los destruí-la. Mesmo que ela tenha quebrado o meu fodido coração, odeio que eu vá ser aquele fazendo o mesmo. Por tudo o que eu sei, eles vão pintá-la como uma ex desesperada por vingança ou uma mãe solteira falida precisando fazer um nome para si mesma.

Ela não é nenhuma dessas coisas.

Não importa o que aconteça, não posso desligar o que sinto por ela.

Meu telefone toca sinalizando uma mensagem novamente, e eu vou desligá-lo, mas o nome dela pisca.

Abrir é estúpido, mas eu nunca afirmei ser tão brilhante assim.

> Kristin: Eu não sei se você vai ler isso. Não sei se você se importa, mas quero que saiba que eu te amo com todo o meu coração. Você me deu mais em alguns meses do que eu recebi na minha vida inteira. Eu nunca te machucaria dessa maneira. Você disse que estava indo embora, e vou sentir sua falta mais do que alguma vez você poderá compreender. Eu vou dizer à Aubrey que você me pediu para cuidar dos animais dela, e ao Finn que você espera acabar a maratona em breve. Não importa o que pensa de mim, eu vou apreciar cada momento que nós tivemos. Eu daria tudo para te ver apenas uma última vez, mas sei que você não quer. Juro que vou descobrir quem fez isto.

Fico sentado no avião, esfregando a testa enquanto leio o texto de novo e de novo. Os mesmos pensamentos continuam a circular, deixando-me sem respostas.

A campanha contra ela já começou?

Ela vai me odiar e dizer às crianças que eu sou a razão pela qual a mãe deles está sendo atacada?

Ela vai sofrer por causa das minhas mãos?

Imagino os olhinhos azuis da Aubrey e um grande sorriso caindo porque a minha equipe está fazendo a mãe dela parecer uma caçadora de ouro. Finn vai me odiar, mas não mais do que eu odiarei a mim mesmo.

Envio uma mensagem ao Tristan.

> Não destrua a Kristin. Não importa o que aconteça, eu a amo e não quero isso. Encontre outra maneira.

Desligo o telefone sem esperar por uma resposta.

Odeio cada parte disto, mas não existe outra explicação que eu possa encontrar. Passei o dia inteiro revendo qualquer possibilidade de como não seria ela, e fiquei sem ideias. Mesmo que, no meu coração, eu não veja como ela poderia ser tão manipuladora e chegar tão longe para me vender, minha cabeça encara os fatos. Não há maneira de discutir com eles.

O avião decola, e eu deixo para trás a mulher que amo e a vida que nós podíamos ter tido.

— Noah! Vamos lá! — O diretor esmurra a porta do meu trailer e eu gemo.

Minha cabeça está latejando, e eu tenho a pior boca de algodão conhecida pelo homem. Passei os últimos dois dias bêbado como o caralho, cortesia do minibar do meu hotel. É a única maneira de a merda não doer tanto assim. Eu evitei pessoas, luz do sol, comida, quase qualquer coisa que não fosse vodca.

Como diabos vou trabalhar hoje está além de mim. Mal consigo ficar de pé, muito menos focar nas minhas falas. Eu me inclino para trás na cadeira e fecho os olhos. Se eu conseguir simplesmente parar de girar, vou ficar bem.

A porta se abre.

— Sr. Frazier?

— O quê? — Eu ladro.

Deus, estou sendo tão babaca. Este não sou eu. Eu não me embebedo, não me atraso, nem trato os funcionários como merda. Eu sou o cara que faz todo mundo rir, mas olha quem está rindo agora.

— Desculpe incomodá-lo, mas Paul está prestes a perder a cabeça — a loira baixinha me informa. — Você foi chamado no set trinta minutos atrás e me mandaram não sair daqui sem você.

— Merda. Ok, me dê dois minutos, e eu estarei pronto. — É um esforço manter o meu tom de voz equilibrado.

Ela acena com a cabeça em acordo e sai, mas provavelmente não vai muito longe. Está na hora de me recompor. Eu tenho um trabalho a fazer, e ninguém aqui se importa uma merda que eu esteja emocionalmente esgotado. Eles só se importam com o filme.

Eu espirro água na cara e bebo o café deixado na mesa.

— Pronto? — pergunta, quando eu abro a porta.

— Claro. — Estou pronto para ir para a cama, só isso. — Qual é o seu nome?

— Elisa.

Eu sorrio o melhor que consigo.

— Prazer em te conhecer. Então, Elisa, que cena nós estamos filmando primeiro?

Ela suspira, e eu posso praticamente ler os seus pensamentos... *Você não deveria saber disso?*

— É a cena em que o seu personagem, Alexander, conhece a personagem da Autumn, Kiersten, em uma festa.

O meu nevoeiro alcoólico evapora ao ouvir o nome do interesse amoroso do meu personagem.

— Kiersten? O roteiro tinha o nome dela como Hailey.

Mais uma vez, a Elisa me dá uma olhada, me dizendo que sou claramente um fodido idiota.

— Você recebeu um roteiro revisado no seu hotel no dia em que chegou. Você não viu todas as mudanças?

Eu teria visto, se tivesse lido outra coisa que não a advertência do Ministério da Saúde na parte de trás da garrafa.

— Eu tive uns dias difíceis. A minha namorada meio que me vendeu, eu fodi a vida dela inteira salvando o meu próprio rabo e bebi o suficiente para esquecer. Claramente não estou no meu melhor.

Elisa abre a boca para dizer alguma coisa, mas ouço alguém gritando comigo:

— Noah!

Meus olhos estão definitivamente brincando comigo.

— Tristan?

Por que infernos o meu assessor está na França?

— Ah, então você sabe mesmo quem eu sou? É bom saber, já que você se recusa a atender ao telefone. — Ele olha com raiva para mim.

— Não se pode atender um telefone que não esteja ligado.

Ele revira seus olhos e depois sorri para a Elisa.

— Querida, você pode me dar uns minutinhos com o meu *cliente*?

Elisa olha para mim, e eu aceno com a cabeça em acordo.

— Claro. Não que eu tenha um trabalho para fazer nem nada. Este será um novo recorde das pessoas sendo despedidas no set — ela resmunga, enquanto se afasta.

— Vou me certificar de que ela fique bem — diz Tristan. — Eu tenho te ligado sem parar.

Assim que pousei na França, não senti necessidade de falar com ninguém. Meu autocontrole não é forte o suficiente para não ligar para ela, mandar uma mensagem ou voltar para o avião na mesma hora se ouvisse sua voz, então escolhi desligar.

Não vale a pena explicar isso a ele. Tristan não entende nada da minha apreensão. Ele é bastante insensível e acha que eu deveria ter ido atrás dela no segundo que tive a confirmação de que a Kristin me traiu.

Uma coisa engraçada sobre o amor é que ele faz de você um bobo que não consegue propositadamente colocar a outra pessoa em dor. Eu preferia passar o resto da minha vida miserável a vê-la sofrer por um único segundo.

— Por que você está aqui?

— Tem uma coisa que eu preciso te contar, e fui instruído de que tinha que ser pessoalmente.

Minha mente gira pior do que estava antes, e não consigo aguentar outra bomba caindo. Se ele está aqui, isso não pode ser bom.

— Apenas lide com o que quer que seja — digo eu e começo a me afastar. — Não estou com humor para más notícias.

— Kristin não fez aquilo — Tristan solta, e os meus pés param de se mexer.

Eu aperto os punhos, tentando me manter firme. Não quero ter esperanças de que o que ouvi seja verdade. Há uma possibilidade de eu ainda estar bêbado e estar sonhando com esta conversa. O meu estômago se revira quando me viro para encará-lo.

— O quê?

— Não foi ela quem enviou aquele e-mail, Noah. Tivemos o endereço de IP rastreado, e não veio da casa dela nem da sua. Veio de outra pessoa.

Por favor, que isto seja real. Por favor, que isto seja verdade.

— Quem, então? Como você sabe alguma coisa disso?

— Não posso dizer muito mais do que isso, neste ponto. Preciso ter uma negação plausível para o caso de que isso seja vazado. Há muitas legalidades que ela preferia que eu estivesse no escuro, mas Catherine está cem por cento certa de que não foi a Kristin. Ela não me daria mais do que isso antes de demandar que eu entrasse em um avião e chegasse até você.

Eu balanço a cabeça para os lados enquanto olho para o céu. Quero acreditar nisso mais do que qualquer coisa. Perder Kristin tem sido uma tortura.

— Você tem certeza? — pressiono com mais força.

— Olha, Catherine estava pronta para fazer o que tinha que fazer, mas ela tem provas de que não havia maneira de a Kristin ter enviado isso.

A culpa que eu sinto desmorona em cima de mim, tornando difícil respirar. Eu não acreditei nela. Ela me disse, me implorou que eu a ouvisse, e eu fui embora. Mesmo depois que a feri, ela me mandou uma mensagem para dizer que me ama.

Eu me odeio.

Eu devia ter ficado, confiado nela e encontrado uma maneira de provar que ela não escreveu aquilo.

Como diabos eu poderia saber, no entanto? Todos os sinais apontavam para ela, e eu simplesmente aceitei. Bem no fundo, eu nunca acreditei, mas aprendi que as pessoas que amamos podem fazer coisas horríveis. Pessoas em quem confiei me traíram, e eu não queria ser um bobo do caralho novamente.

Tarde demais para isso.

— Então eu estava errado?

— Sim, todos nós estávamos.

Não, eu estava errado. Eu sou a pessoa que ela precisava que confiasse nela. Isto é culpa minha.

— Maldição! — Bato com o punho na parede. — Sou um idiota do caralho. Eu a dispensei tão facilmente.

Tristan coloca a mão no meu ombro.

— O que você deveria pensar, cara? Você tinha um artigo com o nome dela, no blog dela, enviado do endereço de e-mail dela. Foi mais do que coincidência.

— Eu fodi isso, Tristan. Eu fodi isso, e ela nunca vai me perdoar.

Ele sopra uma respiração pesada pelo nariz.

— Ela vai ver de onde você tirou isso. Era uma situação impossível. Você fez o que qualquer um teria feito.

Isso não muda o fato de eu ter ido embora. Eu virei as costas para ela, da mesma maneira como as pessoas fizeram comigo.

— E você acha que ela vai simplesmente se esquecer de que eu desisti dela assim tão depressa?

Ele dá de ombros.

— Eu não sei. Eu realmente não sei, mas, nesta indústria, você fez exatamente o que precisava. Ela tem que compreender isso.

— Você não entende. Ela não está nesta indústria dessa maneira.

— Como não? Ela é uma blogueira de celebridades, Noah. Você faz uma reportagem contra a minha recomendação, se apaixona por ela e, de repente, algo que conseguimos manter fora da imprensa é divulgado depois que você confia nela? Qual é.

Quem se preocupa com as razões? Há um certo e um errado, e eu escolhi o errado. Eu a abandonei quando ela se agarrou a mim, me implorando para não ir. Talvez eu tenha feito o melhor pela minha carreira, mas não por nós, ou por ela, ou pelo meu maldito coração.

Eu me encosto à parede e deixo a minha cabeça cair para trás, fazendo um barulho alto.

— Outros acreditaram nela — apontei. — Outra pessoa cavou mais fundo.

Tristan se inclina contra a parede ao meu lado, e a minha autoaversão aumenta. Eu poderia ter feito o que fosse necessário para provar que ela não fez aquilo ou que realmente fez. Não é como se eu não tivesse a capacidade, mas não vi outras possibilidades, a não ser que fosse ela.

— Sim, mas você estava no fim receptor da tempestade de merda. Você tinha que lidar com as consequências. Não sei, acho que você estava em uma situação sem ganhos e fez o melhor que podia.

Talvez ele esteja certo, mas o meu coração me dizia que ela não teria feito isso. Eu nunca pensei que ela fosse capaz de ser tão trapaceira, era a minha cabeça que não estava a bordo. Agora, eu a perdi e não faço ideia se consigo tê-la de volta.

Esfrego a minha mão agora latejante.

— Me diga que vocês não fizeram nada para arruiná-la.

— Consegui desacreditar o site como notícia falsa, mas está no ar. Nós seguramos um pouco mais do que eu teria segurado, mas a Kristin é parente da Catherine.

— Catherine, a sua chefe? A mulher que veio na minha casa faz parte da família dela?

Ele levanta as mãos e as deixa cair.

— Ela mesma. Ela não queria deixar pedra sobre pedra antes de fazermos alguma coisa à Kristin que nós não pudéssemos desfazer. O marido da Catherine dirige uma empresa de segurança e... bem, me disseram que eu não quero saber mais do que isso. Eles a excluíram de ser a responsável por enviar isso cerca de 30 minutos depois de você ter me enviado a mensagem de texto do avião.

Jesus Cristo. Há dois dias que eu ando bebendo até virar um estúpido enquanto ela tem estado lá sentada pensando Deus sabe o quê.

— Ela sabe que ninguém me contou até agora?

— Eu não sei. Nós estamos patinando em uma linha muito desfocada porque, normalmente, nunca teríamos qualquer contato com ela. O marido da Catherine ser primo dela fez com que lidar com isso fosse um pouco diferente.

Nada disso importa para mim. Eu disse a ele no início que não queria fazer sequer uma declaração.

— Eu me preocupo com ela, não me importo com as linhas.

Tristan dá uma gargalhada.

— Eu sei que não, mas você é o nosso cliente. Sou pago para resolver as suas confusões e, família ou não, a nossa lealdade é para contigo, não para mais ninguém.

— Certo. — Eu corro a mão pelo rosto. — Eu quero saber quem está por detrás disso. Eu os quero destruídos. Não me importa um puto o que você tenha que fazer, mas eles a incriminaram... Não vou me segurar dessa vez.

— Entendido — Tristan diz, com um sorriso presunçoso. — Quem me dera poder te dar mais, mas você precisa conversar com a Kristin se quiser os detalhes.

Quem quer que tenha feito isto, está prestes a ter a ira do inferno descarregada sobre eles. Eu vou destruir o mundo deles como fizeram com o nosso. No entanto, vou deixar o Tristan lidar com isso. Tenho outra coisa que precisa ser consertada e, neste momento, é só com isso que me preocupo.

— Só mais uma coisa — eu falo. — Está prestes a haver outra confusão que você terá que limpar.

Tristan ri.

— Sim, essa é a segunda razão para eu estar aqui. Pensei que teria algum trabalho para fazer na França.

Capítulo 34

KRISTIN

TRÊS DIAS.

Setenta e duas horas.

Quatro mil, trezentos e vinte e oito minutos sem uma palavra do Noah. Agora vinte e nove minutos. Não que eu esteja contando nem nada.

Eu esperava que quando ele soubesse que não era do meu computador ou casa de onde isso veio, que ele ligasse ou mandasse uma mensagem de texto ou... alguma coisa. Acho que ele ou não acreditou ou não se importava.

Promessas quebradas e um coração partido são tudo o que me restou do que nós compartilhamos.

Meus nervos estão destruídos, eu não dormi, e esperar que Jackson ligue com os resultados de quem enviou o e-mail está lentamente me matando. Preciso saber quem está por trás disto. Estou desesperada para descobrir quem odeia o Noah ou eu o suficiente para arruinar nós dois.

Uma batida na porta deixa o meu coração disparado. Talvez seja o Noah? Pulo do sofá e corro para lá. O que estou fazendo? Eu paro de repente.

Ele me deixou sem sequer olhar para trás. Eu era completamente dispensável, e ele me machucou pior do que Scott alguma vez o fez.

Outra batida.

Provavelmente não é ele, de qualquer maneira. Eu abro a porta, e com toda certeza, não é. É a Catherine, e ela trouxe um buquê de flores.

Parece que nós estamos mudando a forma como lidamos com as separações. Normalmente, é sorvete, bolo, *Four Blocks Down* e muito vinho. Flores é uma nova.

— Você parece uma merda — Catherine diz, olhando para mim com seu rosto franzido em desgosto. — Já tomou banho desde a última vez que te vi?

— Você tem novidades? — deixo escapar, precisando saber se é por isso que ela está aqui.

— Estas estavam na sua varanda sem um cartão — ela me fala.

Eu não quero saber das flores estúpidas. Por tudo o que eu sei, elas são da pessoa que fez isso comigo e quer me torturar ainda mais. Eu quero informações sobre o e-mail. Estou cansada de esperar e não chegar a lugar nenhum.

Jackson explicou que não era tão fácil como eu pensava. Como isso não é tecnicamente um crime, não existe um juiz no mundo que conceda uma intimação para obter os registros de IP. Portanto, ele tem um amigo que tem um amigo que pode ou não ter estado na CIA. E então ele me garantiu que eu não deveria saber mais nada.

— Catherine?

— Tudo o que sei é que o Jackson disse para encontrá-lo aqui quando eu acabasse de trabalhar dentro da Starbucks, uma vez que eu precisava ficar longe das crianças, por isso estou aqui. Vá para o chuveiro, torne-se... humana, e nós vamos passar pelas informações.

— Eu não posso...

— Vá. — Ela aponta. — Eu sei que você está ansiosa, mas ele pode demorar mais uma hora. As crianças estão com o Scott?

— Sim. Eu disse a ele que não estava me sentindo bem e precisava que ele ficasse com elas durante uns dias.

— Ótimo, vá fazer você não se parecer uma porcaria.

Sem querer discutir com ela, encaminho-me para o banheiro para me limpar. Fico parada debaixo da água, lavando a camada de depressão que se agarra à minha pele. Não há nada que eu possa fazer sobre a minha situação. Sei que não sou responsável, mas são todos os outros que eu tenho que convencer. Então, vejo o rosto do Noah enquanto ele ia embora. O desapontamento, a raiva e a determinação de que nós tínhamos terminado.

Fecho os olhos, inclino as costas nos azulejos frios e deixo as lágrimas caírem.

Ele não voltou.

Ele deve saber que não fui eu, e isso não mudou nada.

Estou sozinha novamente, só que desta vez não há alívio.

Uma batida na porta me faz saltar.

— Kristin?

Eu limpo a garganta, esperando cobrir a dor na minha voz.

— Sim?

— Tive notícias do Jackson, ele vai estar aqui em vinte minutos.

— Ok.

Quando eu acabo, me visto e arrumo o cabelo em um coque bagunçado. Com sorte, a aparência "limpa, mas ainda desarrumada" será mais aceitável do que a "quem se importa se eu morrer" e suja. Vou para a sala de estar, onde a Catherine está andando de um lado para o outro enquanto conversa com alguém no telefone.

— Eu compreendo. Sim, bem, não tem muito que eu possa fazer. — Ela faz uma pausa. — Você disse a ele que estou fazendo exatamente o que faria se ela não fosse da família? — Catherine ouve a outra pessoa, e eu fico calada. — Ele não pode fazer isso, Tristan. Não quero saber se já está feito. Ele... espera, o que você quer dizer com... feito? — Ela está falando sobre o Noah. Sei que está. Eu não devia ouvir, mas não consigo me impedir. Tenho que saber alguma coisa sobre ele. — Assim, sem mais nem menos? E você só está me dizendo isso agora? Por que diabos você esperou um dia para me ligar?

Catherine geme.

— Tudo bem. Eu lido com isso aqui, e você se vira com a bagunça aí. Deixe-o saber que cometeu um grande erro. Grande.

O meu coração despedaçado cai no chão. Ele não virá.

Eu faço um barulho de propósito, sem querer ouvir mais nada.

Os olhos da Catherine encontram os meus, e ela sorri.

— Ok, eu te ligo mais tarde. — Ela atira o telefone na mesa, e os olhos dela estão suaves. — Você parece melhor.

Eu encolho os ombros. Neste momento, sinto a dor de o perder tudo de novo. Não foi até agora que percebi o quanto eu pensava que ele voltaria. Eu queria tanto, e agora está claro que não há outra chance.

— Jackson tem novidades? — pergunto, e mentalmente me encolho com o som da minha voz.

— Kris. — Cat se aproxima e eu balanço minha cabeça para os lados.

Há uma batida na porta e a Catherine toca a minha bochecha.

— Vai correr tudo bem, confie em mim. O Jackson vai resolver isso, ele sempre resolve.

Concordo com a cabeça. Ela caminha para a porta e eu vou para a cozinha buscar alguma coisa para ajudar a acalmar os meus nervos. Tenho a sensação de que as notícias do Jackson não vão ajudar os nós no meu estômago. A porta da despensa está aberta, e meus lábios se elevam quando vejo o pacote de biscoitos que Noah e Aubrey dividiram na prateleira. A cara dele não tinha preço quando eu os flagrei.

Não haverá mais "cara de quem foi pego" por parte deles.

Eventualmente, pensar nele não vai doer. Noah vai se tornar uma memória distante de uma possibilidade que falhou. O tempo vai apagar a história, fazer que o amor que nós compartilhamos desapareça como uma foto antiga, mas hoje as cores vivas atravessam a minha alma. Chegará o dia em que eu não consiga me lembrar de como era a sua voz, ou as ligeiras variações de verde nos olhos dele. Por mais que esteja me matando neste momento, eu não quero esquecer.

Preciso parar com isso. Não posso continuar fazendo isso comigo mesma. O Noah foi embora, acabou, e eu tenho que viver. Do outro lado da porta estão as respostas que preciso para poder começar a seguir em frente.

A porta se abre e eu olho para cima um pouco antes do copo de água que estou segurando cair dos meus dedos dormentes.

Não é o Jackson que está na minha sala de estar.

Eu olho para a Catherine, que simplesmente sorri.

— Vou esperar pelo meu marido lá fora — ela diz, antes de sair da sala.

— Kristin. — A voz profunda do Noah preenche o ar.

Isto não é real. Ele não pode estar aqui porque eu a escutei no telefone... Estou ficando louca. Caio no chão, agarrando o copo e depois as mãos dele aparecem ao lado das minhas.

Eu fecho meus olhos, odiando a minha cabeça por fazer estes joguinhos.

— Pare — eu sussurro para mim mesma. — Pare com isso agora.

Quando os abro, ele ainda está aqui.

— Preciso pegar toalhas de papel — digo, em piloto automático.

— Nós precisamos conversar — Noah devolve, mas eu não posso fazer isto. A minha respiração está ofegante e eu balanço a cabeça em negação. — Então eu vou falar, e você pode ouvir... Sinto muito. Sinto pra caralho por não ter te escutado. — A voz dele se quebra. — Eu estava errado, Kristin. Nunca deveria ter havido dúvidas na minha mente se você tinha ou não feito isso, mas eu não sabia o que pensar.

Eu não sei o que pensar. Ainda não tenho completamente certeza de que não estou tendo um colapso mental completo. Entre o estresse dos últimos dias, e sonhar que ele viria, eu não confio em mim. Inclino-me nos meus calcanhares, olhando para os olhos verdes brilhantes para os quais eu ansiava olhar novamente.

— Você está aqui? — pergunto.

— Eu vim assim que soube — responde Noah. — Abandonei o set, e provavelmente a minha carreira, mas eu precisava de te ver.

Começo a acreditar que isso é real. Noah está na minha sala, e eu não consigo ter uma ideia do que sinto mais. Vou do alívio, à raiva, à dor, ao ódio, ao amor, ao desapontamento, e depois volto ao alívio. O círculo vicioso gira como lâminas de um helicóptero, ameaçando me cortar com cada rotação. Sem me importar mais com a bagunça no chão, eu fico de pé. Preciso me sentir mais alta, mais forte, e encontrar coragem para obter as minhas respostas.

— Por quê? — Eu respiro a palavra. — Por que agora? Por que você está aqui?

Noah não me toca, mas consigo sentir o calor do seu corpo. Eu respiro fundo, cheirando a sua colônia, e começo a tremer. Ele está perto o suficiente para eu ter que inclinar a cabeça para cima para olhar nos olhos dele.

— Porque eu te amo.

O amor não te parte ao meio. Se ele me amasse, teria visto que eu nunca iria querer causar dor a ele. Se me amasse, teria ficado e lutado ao meu lado.

— Me ama? Você foi embora. Você saiu e deixou o país. — Eu dou um passo para trás, lembrando-me de toda a dor que senti. — Você não pode vir aqui dizendo que me ama quando foi tão fácil para você ir embora.

— Fácil? — Noah se estica para me alcançar, mas eu me movo. Se ele me tocar, eu vou ceder. — Por favor... — Ele deixa cair a mão e a dor pisca em seus olhos. — Não houve nada fácil em te deixar, querida. Nada.

Balanço a cabeça para os lados, sufocando as minhas lágrimas.

— Entrar naquele avião foi a coisa mais difícil que eu já fiz. Passei dois dias bebendo até dormir. Eu não conseguia comer, trabalhar ou funcionar. Eu via o seu rosto em todas as pessoas. Tudo o que eu queria fazer era voltar para você.

— Mas você não fez isso — eu o lembro. — Você não voltou para mim. Você nem sequer me ligou.

O rosto do Noah se enruga, e ele solta uma respiração pesada.

— Eu fodi tudo. Eu sabia que, se ficasse aqui, nunca seria capaz de me manter afastado. Eu estava tão bravo e ferido que não estava pensando claramente. Você tem que acreditar em mim, eu sei que fui estúpido.

Sim, ele fodeu tudo mesmo.

— Você quebrou o meu coração, mas, mais do que isso, você verdadeiramente acreditou que eu faria isso com você.

— Que escolha eu tinha, Kristin? Estava tudo lá.

— Você podia ter tido fé em mim! — grito. Tudo o que eu queria era uma oportunidade de provar a minha inocência. Ele nem mesmo isso podia me dar.

Noah olha para baixo.

— Eu tinha, mas não foi só o fato de todas as explicações possíveis terem sido negadas, foi tudo. Eu não sou perfeito. — Os olhos dele encontram os meus. — Sei que tenho coisas que preciso trabalhar. Confiar em alguém não é fácil para mim. O meu pai foi embora quando eu era uma criança, a minha namorada era o meu coração e alma, mas estava me deixando por algo melhor, e depois quase todas as pessoas que eu considerava um amigo viraram as costas para mim. Sem mencionar o fato de que esta indústria é um terreno fértil para as pessoas que vão te vender. Eli é o meu único amigo. Todos querem alguma coisa de mim, e então eu conheci você...

O meu coração está na garganta enquanto ouço os seus motivos. Eu posso entender e ter empatia com o quão difícil é para ele confiar. Não posso dizer que não estaria cínica, mas nós deveríamos ser diferentes. Eu nunca dei a ele uma razão para pensar que sou como aquelas pessoas.

— Eu só queria você, Noah. Não queria o seu dinheiro, fama, a sua história... você fez isso. Foi você que empurrou isso. Eu nunca teria escrito sobre você se tivesse escolha. Você me machucou.

Ele fecha os olhos como se estivesse com dor e acena com a cabeça, concordando.

— Eu sei, e eu me odeio por isso. Eu podia te dizer todas as razões que tinha na minha cabeça, mas isso não muda nada. A ideia de que você estava por trás disso era mais do que eu poderia aguentar. Eu nunca amei uma mulher da maneira que te amo, Kristin. Estava tudo ali na minha frente: o momento, o e-mail, os fatos que você sabia que estavam em preto e branco. Pensar que você podia me trair foi... Eu nem sequer tenho palavras para descrever o quanto doeu.

Não preciso das palavras porque eu as vivi. O que eu sentia por ele era de outro mundo. Eu amei o Noah com cada fibra do meu ser. Ele era o "feliz" no meu "para sempre". Dar a ele o meu coração foi a decisão mais fácil que já tomei e a coisa mais difícil de pegar de volta.

— Você levou três dias. Três dias que nós sabíamos que não era eu, mas você nem sequer me mandou uma mensagem. Nada até agora? Por quê? O que mudou que te fez decidir que valia a pena lutar por mim? — Eu me encontro chegando mais perto dele.

Sua mão levanta, escovando a minha bochecha, deixando um rastro de queimadura na sequência. Os meus pulmões doem enquanto ele olha para mim. Noah sempre me tirou o fôlego, mas, neste momento, eu me sinto como se estivesse congelada. Se eu me mexer um pouquinho que for, posso rachar.

— Eu não sabia até cerca de catorze horas atrás, e estava em um avião dentro de uma hora. Então, eu não sabia. — O nariz de Noah pincela contra o meu, e eu o inspiro. — Você vale tudo. Eu sou um idiota que não merece uma segunda oportunidade, mas estou implorando por uma. Só desta vez, me perdoe, e eu nunca mais vou te machucar.

Fecho os olhos e uma lágrima escorre. Resistir ao Noah nunca foi algo que eu tenha feito. Desde o dia em que o conheci, ele tem um agarre sobre mim, e acho que realmente nunca tive escolha em me apaixonar por ele.

— Não faça promessas que você não pode cumprir — murmuro, enquanto movo minhas mãos no peito dele. — Me prometa apenas que não vai embora.

As mãos de Noah seguram as minhas bochechas.

— Eu prometo. Acho que não conseguiria sobreviver a isso.

Os nossos olhos se encontram e vejo o arrependimento que ele sente.

— Eu sei que não consigo.

— Me perdoe — ele implora. — Me perdoe por ser tão estúpido.

— Eu fiz isso no segundo em que te vi.

É a verdade. No momento em que os nossos olhos se encontraram, o meu perdão foi dele. Noah é o homem que eu amo. É ele que eu quero ao meu lado, e mesmo que tenha partido, ele voltou, e eu não consigo suportar a ideia de desistir de uma segunda oportunidade.

Noah me puxa para ele enquanto seus lábios se aproximam. Os meus dedos deslizam para cima pelo seu peito e pela parte de trás do pescoço dele. Eu seguro, enquanto as nossas bocas se encontram. Ele me beija como um moribundo que encontrou uma cura. Pela primeira vez em três dias, sou capaz de respirar sem dor no peito. A língua dele desliza contra a minha, e eu podia chorar.

Os nossos lábios se separam, e ele pressiona a testa contra a minha.

— Não sabia se eu conseguiria te beijar de novo — admite. — Eu nunca teria parado de tentar conquistar você de volta.

Envolvo os braços ao redor da sua cintura, descanso a cabeça no seu peito, e me derreto em seu abraço.

— Você não teria tido uma luta difícil.

Ele esfrega os dedos na minha espinha.

— Eu te amo, Kristin.

— Eu te amo — digo, levantando a cabeça para olhar nos olhos dele.

— Desculpe por não ter acreditado em você.

Isso ainda dói, e nós ainda não sabemos quem fez isso, mas ele voltou.

— Não posso te culpar totalmente. Se eu não soubesse com absoluta certeza de que não tinha feito isso, eu teria dificuldades para acreditar. Esta pessoa teve bastante trabalho para fazer parecer que eu escrevi aquele artigo.

Noah traz os lábios dele para os meus várias vezes antes de me libertar.

— Você já sabe quem fez isso?

— Não. A única prova que nós temos é que não era nenhum dos meus aparelhos. Ainda há muitas perguntas sem respostas rodando por aí. Quem mais sabe? Como descobriram? E como sabiam usar a minha informação, porque não sei se foi para me destruir ou você. Mas Jackson está a caminho com essas respostas, eu espero — conto para ele.

Esta pessoa está profundamente entrelaçada nas nossas vidas. Há nomes que me recuso a sugerir porque não consigo entender que eles fariam algo assim, mas Noah e eu não conhecemos muita gente em comum.

— O que você disse para as crianças? — pergunta.

— Elas têm estado com o pai enquanto eu tentava apanhar os pedaços.

Noah esfrega o seu polegar no topo da minha mão.

— Eu vou consertar o que quebrei. Nem que seja a última coisa que eu faça, farei com que você se sinta segura comigo. Você nunca vai ter que se questionar como me sinto, querida. Eu te amo com cada pedaço de mim e não vou duvidar de você.

Catherine limpa a garganta enquanto abre a porta.

— Vocês estão bem?

Uma pergunta tão carregada. Mas quando olho nos olhos do Noah, não tenho que pensar muito. Ele está aqui. Ele me ama. E acredita em mim.

Olho de volta para ela com um sorriso e depois aceno com a cabeça em concordância.

— Acho que vamos ficar bem.

— Estava esperando que você dissesse isso. — Cat sorri.

A porta se abre completamente, revelando que Jackson está bem atrás dela. Os dois entram e ele não perde um segundo antes de perguntar:

— Tem certeza de que quer saber tudo isso?

Eu olho para o Noah e depois de volta para o Jackson.

— Não há dúvidas na minha mente.

Capítulo 35

KRISTIN

Estou tremendo fisicamente.

As minhas mãos estão sacudindo tanto que o Noah tem que dirigir. Nada mais deveria me surpreender, mas isso parece uma loucura.

Estamos sentados do lado de fora do endereço, encarando a porta vermelha pertencente à pessoa a quem Jackson afirma que o seu pessoal localizou como o remetente.

— Tem certeza de que quer fazer isso?

— Que escolha eu tenho? — pergunto, virando-me para olhar para o Noah.

Os olhos dele encontram os meus, que me dá um sorriso triste.

— Nós podemos seguir em frente. Podemos saber o que sabemos e sermos felizes juntos. Nada disso muda o que sinto por você. — Ele segura a minha mão.

Eu agradeço que ele se sinta assim. Deus sabe que eu não estava preparada para a informação que Jackson me deu. Isso ainda não faz sentido. Como o Scott sequer descobriu alguma coisa disso? Eu nunca respirei uma palavra do passado do Noah. Pensei que a pessoa por detrás de tudo estava do lado do Noah, não do meu.

No entanto, estou aqui sentada, tendo que confrontar alguém que amei. Não há maneira de eu deixar isso passar e fingir que não aconteceu.

— Noah, você voou para a França por causa disso. Você me deixou porque alguém nos odeia o suficiente para fazer isso. Alguém usou o meu nome para publicar aquilo, e não vou simplesmente ficar sentada e deixar passar. Quero saber o porquê. Quero saber como. E quero ver a cara dele quando disser que nada disso importa, porque eu tenho você mesmo assim.

Ele se inclina sobre o console e me beija.

— Eu também quero saber, mas acredito em você quando diz que não contou a ninguém. Eu não preciso de mais nada. Isto pode ir para o nosso passado e ficar lá.

— Agradeço, mas eu preciso disso. Eu permiti que ele controlasse a minha vida, tentasse me destruir, e isso acaba agora. Tenho que confrontá-lo e me manter firme.

Espero que ele entenda o que estou pedindo. Eu passei a maior parte da minha vida me acovardando, mas isso não vai acontecer nunca mais. Se eu varresse isto para debaixo do tapete, ele ganharia. Desta vez, a vitória é minha.

Os lábios dele tocam os meus novamente.

— Vou seguir a sua liderança, querida.

— Eu te amo.

— Eu te amo.

Noah foi incrível durante toda a conversa. Jackson explicou que não podíamos usar a informação que ele obteve — ilegalmente — para nada além de confrontar o Scott. Nós tivemos que jurar que nunca diríamos uma palavra sobre como ele conseguiu isso, mas de qualquer maneira não conhecemos a logística. Tudo o que ele disse foi que tem alguém em seu escritório que é muito bom em obter coisas sem uma ordem judicial. Então, realmente, isto é para mim e para o Noah... bem, para mim.

— Vamos. — Solto um suspiro pesado e saio do carro.

Noah me encontra na frente e segura a minha mão. Nós andamos pelo caminho enquanto o meu estômago dá cambalhotas. Não sei como vou passar por isso, mas sei que preciso. Empurro de volta a bile que sobe enquanto toco a campainha.

A porta se abre, e não tem como voltar atrás.

— Kristin? — A voz do Scott está cheia de confusão. — O que você está fazendo aqui? Você disse que estava doente e eu te disse que traria as crianças por volta das seis.

— Eu precisava falar com você, e não podia esperar. — Tento conter a raiva que ameaça escapar. — As crianças ainda estão com os seus pais?

Ele dá um passo para fora, puxando a porta fechada atrás dele.

— Sim, eu te falei que eles estavam lá vinte minutos atrás, por quê?

O Scott olha para o Noah com uma carranca e depois volta para mim.

— Você sabe o que é um endereço de IP? — pergunto.

— É claro que eu sei. — Ele cruza seus braços sobre o peito. — Eu trabalho para uma empresa de tecnologia. Mas estou um pouco surpreendido que você saiba o que é.

Sim, a patética dona de casa que não sabe nada aprendeu muito em poucos meses. Palhaço.

Continuo com o meu interrogatório como se o comentário dele não tivesse acontecido.

— Então, você sabe que eles são rastreáveis?

— Não, Kristin, devo ter perdido essa parte nos meus quinze anos com a empresa. — Ele bufa. — Isso é algo que o seu novo namorado te ensinou? Você está mesmo aqui quando supostamente devia estar no seu leito de morte para me perguntar sobre um endereço de IP? Se você queria uns dias extra com ele...

— Cale a boca, Scott.

— Estou no meio de uma coisa. Por que você não me diz o que era tão urgente que teve que correr até aqui bem neste instante para podermos seguir em frente?

Noah aperta a minha mão quando me movo para frente, mas Scott pensar que pode falar comigo desta maneira me dá vontade de esganá-lo. Eu não preciso das porcarias condescendentes dele.

— Não me pressione, Scott. Estou fazendo o melhor que posso para não explodir, porra.

— Sobre o quê? — Ele solta os braços e cospe as palavras. — Você é quem está agindo como uma psicopata.

— Cuidado — avisa Noah, colocando as mãos sobre os meus ombros.

— Ou o quê? Você vem na minha casa e me ameaça? Dá um tempo com esta porcaria. — Scott ri.

O Noah tem cerca de quinze centímetros e mais de dez quilos de puro músculo a mais que o Scott. Ele o esmagaria como um inseto.

— Fale com ela assim outra vez, e você vai descobrir.

Scott faz pouco caso dele, mas vejo o flash de medo em seus olhos. Ele se vira para mim e bufa.

— Agora, me fale o que diabos você acha que eu fiz para que eu possa voltar ao meu segundo erro lá dentro.

O fato de que ele vai ficar aqui e tentar se fazer de estúpido e me xingar de vários nomes é tudo o que preciso para ultrapassar os limites. Eu me afasto do agarre de Noah e me aproximo do homem com quem tive filhos. O homem que eu amei contra o meu melhor julgamento. Eu já aturei um monte de merda, mas este é o fim do maldito caminho.

— Erro? Eu fui um erro? Tanto faz.

— Estou com uma dor de cabeça do caralho. Você poderia seguir em frente com isso? — resmunga.

Ele está prestes a ter uma muito maior.

— Eu *sei*, Scott! Eu sei o que você fez comigo! Não posso acreditar em você! — explodo. — Se você sabe que os endereços de IP são rastreáveis, como você pensou que se safaria com isso, hein? Pensou que eu e Noah nos sentaríamos e deixaríamos você tentar nos arruinar?

— De que porra você está falando? — Scott dá um passo na minha direção. — Não quero saber de você e de sua fodida vida amorosa. Estou esperando que se case com o seu estúpido namorado para que eu possa parar de te pagar mensalmente.

Ele está tão preocupado com o dinheiro o tempo todo, o que ele acha que vai acontecer quando eu perder meu emprego? Será que ele pensa que de repente pagará menos? Idiota.

— Fazer com que me despeçam não foi a atitude mais inteligente então, foi? Você acha que os tribunais vão gostar disso quando eu não tiver renda e eles fizerem você aumentar os cheques a cada mês?

Ele não pensou sobre isso, não é mesmo? Eu não sou estúpida. Minha advogada me disse que nós poderíamos voltar a arquivar se ele receber um aumento ou se eu receber. E em relação ao casamento com Noah, não tenho planos sobre isso até sangrar Scott por cada centavo que ele me deve. Eu ganhei isso por todo o inferno pelo qual ele me fez passar.

— Despedida? Kristin, não tenho a menor ideia do que diabos você pensa que eu fiz, mas está claramente precisando de terapia. — Scott passa a mão pela cara dele.

— Ah, eu preciso de terapia? Isso é ótimo. Diz o homem que passou catorze anos fazendo eu me sentir pequena para se sentir melhor.

— Você pode controlar a sua namorada? — Scott diz a Noah.

— Não fale comigo, porra — Noah adverte. — Eu te garanto que estou fazendo quase tudo o que eu posso para não colocar essa sua bunda inútil no chão. É só por causa da Kristin e daquelas crianças que você ainda não está sangrando. Mas se você a tocar, eu vou gostar de te bater.

Scott gargalha.

— Certo. Me bater. Como quiser, idiota. Por que você não cospe o que eu fiz de uma vez para que possamos deixar a sua teatralidade brilhar?

Eu dou um passo para trás e fico olhando para ele. Eu o conheço há muito tempo. Scott tem um sinal quando ele mente. Ele esfrega o nariz e funga. Foi como eu sempre soube, lá no fundo, o que estava acontecendo, mas eu nunca aceitaria isso.

Ele não fez isso uma única vez.

Na verdade, ele está confuso.

— Você realmente não sabe?

— Não, não faço ideia de que diabos você está fazendo gritando comigo sobre endereços IP e qualquer outra merda de que me está acusando.

— Você não fez isso — eu falo em um suspiro e olho para o Noah.

Os olhos verdes dele se enchem de preocupação.

— Você tem certeza? Nós sabemos...

Eu balanço a cabeça.

Nas últimas semanas, as coisas têm estado boas entre nós. Scott e eu fomos capazes de falar calmamente, fazer um trabalho semidecente na cocriação parental, e ele foi legal o suficiente para ficar com as crianças para mim.

É isso que está me confundindo. Se ele está disposto a tentar ser civilizado, por que ele faria isso. E então houve o fato de que eu não podia descobrir como ele soube do passado de Noah.

Isso não faz sentido.

— Jesus Cristo, Kris! Eu nem sei o que... — Scott grita e a porta se abre.

— O que está acontecendo aqui fora? Eu gostaria que os nossos vizinhos não pensassem que as coisas foram ladeira abaixo desde que me mudei para cá. — Jillian coloca as mãos sobre os quadris.

E depois a verdade me acerta.

Não foi o Scott.

Scott não é estúpido o suficiente para comprometer o relacionamento com seus filhos e não é esperto o bastante para passar pelo trabalho de esconder seus rastros. Ele é muito narcisista para pensar que alguma vez seria pego. Ele sempre teve Jillian para cuidar das coisas por ele. Ela foi a mentora que o ajudou a contornar as coisas comigo.

Isto fede a esta cadela.

— Eu estava apenas dizendo uma coisa para o Scott, e então me ocorreu que você provavelmente deveria estar aqui de qualquer maneira.

Jillian joga a cabeça para trás.

— Eu?

— Você vai se casar com ele, não vai?

Ela sorri e toca seu estômago.

— Eu vou.

Scott revira seus olhos.

— Primeiro, me conte, como você fez isso? — pergunto a ela.

A mão de Noah se aperta minuciosamente no meu ombro.

— Fazer o quê? — ela pergunta.

Eu não posso suportá-la, porra. Ela é uma idiota ainda maior do que o Scott, se pensa que resolveu tudo. Se ela alguma vez pensou que eu era uma cadela antes, ela está prestes a ver o que acontece quando eu não me importo mais em chatear o Scott.

— Como você conseguiu obter todas as informações sobre o Noah e enviar o e-mail para a minha editora? — Eu a observo, esperando pelo mais ínfimo sinal. — Você, de alguma maneira, invadiu o meu laptop? Colocou algum tipo de dispositivo na minha casa? Você está tão obcecada comigo que teve que passar por todo o trabalho para tentar me machucar, ou está realmente apaixonada por Noah e só quer o que não pode ter?

— Vá se foder, Kristin.

Eu rio.

— Não, querida, você se fodeu. Veja, eu sei o que você fez, e a parte triste é que tudo isso está sob o nome de Scott, então ele vai cair pelo seu crime. É fraude e roubo de identidade — eu blefo. Não há crime, mas espero que eles não saibam disso.

A cabeça de Scott estala para Jillian, e seu queixo cai um pouco, antes que ela se recomponha.

— Como é? Scott, você vai deixar a sua *ex-esposa* me acusar disso? Na nossa casa?

— Do que exatamente você está falando, Kristin? — Scott se vira de novo para mim. — Que informações e que e-mail?

Eu resumo o artigo e depois conto a ele que alguém acessou meu e-mail e o enviou como se fosse eu quem o tivesse escrito. Os olhos de Scott se arregalam quando lhe digo como Jackson — de quem ele tem pavor — foi informado pelas autoridades policiais de que isso foi rastreado para a casa de Scott.

— Você está brincando comigo, porra? — Scott vocifera. — Me diga que você não fez isso, Jillian! Me diga que você não fez... — Ele cerra os punhos.

Eu dou a ela um pequeno sorriso debochado, sabendo que ela não tem saída.

Isso foi a gota d'água que fez a cadela derramar, também. Quase consigo ver o vapor saindo de seus ouvidos quando Scott a repreende na minha frente.

— Você não sabe de nada — Jillian zomba de mim. Suas mãos se levantam e, em um instante, Noah me puxa para trás e está me protegendo. — Você se acha tão inteligente! Acha que já está com tudo resolvido, hein? Tudo o que precisou foi de um telefonema, e eu tinha todos os detalhes que precisava.

— Surreal! — Scott joga as mãos para cima.

— Você ligou para quem? — Noah pergunta. — Como você sequer conseguiu os detalhes?

Ela revira os olhos.

— Scott tinha um *software* de monitoramento instalado no telefone dela. Foi assim que fomos capazes de nos esgueirar sem que você soubesse. Você enviou sua pequena troca de texto sobre o nome real de Noah e eu sabia que havia alguma coisa lá.

Eu ofego.

— O quê? Você tinha algo instalado no meu telefone?

Ele estava me rastreando? Não havia nenhum limite para o que ele estava disposto a fazer? Sinto-me como se estivesse vivendo em outra dimensão. Estas pessoas estão assustadoramente fora de si. Estou realmente atordoada e me sinto um pouco estúpida. Todo este tempo eu tenho vivido longe dele, mas ele tem me monitorado?

— Isto é uma loucura do caralho! — Noah levanta sua voz. — Vamos, querida. Isto é ilegal, e nós vamos ao meu advogado.

Scott agarra meu braço para me deter.

— Kristin, por favor.

— Não a toque, porra. — Noah se coloca à minha frente novamente, quase peito a peito com Scott, que me solta imediatamente.

— Foi o que conseguimos para o Finn quando lhe demos um telefone. Eu não sabia que estava no seu.

Jillian bufa.

— Sim, certo. De qualquer forma, eu tenho acesso. Consegui o nome verdadeiro dele e o resto foi moleza. Os pais de sua falecida namorada estavam todos muito dispostos a falar com sua nova garota. — Ela sorri para o Noah.

Puta merda. Ela realmente está surtada. Ela ligou para os pais de Tanya, disse Deus sabe o quê, e depois enviou o artigo. Eu nunca quis, em toda a minha vida, prejudicar fisicamente alguém tanto quanto quero machucá-la agora mesmo. Eu gostaria de ter sido diabólica o suficiente para gravar isto. Então, talvez nós pudéssemos ter feito alguma coisa legalmente contra ela. Mas viemos aqui pensando que era o Scott. E, para o bem ou para o mal, ele é o pai de Aubrey e Finn. Derrubá-lo só os machuca.

Mas este é um tipo de loucura totalmente diferente... do tipo mais doido mesmo. Ela precisa de uma camisa de força com a sua próxima visita no ginecologista e obstetra.

— Você está *maluca*? Que diabos há de errado com você? — Scott grita com ela.

A lista é interminável.

— Você empurrou o casamento de volta depois de vê-la com *ele* uma vez! — Ela grita de volta na cara dele enquanto aponta para o Noah. — Sei que você ainda a ama! Você a ama, e vai me abandonar!

— Então, você passa pelas minhas mensagens de texto e decide falsificar um artigo? Você sequer entende como isso é irracional? Você ficou com *ele*! Você ganhou, Jillian! — Eu balanço a minha cabeça. Scott não é um prêmio, mas ela claramente pensa que é. — Ele é todo seu, eu tenho o homem que quero e não é o Scott. Mas o que mais você quer? Você dormiu com meu marido e foi engravidada por ele, mas ainda assim tem que encontrar uma maneira de tornar minha vida miserável? Por quê? O que você pensava que ia ganhar fazendo isso?

Ela revira seus olhos e me ignora.

— Me responda! — grito.

Ela se vira de novo para o Scott e olha com raiva.

— Eu não esperei dois anos para você se livrar *dela* para ficar em segundo lugar!

Talvez se ela fosse atrás de, ah, eu não sei, um homem solteiro, ela não teria que esperar nada. Ao invés disso, ela escolheu um homem com esposa e filhos. Ela é um verdadeiro achado.

Os olhos de Jillian se encontram com os meus, e eu aperto os punhos.

— Ele escolhe seus filhos estúpidos em vez de mim. Ele te escolhe em vez de mim. — Sua voz está pingando de desprezo, e eu explodo. Está na hora da Mamãe Urso sair. Ninguém fala desse jeito dos meus bebês.

Eu me aproximo mais dela, mantendo minha mão na de Noah. Talvez eu precise que ele me controle.

— *Nunca mais* fale dos meus filhos. Você é uma destruidora de lares que nunca vai ser feliz na vida. Você quer o que as outras pessoas têm, mas não se importa com o que você tem. Veja, eu ganhei e você perdeu. Noah ainda está aqui, e agora Scott te vê pelo que você é: uma vadia rancorosa.

Eu nunca entenderei alguém capaz de fazer isso. Eu me viro para o meu ex-marido, um homem adulto de quarenta e um anos que está permitindo que uma mulher de vinte e quatro arruíne a vida dele e jogue fora minhas exigências.

— Ela não deve estar nem perto dos meus filhos. Se você quer que eu não chame a minha advogada, então é melhor descobrir como fazer isso acontecer, porque não vou permitir que ela faça parte da vida deles ou da minha.

— Você não vai ter que se preocupar com isso. Ela não vai ficar perto de ninguém por muito mais tempo.

Há consequências para cada escolha que nós fazemos, algumas são positivas, como deixar o Scott e encontrar Noah. Outras são negativas, como escolher ser uma puta sorrateira e paranoica, e acabar sem nada. Eu diria que já tomei algumas das melhores decisões.

Noah é o baú do tesouro depois do naufrágio do meu casamento. Podemos não ter tido um mapa nos guiando ao X que marca o local, mas temos um ao outro como guias.

Eu olho para ele e sorrio.

— Pronta, querida? — Noah sorri.

Não há mais nada que eles possam fazer comigo. Não sou a garota que eu era há tantos anos. Não faço jogos nem permito que as pessoas dirijam a minha vida. Sou mais forte com o Noah ao meu lado, mas também sou forte por conta própria. Ficar aqui, observando estes dois, me faz perceber como minha vida é muito melhor. Meu relacionamento não é perfeito, o de ninguém é, mas Noah e eu não queremos machucar um ao outro.

Mesmo quando nós fomos testados, encontramos nosso caminho. Ele voou milhares de quilômetros só para resolver o problema.

Eu o amo mais do que sabia que poderia amar outro homem.

— Estou pronta. Tudo está atrás de nós agora.

Ele se inclina e beija meus lábios.

— Pode crer que sim.

Capítulo 36

NOAH

— Eu entendo, senhor. Eu prometo, estarei aí no final d...
— Do dia — Paul, meu diretor, tenta terminar minha frase.

Sim, isso não vai acontecer. Não tem uma maneira no inferno de que eu vá sair hoje à noite.

— De semana.

Paul geme.

— Noah, nós já trabalhamos juntos no passado, e isto nunca foi um problema.

— E é por isso que estou pedindo dois dias — pressiono.

Kristin está desmaiada no sofá com os pés no meu colo. Chegamos em casa cerca de duas horas atrás da — inferno, eu nem sei como me referir a isso — da casa do ex dela, eu acho, e ela praticamente colapsou.

— Muito bem. Nem uma hora a mais, ou eu estou escalando outra pessoa para o seu papel e você pode lembrar por que nunca mais trabalhará em Hollywood. — Paul desliga o telefone.

Sento-me aqui, olhando para ela, perguntando-me como vou sair novamente. Tudo está uma confusão do caralho, e não posso ir sabendo que ela não está sendo cuidada. Entretanto, Kristin é resistente a qualquer forma de ajuda.

Bem, ajuda que ela conhece.

Isto é para seu próprio bem, mas é também para a minha paz de espírito. Eu quero cuidar dela. Preciso devolver a ela o que tomei.

Envio alguns e-mails e coloco as coisas em andamento. Eu tenho dois dias para passar o máximo de tempo possível com ela e recuperar um pouco do que nós perdemos.

— Papai, você sabia que as crianças crescem mais na primavera? — A vozinha de Aubrey vem de fora pelas paredes. Eu esfrego a perna de Kristin, mas ela não se mexe. — E que os cavalos dormem de pé? Ah, e você sabia que um grupo de baleias é chamado de baleal? — Ela dispara mais. Movo os pés de Kristin e me dirijo para a porta.

— Você sabia que as irmãs mais novas são as pessoas mais irritantes de todos os tempos? — Finn diz e eu tenho que me impedir de rir.

— Não são!

— Chega de brigas — Scott fala, enquanto eu abro a porta.

— Noah! — Aubrey grita e corre para frente. — Você alimentou os animais?

Eu rio e me agacho na frente dela.

— Eu alimentei. Eles estavam com fome.

— Eu sei. — Ela bufa dramaticamente. — Eu mesma tive que fazer isso porque você não estava aqui.

De verdade, essa criança é a coisa mais fofa que já foi criada. Acho que ninguém tem chance contra os poderes dela. Ela vai ser um grande problema quando colocar os olhos em algum garoto.

— Vou fazer melhor da próxima vez, prometo.

Ela vê alguma coisa atrás de mim e foge correndo.

— Mamãe!

Eu fico de pé e observo como Aubrey praticamente escala barriga acima sua mãe.

— Oi, Aub. — A voz de Kristin está rouca do sono e da criança de seis anos que acabou de arrancar o ar de dentro dela.

— E aí, Finn? — Eu sorrio, e ele me dá um soquinho de cumprimento.

— E aí.

Scott fica ali parado, e é ele quem parece desconfortável desta vez. Ele tem sorte que essas crianças são dele. Se não fossem, eu o espancaria. Mas ele não vale a pena. No entanto, ficarei feliz em ver Kristin levar seu estúpido traseiro de volta ao tribunal, se ela quiser. Um deslize é tudo o que vai ser preciso.

— Scott — eu digo, estendendo minha mão.

Eu posso sentir o Finn observando. Nunca vou deixar que ele me veja como menos do que o homem que fui criado para ser. Meu pai pode ter ido embora, mas se minha mãe alguma vez conhecesse alguém e ele o desrespeitasse, eu nunca o esqueceria. Um menino, não importa como ele aja, quer seu pai por perto.

Fui capaz de esconder meus sentimentos muito bem quando era criança. Isso não me impediu de desejar que ele voltasse no meu aniversário ou de escrever na minha lista de Natal.

Crianças duronas se machucam mais profundamente no coração.

Scott coloca sua mão na minha.

— Noah.

A mão de Kristin desliza para cima pelo meu braço e vem descansar no meu ombro. É o máximo que ela já me tocou na frente das crianças.

— Obrigada por trazê-los para casa. Vejo você daqui a alguns dias.

Eu vou fechar a porta, mas ele a segura.

— Ela está fazendo as malas agora. Só para que você saiba. Descobri que ela nunca esteve grávida e...

— Está bem então. — Kristin acena em acordo e fecha a porta com um clique suave.

— Você está bem? — pergunto.

— Eu estou bem. Desculpe-me por ter adormecido.

— Não se desculpe — eu lhe asseguro.

No carro, a caminho de casa, ela estava quieta, mas eu aprendi que ela precisa desse tempo. Kristin passou muito de seu casamento em sua cabeça e, pouco a pouco, vou conseguir que ela saia de lá. Ela não tem que ter medo comigo. Da mesma forma que vou ter que lembrar que ela não é como todo mundo.

— Por quanto tempo você está aqui? — pergunta, com tristeza em seus olhos. — Nós nem sequer conversamos sobre isso...

— Eu tenho dois dias, querida — eu lhe digo, enquanto toco sua bochecha.

— Maldição.

Eu sinto a dor dela. A última coisa que eu quero fazer é ir embora. No entanto, antes que eu faça isso, tenho muita merda para resolver. Falando nisso...

— Onde está o seu telefone? — pergunto.

— Meu telefone?

Levanto minha sobrancelha.

— Sim, o telefone que conseguiu começar muitos problemas.

Ela faz careta.

— Aquele telefone.

Kristin caminha até sua bolsa e o entrega a mim. Eu não digo nada. Pego minhas chaves do carro alugado e saio pela porta.

— Noah!

— Um minuto! — grito de volta por cima do meu ombro. Coloco o telefone na estrada, bem em frente ao meu pneu, entro no meu carro e o ligo.

Kristin fica na varanda com um olhar confuso no rosto. Talvez ela tenha perdido o fato de que eu vou passar por cima do pedaço de merda?

Eu me movo para frente e para trás algumas vezes. Deve estar bom.

— Que diabos você está fazendo? — pergunta, enquanto desce os degraus.

Eu pego o dispositivo esmagado do chão e sorrio.

— Você terá um novo com um novo número daqui a pouquinho — informo, enquanto coloco o telefone esmagado na mão dela.

— Você está maluco! Esse era o meu telefone!

— Com certeza era. — Eu espero pela luta.

— Você o esmagou.

— Esmaguei. E faria isso de novo.

Ninguém vai nos ameaçar novamente. Não me importa se tenho que atropelar mais de cem telefones. Kristin, Finn e Aubrey terão novos telefones, totalmente pagos, dentro de trinta minutos. Tenho certeza de que vou receber esporro por conseguir um para Aubrey, especialmente porque acho que ela não tem um atualmente, mas... Eu tenho que manter meu status. Não há como lidar com os malditos olhos de cachorrinho.

— Você o atropelou. — Kristin olha para os restos em sua mão. — Nós poderíamos ter simplesmente tirado o programa do meu telefone ou mudado as minhas senhas, mas... Noah! — Ela bate no meu braço. — Como diabos eu vou conseguir todos os meus contatos, seu idiota!

Eu nem pensei nisso.

— Pela nuvem?

— Tão homem! Você age primeiro e pensa depois. — Ela começa a se afastar, murmurando. — Conseguir um telefone novo agora, sem trabalho, mas com certeza posso ir até a loja e dizer — Kristin para de andar e grita através de seus dentes cerrados — meu namorado *idiota* e ciumento sem nenhum motivo, atropelou o telefone. Tenho certeza de que isso é coberto pela garantia. Ah, mas não se preocupe, ele foi para frente e para trás para ter certeza.

Eu gargalho, o que me faz ganhar um olhar fulminante, para o qual eu gargalho novamente.

— Os novos telefones estão chegando. Não há necessidade de ir até uma loja.

Ela olha brava para mim, coloca o telefone na varanda e grunhe.

— Eu não posso com você.

Subo os degraus dois de cada vez e agarro sua cintura, puxando-a nivelada contra mim.

— Você não pode sem mim. — Minha voz está baixa.

— Você acha mesmo? — Kristin pergunta, timidamente, toda a raiva fingida se derretendo quando suas mãos descansam sobre o meu peito.

Eu franzo os lábios e aceno com a cabeça em concordância.

— Eu acho.

— O que te faz ter tanta certeza, Sr. Frazier?

— Apenas um palpite.

— Hmm. — Ela brinca com o colarinho da minha camiseta. — Talvez você esteja certo, mas como pode ter certeza?

— Eu poderia te beijar. — Eu a provoco. — Eu podia ver se você derreteria em meus braços como costuma fazer quando eu "estou flertando", como você chama isso. Eu seria capaz de dizer pela maneira como o seu corpo fica apertado porque você quer mais, mas não pode tê-lo.

— Você poderia. — Kristin mantém seu tom de voz uniforme, mas eu vejo o fogo em seus olhos.

Ela não tem ideia de quanto controle tem sobre mim. Se ela me pedisse qualquer coisa, eu encontraria uma maneira. Esta garota caiu na minha vida, me puxou para a água com ela, e eu nunca mais voltei para buscar ar. Mesmo quando tudo caía na merda, eu não conseguia me convencer de que tudo tinha acabado.

Não vejo minha vida sem a Kristin nela.

— Eu deveria — digo, enquanto aproximo nossos lábios.

Suas costas se arqueiam enquanto minhas mãos deslizam mais alto. Assim que finalmente toco sua boca perfeita, escuto um barulho.

Nós dois viramos nossas cabeças para encontrar o Finn nos encarando.

Merda.

Solto minhas mãos e dou um passo para trás.

— Nojento — diz Finn.

A maior parte do nosso tempo juntos tem sido apenas nós dois, por isso vou precisar me lembrar de reduzir as demonstrações públicas de afeto por aqui.

— Ah, desista — Kristin fala com uma risada. — Você gosta do Noah, e ele te dá moral.

— É sério que você disse moral? — pergunto a ela, com uma risada na voz.

Ela dá de ombros.

— O quê? Não é assim que se chama?

— Sim, se você tiver a minha idade! — Finn a corrige.

— Pare de ser tão invejoso de quão maneira eu sou. — Kristin se afasta enquanto joga o cabelo para trás. — Eu sou tipo, a líder do povo maneiro. Vocês todos adoram a minha casa da maneirice.

Eu e a Finn compartilhamos um olhar e explodimos em gargalhadas.

— Ela precisa de ajuda, Noah. Por favor. — Ele cai de joelhos e une suas mãos. — Estou te implorando. Conserte-a antes que seja tarde demais.

— Eu gostaria de poder, mas aparentemente, ela tem as chaves da casa da maneirice. — Eu encolho os ombros e a sigo de volta para dentro.

Vejo-a se jogar no sofá com os braços esticados, e ela me tira o fôlego. Ela está com o cabelo puxado para cima, não está usando nenhuma maquiagem, e está usando um par de shorts pretos e uma camiseta folgada. Ainda assim, ela é a mulher mais bonita que eu já vi.

Kristin inclina sua cabeça e me dá um sorriso que me faz querer levá-la para o quarto e limpá-lo de seu rosto.

— O quê?
— Nada.
Os cantos dos olhos dela se enrugam.
— Você está pensando em alguma coisa.
Eu sorrio e ando até ela, coloco minhas mãos ao lado de seus ombros e me seguro por cima dela.
— Estou pensando que sou um homem de sorte. Não só te encontrei, como fiz você me amar, e te convenci de que precisa de mim. Estou arrasando aqui.
Kristin revira seus olhos.
— Claro, foi tudo você, garanhão. Eu te atraí com a minha adorável estranheza, te dei sexo dos bons e tenho a melhor arma de todas.
Eu rio baixinho.
— E qual é?
— Noah! — Aubrey grita dos fundos da casa. — Você esqueceu um!
Ela segura meu rosto em suas mãos e sorri.
— Ela.
Eu rio contra os lábios dela e lhe dou um beijo ardente.
— Eu te amo.
— Eu também te amo. Agora, vá alimentar os animais antes que eu encontre um novo homem que possa manter o ritmo.
— Eu vou te dar o ritmo. — Começo a me inclinar para ela, mas Aubrey faz sua aparição.
— No-ah! — ela diz cada sílaba separadamente. — Eles podem morrer. Eles precisam comer.
A gargalhada do sofá não passa despercebida. Ela está realmente me ajudando aqui. Olho para Aubrey, e seus olhos voltam a ficar grandes, assim como com os malditos biscoitos. O que se passa com as garotinhas? Será que elas têm algum tipo de poder mágico? É bruxaria ou algo assim, porque aqui estou eu, pegando a mão dela e deixando-a me levar para que eu possa alimentar seus animais de pelúcia para que eles não morram.
— Divirta-se! — Kristin diz, enquanto inclina seu queixo no topo do sofá.
— Nós vamos, mais tarde, querida. Marque as minhas palavras.
— Estou contando com isso. — Kristin sorri, e eu começo a pensar em qualquer coisa que não seja ela nua debaixo de mim.
Aubrey olha para mim com um sorriso enorme.
— Eu aposto que os animais iriam *amaaaar* alguns biscoitos.
Deixo sair uma gargalhada alta e a aninho.
— Você promete comer seu jantar e não contar para a sua mãe?
Ela acena com a cabeça, concordando.
Eu vou totalmente pagar por isto.

Capítulo 37

KRISTIN

Oito meses depois.

— Não posso acreditar que estamos empacotando suas coisas *novamente* — Nicole resmunga, enquanto empilha a caixa que fechou em cima de outra.

— E, mais uma vez, você está agindo como se tivesse feito algo de valor — eu jogo na cara dela.

A construção começa em três dias, e eu já procrastinei o suficiente. Não posso mais enrolar. Além disso, Noah estará em casa amanhã e ele acha que eu já fiz isso.

Oops.

— Alimente-me. — Ela se deita no chão. — Eu estou morrendo.

Ela é pior do que a Aubrey.

— Levante ou você vai desejar estar morta

Danielle sai do quarto, olha para Nicole e deixa cair a caixa perto de sua cabeça.

— Cadela! — Nicole estala. — Eu quase tive um ataque cardíaco. Um centímetro mais, e você estaria pagando pela minha cirurgia plástica.

— Você se levantou, missão cumprida. — Danni sorri, debochada.

— Sinto saudades da Heather — eu digo, sentindo-me um pouco melancólica. — Ela deveria ter voltado para casa para isto.

Ela estava em casa no mês passado para assinar a escritura comigo. Eu sou oficialmente dona desta casa... com Noah.

Não queríamos mudar as crianças novamente, já que elas estão instaladas, e a Heather estava mais do que feliz quando a procuramos. Acho que ela gosta de saber que outra família vai criar seus filhos na casa, o que significa tudo para ela.

Ou ela está simplesmente cansada das coisas que precisam ser consertadas e gosta que agora o problema seja meu.

Noah foi categórico ao afirmar que se fôssemos ficar, faríamos com que fosse nosso. Então, em um de seus longos fins de semana na França, ele fez o que faz de melhor e contratou uma maldita equipe para desmantelar minha vida.

Meu telefone toca, e o número da minha assistente pisca.

— Oi, Erica — eu digo com o telefone apoiado no ombro.

— Kristin! Está um desastre aqui. Eu não sei o que fazer. Você deveria ter vindo hoje, e não veio. Eu tenho quatro telefones tocando e a diagramação está toda errada. Está simplesmente errada, preciso que você conserte isso. Conserte isso.

Ah, Erica... por que eu alguma vez pensei que isso era uma boa ideia?

— Respire fundo. Vai ficar tudo bem. Ontem eu olhei para a diagramação e fiz um ajuste. A revista vai ficar perfeita — digo, em tom calmo.

Ela está sempre pirando. Esta é nossa segunda circulação, e nos saímos bem com a primeira. Você pensaria que era a noite do baile de formatura e que ela vai perder a virgindade com a maneira como ela enlouquece. Agora, eu entendo por que ela tinha uma sala de meditação; a garota está sempre precisando fazer uma respiração profunda.

— Certo, claro. Sim. Eu vou ficar bem. Você vai ficar bem. Vou pegar minha água em caixa, dar um bom passeio de bicicleta e rezar para o oceano esta noite.

Eu finjo como se ela não tivesse dito nada disso.

— Parece divertido, querida. Tenho certeza de que o oceano vai adorar que você esteja pedindo a ajuda dele. Estou trabalhando agora, boa sorte.

Fico de pé, coçando a cabeça e me perguntando o que eu estava bebendo quando a trouxe comigo para a revista. Eu estava bêbada. Eu tinha que estar.

E o que diabos é água em caixa? Em caixa? Água vem em uma garrafa, mas esta é a Erica, e aprendi a fazer menos perguntas.

— Está tudo bem? — Danni pergunta.

Há apenas uma palavra para descrever.

— Erica.

Meus amigos a amam, em teoria. Ela tem estado ao meu lado, me defendendo e sendo minha maior campeã desde o momento em que conversamos pela primeira vez. Mas mesmo que Noah não tenha me destruído pessoal e profissionalmente, eu estava acabada. Catherine explicou que ela teve que desacreditar o artigo, o que, por sua vez, fez com que o *Celebaholic* e eu parecêssemos de baixa qualidade.

Por mais que eu gostasse de fingir que estou triste por isso, não estou.

Eu odiava aquele trabalho. Agora, sou dona de uma revista de estilo de vida voltada para mulheres acima de trinta anos. Nós nos concentramos em casa, relacionamentos, crianças, coisas da força de trabalho e estilo.

Eu. Amo. A. Minha. Empresa.

Desde que eu não diga o nome.

— Ahhh. — Ela acena com a cabeça concordando. — Eu McGeentendi.

Nicole explode em gargalhadas, e elas dão *high-fives*. Imbecis.

— Você pode McGeentender e dar o fora da minha casa.

— E o que nós faríamos para o entretenimento? — pergunta Nicole.

— Eu odeio você. Todas vocês. Odeio.

Erica estava encarregada de submeter os formulários para a corporação. Eu os assinei previamente porque iria para a França por duas semanas. Ela deveria preencher as informações uma vez que eu decidi o nome, que era *Friends in Chic*, e enviá-las. Molezinha.

Ela sentiu que nosso nome não era tendência o suficiente. Então, ela nomeou a nossa prestigiosa revista de *Kristin Mc-Gets-it*, fazendo um trocadilho com o meu sobrenome, McGee, e *Get it*, a versão em inglês de *entender*.

Nicole e Danielle entrelaçam os braços e dão risadinhas.

— Nós aceitamos o seu ódio e te brindamos com um "não queremos saber".

— Minhas amigas estão na minha lista — com a Erica.

Aubrey entra correndo com uma caixa, parando a nossa pequena rixa.

— Tia Danielle, você pode garantir que a tia Nicole não pegue essa, por favor?

Nicole levanta as sobrancelhas e ri.

— Eu? O que eu fiz?

— Você disse que ia comer meus animais no almoço. — Aubrey puxa a caixa para o lado. — Eles não são comida.

— Eu estava com fome, e você não me deixou sair do quarto.

Aubrey olha para Nicole e balança a cabeça. Estas duas são uma bagunça separadamente, mas juntas estão fora de controle. Aubrey vai fazer coisas que me fazem lembrar tanto da Nicole que é assustador — eu não estou entusiasmada com isso. Amo minha melhor amiga, mas a mãe dela tinha cabelos brancos muito cedo na vida.

— Você não deve comê-los, tia!

Nicole suspira dramaticamente.

— Tudo bem, eu não vou comê-los.

Danielle e eu observamos com as mãos sobre a boca enquanto Aubrey estende a caixa e depois a puxa de volta.

— Aubrey Nicole! — Nic grita. Acho que ela gosta de usar o nome do meio da minha filha tanto quanto pode. Se eu soubesse que dar o segundo nome de Aubrey em homenagem a uma amiga significava que ela seria como aquela pessoa, eu teria escolhido Heather.

Talvez.

Aubrey pega a caixa e sai andando.

— Aquela garota. — Danielle ri. — Eu não posso, ela é a melhor coisa de todos os tempos.

— Acontece que eu concordo. — A voz profunda de Noah faz com que meu pulso dispare.

Ele está aqui. Ele está aqui cedo.

— Você está em casa! — Eu saio correndo e pulo em seus braços.

— Olá, querida. — Ele ri quando mal me pega.

Beijo seus lábios de novo e de novo, mais empolgada que posso. Já se passaram mais de três semanas desde a última vez que nos vimos. As crianças e eu fazemos videochamadas com ele todas as noites, mas não é a mesma coisa.

Não posso tocar sua pele, sentir seu calor ou cheirar sua colônia. Minha memória não é substituta para a coisa real.

Seus olhos verdes estão um pouco mais claros e sua pele tem uma tonalidade bronzeada. Para o filme em que ele acabou de terminar as filmagens, ele estava interpretando um espião, e eles o fizeram raspar o cabelo baixinho. Achei que odiaria isso, mas ele é insanamente sexy. Se eu pudesse ter escalado o computador e tê-lo me atacando com sua arma de destruição em massa, eu o teria feito. No entanto, não fazemos nada pela internet. Então... Eu tive que esperar.

Não tenho mais que esperar. Minha língua mergulha em sua boca, deslizando contra a língua dele, saboreando tudo o que é Noah.

— Se vocês vão fazer sexo agora mesmo, posso assistir? Eu sou a favor da pornografia gratuita — Nicole pergunta, por trás de nós.

Noah quebra o beijo, e eu faço beicinho.

— Vão embora! — grito para elas.

— Não se preocupe, tenho mais disso — Noah promete, antes de beijar meu nariz.

É melhor que haja. Mas eu quero mais agora. Amigas e crianças estúpidas que estão nos impedindo de uma pequena dança no colchão.

— Danni vai tomar conta das crianças... — Nicole oferece.

Não é uma má ideia. Eu abro minha boca, mas Noah fala primeiro:

— É bom saber.

— Acho que ele acha que estou brincando. — Ela acotovela Danielle. Danielle bufa.

— Acho que ele tem medo de que você não esteja.

— Ou que eu participaria — brinca Nicole. — Eu topo qualquer uma delas.

Minhas pernas estão enroladas em volta da cintura dele, e eu me prendo como uma segunda camada de roupa. Ele olha para baixo para mim com um sorriso malicioso.

— Você planeja interferir?

— Ela não conseguiria lidar com sua gostosura, querido. Além disso, ela gosta de dois *homens*...

Noah dá uma risada.

— Vocês duas têm passado muito tempo juntas ultimamente. — A voz dele fica mais baixa para que só eu possa ouvir. — Hoje à noite, veremos o que mais foi esfregado.

Ah, haverá muita esfregação hoje à noite. Balanço minhas sobrancelhas e sorrio maliciosamente.

— Estou contando com isso, coisa gostosa.

— Tive saudades de você. — Noah se contorce um pouco enquanto eu continuo agarrada a ele. — Você vai descer para que eu possa me mover?

— Não.

Estou perfeitamente satisfeita assim. Tenho três semanas de abraços para compensar. Quase me sinto mal por ele, mas depois não me sinto. Durante os últimos oito meses, nós lidamos com voos longos, problemas de fuso horário, seu ridículo horário de filmagem, perguntas da imprensa sobre o nosso relacionamento e eu começando meu novo trabalho. Tem sido um inferno.

Finalmente acabou.

Estou me agarrando a este momento porque precisei disso — precisei dele.

— Ok, então. — Ele sorri e entra na sala de estar comigo. Noah chega ao sofá e me deixa cair de costas com ele me cobrindo. — Nicole, você queria assistir, certo? Acho que alguém deveria entreter as crianças...

— Noah! — grito, e empurro-o para fora de mim. — Oh meu Deus, você é tão idiota.

— Talvez, mas você me ama — ele desafia.

É certo, eu amo. Mas então quem não amaria? Ele é assustadoramente perfeito.

E quente.

E doce.

E me ama com todo o seu coração.

Mas eu adoro mexer com ele e sinto que é meu dever mantê-lo humilde. Dou de ombros.

— É, você está bem.

— Eu vou te mostrar o bem.

Danielle limpa sua garganta.

— Por mais divertido que seja assistir vocês dois, e por diversão eu quero dizer nem tanto, sua empreiteira estará aqui em breve, e vocês não estão nem perto de estarem prontos.

Ele se põe de pé e me puxa para cima com ele. Atravesso a mão pela garganta enquanto ela fala, fazendo sinal para que pare, mas ela não pega a dica. Maldição.

— Espera? — Noah se vira. — Não acabou?

Eu me balanço nos meus calcanhares e abaixo a cabeça.

— Eu poderia ter exagerado um pouco sobre o quanto eu arrumei...

Felizmente, meu filho aparece, salvando-me da palestra que certamente viria.

— Noah!

— Ei, cara!

A relação de Finn e Noah cresceu mesmo com a distância. Tem sido ótimo vê-los se unindo. Noah tem ajudado todo mundo a se estabelecer sem sequer tentar. Eu estou mais feliz, as crianças estão mais felizes, e todos nós estamos entusiasmados com as mudanças.

Noah pediu permissão ao Finn para se mudar e, depois disso, eles ficaram melhores amigos.

— Você está de volta para sempre? — Finn pergunta.

— Aham. Estou aqui para sempre.

Seus olhos se encontram com os meus na última palavra, e eu derreto.

Noah é o meu para sempre.

Noah é o meu eternamente.

Epílogo

KRISTIN

Oito anos depois.

— Ok, vamos fazer um plano detalhado para que possamos passar por todo o parque em um dia — Noah nos diz, enquanto nos encostamos no carro. — Eu tenho o mapa e os horários em que vamos comer. Isto vai ser perfeito!

Ele está fora de si. Não sei por que ele pensou que Finn iria querer vir a um parque temático — com seus pais muito pouco legais — para o seu aniversário, mas aqui estamos nós. Nenhuma discussão o convenceria. Ele jura que este é o melhor presente possível.

Não é como se o Finn preferisse muito mais a minha sugestão de um carro. Finn se inclina para mim e sussurra:

— Ele percebe que não sou mais uma criança, certo?

— Basta fingir que você está animado, e eu vou te dar o carro — eu falo, de modo conspiratório.

Meu filho se anima como se, de repente, estivesse muito envolvido nisto.

— Sim, um plano seria ótimo. Estou superentusiasmado. Não devemos nos atrasar e perder tempo. Leve-nos para o nosso dia de júbilo — ele diz cada palavra com sarcasmo.

Júbilo? Sério, Finn?

— Pega mais leve da próxima vez, cara. — Eu bato no ombro dele.

Noah suspira.

— Eu pensei que você gostaria de ver as coisas de Harry Potter.

Às vezes ele é o homem mais brilhante do mundo, outras vezes ele não tem a menor noção. Finn fez dezoito anos hoje, o que eu chorei por uma boa hora, e Noah queria surpreendê-lo. Esta manhã, ele acordou as crianças *às seis horas* com uma caixa para o Finn. Não tinha como o garoto não pensar que não eram as chaves de um carro. A caixa era pequena e havia uma fita de embrulho da Grifinória enrolada em volta dela.

Inferno, eu pensei que eram as chaves de um carro, e sabia que não eram.

A cara de Finn não tinha preço quando ele a abriu.

Aubrey, por outro lado, riu descaradamente dele. No entanto, Noah deve peidar cheiroso, por isso ela estava excessivamente animada apenas para conseguir alguma coisa.

Eu enxergo seu fingimento. Noah, não tanto assim.

Ando em sua direção e toco a bochecha dele.

— Você tentou, querido. O que vale é a intenção.

— Ele costumava adorar estas coisas — Noah bufa, enquanto andamos atrás das crianças.

— Quando ele tinha *dez anos*! — Eu rio.

— Eu gosto de Harry Potter, e não tenho dez anos — Noah retruca.

— Sim, mas você age como se tivesse.

Noah rosna e envolve seus braços em torno da minha cintura, esfregando sua barba contra o meu pescoço.

— Eu vou te dar dez.

— Noah! — Eu rio e tento sair de seu abraço. — Pare! Você está me fazendo cócegas!

— *Mãe*! — Aubrey sibila. — Você está nos envergonhando. Deus, às vezes eu não consigo acreditar que sou parente de vocês. — Ela bufa e cruza seus braços. — Estou quase feliz por não ter podido trazer uma amiga agora.

Ah, o perigo de uma menina de 14 anos. Eu juro que isso começou aos doze anos e a cada ano ela se torna mais agradavelmente horrível. Não ajuda nada que seu pai e Noah a estraguem. Eu sou a malvada da história.

— Grite com o Noah. É culpa dele que estejamos aqui.

Ela atira sua mão para o alto e continua andando.

— Tanto faz.

Noah olha para mim e nós dois começamos a rir. É uma piada corrente em nossa casa que ele não pode fazer nada de errado. Por mais irritante que seja, estou feliz que meus filhos o amem. Ele é verdadeiramente um segundo pai para eles, e quando ele vai para o set, todos sentimos a sua falta terrivelmente.

— Eu adoro adolescentes — murmuro.

Nós passamos pela entrada, e algumas pessoas tiram fotos enquanto passamos. É fácil esquecer como ele é famoso. Para nós, ele é apenas o Noah Frazier, o homem que deixa sua roupa íntima dentro do jeans, não sabe onde está o cesto e gosta de peidar quando tudo está muito quieto. Para o mundo, ele é um ator duas vezes ganhador do Oscar que não pode fazer nada de errado.

Amanhã, teremos fotos em todas as mídias sociais com centenas de perguntas sobre por que não somos casados, se estamos realmente apaixonados, e especulações de que a única razão pela qual estou com ele é para continuar minha carreira como editora.

— Vocês! — Finn grita. — Pessoas idosas, acompanhem o ritmo!

— Eu vou mostrar a ele as pessoas idosas — Noah ameaça, e eu gargalho.

— Se a carapuça serviu — eu o provoco.

Noah ainda parece quase o mesmo de quando o conheci. Ele é aquele cara babaca que não tem nenhum cabelo branco, enquanto eu tenho que ir ao salão a cada quatro semanas para evitar que eu pareça que poderia ser sua mãe. Seu corpo ainda está duro em todos os lugares certos, e todo seu equipamento está em funcionamento. Eu? Eu tenho sorte de poder caber nas minhas *leggings* sem estourar uma costura.

— Você tem sorte de eu te amar — ele diz, antes de me dar um tapa na bunda e correr para as crianças.

Minha bunda não parece ter tanta sorte.

Voltamos ao mundo Harry Potter, e é claramente uma grande notícia que Noah Frazier esteja aqui. As pessoas se reúnem para conhecê-lo, tirar fotos e, bem, tocá-lo. Eu entendo. Eu também quero tocá-lo. Ele é muito gostoso para um cara velho. Além disso, ele ficou dez vezes mais famoso desde que nos conhecemos. Os filmes que ele faz agora são sucesso de bilheteria, e ele é definitivamente um ator de primeira linha agora.

Ele olha para mim com a cara de "me desculpe, eu odeio as pessoas", e eu sorrio de volta com meu olhar de "eu entendo, você é meio que importante". Finn caminha na minha direção, claramente detestando este aspecto de nossas vidas.

— E é por isso que nós não podemos ir a lugar nenhum. — Ele bufa e aponta.

— Você sabe que ele odeia isso tanto quanto você. Mas já faz quase uma década, é hora de superar isso.

Então me lembro de que, aos dezoito anos, sua vida é realmente tudo o que importa.

— Finn! — Noah acena para ele.

Ah, isto deve ser interessante.

Aubrey está, naturalmente, ao seu lado, absorvendo a atenção de que Noah Frazier é seu quase papai. Sim, ela na verdade o chama assim. Não tenho palavras para essa garota algumas vezes.

— Ai, meu Deus — um bando de meninas começa a guinchar. — Você conhece Noah Frazier?

Finn se vira, e um sorriso arrogante que nunca vi antes se espalha pelo seu rosto.

— Sim, eu conheço. Vocês queriam conhecê-lo?

— Sim! — Elas dão risadinhas e saltam para cima e para baixo. — Como você o conhece?

— Ele é praticamente o meu padrasto. — Ele levanta seu queixo com orgulho.

Bom Deus. Não posso acreditar que estou assistindo isto.

— Finn, você provavelmente deveria salvá-lo — eu falo, lembrando a ele que estou bem aqui.

— Certo. Eu vou salvar o Noah, sem problemas. — Ele estica os cotovelos para fora e sorri. — Senhoras, importam-se de se juntar a mim?

Ah, pelo amor de Deus.

Meu filho, o pegador em treinamento. Devo pedir desculpas agora às fêmeas de seu futuro. Não assumo nenhum crédito por isso.

Ele herdou sua estupidez de seu pai. Os outros maus hábitos são de Noah. Eu dei a ele vida, cérebro, e então eles o arruinaram.

Depois de alguns minutos, as *groupies* de Finn conseguem a foto delas e meu — eu não sei mais como chamá-lo — aparece. Odeio chamá-lo de meu namorado. Tenho quase 50 anos e me sinto ridícula ao dizer isso. Sem mencionar que nós estamos juntos há muito tempo e, quando dizemos quase dez anos, as pessoas olham para nós como se tivéssemos problemas mentais.

Somos casados de todas as maneiras, exceto no papel. Somos donos da nossa casa, somos donos da empresa de revistas e compartilhamos a custódia com o Scott. Noah é tanto o pai deles quanto meu ex é. Eu gosto do Noah. Do Scott... nem tanto.

— Você está bem? — pergunto, enquanto ele coloca seu braço em torno dos meus ombros.

— Agora eu estou. Eu queria um dia fora normal com você e as crianças. — Ele parece desanimado.

— Este é o nosso normal, Noah. Além disso, parece que Finn encontrou novas amigas.

Nós dois viramos para trás, olhando para ele e seu harém de sem-vergonhas.

— Esse é meu garoto. — Noah irradia de orgulho.

Estou tão por minha conta.

Caminhamos pela cidade realista que vive em um romance que uniu os homens que eu amo. Aubrey está na loja em que estamos do lado de fora, provavelmente com o Cartão Preto American Express de Noah... aquele que eu continuo confiscando e que ele continua dando de volta.

De modo geral, mesmo com ele dando muita liberdade a ela, ela é uma ótima garota e tira notas altas, está na *honor society*[6] e é membro do conselho estudantil. Aubrey e Noah compartilham o amor pelos animais, e ela é voluntária na Sociedade Protetora dos Animais nos fins de semana. Posso não amar suas mudanças de humor, mas ela é uma boa garota com um bom coração.

---

6   Grupo que se dedica a dar aos alunos reconhecimento por seus feitos no ensino médio.

— Ei. — Noah me detém.

— O quê?

— Na próxima semana é o nosso aniversário — ele diz, enrolando os braços ao redor da minha cintura enquanto sorri. Eu tenho estado com ele há muito tempo, e ele ainda faz meu coração se acelerar.

— É sim. — Eu sorrio, sabendo que é. — Você me trouxe algo bom?

— Você vai ter que esperar para descobrir.

— Awwn. — Eu esfrego a parte de trás do pescoço dele. — Você conseguiu um refil de Viagra?

A boca de Noah cai, e ele fica sem expressão.

— Você sabe que eu não preciso, nem nunca vou precisar disso.

Dou risadas do tom que ele assume. Como se eu não estivesse totalmente consciente.

— Eu sei, baby. Sua varinha funciona muito bem.

— Malditamente certo. Eu vou todo Sonserina para a sua Lufa-Lufa esta noite, se você precisar de mim para lembrá-la.

Eu explodo em gargalhadas. Meus braços envolvem meu estômago, e eu o solto.

— Ai, meu Deus. Só você! — continuo. — Só você faria uma maldita piada suja aqui.

Noah ri junto comigo, enrolando seu corpo ao redor do meu e me acompanhando enquanto eu tento parar minhas histerias.

Ele é ridículo e irresistível.

Nós chegamos para lado com muitos olhares enquanto Noah me guia e eu faço um espetáculo ao ser pateta. Depois que nos acomodamos, ele me beija e ficamos nos braços um do outro.

Vejo seus olhos verdes se encherem de tanto amor que se torna difícil respirar.

Eu o amo tanto que às vezes sinto que poderia estourar. Cada dia com ele, eu valorizo. Claro, ele me deixa maluca e eu o enlouqueço, mas isso só me faz apreciar ainda mais o que nós temos.

A maioria das pessoas não tem a bagagem que nós temos, mas nós a carregamos juntos.

— Quando você finalmente vai concordar em se casar comigo? — Noah pergunta, com seu sorriso brincalhão.

Recebo isto a cada poucos meses, e a resposta é sempre a mesma.

— Você me ama?

Ele sorri.

— Com todo o meu coração.

— Você vai me deixar?

— Não vou a lugar nenhum, querida.

— Você confia em mim? — eu o questiono, enquanto olho nos olhos dele.

O olhar de Noah se torna sério e sua voz profunda não deixa espaço para dúvidas.

— Com a minha vida. Você me ama? — Ele joga isso de volta.

— Em cada fibra do meu ser.

— Você está planejando encontrar um novo ator sexy?

Eu sorrio.

— Não há ninguém mais sexy do que você, baby.

Noah ri, me beija, e depois faz a última pergunta em nosso pequeno esquete.

— Eu te dou tudo o que você precisa?

Na minha visão periférica, eu vejo Aubrey e Finn ali, de pé, observando. Com nós quatro aqui, eu me sinto completa. Durante tanto tempo, eu disse que não havia razão para se casar, que se tornou uma coisa. Eu tenho sido feliz, tão abençoadamente feliz, e estava sendo paga pelo Scott, portanto, também havia isso. Mas vejo nos olhos de Noah cada vez que o digo.

E bem agora... Eu não quero dizer o que eu normalmente diria.

Neste momento, quero dar-lhe algo de volta do que ele me deu.

— Noah — eu digo suavemente. — Você vai fazer algo por mim?

Confusão varre o rosto dele.

— Qualquer coisa.

— Me peça para me casar com você, apenas uma última vez — eu digo, com meu coração batendo contra meu peito.

Noah puxa uma respiração, procurando algo nos meus olhos. Não sei se ele está preocupado que eu esteja brincando, mas eu o deixo ver tudo no meu coração.

Eu espero, rezando para que ele esteja falando sério.

— Kristin, você quer se casar comigo? — A voz dele é espessa de emoção e há um brilho em seus olhos que não estava lá um momento atrás.

Eu pego seu rosto em minhas mãos e sorrio.

— Sim, eu vou me casar com você.

Antes que eu possa beijá-lo, dois conjuntos de braços estão envolvidos ao nosso redor, e lágrimas de felicidade escorrem pelo meu rosto. Eu tenho tudo o que poderia precisar... e muito mais.

Agradecimentos

Se você lidou comigo durante este processo, você merece muito mais do que um agradecimento que está aqui atrás. Para falar a verdade, eu sou um pouco maluca e você sabe disso, mas... aqui está.

Ao meu marido e aos meus filhos. Não sei como vocês me aguentam, mas não consigo dizer o quanto agradeço por ter vocês. Eu amo todos vocês com todo o meu coração.

Minhas leitoras betas, Katie, Melissa, Clarissa e Shera: muito obrigada por seu apoio e amor durante este livro. Eu amo vocês, meninas, e não poderia imaginar não ter vocês.

Minha assistente, Christy Peckham: quando eu digo que te odeio, eu estou mentindo totalmente. Eu te amo demais.

Meus leitores. Não há como eu agradecer o suficiente. Ainda me surpreende que vocês leiam as minhas palavras. Vocês são tudo para mim.

Blogueiros: vocês são o coração e a alma desta indústria. Obrigada por terem escolhido ler meus livros e me encaixar em seus horários insanos. Aprecio isso mais do que vocês sabem.

Ashley, minha editora, por sempre me empurrar para escrever fora da minha zona de conforto. É uma verdadeira bênção trabalhar com você e eu amo o nosso processo louco. Sommer Stein, da *Perfect Pear Creative*, por ser minha amiga e criar as capas mais incríveis de todos os tempos. Janice, Kara e Virginia para revisarem e garantirem que cada detalhe esteja perfeito! Christine, da *Type A Formatting*, seu apoio é inestimável. Eu realmente amo seus belos corações.

Bait, Stabby and Corinne Michaels Books — eu amo vocês mais do que vocês jamais saberão.

Minha agente, Kimberly Brower, estou tão feliz em tê-la na minha equipe. Obrigada por sua orientação e apoio.

Melissa Erickson, você é incrível. Eu amo você.

Vi, Claire, Mandi, Amy, Kristy, Penelope, Kyla, Rachel, Tijan, Alessandra, Syreeta, Meghan, Laurelin, Kristen, Kendall, Kennedy, Ava, e Natasha — obrigada por me manterem empenhada em ser melhor e por me amarem incondicionalmente.

Sobre a autora

Best-seller pelo *New York Times*, *USA Today*, e *Wall Street Journal*, Corinne Michaels é autora de romances. Ela é uma mãe emotiva, espirituosa, sarcástica e amorosamente divertida de duas lindas crianças. Corinne é felizmente casada com o homem de seus sonhos e é esposa de um ex-marinheiro.

Depois de passar meses longe de seu marido enquanto ele estava servindo, ler e escrever eram sua fuga da solidão. Ela gosta de colocar seus personagens em intenso desgosto e de encontrar uma maneira de curá-los através de suas lutas. Suas histórias são repletas de emoção, humor e amor incessante.

Conecte-se com Corinne:
Website: http://www.corinnemichaels.com
Facebook: https://www.facebook.com/CorinneMichaels
Twitter: https://twitter.com/AuthorCMichaels

The GiftBox
EDITORA

A The Gift Box é uma editora brasileira, com publicações de autores nacionais e estrangeiros, que surgiu no mercado em janeiro de 2018. Nossos livros estão sempre entre os mais vendidos da Amazon e já receberam diversos destaques em blogs literários e na própria Amazon.

Somos uma empresa jovem, cheia de energia e paixão pela literatura de romance e queremos incentivar cada vez mais a leitura e o crescimento de nossos autores e parceiros.

Acompanhe a The Gift Box nas redes sociais para ficar por dentro de todas as novidades.

🏠 www.thegiftboxbr.com

📘 /thegiftboxbr.com

📷 @thegiftboxbr

🐦 @GiftBoxEditora

Impressão e acabamento

psi7 | book7
psi7.com.br   book7.com.br